高等职业教育"十一五"规划教材

中国科学院优秀教材

计算机类核心课程教改项目成果系列教材

计算机网络技术

（第二版）

张蒲生 等 编著

科学出版社

北 京

内 容 简 介

本书基于工作过程介绍构建计算机网络的基础知识和操作技能。在内容编排上由简单到复杂，模拟真实环境，重现完整的组网工作过程，通过相应的学习性任务和工作性任务使读者快速地掌握组建网络的技术能力。

本书共分 9 个项目，主要内容包括制定网络规划、网络设备选型、物理连接网络、逻辑连通网络、配置域模式的网络环境、分配和管理网络中的资源、配置与管理网络应用服务器、网络互连与接入 Internet、管理与维护网络。本书内容紧密联系构建计算机网络的实际需求，突出实用性和可操作性。

本书可作为高职高专院校计算机应用、电子商务、多媒体、网络技术、软件工程、信息管理、自动控制、电子通信等相关专业的教材，也可供准备建网或升级现有网络的读者参考使用。

图书在版编目（CIP）数据

计算机网络技术/张蒲生等编著. —2 版. —北京：科学出版社，2009
（高等职业教育"十一五"规划教材·计算机类核心课程教改项目成果系列教材）
ISBN 978-7-03-025771-0

Ⅰ. 计⋯ Ⅱ. 张⋯ Ⅲ. 计算机网络-高等学校：技术学校-教材
Ⅳ. TP393

中国版本图书馆 CIP 数据核字（2009）第 189617 号

责任编辑：孙露露/责任校对：耿　耘
责任印制：吕春珉/封面设计：耕者设计工作室

科 学 出 版 社 出版
北京东黄城根北街 16 号
邮政编码：100717
http://www.sciencep.com
源海印刷有限责任公司 印刷
科学出版社发行　各地新华书店经销

*

2004 年 8 月第 一 版　开本：787×1092 1/16
2010 年 2 月第 二 版　印张：18 3/4
2010 年 2 月第八次印刷　字数：435 000
印数：2 0001—2 3000

定价：28.00 元
（如有印装质量问题，我社负责调换〈环伟〉）
销售部电话 010-62134988　编辑部电话 010-62135763-8212

前　言

本书是集网络技术基础知识和实训操作为一体的高职高专教材，按照"学习性任务（基础知识描述、基本技能训练）→工作性任务（任务描述与要求、完成任务的环境和操作、效果测试与验收、超越与提高）"的顺序组织。其主要内容包括制定网络规划、网络设备选型、物理连接网络、逻辑连通网络、配置域模式的网络环境、分配和管理网络中的资源、配置与管理网络应用服务器、网络互连与接入 Internet、管理与维护网络。

本书的主要特色：

• 基于工作过程，深入浅出地逐层剖析构建计算机网络的基础知识和操作技能。编者以组网工作过程为线索来规划和组织内容，它不是冷冰冰的单向灌输，也不是无情趣的知识堆砌，而是既能传授知识，又能体现真实工作任务的学习载体。

• 编者力图创设学习情境，从企业一线收集各种构建网络的案例，作为学习情境素材，像写剧本一样设计具体的学习情境。教材以组网过程为载体，训练学生运用技术知识构建网络，培养学生构建网络的职业能力。

• 根据典型工作任务设计出适合教学的学习情境和工作任务，把真实的工作任务、组网过程引入课堂。根据高职高专学生的特点，突出"学以致用"，通过"边学边练，学中求练，练中求学，学练结合"实现"学得会，用得上"。

• 本书配有电子课件等教学资源，可到网站 www.abook.cn 下载。

在本书的组稿和编写过程中，得到了编者所在学院和计算机系领导、同事和朋友的帮助和支持，其中石硕、叶廷东、姚世东提供了部分资料并审阅了部分内容，杨立雄、冼广淋和李丹提供了很多建设性意见并参与了一些编写工作，黄柳和吴建宙参加了书稿的校对工作，在此向他们的辛勤劳动表示衷心的感谢。同时，我们参考了很多同类教材和相关网站的资料，吸纳了其中的内容和思想，借此也向这些文献的作者表示衷心的感谢。

由于编者水平有限，书中难免存在疏漏与错误之处，恳请广大读者批评指正。

目　录

项目 1

制定组建网络的规划

项目教学目标

- 掌握计算机网络的概念、分类、组成。
- 掌握网络规划和设计的步骤、方法和内容。
- 掌握网络规划的基本原则。

技能训练目标

- 能够收集、整理和准确分析用户的网络应用需求。
- 能够简单地书写需求分析报告。
- 能够初步地完成一个网络规划方案。

项目概述

【项目背景说明】 古人云：谋定而后动。网络规划就是组建网络的"谋"，组建网络的首要事情就是要进行规划，然后才是网络技术设计、设备选型、综合布线、硬件连接、软件安装与调试、网络测试等。通过科学合理的规划，能够取得用最低的成本建立最佳的网络、达到最高的性能、提供最优的服务等完美效果。本项目就是对组建一个连接计算机机房、多媒体教室、行政办公楼和图书馆等地的校园网络进行需求分析，并制定校园网络组建的规划。

【项目任务分解】 制定网络规划项目分解为两个基本任务：一是对组建网络进行需求分析；二是为组建网络制定一个规划方案。

【项目实施结果】 提交需求分析报告和网络规划方案。

任务 1.1 对组建网络进行需求分析

1.1.1 需求分析的学习性任务

1. 计算机网络的定义

为了实现计算机之间的通信、资源共享和协同工作，利用传输介质、网络通信设备，将地理位置分散的、在功能上独立的一组计算机，按照某种结构联系起来，并通过网络操作系统和网络通信协议对这组互连的计算机进行管理，这就是计算机网络。

从以上定义可知，两台计算机用网线互连可组成一个网络，校园中所有计算机互连在一起所组成的校园网也是一个网络，Internet 也是一个网络，它是网络的集合，通过卫星、光缆、路由器、TCP/IP 协议等将全世界不同的网络连接在一起。形成的计算机网络有以下特点。

1）互连计算机和各种网络设备。

2）计算机及网络设备之间可以通信。

3）是互连的、自主的计算机集合。互连使计算机之间可以相互交换信息，自主使各计算机在功能上独立。

2. 计算机网络的功能

计算机网络主要具有以下功能。

（1）资源共享

计算机的资源包括硬件资源、软件资源、数据与信息资源。

计算机网络可以在全网范围内提供对处理机资源、存储资源、输入输出资源等设备的共享，如具有特殊功能的处理部件、高分辨率的激光打印机、大型绘图仪、巨型计算机、大容量外存储器等，从而节省了用户投资，也便于集中管理和均衡分担负荷。

互联网上的用户可以远程访问各种资源网站和大型数据库，可以通过网络下载有用的软件到本机使用，可以访问公共服务器上的网络软件，可以远程登录到其他的计算机，从而充分利用网络上的软件资源和数据与信息资源。

（2）交互通信

计算机之间及计算机用户之间可以通信，如 MSN、QQ 实时通信、发送电子邮件、发布新闻消息和各种商务通信活动。

（3）协同工作

协同工作指连网的计算机之间或用户之间为完成某一任务而协调一致地工作。

当网络中的主机系统负载较重时，可以将某些任务通过网络传输到其他的主机系统处理，以便负担均衡，减轻设备的负担，提高设备的利用效率。对综合性的大型计算问题，可以采用分布式处理算法，将任务分散到网络中不同的计算机上计算，或将计算结果或数据库备份在网络上的不同地点，或用各地的计算机资源协同工作，进行重大科研项目的联合开发和研究。

3. 计算机网络的组成

计算机网络由各种硬件组件和软件组件组成。

（1）硬件组件

计算机网络的硬件组件包括：包含网卡的计算机和服务器，打印机、绘图仪、调制解调器（Modem）等各种外部设备，中继器、集线器、交换机、网桥、路由器、无线AP 或无线路由等中间设备，同轴电缆、双绞线、光纤、卫星天线等传输介质。

1）计算机（客户机）是网络中最基本的节点，它具有独立工作的能力，插有网卡或无线网卡，安装了网络协议，如 TCP/IP，能使自己的资源在网络中共享。

2）服务器是提供资源的机器，允许网络中的其他计算机使用它的资源，相对于客户机而言，其功能更加强大，拥有增强的处理速率和各种存储设备。

3）打印机、绘图仪是连接在网络中某一客户机或服务器上，被网络中所有节点或用户所共享使用。

4）调制解调器是单台计算机或小型网络接入大型网络的一种设备。

5）传输介质类包括双绞线、同轴电缆、光纤、红外线、无线电波。双绞线价格便宜且易于安装，传输速率在 1～100Mbps 之间，两节点之间的最大距离不能超过 100m；同轴电缆为两根导线共享同一根轴，带宽比双绞线宽，价格较高，安装过程复杂；光纤使用光导玻璃纤维或塑料纤维制成，外部有一层保护层和一层耐磨的封套，以光的形式传送数据，数据传输速率介于 100Mbps～2Gbps 之间，有效传输距离为 2～25km，需要相关的接口设备；红外线采用小于 $1\mu m$ 波长的红外线作为传输媒体，有较强的方向性，具有很高的背景噪声，受日光、环境照明等影响较大，红外信号要求视距传输，窃听困难，对邻近区域的类似系统不会产生干扰；无线电波的覆盖范围广，使用直序扩频调制方法时，具有很强的抗干扰、抗噪声、抗衰落能力，使用的频段主要是 ISM 频段（2.4～2.4835GHz），不会对人体健康造成伤害。

6）网络中间互连设备包括中继器、集线器、交换机、网桥、路由器等。中继器对传递的信号进行放大，连接网络段所用介质相似时效率更高，拓展了物理长度；集线器是多口中继器，共享式设备；交换机各端口能独立地进行数据传输，拓展了网络带宽；网桥用于连接多个网络，可以根据物理地址过滤通信量；路由器连接两个或多个不同的网络，隔离广播，吞吐量通常不及网桥。

包括各种硬件的计算机网络示意图如图 1.1 所示。

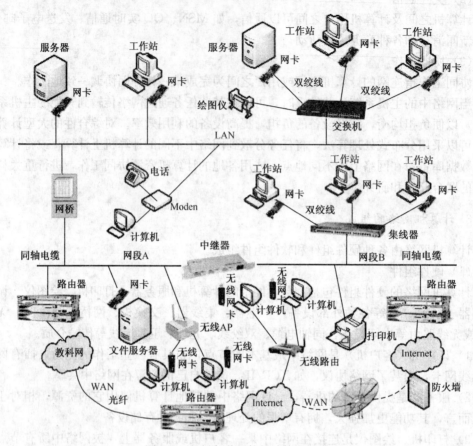

图 1.1　包括各种硬件的计算机网络

（2）软件组件

计算机网络的软件组件包括网络操作系统、网络和通信协议、各种应用软件等。

1）网络操作系统是一组控制和管理计算机的软件程序，管理程序的执行，解释键盘输入信息，在屏幕上显示信息，文件的输入和输出，控制和管理外设。

2）网络通信协议是一系列规则和约定，遵守网络通信协议的网络设备能够相互通信。例如，TCP/IP 是 Internet 的标准协议。

3）各种应用软件，如网络安全软件、网络管理软件、信息管理软件、数据库管理软件等。

4．组建网络的需求分析

（1）网络应用需求

对一个组建网络的项目，首先要弄清楚的是：用户要用网络来做什么？他们属于哪一种类型的网络用户？按用户使用网络信息的业务可分为：简单型——上网浏览；实用型——文件传输和数据共享；高端型——多媒体数据和视频点播。针对不同类型的业务应用，对网络性能的要求也有所差别，诸如网络速率、网络连接与交换设备、服务器档次、接入 Internet 方式等方面的规划，应当按照经济实用、兼顾长远的原则提出初步方案。

弄清楚用户建网的目的和目标之后，按照用户投入资金和对应用的要求，初步方案就能确定。在概要设计阶段，要记录以下几个方面的设计数据。

1）网络的地理分布：包括网络中心机房位置、用户数量、用户间最大距离、用户分组情况以及有无布线障碍和其他特殊要求等。

2）用户设备类型：包括终端和个人计算机数量、服务器档次、其他设备（如电话、电视机等设备）的数量。

3）用户业务需求：是简单的上网浏览、实用的文件传输和数据共享，还是高端的视频点播。由于视频会议、视频点播及 IP 电话等多媒体技术的日趋成熟，网络传输的数据已不再是单一数据了，多媒体网络传输成为网络技术的趋势。着眼于未来，对网络的多媒体支持是有很多需求的。

4）通信类型和通信量估算：通信类型主要有数据传输、视频信号传输和话音通信；通信量估算是按照实际使用要求估算出数据流量的大小。这一般可以从其他同类网络的通信量经验值中类比得出。

5）容量和性能：网络容量是指在任何时间间隔内网络能承担的通信量；网络性能用网络响应时间或者端对端的时延衡量。当网络通信量接近其最大容量时，响应时间变长，性能下降，故在网络容量设计时要留有充分余地。

随着 Internet 的发展，上网用户的不断增多，访问和数据传输量剧增，网络负荷也相应加重；随着多媒体技术的广泛应用，视频数据、音频数据也越来越耗费网络带宽。如果没有高性能的网络，会导致系统反应缓慢，甚至在业务量突增时，发生系统崩溃、中止和异常等现象。高性能的网络也是一些关键业务或特殊应用的必备条件。

6）网络现状：对原有网络进行评估。如果是对原有网络进行升级改造，要尽可能地利用原有网络的资源，在经济实用、兼顾长远的总原则下降低建网成本。当然，还需要结合当前应用需求对原有网络的应用进行各方面的评估，其中包括原有网络的实用性、可用性、有效性和安全性等。实用性评估方面包括网络的拓扑结构是否适合当前的网络规模扩展需求；所安装的操作系统是否可以满足当前网络应用需求；原有网络所采用的网络技术是否适合新网络的应用需求，这可能关系到所有软、硬件，所以对网络技术的选择要仔细权衡；原有网络设备是否可以满足新网络中的应用需求，主要就其网络连接技术、吞吐量和管理性能等方面进行评估。

（2）发展需求分析

网络设计者在进行网络规划与设计时，一定不要仅考虑当前网络规模和应用需求，还要有超前意识，使得新组建或改造的网络能满足企业未来相当一段时期（通常是3～5年）的发展需求。当然，这里所考虑的就不像当前现实应用那样具体，而可以是仅就对网络整体性能影响重要的一些方面，如网络用户数、网络服务器性能、核心和骨干层交换机、各种数据库系统应用、安全需求和数据备份、容错系统等。在选择网络技术和设备时，就要充分考虑使用当前最新的网络技术和产品，在网络负载承受能力方面，要使各关键网络设备，如服务器，一、二级交换机及路由器等都至少能满足未来 3～5 年的发展需求。

（3）性能需求分析

不同厂家乃至同一厂家不同型号的交换机在性能和功能上都有较大差异，有的安全性高、有的稳定性好、有的转发速率快、有的拥有特殊性能。因此，应当慎重考察和分析当前新建网络对性能的根本需求，以便选择相应品牌和型号的交换机等设备。通常在组建网络时，最好选择同一品牌的产品，至少同一类型的设备（如交换机、路由器）选择同一品牌的。这样做的好处非常明显：一方面这些品牌产品的质量、性能比较可靠，选择同一品牌后还可以充分保证设备间的兼容性；另一方面可以得到周到、及时、全面的服务，而不会出现不同设备商间扯皮的现象；最后还可能在价格上得到实惠，毕竟一次性全部购买一个品牌的产品。量大应该有较大优惠的。

（4）旧设备的重新利用

如果是对旧网络进行改造，则需考虑实现旧设备的最优利用，当然也不是说一定要以牺牲应用来迁就旧设备的低档利用。计算机技术的发展日新月异，一般来说两年前买的设备到了今天就可能"过时"了，但又不能仅看到最新的计算机技术，更多地还应考虑到公司的实际应用需求。其实，一个企业绝大部分部门的工作对计算机软件、硬件质量的需求并不是非常明显，日常的工作也不过是文字、表格处理，没有必要去赶时髦。淘汰所有以前的设备会造成大量的资金浪费，是非常不明智的。

（5）需求分析的调查内容

不同行业有不同的网络应用需求特点，无论是面对哪一种应用模式，企业都需有一个网络化环境。应用需求分析调查主要包括以下几个方面。

1）习惯或期望使用的操作系统平台。

2）熟练或期望使用的办公系统。

3）熟练或期望采用的数据库系统。

4）主要的内部网络应用。

5）是否需要在企业内（外）部 Web 网站上分配模块。

6）是否需要内（外）部邮件服务。

7）经常要与外部网络连接的方式和用户数。

8）与外部网络连接的主要应用。

9）其他应用需求。网络应用需求是最为重要的方面，但在新设计一个网络或者改造一个旧网络时，其他方面的需求分析我们同样需要重视；否则，就可能无法全面落实满足用户的最终目的。

在一定程度上，需求决定一切，所以在组建新网络或改造原有网络前一定要详尽了解当前，乃至未来 3～5 年内的主要网络应用需求。必须详细地列出所有可能的应用，找各个部门具体负责网络应用的人士进行面对面的分析和询问，并做好记录，而不是简单的口头询问。记录表可以参照表 1.1。

表 1.1　网络用户应用需求调查表

部门	日期	被调查人	当前及未来3～5年的应用需求	被调查人签字
办公室				
教务处				

续表

部门	日期	被调查人	当前及未来 3~5 年的应用需求	被调查人签字
实训中心				
……				

5. 组建校园网络的需求

校园网是将学校内各种不同应用的信息资源通过高性能的网络设备相互连接起来，形成校园内部的信息系统，对外通过路由设备接入广域网，建设一个以办公自动化、计算机辅助教学、现代计算机校园文化为核心，以现代网络技术为依托、技术先进、扩展性强、覆盖全校主要楼宇的校园主干网络，将学校的各种计算机、终端设备和局域网连接起来，并与 Internet 相连；在网上宣传和获取教育资源，在此基础上建立能满足教学、科研和管理工作需要的软、硬件环境；开发各类信息库和应用系统，为学校各类人员提供充分的网络信息服务。

例如，某学校现有计算机（估计容量为 400 台），组建的校园网络需要连接办公楼、教学楼、实训楼，学生宿舍楼等主要建筑物，连接教室、办公室、教研组等校内各部门，保证教学区内每一个房间都能有一个以上网络接口。

（1）应用需求

校园网络与 Internet 连接，让教师和学生养成使用网络来收集、发掘、获取及应用信息的习惯，并能及时了解国内外科技发展动态，加强对外合作，促进教学、教研和科普工作。

为学校管理现代化、图书馆电子化以及通信现代化提供重要的支撑环境。

通过校园网络进行公文电子交换和电子邮件传递，随时随地地取得学校各教研室、各有关部门的资料，增进学校内教师、学生以及各部门之间的沟通。

以校园网络为依托，建立各种课程的计算机辅助教学、计算机辅助考试和答疑批阅系统。统一管理学校内的多媒体教学课件等教学和管理资料，使这些共享资源得到更为广泛的应用。

（2）安全需求

高带宽专线接入 Internet，实现校园网内所有用户高速访问广域网。校园网与 Internet 相连后，通过"防火墙"过滤功能，防止网络黑客入侵网络系统；对接入 Internet 的用户进行权限控制。同时，为了保证网络使用安全实时捕杀病毒，用户访问网络内部资源也使用许可权限控制。

（3）技术需求

校园网络使用千兆以太网技术和 Intranet 技术所构成的大型 Intranet 校园网，网络方案以可靠性、实用性、易管理扩充性为原则，全校计算机通过超五类线及光纤通信介质连接成一个覆盖整个教学园区的 Intranet 校园网络。

支持先进的网络技术、多媒体技术，能够保证系统软件和应用软件正常运行。

（4）其他需求

考虑教育管理和多媒体教学的要求，采用的网络技术应该具有一定的先进性、可靠

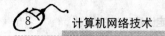

性、可扩充性和良好的兼容性，同时还要为以后的扩展留有一定的空间。

1.1.2 需求分析的工作性任务

1. 工作任务描述

（1）工作任务名称

工作任务名称：对组建一个校园网络进行需求分析。

（2）任务内容提要

任何单位兴建一个网络都是有一定的需求的，要求使用网络能够完成一定的工作，在满足应用的前提下，适当留有余量。例如，校园网的近期目标为实现高速稳定上网服务和提供校内信息发布与检索平台，远期目标为实现学校教学、科研、办公、人事财务、图书等一体化综合计算机管理。

请你深入学校各个部门调研学校的各种需求。同时通过网络搜索调查校园网络组建或改造的需求，写出一份需求分析报告，内容包括网络的应用需求、安全需求、技术需求和其他需求。

2. 工作任务要求

工作任务要求见表1.2。

表1.2　工作任务要求

栏目	要求
任务目标	通过调研，具体了解学校的网络分布情况和应用需求
工作活动内容	根据学校的各种实际需求，分析校园网的可行性
学习情境与工具	整个学校的校园网络，计算机一台
工作任务	1）通过网络资源搜索并分析校园网络有何需求 2）通过调研了解学校网络需求有何扩展和新技术 3）了解各传输介质的功能，了解接入网技术，了解各网络设备的功能
相关知识点	计算机网络的定义、功能、组成和需求分析
工作过程分解	（1）调研学校的网络整体需求 1）建筑物信息点和布线的分布情况 2）每个建筑物上网对象的需求和容量情况分析 3）调研学校的接入网技术及接入带宽 （2）调研学校选用的传输介质 1）建筑物无线接入点的数目及其采用的技术标准 2）建筑物之间采用的有线和无线传输介质 3）分析采用不同传输介质的需求 （3）调研学校网络设备的选型及网络拓扑结构 1）学校整体网络二层和三层设备的选择 2）学校整体网络物理和逻辑拓扑结构的调研 （4）调研学校网络整体安全策略 1）了解学校内网访问外网的策略 2）了解学校的防火墙技术 3）了解学校服务器的访问策略
工作记录	记录和整理调研的资料
完成任务的成果	做好调研之后的需求分析报告

3. 完成任务的参考步骤

（1）实地调查

实地调查校园网络的应用情况，说明校园网的主要需求在哪些方面。

请从业务、用户、应用、网络、计算机平台等各方面进行需求调查。可以通过面谈、问卷、研究等各种调查手法来收集、统计调查结果，得出校园网络的具体需求，并整理成详细的网络需求分析报告。

参考提示：

1）数据传输需求分析。用户对数据传输量的需求决定了网络应当采用何种连网设备和布线产品。就目前情况来看，多媒体已经成为校园网络所必须支持的功能之一。基于这种大传输量的需求，以 1000Mbps 光纤作为主干和垂直布线，以 100Mbps 超五类双绞线作为水平布线，从而实现 100Mbps 交换到桌面的网络，已经成为最普通的网络架构。基于这种大传输量的需求，100Mbps 高性能交换机也已逐步从部门走向工作组。

2）发展需求分析。我们不仅要考虑到容纳校园网络中当前的用户，而且还应当为校园网络保留至少 3～5 年的可扩展能力，从而使在用户增加时，网络依然能够满足增长的需要。这一点非常重要，因为布线工程一旦完毕，就很难再进行扩充性施工。所以，在敷设网线和电源插座时，一定要有足够的余量，而连网设备则可以在需要时随时购置。

3）性能需求分析。不同厂家乃至同一厂家不同型号的网络互连设备在性能和功能上都有较大差异，有的安全性高、有的稳定性好、有的转发速率快、有的拥有特殊性能。因此，应当慎重考察和分析校园网络对性能的根本需求，以便选择相应品牌和型号的网络互连设备。

（2）网上调查

通过网上调查收集已经成功投入运行的校园网络案例，对其投入运行的效果进行分析，说明该校园网络系统规划设计的特点。

4. 任务测试与验收

任务测试与验收的内容包括：需求分析任务完成的情况是否结合学校的办学规模、管理需求和师生对教学科研的需要，经过系统的需求分析，能否帮助网络设计者确立一个性能较高的网络计算平台，能否为学校的行政管理提供更好的决策依据，能否为校内所有师生提供更为合适的资源。

网络的规划设计是一个系统建立和优化的过程，建设网络的根本目的是在 Internet 上进行资源共享与通信。要充分发挥投资网络的效益，需求分析成了网络规划设计中的重要内容。它提供了网络设计应达到的目标，并有助于设计者更好地理解网络应该具有的性能。

5. 提高与进阶

校园网的本质是在校园网络平台上的应用，校园网的应用是通过应用软件来实现的。这些应用按性质和手段可分为教育教学管理、多媒体教学、校园一卡通、校园视频点播系统、图书馆情报信息系统、校园 Internet/Intranet 系统、远程教育系统等。

（1）教育教学管理

教育教学管理网络连接学校领导及各业务系部科室，这是一个逻辑网络，物理上可能连接多个网络主干节点，如办公楼、教学楼等。教育教学管理网络提供管理自动化和办公自动化平台，可以实现对教师信息、教务信息、学生信息、考试成绩等的浏览、查询、统计和分析预测，提高学校管理的科学性和准确性，提高管理效率。以此为基础，可实现无纸化办公。

（2）多媒体教学

随着信息技术的进步，多媒体的应用已渐成为信息技术发展的主流之一，而多媒体教学更成为学校教育中不可缺少的重要环节。各种文字、图形、影像、声音、视频及动画等资料，皆可用来当作辅助教材，使授课的内容更加生动活泼、多姿多彩、包罗万象，加上网络的应用能取得更好的教学效果。因此，多媒体网络教学的应用，将引起教学手段和教学方式的重大变革。只要有合适的软件，多媒体网络几乎可以适应所有课程的教学。

多媒体网络由服务器、教师机、学生机、交换机、网卡、视频传输卡、耳机、传声器以及相应软件组成。在计算机教学中，可将教师的屏幕画面广播给所有或特定的学生，并监看学生的屏幕，控制学生的操作，甚至替学生重新开机。通过多媒体广播功能所有学生都能收看、收听到教师机上发出的内容，所以网络教室不必在每个学生机上配备一套多媒体设备。

在教室里可配置一台多媒体实物投影仪，它可将教材、图片、模型等实物形象投射到大屏幕上，或转换成视频信号接入电视机，也可接入录、摄像机以及闭路电视信号，还可与计算机及网络连接。

校园卡在学校可用于学生上机实习时的计时或收费管理。

（3）校园视频点播系统

视频点播（VOD）系统有两种实现方案：一种是模拟传输方案；另一种是数字传输方案。前者是传统的实现方式，需要有线电视子系统的支持，布线费用较高；后者是在校园高速计算机网络中复合传输视频音频等多媒体信息，实现视频点播的功能。

数字传输方案完全依靠校园计算机网络进行，由视频点播中心提供播放平台，采用 VOD 服务器，可连接光盘塔和其他节目源，节目播放和点播即可在计算机网络上进行。

（4）图书馆情报信息系统

图书馆情报信息系统连接学生阅览室、教师阅览室、资料室及书库，实现图书资料的采购、编目、流通、检索等功能。教职工可以在校园网上的任意一台工作站查询书库的藏书和借阅情况，并可实时分类、统计藏书和流通借阅情况。图书馆情报信息系统支持 IC 卡和条码；图书馆管理网络配置专门的图书管理服务器。

电子阅览室网络能为学校教职工和学生提供 Internet 的 WWW 查询，E-mail 等服务。同时，也提供学校图书馆馆藏光盘电子读物的借阅环境。电子阅览室网络配置光盘塔；磁盘阵列、专门服务器和多媒体计算机。

（5）校园 Internet/Intranet 系统

校园 Internet/Intranet 系统以校园 Internet 服务器和网站作为基础，除提供应用系统访问服务外，还具有 Internet/Intranet 信息服务功能，如访问学校主页、E-mail 的收发、BBS 服务、新闻组、讨论组服务、提供个人主页服务、Internet 接入服务等。

任务 1.2 为组建网络制定规划

在用户应用需求分析和可行性论证的基础上，为组建网络制定规划是确定网络体系结构和总体建设方案的工作过程。一项网络工程能否既经济实用又兼顾长远发展，网络规划环节是至关重要的一步。

1.2.1 制定网络规划的学习性任务

1. 网络规划的基本原则

先期的网络规划对网络建设和使用至关重要。网络规划的任务就是为即将建立的网络系统提出一套完整的设想和方案，对建立一个什么形式、多大规模、具备哪些功能的网络系统做出全面科学的论证，并对建立网络系统所需的人力、财力和物力投入等做出一个总体的计划。在网络规划方面，应着重考虑以下几个要素，它们也是网络规划和网络建设的基本原则。

（1）采用先进与成熟的技术

在规划网络、选择网络技术和网络设备时，应重点考虑采用国际上先进且成熟的网络技术和网络设备。只有这样，才能保证建成的网络有良好的性能，从而有效地保护建网投资，保证网络设备之间、网络设备和计算机之间的互连，以及网络的尽快使用、可靠运行。

（2）遵循国际标准，坚持开放性原则

网络的建设应遵循国际标准，采用大多数厂家支持的标准协议及标准接口，从而为异种机、异种操作系统的互连提供极大的便利和可能。不仅要和现有的设备能够完全互连互通，而且能与未来网络技术发展相适应，因此网络系统须采用或支持局域网、广域网、路由等的国际标准协议。系统平台应采用最流行的操作系统，数据库需要支持SQL 并支持各种标准的数据交换；整个系统应符合当前多种技术发展的趋势和规范，保证系统平滑扩展；系统应支持多种介质连接，支持多种网络规程和网络协议；中心能保障不同速率网络的无缝连接。

（3）网络的高性能

网络作为数据处理承载的信息平台，涉及众多不同的应用及众多用户。众多的用户、不同类型的应用，包括一些实时性强的交互业务应用（如语音、图像等），势必对网络的性能提出较高的要求。因此，首先要考虑有足够的骨干带宽、合理的网络拓扑结构、先进适用的技术，同时还要努力实现网络的无阻塞性，而不能使网络成为业务应用的瓶颈。

（4）网络的安全性

网络应在具有开放性的同时，保证其安全性。要制定合适的安全策略，建立有效的网络安全制度，对网络运行性能和资源访问控制进行实时有效的监控和日志纪录；保证通信传递的安全性，采用可靠的网络通信设备。一般的网络包括内部的业务网和外部网。对于内部用户，可分别授予不同的访问权限，同时对不同的部门（或工作组）进行不同的访问及连通设置。对于外部的互连网络，要考虑网络"黑客"和其他不法分子的破坏，防止网络病毒的传播。有些网络系统（如金融系统）对安全性和保密性有着更加严格的要求。

网络的安全性包括两个方面的内容：一方面是外部网络与内部网络之间互联的安全性问题；另一方面是内部网络管理的安全性问题。解决安全性问题需要制定统一的网络安全策略和过滤机制，充分使用各种不同的网络技术，如虚拟局域网、代理、防火墙等。从数据安全的角度来讲，还应将重要的数据服务器集中放置，构成服务器群，以方便采取措施集中保护，并对重要数据进行备份。

（5）灵活性和扩充性

网络的灵活性体现在连接方便，设置和管理简单、灵活，使用和维护方便。例如，可灵活选择快速以太网、千兆以太网、FDDI、ATM 网络模块进行配置，关键元件应具有冗余备份的功能。网络的可扩充性表现在数量的增加、质量的提高和新功能的扩充。网络的主干设备应采用功能强、扩充性好的设备，如模块化结构、软件可升级，信息传输速率高、吞吐量大。

要充分考虑今后网络的发展，在网络、服务器以及软件系统的设计上保证系统性能能够平滑升级，保护现有投资，即应满足广域网连接端口与局域网连接端口的可扩展性，软件系统功能模块的可扩充性。

（6）系统的稳定性和可靠性

网络系统的稳定可靠是应用系统正常运行的关键保证。在网络设计时，应选用高可靠性的网络产品、合理的网络架构，制定可靠的网络备份策略，保证网络具有较好的故障自愈能力，以减少网络中断时间。

关键网络设备和重要服务器的选择应考虑是否具有良好的电源备份系统、链路备份系统，是否具有中心处理模块的备份，系统是否具有快速、良好的自愈能力等。为了保证网络信息能够及时可靠地发布，网络系统应能保障不间断运行，网络系统应考虑关键部件采用冗余设计和容错技术，通信子网间应留有备用信道。

（7）经济性

俗话说得好：有多大的脚，穿多大的鞋。这就要求我们量力而行。还有一句俗话是：有多少钱，做多少事。道理一样，在组建网络时，我们必须与自己的经济承受能力结合起来考虑，尽可能用最少的钱办最多、最好的事。

现在什么都讲究性价比，性价比越高，实用性越强。在组建网络时也一样，特别是在组建大型网络时。搞不好，虽然网络性能足够了，但目前或者未来相当长一段时间内都不可能用得上太高的性能，造成网络投资浪费。通常，依据建网资金的安排，在听取第三方专家意见的基础上，结合建网单位的工作内容及其发展的需要，制定一个在未来十年中的近期、中期及长期的建设规划，以保持网络建设的延续性，并保护先前的投资（含各种硬件、软件及信息资源），能融入不断涌现的新技术和新应用。

（8）网络的可管理性

为了保障网络正常运行，尽可能提高工作效率，减少网络停顿时间，同时为未来的网络应用打下基础，必须使网络具有良好的可管理性。制定网络规划方案时应考虑以下几个方面。

1）对网络实行集中监测，分权管理，并统一分配资源。

2）选用先进的网络管理平台，可以集中对全网设备（路由器，交换机等）实施具体到端口的管理能力，并可提供及时的故障报警和日志。

3）选用的网络设备及其他连接在网络上的重要设备都应支持远程管理。

4）规划设计时充分考虑运行维护问题，特别在组网工程结束时，应要求提供足够的设计及实施文档。

2. 网络规划设计的步骤

一个网络从立项、设计、采购、建设、调试到投入运行，是一项复杂的系统工程。如何减少失误、保护投资、提高效益，是工程建设过程中需要重点考虑的问题。网络规划设计必须有一整套完整的实施方法和步骤。良好的规划设计方法是保证系统成功的前提，一般要遵循如下步骤。

（1）网络用户需求调查分析

网络需求分析的目的是充分了解组建网络应当达到的目标（包括近期目标和远期目标）。进行用户需求调研，需掌握以下几个方面的内容。

1）了解连网设备的地理分布，包括连网设备的数目、位置和间隔距离，用户群组织，以及特殊的需求和限制。

2）连网设备的软硬件，包括设备类型、操作系统和应用软件等。

3）所需的网络服务，如电子邮件、Web服务、视频服务、数据库管理系统、办公自动化等。

4）实时性要求，用户信息流量等。

本阶段的成果是提出网络用户需求分析报告。

（2）系统可行性分析

系统可行性分析的目的是说明组建网络在技术、经济和社会条件等方面的可行性，以及评述为了合理地达到目标而可能选择的各种方案，并说明和论证最终选择的方案。

本阶段的成果是提出可行性分析报告，供领导决策。

（3）网络总体设计

网络总体设计就是根据网络规划中提出的各种技术规范和系统性能要求，以及网络需求分析的要求，制定出一个总体计划和方案。网络总体设计包括以下主要内容。

1）网络流量分析、估算和分配。

2）网络拓扑结构设计。

3）网络功能结构设计。

本阶段的成果是确定一个具体的网络系统实施的总体方案——网络的物理结构和逻辑关系结构。

（4）网络详细设计

网络详细设计实质上就是分系统进行设计。一个网络由很多部分组成，我们把每个部分称为一个系统（或子系统），这样便于进行设计，能确保设计的精度。对于一个网络而言，网络的详细设计包括以下内容。

1) 网络主干设计。

2) 子网设计。

3) 网络的传输介质和布线设计。

4) 网络安全和可靠性设计。

5) 网络接入 Internet 设计。

6) 网络管理设计，包括网络管理的范围、管理的层次、管理的要求，以及网络控制的能力。

7) 网络硬件和网络操作系统的选择。

（5）设备配置、安装和调试

根据网络系统实施的方案，选择性能价格比高的设备，通过公开招标等方式和供应商签订供货合同，确定安装计划。

网络系统的安装和调试主要包括系统的结构化布线、系统安装、单机测试和互联调试等。在设备安装调试的同时开展用户培训工作。用户培训和系统维护是保证系统正常运行的重要因素。使用户尽可能地掌握系统的原理和使用技术，以及出现故障时的一般处理方法。

（6）网络系统维护

网络组建完成后，还存在着大量的网络维护工作，包括对系统功能的扩充和完善，各种应用软件的安装、维护和升级等。另外，网络的日常管理也十分重要，如配置和变动管理、性能管理、日志管理和计费管理等。

1.2.2　制定网络规划的工作性任务

1. 工作任务描述

（1）工作任务名称

工作任务名称：为校园网络的组建制定规划。

（2）任务内容提要

为了满足学校现代教育的要求，需要建设校园网络系统平台，校园网络建设应根据国家、省、市相应的技术标准，并结合学校的实际情况综合考虑，规范建设。请你进行校园网络规划，写出一个校园网络的规划方案。

2. 工作任务要求

工作任务要求见表 1.3。

表 1.3　工作任务要求

栏目	要求
任务目标	通过调研和需求分析，写出学校校园网络的规划方案
工作活动内容	依据学校网络的需求分析和技术标准，写出一份校园网络的规划方案
学习情境与工具	整个学校的校园网络，PC 一台

续表

栏目	要求
工作任务	1）落实学校网络需求情况分析是否符合实际 2）调研学校网络有何扩展和新技术 3）结合学校的实际情况综合考虑规划方案
相关知识点	组建网络的需求分析方法，网络规划的原则与步骤
工作过程分解	1）进行对象研究和需求调查，明确学校的性质、任务和改革发展的特点及系统建设的需求和条件，对学校的信息化环境进行准确的描述 2）在应用需求分析的基础上，确定学校 Intranet 服务类型，进而确定校园网络建设的具体目标，包括网络设施、站点设置、开发应用和管理等方面的目标 3）确定网络拓扑结构和功能，根据应用需求建设目标和学校主要建筑分布特点，进行系统分析和设计 4）确定技术设计的原则要求，如在技术选型、布线设计、设备选择、软件配置等方面的标准和要求 5）规划校园网建设的实施步骤
工作记录	学校信息化环境的描述，校园网络设施、站点设置、开发应用和管理等方面的目标，学校主要建筑分布，校园网建设的实施步骤等
完成任务的成果	一份校园网络的规划方案，通过论证说明规划方案的正确性

3. 实施工作过程的参考步骤

按照模块化思想，网络规划的步骤主要包括：需求调查分析，可行性分析，网络总体设计，网络详细设计，设备选型与配置、安装和调试以及网络系统维护等。我们可以参考校园网络的实际情况，模仿地来描述校园网络的规划内容，真实地体验网络规划过程，明确网络规划将要解决的问题。参考步骤如下。

1）在校园网络需求分析的基础上，对学校的网络业务需求进行整理和归类，如校园网整体需求的调研内容。

2）对校园网络中所需的计算机、操作系统、数据库及其他应用的情况进行调查。

3）参观校园网络，调查了解网络总体设计思路和所运用的网络新技术。

4）通过网络资源搜索，浏览有关网络结构的层次、网络骨干技术、边缘接入技术的描述，探究网络详细设计的内容。

5）通过网络资源搜索，了解常见的网络中的主机、服务器、交换机、路由器等主要设备档次、功能的划分、选型与配置。

6）通过走访网络管理员，调查了解组建校园网络，需要安装、配置和调试哪些网络应用服务。

7）通过实地调研，了解网络系统维护包括哪些具体工作。

4. 任务完成的评测与验收

网络规划对网络建设至关重要，网络规划的任务就是为即将组建的网络系统提出一套完整的设想和方案，对建立一个什么形式、多大规模、具备哪些功能的网络系统作出全面科学的论证，并对建立网络系统所需的人力、财力和物力等做出一个总体的计划。对校园网规划方案进行评测时，一般逐个检查网络规划内容是否遵循基本原则和规范步骤。

校园网规划的科学性应该体现在能否满足以下基本要求方面。

1）整体规划安排。

2）先进性、开放性和标准化相结合。

3）结构合理，便于维护。

4）高效实用。

5）支持宽带多媒体业务。

6）能够实现快速信息交流、协同工作和形象展示。

5．提高与进阶

校园网规划的目标就是将各种不同应用的信息资源通过高性能的网络设备相互连接起来，形成校园区内部的信息系统，对外通过路由设备接入广域网。具体来说，就是建设一个以办公自动化、计算机辅助教学、现代计算机校园文化为核心，以现代网络技术为依托、技术先进、扩展性强、覆盖全校主要楼宇的校园主干网络，将学校的各种计算机、终端设备和网络连接起来，并与有关广域网相连；在网上宣传和获取教育资源；在此基础上建立能满足教学、科研和管理工作需要的软、硬件环境；开发各类信息库和应用系统，为学校各类人员提供充分的网络信息服务；校园网本着总体规划、分步实施的原则，充分体现系统的技术先进性、高度的安全可靠性、良好的开放性、可扩展性，以及建设经济性。具体技术方面可以参考以下校园网络规划案例。

（1）网络结构

在校园网络中，一、二级交换机间的数据通信通过超五类线或光纤介质，由一级节点的中心网络设备的 1000Mbps 主干级交换机与二级网络中的带千兆以太网接口的二级交换机相连接而实现，校园网络实现主干千兆，百兆接口到桌面。通过单模光纤将校园网络连入公网，实现和教育网、公众网的无缝连接。

（2）综合布线

为网络中心机房、弱电竖井安排部署位置，在实训楼、教学楼、学生宿舍楼都配置一个网络布线配线间，安置楼层交换机和网络布线配线架。其中，实训楼用光纤连接，教学楼及留学生楼都用超五类线连接网络中心。所有楼层及桌面布线均采用超五类线铺设。

（3）网络安全与系统容错

安全管理的目的是确保经过网络传输和交换的数据不会发生增加、修改、丢失和泄露等。一旦发生异常，管理员应当有能力作出判断，采用必要的手段和措施，阻止网络上发生的非法攻击，并及时恢复网络系统和用户数据，使得数据的损失降低到最小。

由于校园网连入电信网和教育网，校园网已经提供在电信网和教育网接口上的防火墙，因此我们需要在网关服务器上设置防火墙策略，为了防止来自校园网内部的攻击，还需要设置入侵检测记录。

病毒对网络的危害越来越大，并且可以带来直接或间接的巨额经济损失。因此，防止网络病毒是网络规划设计中必须考虑的问题之一，应该从服务器和工作站两方面入手，来防止网络病毒的入侵。例如，采用正版杀毒软件在校园网内定时杀毒，每天中午12：00开始，为校园网所有计算机自动清查病毒。

采用存储设备为重要用户数据提供备份服务，服务器状态及重要管理和用户数据，使用专用数据备份服务器，定时远程异地数据备份。

（4）网络中心机房

对网络中心机房按国家有关标准进行规划，所有服务器均放入机柜，实现统一管理。夏季可以保证温度在23℃左右，湿度为45％～65％，冬季可以保证在20℃，湿度为40％～70％以确保系统安全，网络中心机房配备一台5kV的APC不间断电源，为主交换机和重要数据服务器供电，并进行设置，保证在发生断电情况时可以提供2h的电源支持，并自动通知管理人员。防雷和接地保护设施也需要规划设计。地板全部采用防静电地板，全部线缆都敷设在地板下。

（5）用户管理

网络硬件连接和系统配置完成后，需要做的工作就是进行"工作组"或"域模式"方式的选择、设计；然后，按照设计的组织方式建立各个域或组内的用户账户、密码，并设置它们对网络的访问权限。此外，针对各部门人员和工作的变动情况，及时地进行必要的用户管理，例如当用户所属的组或用户账号本身变化时需做的更改工作。用户管理工作主要包括以下几个部分。

1）为每个用户设置账户、密码，并分配适当的访问权限，还应根据变动情况及时地进行更新和调整工作。

2）为了管理方便，应对用户和部门进行精心的组织，建立起"组账户"，并尽量使用"组账户"对用户进行统一的管理。

3）为不同的用户和组使用的网络资源设置必要的访问权限，限制非法用户的访问。

4）为系统开放的共享资源设置安全的访问控制权限。

课 后 活 动

1. 项目讨论

1）组建网络的需求分析中考虑的因素。

2）需求分析时，需要做的主要工作。

3）网络规划的基本原则。

4）校园网的主要功能和应用范围。

5）根据你的分析，校园网络如何建设才能最大限度地提高教师的工作效率和学生的学习效率？

6）根据你的分析，校园网络规划的内容主要有哪些？

2. 技能训练

1）你作为一个规划设计者，根据应用需要制定一个家庭网络（把家里的三台计算机连成一个网络）规划设计方案。

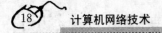

2）撰写一份"虚拟企业"网络的规划设计书。

用户需求：网络化办公、数据和文件传输服务，要求与 Internet 接通。20 台计算机，所有设备、配件、材料均需要采购。所有用户分布在一个楼层的几个写字间内。其他方面的内容可以是虚拟的。

 提 示

网络规划设计书大致包括如下内容。

1）用户需求分析。

2）网络规划。

3）经费概预算，设备、材料价格可以通过网络市场调查取得，应当有两套预算。

4）硬件和软件设计方案。建议使用两级星形拓扑结构设计一个简单的网络。

5）施工计划，应当有设备采购、验收、工程进度表等。

6）网络测试，从用户需求转化为系统目标，按系统目标进行测试。

项目 2
选配网络设备的品牌型号

 项目教学目标

- 掌握对服务器性能指标进行比较分析的方法。
- 掌握交换机和路由器相关的性能指标。
- 掌握组网所需要的网络设备种类、功能、作用。

 技能训练目标

- 能够根据需要选择合适的网络设备类型。
- 能够基本评价网络设备的性能，并进行网络设备的选型与选配。
- 能够比较网络设备的技术参数，制定出合适的设备采购清单。

【项目背景说明】 计算机网络的硬件设备包括服务器、工作站、通信设备和传输介质等。提供网络服务的计算机为服务器；接受网络服务的计算机为工作站；通信设备有网卡、交换机、路由器，网卡是计算机和传输介质之间的物理接口，交换机是能够依据网络信息构造自己的转发表并能作出数据转发决策的网络连接设备，路由器是能够识别数据目的节点地址所在网络，并能选择最佳的路径发送数据，可以连接同类型网络和不同类型网络的网络连接设备。组建网络时，按照用户需求和技术要求正确地选择网络设备至关重要。

【项目任务分解】 项目分解为三个基本任务：一是网络服务器的选型与选配；二是交换机的选型与选配；三是路由器的选型与选配。

【项目实施结果】 按照网络应用需求分析和网络规划设计要求选择相关网络设备的品牌型号。

任务 2.1　网络服务器选型与选配

2.1.1　服务器选型的学习性任务

1. 什么是服务器

服务器在英文中被称做 Server。作为一台服务器，有两个特点是必需的：第一是服务器必须应用在网络计算环境中；第二是服务器要为网络中的客户端提供服务。一台脱离了网络的服务器是没有太大意义的，即使配置再高，也只能被称做一台高性能计算机，而无法实现为客户端提供网络服务的功能。在网络中，服务器为客户端提供数据存储、查询、数据转发、发布等功能，维系整个网络环境的正常运行。

2. 服务器和计算机的区别

服务器归根结底还是一台计算机，其硬件结构也是从计算机发展而来，服务器的一些基本特性和计算机有很大的相似之处。服务器硬件也包括处理器、芯片组、内存、存储系统以及 I/O 设备这几大部分，但是和普通计算机相比，服务器硬件中包含着专门的服务器技术，这些专门的技术保证了服务器能够承担更高的负载，具有更高的稳定性和扩展能力。

（1）稳定性要求不同

服务器用来承担企业应用中的关键任务，需要长时间的无故障稳定运行。在某些需要不间断服务的领域，如银行、医疗、电信等领域，需要服务器 $7 \times 24 \times 365$ 运行，一旦出现服务器宕机，后果是非常严重的。这些关键领域的服务器从开始运行到报废可能只开一次机，这就要求服务器具备极高的稳定性，这是普通计算机无法达到的。

为了实现如此高的稳定性，服务器的硬件结构需要进行专门设计。比如机箱、电源、风扇这些在计算机上要求并不苛刻的部件在服务器上就需要进行专门的设计，并且提供冗余。服务器处理器的主频、前端总线等关键参数一般低于主流消费级处理器，这样也是为了降低处理器的发热量，提高服务器工作的稳定性。

（2）性能要求不同

除了稳定性之外，服务器对于性能的要求同样很高。前面提到过，服务器是在网络计算环境中提供服务的计算机，承载着网络中的关键任务，维系着网络服务的正常运行，所以为了实现提供服务所需的高处理能力，服务器的硬件采用与计算机不同的专门设计。

服务器处理器相对计算机处理器具有更大的二级缓存，高端的服务器处理器甚至集成了远远大于计算机的三级缓存，并且服务器一般采用双路甚至多路处理器，来提供强大的运算能力。

服务器芯片组也不同于 PC 芯片组，服务器芯片组提供了对双路、多路处理器的支持，如 Intel 5000 系列芯片组，支持双独立前端总线，可以点对点的支持双路处理器，可以显著提升数据传输带宽。服务器芯片组对于内存容量和内存数据带宽的支持高于PC。例如，5400 系列芯片组，内存最大可以支持 128GB，并且支持四通道内存技术，内存数据读取带宽可以达到 21GBps。

服务器内存和计算机内存也有不同。为了实现更高的数据可靠性和稳定性，服务器内存集成了 ECC、Chipkill 等内存检错纠错功能。近年来，内存全缓冲技术的出现，使数据可以通过类似 PCI-E 的串行方式进行传输，显著提升了数据传输速率，提高了内存性能。

在存储系统方面，目前主流 PC 硬盘一般采用 IDE、SATA 接口，转速一般为7200rpm。而服务器硬盘为了能够提供更高的数据读取速率，一般采用 SCSI 接口，转速一般在每分万转以上。近年来，SAS 接口逐渐取代了 SCSI 硬盘。通俗来讲，SAS 接口就是采用串行方式传输的 SCSI 接口。目前，SCSI 接口速率一般为 320MBps，而SAS 接口速率以 300MBps 起，未来会达到 600MBps 甚至更多。目前，SAS 硬盘的转速一般为每分万转或者 1.5 万转。此外，服务器上一般会应用 RAID 技术来提高磁盘性能并提供数据冗余容错，而计算机上一般不会应用 RAID 技术。

（3）扩展性能要求不同

服务器在成本上远高于计算机，并且承担企业关键任务，一旦更新换代需要投入很大的资金和维护成本，所以相对来说服务器更新换代比较慢。网络的要求也不是一成不变，所以服务器要留有一定的扩展空间。服务器上相对于计算机一般提供了更多的扩展插槽，如 PCI-E、PCI-X 等，并且内存、硬盘扩展能力也高于计算机。例如，主流服务器上一般会提供 8 个或 12 个内存插槽，提供 6 个或 8 个硬盘托架。

3. 服务器分类

服务器分类的标准有很多，比如按照应用级别来分类，可以分为工作组级、部门级和企业级服务器；按照处理器个数来分可以分为单路、双路和多路服务器；按照处理器架构来分可以分为 x86 服务器、IA-64 服务器和 RISC 构架服务器；按照服务器的结构来分可以分为塔式服务器、机架式服务器和刀片服务器。

最常见也最直观的分类方式就是通过服务器的结构来进行分类，那么下面我们就来介绍以下这三种结构的服务器。

（1）塔式服务器

塔式服务器是目前应用最为广泛、最为常见的一种服务器。塔式服务器从外观上看上去就像一台体积比较大的计算机，机箱一般比较大，非常沉重。

塔式服务器由于机箱很大，可以提供良好的散热性能和扩展性能，并且配置可以很高，可以配置多路处理器、多根内存和多块硬盘，当然也可以配置多个冗余电源和散热风扇。比如 IBM x3800 服务器可以支持 4 路至强处理器，提供了 16 个内存插槽，内存最大可以支持 64GB，并且可以安装 12 个热插拔硬盘。

塔式服务器由于具备良好的扩展能力，配置上可以根据用户需求进行升级，所以可以满足企业大多数应用的需求。因此，塔式服务器是一种通用的服务器，它可以集多种应用于一身，非常适合服务器采购数量要求不高的用户。塔式服务器在设计成本上要低于机架式和刀片服务器，所以价格通常也较低，目前主流应用的工作组级服务器一般都采用塔式结构。当然，部门级和企业级服务器也会采用这一结构。

塔式服务器虽然具备良好的扩展能力，但是即使扩展能力再强，一台服务器的扩展升级也会有个限度，而且塔式服务器需要占用很大的空间，不利于服务器的托管，所以在需要服务器密集型部署，实现多机协作的领域，塔式服务器并不占优势。

（2）机架式服务器

顾名思义，机架式服务器就是"可以安装在机架上的服务器"。机架式服务器相对塔式服务器大大节省了空间和机房的托管费用，并且随着技术的不断发展，机架式服务器有着不逊色于塔式服务器的性能。机架式服务器是一种平衡了性能和空间占用的解决方案。

机架式服务器可以统一地安装在按照国际标准设计的机柜当中，机柜的宽度为 19in（1in＝2.54cm），机柜的高度以 U 为单位，1U 是一个基本高度单元，为 1.75in，机柜的高度有多种规格，如 10U、24U、42U 等，机柜的深度没有特别要求。通过机柜安装服务器可以使管理、布线更为方便整洁，也可以方便和其他网络设备的连接。

机架式服务器也是按照机柜的规格进行设计，高度也是以 U 为单位，比较常见的机架服务器有 1U、2U、4U、5U 等规格。通过机柜进行安装可以有效节省空间，但是机架式服务器由于机身受到限制，在扩展能力和散热能力上不如塔式服务器，这就需要对机架式服务器的系统结构（如主板、接口、散热系统等）专门进行设计，因此使机架式服务器的设计成本提高，所以价格一般也要高于塔式服务器。虽然机箱空间有限，但机架式服务器也能像塔式服务器那样配置非常均衡，可以集多种应用于一身，所以机架式服务器还是比较适用于一些针对性比较强的应用，如需要密集型部署的服务运营商、群集计算等。

（3）刀片服务器

刀片式结构是一种比机架式更为紧凑整合的服务器结构。它是专门为特殊行业和高密度计算环境所设计的。刀片服务器在外形上比机架服务器更小，只有机架服务器的 1/3～1/2，这样就可以使服务器密度更加集中，更大地节省了空间。

每个刀片就是一台独立的服务器，具有独立的 CPU、内存、I/O 总线，通过外置磁盘可以独立地安装操作系统，可以提供不同的网络服务，相互之间并不影响。刀片服务器也可以像机架服务器那样，安装到刀片服务器机柜中，形成一个刀片服务器系统，可以实现更为密集的计算部署。

多个刀片服务器可以通过刀片架进行连接，通过系统软件可以组成一个服务器集群,并可提供高速的网络服务,实现资源共享,为特定的用户群服务。如果需要升级,可以在集群中插入新的刀片,刀片可以进行热插拔,升级非常方便。每个刀片服务器不需要单独的电源等部件,可以共享服务器资源,这样可以有效降低功耗,并节省成本。刀片服务器不需要对每个服务器单独进行布线,可以通过机柜统一进行布线和集中管理,因此可为连接管理提供非常大的方便,并有效节省企业总体拥有成本。

虽然刀片服务器在空间节省、集群计算、扩展升级、集中管理、总体成本方面相对于另外两种结构的服务器具有很大优势,但是刀片服务器至今还没有形成一个统一的标准,刀片服务器的几大巨头(如 IBM、HP、Sun)各自有不同的标准,之间互不兼容,刀片标准之争目前仍在继续,因此导致了刀片服务器用户选择的空间很狭窄,制约了刀片服务器的发展。

4. 服务器的选型与选配

(1)适当的处理器架构

这对于服务器来说是一个非常关键的注意事项。因为就服务器来说,存在多种处理器架构,有主要用于中低档的 Intel IA 架构和 AMD 的 x86-64 架构,还有主要应用于中高档的 RISC 架构。

不同的处理器架构在相当大的程度上决定了服务器的性能水平和整体价格。对于一般的中小型企业通常选择的是 Intel 的 IA 架构和 AMD 的 x86-64 架构。这类处理器一般只具有较低的可扩展能力,并行扩展路数一般在 8 路以下,且基本上是采用常见的微软公司的 Windows 服务器系统。而对于那些在性能、稳定性和可扩展能力上要求较高的大中型企业和行业用户,则建议选择基于 RISC 架构处理器的服务器,所采用的服务器操作系统一般是 UNIX 或者 Linux,当然绝大多数也支持微软公司的 Windows 服务器系统。

(2)适宜的可扩展能力

服务器的可扩展能力主要表现在处理器的并行扩展和服务器群集(Cluster)扩展两方面。一般的中小型企业通常是采用前者,因为这种扩展技术容易实现且成本低。处理器的并行扩展技术中最常见的就是对称处理器(SMP)技术,它允许在同一个服务器系统中同时安插多个相同的处理器,以实现服务器性能的提高。低档入门级的服务器通常只具有 2 路以内,而工作组级则可以达到 4 路,中、高档的部门级和企业级服务器则可达到 8 路、16 路,甚至 100 多路。其实,这也要区别于不同的处理器架构,IA 和 x86-64 架构的扩展能力比较低,通常在 8 路以下,达到 8 路的即称之为企业级,而 RISC 架构的工作组级的也有可达到 8 路的,企业级的更是高达 100 多路。

至于服务器群集扩展技术,它通过一个群集管理软件把多个相同或者不同的服务器集中起来管理,以实现负载均衡,提高服务器系统的整体性能水平。

另外,服务器的扩展能力还表现在诸如主板总线插槽数、磁盘架位和内存插槽数等方面,这些也非常重要。一般来说,服务器上安装的各种插件比一般的计算机要多许多,所以要求所提供的 PCI、PCI-X 或者 PCI-E 插槽数量要多一些,至少应在 5 个以上。磁盘架位更是如此,在服务器中,通常需要非常大的磁盘容量,所以可能需要安装多个磁盘，或者磁盘阵列，这时如果没有适当的磁盘架位就会使得磁盘安装受限。内存插槽也是如此，而且更重要。因为我们知道，内存是决定计算机性能的一个关键因素，而服务器因为所承担的负荷要远比一台普通计算机高，所以服务器内存通常比较大，至少在1GB以上，常见的都在4GB或4GB以上。通过简单地提高内存容量可以实现大比例的性能提高，而内存容量的提高除了可以采用高容量的内存条外，更多的还是采用插入多条内存，所以内存插槽数的多少对服务器性能的提高非常重要。

（3）适当的服务器架构

这里所指的服务器架构主要是从服务器的整体结构上来讲的，它分为塔式、机架式和刀片式三种。塔式服务器、机架式服务器和刀片服务器分别具有不同的特色。塔式服务器应用广泛，性价比优良，但是占用较大空间，不利于密集型部署；机架式服务器平衡了性能和空间占用，但是扩展性能一般，在应用方面不能做到面面俱到，适合特定领域的应用；刀片服务器大大节省空间，升级灵活、便于集中管理，为企业降低总体成本，但是标准不统一，制约了用户的选择空间。建议在选配时根据实际情况，综合考虑，以获得最适合信息化建设的解决方案。

（4）新技术的支持

服务器也与常见的计算机一样，主板在很大程度上决定了主机的整体性能和所采用的技术水平。而主板的性能同样是由相应的芯片组决定的。芯片组可以决定的主要包括所支持的处理器类型和主频、总线类型（PCI、PCI-X 或 PCI-E 等）、内存类型和容量、磁盘接口类型和磁盘阵列支持等，而这些对于服务器来说都是非常重要的。

（5）合适的品牌

品牌似乎永远与产品质量、产品价格和服务水平联系在一起，所以在此注重强调品牌，是要把品牌、质量（包括产品质量和服务质量两方面）和价格三者联系在一起综合考虑，而不是单纯谈品牌。基本上是好的品牌才有好的产品质量，也才有好的服务保证，但相应的产品价格都比一般的要贵些，这就要求用户均衡利弊来选择了。

2.1.2 服务器选型的工作性任务

1. 工作任务描述

（1）工作任务名称

工作任务名称：为组建网络的服务器选型与选配。

（2）任务内容提要

在进行服务器选型与选配时，应考虑网络环境及应用软件，即网络主要做什么应用。具体来说，就是服务器支持的用户数量、用户类型、处理的数据量等方面内容。要避免小马拉大车，或是大马拉小车的情况。低速、小容量的硬盘，小容量的内存，任何一个产生系统瓶颈的配件都有可能制约系统的整体性。但不一定非得购买那些价格昂贵的服务器，尽管高档服务器功能很多，但是有些功能对普通应用来说使用率不高，因此会白白浪费很多资金。

2. 工作任务要求

工作任务的要求见表2.1。

表 2.1 工作任务要求

栏目	要求
任务目标	为组建网络选择服务器的类型和品牌
工作活动内容	根据网络需要选择服务器类型、评价服务器性能、比较服务器的技术参数
学习情境与工具	Internet 搜索、IT 市场、小组讨论等
工作任务	各小组成员上 Internet 搜索资料，收集相关信息，然后深入市场了解服务器行情与相关性能，根据需求选择几款性价比合理的服务器，最后进行小组讨论，确定服务器的品牌型号
相关知识点	服务器的功能、作用、分类、性能指标
工作过程分解	1）利用各种手段查询服务器资料与性能指标参数 2）按照服务器选型与选配的基本原则，对服务器性能指标进行比较分析 3）根据实际需要选择服务器品牌型号和硬件配置，以满足网络应用系统的需要
工作记录	记录工作过程中的数据和所收集的资料
完成任务的成果	服务器的采购清单，服务器选型与选配的报告

3. 实施工作过程的参考步骤

1）打开 IE 浏览器，登录到 http://welcome. hp. com/country/cn/zh/welcome. html，在 HP 的主页上选中"中小企业在线"或"大型企业"，单击"服务器"链接到 http://welcome. hp. com/country/cn/zh/prodserv/servers. html 浏览"惠普服务器"页面内容。

2）阅读有关服务器类型和服务器相关资源的信息（参见表 2.2），然后对惠普服务器的类型作一个比较说明。

表 2.2 服务器相关信息

Integrity 中高端服务器	HP Integrity rx7640	HP Integrity rx8640
处理器类型	1.6GHz/18MB 英特尔安腾 2 双核处理器	1.42GHz/12MB 英特尔安腾 2 双核处理器
	1.42GHz/12MB 英特尔安腾 2 双核处理器	1.42GHz/12MB 英特尔安腾 2 双核处理器
	1.6GHz/24MB 英特尔安腾 2 双核处理器	1.42GHz/24MB 英特尔安腾 2 双核处理器
处理器模块个数	2～8	2～16
核芯数量	4～16	4～32
内存/GB	256	512
PCI 插槽	15	16
最大存储容量/GB	1200	1200/2400 ［采用可选的服务器扩展单元 2 (SEU-2)］
操作系统	HP-UX 11i v2 和 v3 Microsoft Windows Server 2003，企业版和数据中心版 RedHat Enterprise Linux AS 5 Update 1	HP-UX 11i v2 和 v3 Microsoft Windows Server 2003，企业版和数据中心版 RedHat Enterprise Linux AS 5 Update 1
物理尺寸/in	30 深，19 宽，17.5 高	30 深，19 宽，29.75 高

3）登录计算机世界网 http://www.ccw.com.cn/，在主页上单击"产品"下的"服务器"，出现服务器频道页面内容 http://server.ccw.com.cn/，浏览服务器导购、服务器资讯、服务器技术、服务器应用、服务器评测、服务器方案、服务器词典等信息。

4）通过搜索引擎，寻找其他厂商的网络服务器的相关信息，目前的服务器市场中，主要的厂商有康柏、惠普、IBM、DELL、浪潮、长城和联想等。面对如此众多的品牌服务器，我们应该如何选择呢？请在网络调查的基础上，说明服务器选型与选配的基本原则（品牌、实用、扩展、简单）。

5）从服务器所采用的 CPU 来进行选择。比较分析 3～4 种类型和品牌的服务器技术指标，从而确定需要选型与选配的服务器规格。

4. 任务测试与验收

在网络中，服务器承担着数据的存储、转发、发布等关键任务，是各类基于客户机/服务器（C/S）模式网络中不可或缺的重要组成部分。

服务器是网络环境中的高性能计算机，它侦听网络上其他计算机（客户机）提交的服务请求，并提供相应的服务。它是整个网络的核心，不但在性能上能够满足网络应用需求，而且还要具有不间断地向网络客户提供服务的能力。实际上，服务器的可靠运行是整个系统稳定发挥功能的基础。

一台经常死机的服务器是不可忍受的，由此所造成的损失不仅仅是时间的浪费，还可能使多日的工作量付诸东流。

可用性通常用系统的理论正常运行时间和实际使用时间的百分比来衡量。例如，服务器提供 24×7 环境下 99% 的可用性，也就意味着一年可能要停机 88h，这对大部分用户来说是都是不能接受的。99.999% 的可用性可以保证系统 1 年停机的时间在 5.25min 之内，但是这种服务器的价格非常昂贵。

服务器的可用性主要取决于两个方面：一个是服务器本身的质量，具体体现在服务器厂商专业的设计、严格的质量控制以及市场的长期验证三点上；另一个是对易损部件采取的保护措施，例如采用网卡冗余技术、磁盘阵列技术、电源冗余技术、双机或集群方案等来保证网络、磁盘、电源甚至整个主机的在线冗余。

5. 超越与提高

一般来说，网络架构取决于网络的规模和主要应用需求，目前主要网络架构有"对等网"和"客户机/服务器"两种模式。"对等网"主要适用于对网络速度要求不高，不需要太多网络服务的情况。如果一个网络规模很小，且没有必要专门配置一台服务器的，一般采用对等网架构；而中型以上网络应采用"客户机/服务器"模式，这种网络架构能够提供较高的网络传输速率和很丰富的网络服务。

服务器是所有 C/S 模式网络中核心的网络设备，在相当大程度上决定了整个网络的性能。它既是网络的文件中心，同时又是网络的数据中心。

网络应用中，常见应用可以概括为以下几种，它们对服务器的要求各有所侧重。下面为了描述方便，把服务器划分为 4 个功能模块，即 CPU、内存、磁盘子系统和网络子系统。服务器瓶颈依次为网络子系统、内存、磁盘子系统和CPU。

文件服务是最基本的应用服务，服务器相当于一个数据信息的大仓库，保证用户和服务器磁盘子系统之间快速传递数据。在服务器的各个子系统中，对系统性能影响最大的首先是网络子系统，其次是磁盘子系统，再次是内存容量，而对CPU的要求一般不高。

数据库服务是对系统各方面（除网络子系统外）性能要求最高的应用，如财务、库存和人事管理应用等，需要高性能CPU和快速的磁盘子系统来满足大量的随机I/O请求及数据传送。

Web服务器的性能是由网站内容来决定的。如果Web站点是静态的，瓶颈依次是网络子系统和内存。如果Web服务器主要进行密集计算（如动态产生Web页），瓶颈依次是内存、CPU、磁盘子系统和网络子系统。

多媒体服务负责媒体控制及流媒体在网络上传输的功能，I/O吞吐量对服务器性能起着关键的影响。视频服务器的瓶颈依次是网络子系统、磁盘子系统和内存。音频服务对服务器硬件配置要求很低，现在的服务器一般不会成为瓶颈。

终端服务执行各种应用程序并把结果传送给用户，所有负载均加在服务器上。瓶颈通常依次为内存、CPU、网络子系统。

主域控制器是网络、用户和计算机的管理中心，负责提供安全的网络工作环境。主域控制器不但响应用户的登录需求，而且在服务器间同步和备份用户账号、WINS和DHCP数据库等。另外，主域控制器还做域名服务，瓶颈是网络子系统、内存。

任务 2.2 交换机选型与选配

2.2.1 交换机选型的学习性任务

1. 交换与交换机

交换（Switching）是按照通信两端传输信息的需要，用人工或设备自动完成的方法，把要传输的信息送到符合要求的相应路由上的技术统称。广义的交换机（Switch）就是一种在通信系统中完成信息交换功能的设备。

在计算机网络系统中，交换概念的提出是对于共享工作模式的改进。集线器就是一种共享设备，集线器本身不能识别目的地址，当同一网络内的A主机给B主机传输数据时，数据包在以集线器为架构的网络上是以广播方式传输的，由每一台终端通过验证数据包头的地址信息来确定是否接收。也就是说，在这种工作方式下，同一时刻网络上只能传输一组数据帧的通信，如果发生碰撞还得重试。这种方式就是共享网络带宽。

交换机拥有一条很高带宽的背部总线和内部交换矩阵。交换机的所有端口都挂接在这条背部总线上，控制电路收到数据包以后，处理端口会查找内存中的地址对照表以确定目的MAC（网卡的硬件地址）的NIC（网卡）挂接在哪个端口上，通过内部交换矩阵迅速将数据包传送到目的端口，目的MAC若不存在才广播到所有的端口，接收端口回应后交换机会"学习"新的地址，并把它添加入内部MAC地址表中。

使用交换机也可以把网络"分段"，通过对照MAC地址表，交换机只允许必要的

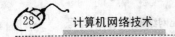

网络流量通过交换机。通过交换机的过滤和转发，可以有效地隔离广播风暴，减少误包和错包的出现，避免共享冲突。

交换机在同一时刻可进行多个端口对之间的数据传输。每一端口都可视为独立的网段，连接在其上的网络设备独自享有全部的带宽，无须同其他设备竞争使用。当节点 A 向节点 D 发送数据时，节点 B 可同时向节点 C 发送数据，而且这两个传输都享有网络的全部带宽，都有着自己的虚拟连接。假使这里使用的是 10Mbps 的以太网交换机，那么该交换机这时的总流通量就等于 $2×10Mbps=20Mbps$，而使用 10Mbps 的共享式集线器时，一个集线器的总流通量也不会超出 10Mbps。

总之，交换机是一种基于 MAC 地址识别，能完成封装转发数据包功能的网络设备。交换机可以"学习"MAC 地址，并把其存放在内部地址表中，通过在数据帧的始发者和目标接收者之间建立临时的交换路径，使数据帧直接由源地址到达目的地址。

2. 交换机分类

从广义上来看，交换机分为两种：广域网交换机和局域网交换机。广域网交换机主要应用于电信领域，提供通信用的基础平台；而局域网交换机则应用于局域网络，用于连接终端设备，如计算机及网络打印机等。从传输介质和传输速率上可分为以太网交换机、快速以太网交换机、千兆以太网交换机、FDDI 交换机、ATM 交换机和令牌环交换机等。从规模应用上，又可分为企业级交换机、部门级交换机和工作组交换机等。各厂商划分的尺度并不完全一致。一般来讲，企业级交换机都是机架式，部门级交换机可以是机架式（插槽数较少），也可以是固定配置式，而工作组级交换机为固定配置式（功能较为简单）。另一方面，从应用的规模来看，作为骨干交换机时，支持 500 个信息点以上大型企业应用的交换机为企业级交换机，支持 300 个信息点以下中型企业的交换机为部门级交换机，而支持 100 个信息点以内的交换机为工作组级交换机。

图 2.1 所示为锐捷品牌交换机的外观示意图。

图 2.1　交换机的外观

3. 交换机功能

交换机的主要功能包括物理编址、网络拓扑结构、错误校验、数据帧序列以及流量控制。目前，交换机还具备了一些新的功能，如对虚拟局域网（VLAN）的支持、对链路汇聚的支持，甚至有的还具有防火墙的功能。

交换机了解每一端口相连设备的 MAC 地址，并将地址同相应的端口映射起来存放在交换机缓存中的 MAC 地址表中。

当一个数据帧的目的地址在 MAC 地址表中有映射时，它被转发到连接目的节点的端口而不是所有端口（如该数据帧为广播/组播帧则转发至所有端口）。

当交换机包括一个冗余回路时，交换机通过生成树协议避免回路的产生，同时允许存在后备路径。

交换机除了能够连接同种类型的网络之外，还可以在不同类型的网络（如以太网和快速以太网）之间起到互连作用。如今许多交换机都能够提供支持快速以太网或 FDDI 等的高速连接端口，用于连接网络中的其他交换机或者为带宽占用量大的关键服务器提供附加带宽。

一般来说，交换机的每个端口都用来连接一个独立的网段，但是有时为了提供更快的接入速率，我们可以把一些重要的计算机直接连接到交换机的端口上。这样，网络的关键服务器和重要用户就可拥有更快的接入速率，支持更大的信息流量。

4. 交换机的转发技术

（1）直接转发

可以将直接转发的交换机理解为在各端口间纵横交叉的线路矩阵电话交换机。它在输入端口检测到一个数据包时，检查该包的包头，获取包的目的地址，启动内部的动态查找表转换成相应的输出端口，在输入与输出交叉处接通，把数据包直接送到相应的端口，实现交换功能。由于不需要存储，延迟非常小、交换非常快，这是它的优点。它的缺点是，因为数据包内容并没有被交换机保存下来，所以无法检查所传送的数据包是否有误，不能提供错误检测能力。由于没有缓存，不能将具有不同速率的输入/输出端口直接接通，而且容易丢包。

（2）存储转发

存储转发是计算机网络领域应用最为广泛的方式。它把输入端口的数据包先存储起来，然后进行循环冗余码校验（CRC）检查，在对错误包处理后才取出数据包的目的地址，通过查找表转换成输出端口送出包。正因如此，存储转发在数据处理时延时大，这是它的不足，但是它可以对进入交换机的数据包进行错误检测，有效地改善网络性能。尤其重要的是它可以支持不同速率的端口间的转换，保持高速端口与低速端口间的协同工作。

（3）碎片隔离

这是介于前两者之间的一种解决方案。它检查数据包的长度是否够 64B，如果小于64B，说明是假包，则丢弃该包；如果大于 64B，则发送该包。这种方式也不提供数据校验。它的数据处理速度比存储转发方式快，但比直接转发慢。

5. 交换机的选型与选配

交换机是网络中最主要设备，所以它的选择对于整个网络来说都是至关重要的。

（1）端口数的选型考虑

交换机端口数多少的选择不仅要考虑到网络中需要连接的用户数多少，还要考虑到单端口的成本和交换机所处的位置。一般来说，端口数越多，单端口成本越低，但也不是说越多越好。通常建议控制在 48 个端口之内，而且越是上层的交换机，端口数可以越少，越下层的交换机，端口数可以越多。一方面是因为上层交换机通常需要较高性能，端口速率较高（如 10Gbps、1000Mbps），而实际网络中需要这样速率的设备并不是很多。另一方面，这样的高带宽端口太多了不仅会造成浪费，同时还会大大增加成本。一般固定端口的核心或者骨干层交换机选择 24 个端口以内，12 个端口以上的为宜，而汇聚层和接入层交换机则可以选择最多 48 个端口的交换机，通常也是 24 个端口的。模块式交换机的端口数则是可变的，可以随着网络规模的发展而扩展，企业级的交换机通常都是模块式的，一般可以扩展到百个以上的不同类型端口，只需插入相应交换模块即可。

（2）端口类型的选型考虑

交换机端口与网卡一样，也有许多种不同类型，以支持不同的网络技术和传输介质。普通的以太网交换机都是采用双绞线 RJ-45 接口，而且最高可以支持 1000Mbps；而有些高档的交换机为了获得高性能，采取了光纤作为传输介质，这就需提供适合相应类型光纤的网络接口。

具体需要多少个光纤端口也要视具体网络规模、应用需求和所处位置而定。通常对于大中型网络，则在核心或骨干层交换机中应该提供多一些的光纤端口，通常在 4 个以上。有些采用光纤作为传输介质的比较多的网络中，采用了全光纤端口的交换机，当然这类交换机的端口数通常是在 12 个以内，因为多光纤端口的交换机价格昂贵。而处于汇聚层和接入层的交换机则通常只需两个左右的光纤端口即可。至于是采用单模光纤接口，还是采用多模光纤接口，则要根据所连接的下级设备传输性能需求和投资成本预算而定，多模的性能好，但价格高，一般在企业网中采用单模 SX 接口。

（3）工作层次的选型考虑

交换机可以分为二层交换机、三层交换机、四层交换机和七层交换机。目前主要应用的还是二层和三层两种，具体如何选择，也要根据交换机所处的位置、实际的网络应用和投资预算而定。一般来说，在大中型网络中，核心和骨干层交换机都要采用三层交换机，它不仅性能远优于二层交换机，而且还提供了许多新的功能。至于四层和七层交换机，绝大多数网络是无须采用的，因为这类交换机主要用于电信级企业网中。

（4）性能档次的选型考虑

交换机与服务器一样，也有档次之分，而且划分的类型也基本一样，从低到高依次为桌面级交换机、工作组级交换机、部门级交换机、企业级交换机，当然档次越高价格越高。桌面级交换机通常只是作为网络中最底层的交换机，直接连接终端用户，通常是低档的二层交换机。因为具有的性能比较低、所提供的端口数也非常少，所以一般也只适用于小型办公室、家庭网络选择使用。

在一般的小型网络中，担当核心交换机的也为工作组级交换机，仅具有一般的二层交换机性能，只有最多两个层次，二层交换机采用的多数是桌面级交换机。在这样一个交换机连接的网络中，当然是最简单的，也是性能最低的，不具有网管功能。

在大中型网络中，或者在有复杂应用的网络中，担当核心或骨干层交换机的通常为部门级或者企业级交换机。它们对千兆位以太网技术提供支持，至少提供 1 个 1000Mbps 双绞线 RJ-45 或者光纤接口，以便与域控制器或其他应用服务器（如数据库服务器、邮件服务器、视频点播服务器等）进行带宽连接。

（5）品牌的选型考虑

交换机品牌也非常多，国外著名品牌有 3Com、Cisco、安奈特、NETGEAR 等，国内的如华为、D-LINK、TP-LINK、锐捷等。与其他任何产品一样，越是大的品牌，同档次产品的价格就越高，但同时性能和售后服务也可能越好。对于具体选择哪家公司的产品没有硬性规定，这就需要根据具体的网络规模、网络应用和投资预算而定。但一般建议同一层的交换机选择同一品牌的产品，这样可以做到最大限度地兼容。另外，对于核心和骨干层交换机建议选择大品牌产品，接入层的交换机选择比较随意。

（6）服务支持的选型考虑

服务支持是指交换机生产或经销厂商为用户所提供的服务支持。低档的交换机可能因为配置简单，在实际应用中不会碰到太多的问题，但对于那些价格较高，结构和配置复杂的中高档交换机，一般的网络管理员很难全面掌握，这时设备生产和提供商所提供的服务支持就非常重要了。其实，这是由设备品牌决定的。一般来说，著名的品牌一方面交换机设备性能较好，稳定性较高，服务体系也比较完善，在出现问题时能得到及时的响应，并提供如意的服务支持。当然这一切都是要付出代价的，这代价就体现在设备的价格上，一般比普通的品牌贵一些，有些甚至贵上一倍以上。这就要求我们在选配时仔细权衡得失了，一般骨干层以上的中高档交换机最好选择大品牌的，而对于终端的桌面交换机则可以选择一些稍为次等的，毕竟这类交换机所用数量最多，但应用却相对较简单，出现故障的可能性也不是很大。

2.2.2 交换机选型的工作性任务

1. 工作任务描述

（1）工作任务名称

工作任务名称：为组建网络选择交换机的类型和品牌。

（2）任务内容提要

交换机在网络中的作用就是集中连接各种网络设备，这其中包括服务器、工作站计算机、路由器、网络打印机、网络存储设备等。

面对各种各样的交换机，我们怎样去评定一台交换机的性能呢？首先，我们要知道怎样去了解交换机的性能；其次，要知道交换机性能参数的内在含义，也就是数字的内在因素。

一般在阅读各品牌交换机的产品说明时，会不会对"数字"产生感觉呢？例如，当看到"每秒处理 1.6Gb 的网络数据包"等数字时，能不能立刻分析出这个产品是好是坏呢？单从这样一个数字也许还不能获得分辨这个产品好坏的信息。但只要了解了相关的知识，通过相互比较后，就能得到结果。所以，要分辨出能"每秒处理 1.6Gb 的网络数据包"的产品到底是好是坏，还要通过自主学习来了解交换机的相关性能指标，才能找到分析的依据。

请按照如表 2.3 所示的性能指标选择一款交换机设备。

表 2.3　交换机的性能指标

序号	性能指标	要求
1	背板带宽	≥12.8Gbps
2	二层包转发率	≥6.6Mpps
3	最大可扩展 1000Mbps 上联端口（SX/LX/T）	≥2
4	整机最大可支持百兆端口数	≥26
5	整机固定 10/100Mbps 端口数	≥24
6	支持 IGMP 源端口检查	提供
7	支持 PORT＋MAC＋IP 地址绑定（不通过 ACL 或 AAA 认证方式）	提供
8	生成树协议（IEEE 802.1d、802.1W、802.1s）	提供
9	GVRP，PVLAN	提供
10	IEEE 802.1X 安全认证	提供
11	支持基于交换机端口、MAC 地址、IP 地址、协议、应用进行带宽限制	提供
12	支持 IP 标准、IP 扩展的 ACL、MAC 扩展的 ACL	提供
13	支持基于时间的 ACL	提供
14	可同时基于 VLAN 号、以太网类型、MAC 地址、IP 地址、TCP/UDP 端口号、时间灵活组合限定的硬件 ACL	提供
15	多端口同步监控技术，通过一个端口即可同时监控多个端口的数据流	提供
16	支持 Telnet 和 Web 的源 IP 管理控制	提供
17	支持集群管理	提供
18	管理方式：Telnet、Console、CLI、Web（Java-based）、SSH	提供

2. 工作任务要求

工作任务要求见表 2.4。

表 2.4　工作任务要求

栏目	要求
任务目标	为组建网络选择交换机的类型和品牌
工作活动内容	根据网络需要选择交换机类型，评价交换机性能，比较交换机的技术参数
学习情境与工具	Internet 搜索、IT 市场、小组讨论等
工作任务	各小组成员上 Internet 搜索资料，收集相关信息，然后深入市场了解交换机行情与相关性能，根据需求选择几款性价比合理的交换机，最后进行小组讨论，确定交换机的品牌型号
相关知识点	交换机的功能、作用、分类、性能指标
工作过程分解	1）上网搜索查询交换机的学习资料与性能指标 2）根据交换机选型与选配的基本原则，对交换机性能指标进行比较分析 3）根据需要选择交换机品牌型号，说明交换机选型的基本依据，评价所选交换机的性能指标的符合程度
工作记录	记录工作过程中的数据和所收集的资料
完成任务的成果	交换机的采购清单，交换机选型与选配的报告

3. 完成任务的参考步骤

1) 根据交换机技术指标的参数配置要求，通过 Internet 搜索引擎，寻找与之适应的交换机的相关信息。

2) 以三个品牌的选配交换机为基础数据，填写表2.5～表2.12。

① 基本信息（见表2.5）。

表 2.5　基本信息

产品名称			
产品图片			
厂家			
价格			
评价			
用户意见			

② 基本规格（见表2.6）。

表 2.6　基本规格

产品名称			
设备类型			
内存/GB			
交换方式			
背板带宽/Gbps			
包转发率/Mbps			
是否支持 VLAN			
MAC 地址表			

③ 网络（见表2.7）。

表 2.7　网络

产品名称			
支持的网络标准			
传输速率/Mbps			

④ 端口（见表2.8）。

表 2.8　端口

产品名称			
端口数			
端口类型			
模块化插槽数			

⑤ 其他（见表 2.9）。

表 2.9　其他

产品名称			
网管功能			
是否支持全双工			
堆叠			

⑥ 电气规格（见表 2.10）。

表 2.10　电气规格

产品名称			
额定电压/V			
额定功率/W			

⑦ 外观特征（见表 2.11）。

表 2.11　外观特征

产品名称			
重量/kg			
长度/mm			
宽度/mm			
高度/mm			

⑧ 环境条件（见表 2.12）。

表 2.12　环境条件

产品名称			
工作温度/℃			
工作湿度/%			
工作高度/m			
存储温度/℃			
存储湿度/%			
存储高度/m			

3）比较分析三个选配交换机品牌、规格后，提供候选的顺序。

4. 任务测试与验收

选择交换机的关键是把握其主要性能指标，而判断交换机性能指标的好坏，需要考虑以下几个的因素。

（1）交换方式或转发技术

存储转发技术要求交换机在接收到全部数据包后再决定如何转发，采用该技术的交换机可以在转发之前检查数据包的完整性和正确性，减少了不必要的数据转发。直接转发则是在交换机收到整个帧之前就已经开始转发数据了，这样可以有效地降低交换延迟。但是，由于交换机在没有完全接收并检查数据包的正确性之前就已经开始了数据转发，因此在通信质量不高的环境下，交换机会转发所有的完整数据包和错误数据包，这实际上是给整个交换网络带来了许多垃圾通信包。因此，直接转发技术适用于网络链路质量较好、错误数据包较少的网络环境。

（2）吞吐量

以太网吞吐量的最大理论值被称为线速，是指交换机有足够的能力以全速处理各种规格的数据包转发。

（3）管理功能

通常，交换机厂商都提供管理软件或第三方管理软件远程管理交换机。一般的交换机满足 SNMP MIB I/MIB II 统计管理功能，而复杂一些的千兆交换机会通过增加内置 RMON 组（mini-RMON）来支持 RMON 主动监视功能。有的交换机还允许外接 RMON 监视可选端口的网络状况。

（4）延时

采用直接转发技术的交换机有固定的延时，因为直通式交换机不管数据包的整体大小，而只根据目的地址来决定转发方向。所以，它的延时是固定的。采用存储转发技术的交换机由于必须要接收完完整的数据包才开始转发，所以数据包大，则延时大；数据包小，则延时小。

（5）单/多 MAC 地址类型

单 MAC 交换机主要设计用于连接最终用户、网络共享资源或非桥接路由器，它们不能用于连接集线器或含有多个网络设备的网段。多 MAC 交换机在每个端口有足够存储体，记忆多个硬件地址。多 MAC 交换机的每个端口可以被看作一个集线器，而整个交换机就可以被看作集线器的集线器。

（6）全双工

全双工端口可以同时发送和接收数据，具有全双工功能的交换机可以获得两倍于单工模式通信的吞吐量，并且避免了数据发送与接收之间的碰撞。目前市场上的主流千兆交换机如 Cisco、3Com 的产品均支持全/半双工模式的自动转换。

（7）能否支持虚拟局域网（VLAN）

通过将局域网划分为虚拟局域网 VLAN 网段，可以强化网络管理和网络安全，控制不必要的数据广播。在虚拟网络中，广播域可以是由一组任意选定的 MAC 地址组成的虚拟网段。这样，网络中工作组可以突破共享网络中的地理位置限制，而根据管理功能来划分。

（8）链路聚合

链路聚合可以让交换机之间和交换机与服务器之间的链路带宽有非常好的伸缩性，比如可以把 2 个、3 个、4 个千兆的链路绑定在一起，使链路的带宽成倍增长。链路聚合技术可以实现不同端口的负载均衡，同时也能够互为备份，保证链路的冗余性。在这些千兆以太网交换机中，最多可以支持 4 组链路聚合，每组中最大 4 个端口。链路聚合一般是不允许跨芯片设置的。生成树协议和链路聚合都可以保证一个网络的冗余性。在一个网络中设置冗余链路，并用生成树协议让备份链路阻塞，在逻辑上不形成环路。而

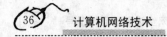

一旦出现故障，则启用备份链路。

（9）安全性

安全性越来越为人们所重视，交换机可以在底层把非法的客户隔离在网络之外。这些可以管理的网络交换机都支持 MAC 地址过滤的功能，还可以将 MAC 地址与固定的端口绑定在一起，和 VLAN 绑定在一起。

5. 超越与提高

交换机的基本技术指标较多，这些技术指标全面反映了交换机的技术性能和功能，是我们选择时参考的重要数据来源。下面是比较重要的技术指标的说明。

（1）端口带宽

端口带宽是交换机的一个最基本的技术指标，反映了交换机的网络连接性能。目前普通的二层交换机端口都是 10/100Mbps、100Mbps，对于那些三层或三层以上的骨干交换机则基本上都提供双绞线或者光纤千兆位速率端口，还有一些高档核心交换机则是采用了 10Gbps 技术，提供了 10Gbps 光纤端口。

至于交换机端口带宽的选择主要根据所选配的交换机的应用位置和网络环境，对于小型网络，所有交换机都可以选择普通的 10/100Mbps 二层交换机。对于中型或以上网络，处于骨干层以下的交换机仍可以选择普通的 10/100Mbps 二层交换机，而对于骨干层和核心层交换机则要根据网络规模的大小和网络应用的复杂程度来选择，一般采用支持普通双绞线千兆位以太网的即可；网络规模较大，或者网络应用较复杂的则可以选择支持光纤的千兆位交换机。对于一些行业用户（如电信、金融、证券等）甚至可以选择支持 10Gbps（万兆位）的光纤交换机。

（2）支持的标准和协议

交换机所支持的协议和标准，直接决定了交换机的网络适应能力。这些协议和标准一般是指由国际标准化组织所制定的联网规范和设备标准。不同协议的交换机所支持的标准、协议、功能和价格差别都非常大，所以在具体选配时要根据交换机所处的网络位置和所承担的网络应用恰当地选择。

（3）背板带宽

交换机拥有一条很高带宽的背板总线和内部交换矩阵，这个背板总线带宽（俗称"背板带宽"）相对于每个端口带宽来说要高出许多，通常交换机背板带宽是交换机每个端口带宽的几十倍，但不一定是所有端口带宽的总和。背板带宽的单位也是每秒通过的数据包个数（pps），表示交换机接口处理器或接口卡和数据总线间所能吞吐的最大数据量。一台交换机的背板带宽越高，所能处理数据的能力就越强，但同时成本也将会越高。普通的交换机背板带宽只有几个吉比特每秒，而高档交换机的背板带宽可达几百吉比特每秒，甚至上千吉比特每秒。

（4）数据转发方式

交换机的数据包转发方式主要分为"直接转发"和"存储转发"。由于不同的转发方式适应于不同的网络环境，因此，应当根据自己的需要作出相应的选择。直接转发由于只检查数据包的包头，不需要存储，所以切入方式具有延时小、交换速度快的优点。

存储转发在数据处理时延时大，但它可以对进入交换机的数据包进行错误检测，并且能支持不同速率的输入输出端口间的交换，有效地改善网络性能。同时，这种交换方式支持不同速率端口间的转换，保持高速端口和低速端口间协同工作。

低端交换机通常只拥有一种转发模式，或是存储转发，或是直接转发，往往只有中高端产品才兼具两种转发模式，并具有智能转换功能，可根据通信状况自动切换转发模式。通常情况下，如果网络对数据的传输速率要求不是太高，可选择存储转发的交换机；如果网络对数据的传输速率要求较高，可选择直接转发的交换机。

（5）MAC 地址记忆数

交换机的关键技术是交换机可以识别连在网络上的节点的网卡物理地址，形成一个 MAC 地址表。这个 MAC 地址表存放于交换机的缓存中，并记住这些地址。这样一来，当需要向目的地址发送数据时，交换机就可在 MAC 地址表中查找这个 MAC 地址的节点位置，然后直接向这个位置的节点发送。所以，交换机的 MAC 地址记忆能力在一定程度上也影响了交换机数据转发的性能。

但是不同档次的交换机每个端口所能够支持的 MAC 数量不同。在交换机的每个端口，都需要足够的缓存来记忆这些 MAC 地址，所以缓存（Buffer）容量的大小就决定了相应交换机所能记忆的 MAC 地址数的多少。通常，交换机只要能够记忆 1024 个 MAC 地址基本上就可以了，而一般的交换机通常都能做到这一点，所以如果在网络规模不是很大的情况下，这一参数无须太多考虑。当然越是高档的交换机能记住的 MAC 地址数就越多，这在选择时要视所连网络的规模而定。

（6）可扩展性能

交换机的可扩展性是选择交换机时要重点考虑的一个问题，特别是对于那些骨干或核心层交换机。但要注意，可扩展性好并非仅仅是产品拥有很多端口数量，而是交换机随着网络规模的扩大或者应用的添加，端口数量、类型和带宽的扩展能力。

交换机的扩展能力可以通过堆叠和模块化两种方式来提高。通过堆叠，不仅可以成倍地提高交换端口数量，而且还可以实现端口的实际可使用带宽的提高，因为堆叠后的多台交换机可像一台交换机那样一起使用和管理总的背板带宽。但并不是所有的交换机都支持堆叠，只有具备堆叠模块的交换机才具有堆叠能力，而且每台可堆叠交换机又有一个最大可堆叠数限制。

至于模块化，则是交换机为了将来应用的扩展专门推出的一种技术，这在其他设备中也有。模块化的交换机在需要提高端口数，需要提供其他类型的网络接口时非常有用。通过在模块插槽中插入模块结构卡就可以实现上述功能。例如，原来为 12 个端口的，通过扩展模块可以实现 24 个端口，还可能原来的交换机只支持 10/100Mbps 双绞线快速以太网，但现在需要支持光纤千兆位以太网了，此时模块化方案就可以实现这一要求。当然，这也不是所有交换机都具有的，一般是中高档交换机才有。

（7）是否具有网管功能

交换机的管理功能是指交换机如何控制用户访问交换机，以及系统管理人员通过软件对交换机的可管理程度如何。只有网管型交换机才具有管理功能，所以如果需要以上配置和管理，则须选择网管型交换机。

普通的二层交换机不具有网管功能，属"傻瓜"型的，只要接上电源、插好网线即可正常工作，而三层交换机需要根据实际应用来进行较复杂配置的。识别一个交换机是否具有网管功能的最直接方法就是看交换机是否具有提供网管配置的串行端口（有的是插孔式的母头，有的是插针式的公头）。目前几乎所有三层或三层以上的中、高档交换机都是可网管的。这类网管型交换机一般所有的厂商都会随机提供一份本公司开发的交换机管理软件。低档的交换机通常接上去就可以用。

是否需要支持网管也不能一概而论，一般核心和骨干层、汇聚层交换机最好支持网管功能，以便管理员维护，而接入层交换机则通常无需支持网管功能。

（8）对 10Gbps 技术的支持

目前，100Mbps 连接到桌面已经非常普遍。这些 100Mbps 连接经过布线间交换机的会聚，可以实现千兆位速率的接入。另外，在网络数据中心，越来越多的服务器上配置了千兆位网卡，采用千兆位连接同网络骨干相连接。这样，就对网络骨干节点之间的连接速率提出了更高的要求。10Gbps 以太网技术在一对光纤或者 4 对 7 类双绞线芯线上提供了 10Gbps 的传输速率，是满足当前网络带宽需求的最佳解决方案。在不久的将来，提供 10Gbps 接口的交换机将会获得越来越广泛的应用。就目前来说，10Gbps 交换机只是对于那些网络规模较大，应用非常复杂的行业应用来说的，普通的中小企业暂时还没这个必要。

任务 2.3　路由器选型与选配

2.3.1　路由器选型的学习性任务

随着互联网时代的到来，仅搭建内部网络已经不能满足众多企业的工作需求，有更多的用户需要在 Internet 上发布信息，或进行信息检索，将企业内部网接入 Internet 成为网络组建中常常碰到的工作项目之一。当企业内部网通过数字数据通信网接入 Internet 时，通常采用路由器来实现。

路由器则是用来连接不同的网络和子网的，所以它出现在需要连接外部网络，或者在网络中有多个子网，需要互连互通时的网络环境中。在单纯的企业内部网、企业内部子网的环境中是不需要路由器的。

1. 什么是路由器

什么把网络相互连接起来？是路由器（Router）。路由器是互连网络的枢纽、"交通警察"。目前，路由器已经广泛应用于各行各业，各种不同档次的产品已经成为实现各种骨干网内部连接、骨干网间互连和骨干网与互联网连接互通业务的主力军。

所谓路由，就是指通过相互连接的网络把信息从源地点移动到目标地点的活动。而路由器，正是执行这种行为动作的机器，是一种连接多个网络或网段的网络设备，它能将不同网络或网段之间的数据信息进行"翻译"，以使它们能够相互"读懂"对方的数据，从而构成一个更大的网络。一般来说，在路由过程中，信息至少会经过一个或多个中间节点。

路由器是互联网的主要节点设备。路由器通过路由决定数据的转发。转发策略称为路由选择（Routing），这也是路由器名称的由来（Router，转发者）。作为不同网络之间互相连接的枢纽，路由器系统构成了基于 TCP/IP 的 Internet 的主体脉络。也可以说，路由器构成了 Internet 的骨架。它的处理速度是网络通信的主要瓶颈之一，它的可靠性则直接影响着网络互连的质量。

2. 路由器如何工作

路由器的主要工作就是为经过路由器的每个数据帧寻找一条最佳传输路径，并将该数据有效地传送到目的站点。由此可见，选择最佳路径的策略即路由算法是路由器的关键所在。为了完成这项工作，在路由器中保存着各种传输路径的相关数据——路径表（Routing Table），供路由选择时使用。路径表中保存着子网的标志信息、网上路由器的个数和下一个路由器的名字等内容。路径表可以是由系统管理员固定设置好的，也可以由系统动态修改，可以由路由器自动调整，也可以由主机控制。

（1）静态路径表

由系统管理员事先设置好固定的路径表称之为静态（Static）路径表，一般是在系统安装时就根据网络的配置情况预先设定的，它不会随未来网络结构的改变而改变。

（2）动态路径表

动态（Dynamic）路径表是路由器根据网络系统的运行情况而自动调整的路径表。路由器根据路由选择协议（Routing Protocol）提供的功能，自动学习和记忆网络运行情况，在需要时自动计算数据传输的最佳路径。

事实上，路由器除了上述的路由选择这一主要功能外，还具有网络流量控制功能。有的路由器仅支持单一协议，但大部分路由器可以支持多种协议的传输，即多协议路由器。由于每一种协议都有自己的规则，要在一个路由器中完成多种协议的算法，势必会降低路由器的性能。

3. 路由器的作用

路由器的一个作用是连通不同的网络，另一个作用是选择信息传送的线路。选择通畅快捷的近路，能大大提高通信速度，减轻网络系统通信负荷，节约网络系统资源，提高网络系统畅通率，从而让网络系统发挥出更大的效益来。

从过滤网络流量的角度来看，路由器的作用与交换机非常相似。但是与工作在网络物理层，从物理上划分网段的交换机不同，路由器使用专门的软件协议从逻辑上对整个网络进行划分。例如，一台支持 IP 协议的路由器可以把网络划分成多个子网段，只有指向特殊 IP 地址的网络流量才可以通过路由器。对于每一个接收到的数据包，路由器都会重新计算其校验值，并写入新的物理地址。因此，使用路由器转发和过滤数据的速度往往要比只查看数据包物理地址的交换机慢。但是，对于那些结构复杂的网络，使用路由器可以提高网络的整体效率。路由器的另外一个明显优势就是可以自动过滤网络广播。从总体上说，在网络中添加路由器的整个安装过程要比即插即用的交换机复杂很多。

一般说来，异种网络互连与多个子网互连都应采用路由器来完成。

4. 路由器的类型

路由器在各种级别的网络中随处可见。接入网络使得家庭或小型企业可以连接到某个互联网服务提供商 ISP；网络中的路由器连接一个校园或企业内成千上万的计算机；骨干网上的路由器终端系统通常是不能直接访问的，它们连接长距离骨干网上的 ISP 和企业网络。

（1）接入路由器

接入路由器连接家庭或 ISP 内的小型企业客户。接入路由器支持许多异构和高速端口，在各个端口能够运行多种协议。

（2）企业级路由器

企业或校园级路由器连接许多终端系统，其主要目标是以尽量便宜的方法实现尽可能多的端点互连，并且进一步要求支持不同的服务质量。

（3）骨干级路由器

骨干级路由器实现企业级网络的互连。对它的要求是速率和可靠性，而代价则处于次要地位。硬件可靠性可以采用电话交换网中使用的技术，如热备份、双电源、双数据通路等来获得。这些技术对所有骨干路由器而言差不多是标准的。

（4）多 WAN 路由器

双 WAN 路由器具有物理上的两个 WAN 口作为外网接入，这样内部网络的计算机就可以经过双 WAN 路由器的负载均衡功能同时使用两条外网接入线路，大幅提高网络带宽。当前双 WAN 路由器主要有"带宽汇聚"和"一网双线"的应用优势，这是单 WAN 路由器做不到的。

5. 路由器的选型与选配

路由器的选配主要应从以下几个方面加以考虑。

（1）路由协议

路由器就是用来连接不同网络的，这些所连接的不同网络可能采用的是同一种通信协议，也可能采用的是不同的通信协议，这就要在选配路由器时充分考虑。如果路由器不支持一方的协议，那就无法实现它在网络之间的路由功能。为此，在选配路由器时就要注意所选路由器能够支持的网络路由协议有哪些，特别是在广域网中的路由器。因为广域网路由协议非常多，网络也相当复杂，如目前电信局提供的广域网线路主要有 X.25、FR（帧中继）、DDN 等多种。但是作为用于局域网之间的路由器来说相对就较为简单些。因此，选配路由器时要考虑其目前及将来的实际需求，并以此选择相应的协议。

（2）背板能力

背板能力是指路由器背板容量或者总线带宽能力。通常，中档路由器的包转发能力均应在 1Mpps（Million packet per second，百万包每秒）以上，这个性能对于保证整个网络之间的连接速率是非常重要的。如果所连接的两个网络速率都较快，而由于路由器的带宽限制，这将直接影响整个网络之间的通信速率。一般来说，如果是连接两个较大的网络，网络流量较大时应格外注意路由器的背板容量，但在小型网络之间，这个参数则不用特别在意。因为一般来说，路由器在这方面都能满足小型网络之间的通信带宽要求。但要注意，背板能力只能在设计中体现，一般无法测试。

（3）丢包率

路由器作为数据转发的网络设备就存在一个丢包率的概念。丢包率就是在一定的数据流量下路由器不能正确进行数据转发的数据包在总的数据包中所占的比例。丢包率的大小会影响到路由器线路的实际工作速率，严重时甚至会使线路中断。通常，正常工作所需的路由器丢包率应小于1‰。一般来说，小型企业网络流量不会很大，所以出现丢包现象的机会也很小，在此方面小型企业不必作太多考虑，而且一般来说路由器在此方面都还是可以接受的。但如果网络规模比较大，网络中的中心路由器就可能需要充分考虑这一指标了。

（4）转发延迟

路由器的转发延迟是从需转发的数据包最后一比特进入路由器端口，到该数据包第一比特出现在端口链路上的时间间隔，当然是越短越好了［以毫秒（ms）计］。时延与数据包长度和链路速率都有关，通常在路由器端口吞吐量范围内测试。时延对网络性能影响较大，作为高速路由器，在最差情况下，要求对1518字节及以下的IP包时延均应小于1ms。

（5）路由表容量

路由表容量是指路由器运行中可以容纳的路由数量。一般来说，越是高档的路由器路由表容量越大，因为它可能要面对非常庞大的网络。这一参数与路由器自身所带的缓存大小有关。一般而言，高速路由器应该能够支持至少25万条路由，平均每个目的地址至少提供两条路径，系统必须支持至少25个BGP（Border Gateway Protocol，边界网关协议）对等和至少50个IGP（Internal Gateway Protocol）邻居。一般情况下，不需太注重路由器的这一参数，因为一般来说它都能满足网络需求。

（6）扩展能力

扩展性是考察路由器产品性能的一个关键点。随着计算机网络应用的逐渐增加，现有的网络规模有可能不能满足实际需要，会产生扩大网络规模的要求，因此扩展能力是一个网络在设计和建设过程中必须要考虑的。网络规模的扩展对于路由器扩展方面的影响主要体现在路由器的子网连接能力上。当然，用户数的支持也是路由器扩展能力方面的一个重要体现。另外，还体现在企业与外部网络的连接上。由于各种原因的限制，对方网络可能采用一些与当前路由器所支持的广域网连接方式不同的连接方式，这就要求路由器具有灵活的连接类型支持能力，通过扩展模块实现多种不同连接方式的支持。

（7）可靠性

可靠性是指路由器的可用性、无故障工作时间和故障恢复时间等指标。当然，这一指标只能凭开发商自己宣传了，新买的路由器暂时无法验证。但可以选配信誉较好、技术先进的品牌作保障。

（8）安全性

现在，网络安全越来越受到用户的高度重视，无论是个人还是单位用户。路由器作为个人、企事业单位内部网与外部进行连接的设备，能否提供高要求的安全保障就极其重要了。目前许多厂家的路由器可以设置访问权限列表，达到控制哪些数据才可以进出路由器，实现防火墙的功能，防止非法用户的入侵。另外一个就是路由器的网络地址转换功能。使用路由器的这种功能，就能够屏蔽公司内部局域网的网络地址，利用地址转换功能统一转换成电信局提供的广域网地址。这样，网络上的外部用户就无法了解到公司内部网的网络地址，可进一步防止非法用户的入侵。

(9) 管理方式

路由器最基本的管理方式是利用终端（如 Windows 系统所提供的"超级终端"）通过专用配置电缆连接到路由器的"Console"端口（控制端口，可能是串口，也可能是RJ-45 以太网口）直接进行的。因为新购买的路由器配置文件是空的，所以用户购买路由器以后一般都是先使用此方式对路由器进行本地基本配置。但有时我们利用本地配置方式存在诸多不便，这时可以用其他远程配置方式（如 Web 方式、Telnet 终端方式、TFTP 方式等）来进行配置。最好能提供多种管理方式，以供灵活选择。

(10) 网管能力

在大型网络中，由于路由器有非常关键和重要的控制任务，因此随着网络规模的不断增大，其网络的维护和管理负担就越来越重，所以在路由器这一层上支持标准的网管系统尤为重要。不过，一般的路由器厂商都会提供一些与之配套的网络管理系统软件，有些还支持标准的 SNMP 管理系统进行集中管理。选择路由器时，务必要关注网络系统的监管和配置能力是否强大，设备是否可以提供统计信息和深层故障检测的诊断功能等。

2.3.2 路由器选型的工作性任务

1. 工作任务描述

(1) 工作任务名称

工作任务名称：为组建网络选择路由器类型和品牌。

(2) 任务内容提要

一个主干为百兆的网络，用户数量不多，信息点仅为 200 个。出于网络应用的需求，拟采用专线方式接入 Internet，如何选择路由器达到用户的需求是我们需要解决的问题。

请你按照表 2.13 中的性能指标选择一款路由器产品。

表 2.13 路由器性能指标

序号	基本性能指标	性能要求
1	CPU 处理性能	≥266MHz
2	路由器内存	≥64MB
3	Flash	≥8MB
4	固定控制台口一个 固定备份 AUX 口一个	提供
5	固定快速交换式以太网口	≥2 个
6	固定高速同步口	≥2 个
7	模块扩展插槽数	≥1 个
8	包转发率	≥100kpps
9	内置加密模块，加密、解密由硬件完成	提供

续表

序号	基本性能指标	性能要求
10	语音网守功能	提供
11	IPSec、GRE、L2TP/PPTP 的 VPN 应用	支持
12	基于源目的 IP、协议、端口以及时间段的访问列表控制策略	支持
13	PQ、CQ、FIFO、WFQ、CBWFQ 等排队策略	支持
14	VRRP 热备份协议，实现线路和设备的冗余备份	支持
15	IP 与 MAC 地址的绑定	支持
16	提供 64 位密钥的 RC4 加密，可以实现路由器到 UNIX 服务器之间的数据安全加密	支持
17	提供固定终端服务登录功能，确保路由器上每台终端登录时，每次得到的终端号都是固定的	支持
18	认证、授权、记录用户信息的 AAA 认证技术，Radius 认证协议	支持
19	国际主流产品标准的 CLI 界面	提供

2. 工作任务要求

工作任务要求见表 2.14。

表 2.14　工作任务要求

栏目	要求
任务目标	为组建网络选择路由器的类型和品牌
工作活动内容	根据网络需要选择路由器类型，评价路由器性能，比较路由器的技术参数
学习情境与工具	Internet 搜索、IT 市场、小组讨论等
工作任务	各小组成员上 Internet 搜索资料，收集相关信息，然后深入市场了解路由器行情与相关性能，根据需求选择几款性价比合理的路由器，最后进行小组讨论，确定路由器的品牌型号
相关知识点	路由器的功能、作用、分类、性能指标
工作过程分解	1）上网搜索查询路由器的学习资料与性能指标 2）根据路由器选型与选配的基本原则，对路由器性能指标进行比较分析 3）根据需要选择路由器品牌型号，说明路由器选型的基本依据，评价所选路由器的性能指标的符合程度
工作记录	记录工作过程中的数据和所收集的资料
完成任务的成果	路由器的采购规格，路由器选型与选配的报告

3. 完成任务的参考步骤

1）根据路由器技术指标参数配置要求，通过 Internet 搜索引擎，寻找与之适应的网络路由器的相关信息。

2）以三个品牌的选配路由器为基础数据，填写表2.15～表2.22。

① 基本信息（见表2.15）。

表 2.15　基本信息

产品名称			
产品图片			
厂家			
价格			
编辑评价			
用户意见			

② 基本规格（见表2.16）。

表 2.16　基本规格

产品名称			
DRAM 内存/MB			
Flash 内存/MB			
设备类型			
处理器			

③ 端口（见表2.17）。

表 2.17　端口

产品名称			
固定的广域网接口			
固定的局域网接口			
控制端口			

④ 网络（见表2.18）。

表 2.18　网络

产品名称			
支持的网络协议			
支持的网管协议			

⑤ 其他（见表2.19）。

表 2.19　其他

产品名称			
是否内置防火墙			
是否支持 VPN			
是否支持 QoS			

⑥ 电气规格（见表2.20）。

表 2.20　电气规格

产品名称			
电源电压/V			
电源功率/W			

⑦ 外观特征（见表2.21）。

表 2.21　外观特征

产品名称			
重量/kg			
长度/mm			
宽度/mm			
高度/mm			

⑧ 环境条件（见表2.22）。

表 2.22　环境条件

产品名称			
工作温度/℃			
工作湿度/%			
存储温度/℃			
存储湿度/%			

3）比较分析三个选配路由器品牌、规格后，提供候选的顺序。

4. 任务测试与验收

表2.15～表2.22列出了所上面挑选的三个品牌型号路由器的主要指标，那么在选配时，到底要如何正确评判性能呢？我们推荐一种 Step-by-Step 的四步判断法，供读者参考。

（1）选品牌

品牌在很大程度上代表厂商和产品的品质、信誉、服务。我们透过厂商对产品规格和性能的描述是否科学、严谨、清晰，就能了解到一个厂商的能力和诚信度。目前中国路由器市场上的品牌大致上可分为三类：第一类是进口知名品牌，这些品牌绝大部分是在专业大厂采购路由器产品，产品品质一般有保证，厂家信誉一般也有保证，缺点是价格贵、多数是英文界面；第二类是国内知名大品牌，拥有自主研发和制造能力，设计本土化，产品符合国内用户需求和使用习惯，品质、信誉有保证，性价比也非常高；第三类是小品牌、杂牌，没有研发能力，又迫于成本压力，只能进一些低价、劣质的板子，套个壳子贴上标签出售，甚至仿制产品、拷贝硬件、复制软件，品质、信誉均无保证。以上所讲的一、二类品牌是可选的，第三类不可取。

（2）排除法

产品是一个综合体，不能孤立地看待某一个"证据"。但用户能了解到的信息相对较少，怎么办？建议采用逆向思维，既然很难全面地证明产品性能好，就不妨先把不好的找出来。证明不好很简单，只要找到一个毛病就可以了，这就是排除法。比如我们知道了某个路由器采用的内核处理器，就不用再去看其他的参数了，性能一定有限。排除法的关键是根据对基本信息的分析和鉴别方法，挖掘隐含内容，辨别其真伪，把不好的找出来。通过这一步能把选择范围大大缩小。

（3）多打听

兼听则明，偏听则暗。但向谁打听很重要，最好的方法之一是找有信誉专业媒体的横向测评数据。但要注意，前提是有信誉和专业，既能做到客观公正又能测到点子上的数据才有参考价值。对于一、二类品牌，大家可以直接打电话或发 E-mail 问厂家，一般能得到较客观的回答。

（4）试试看

经过以上三步，我们基本上已经可以作出判断和选择了。如果可能，再实际测试一番就更保险了。可以借助于专业的设备和软件，在网络最繁忙的时段做一下实际的测试，看一看网络性能够不够。

5. 提高与进阶

下面将对路由器的另一种类型——宽带路由器的主要性能指标逐一进行分析解读，以帮助读者对宽带路由器的选型与选配提供一个参考。

宽带路由器包括有线宽带路由器和无线宽带路由器两种。顾名思义，宽带路由器就是用于因特网宽带连接的路由器。

（1）有线宽带路由器

目前宽带路由器的应用非常广泛，无论是家庭、办公，还是企业网连接都在选用宽带路由器作为共享上网设备。通过一个宽带路由器就可以使网络中的各用户能独立地使用一条接入线路自由上网，而不受其他用户和设备的影响。有线宽带路由器一般除了宽带接入的广域网接口外，通常还提供 4 个用于与工作站用户连接的交换端口。

有线宽带路由器的选型一般要考虑路由器的处理器、内存、缓存、闪存等硬件配置，还要考虑路由器的 WAN 端口数，是否支持端口会聚。

（2）无线宽带路由器

无线宽带路由器其实与有线宽带路由器差不多。对于用户来说使用无线宽带路由器进行网络连接相对简单，而且在数量扩展上也较有线宽带路由器方便，因为它不仅有 4 个有线交换端口，而且还可以通过无线方式连接多个无线共享上网用户。当然，对于有线共享上网的用户超过 4 个的情况还得先用有线交换机集中连接，而且有些无线宽带路由器并不提供 4 个交换端口，而是 1 个，它是用来与有线网络连接的。

（3）宽带路由器的主要参数

1）处理器主频。首先，路由器的处理器同 PC 主板、交换机等产品一样，是路由器的核心器件。处理器的好坏直接影响路由器的性能，处理能力差的处理器，路由器性能好不了；但反过来处理器好，路由器性能却未必就好。因为处理器不是决定路由器的唯一因素。其次，市面上常有些路由器有诸如"处理器主频 100MHz，性能强劲"之类的宣称。其实，除了处理器的主频外，还必须了解其总线宽度、Cache 容量和结构、内部总线结构、是单 CPU 还是多 CPU 分布式处理、运算模式等。这些都会极大地影响处理器的性能，一点也不比主频次要，关键要看这颗 CPU 到底用的是什么内核，内部结构如何。

一般来说，处理器主频在 100MHz 或以下的属于较低主频，100～200MHz 的属中等，200MHz 以上的属于较高主频。另外，要看处理器是什么内核，是 80186、ARM7、ARM9、MIPS 还是 Intel Xscale；Cache 容量有多大，是单 CPU 还是多 CPU 分布式处理。80186、ARM7 内核处理器是第一代宽带路由器的典型配置，性能低，主流厂商均已不使用。ARM9、MIPS 内核处理器是目前主流。Intel Xscale 架构是高级网络处理器，用于高端产品。Cache 容量 8KB 或以下属于少的，16KB 常见，32KB 或以上属于大的。一般处理器都是单 CPU，采用多 CPU 分布式处理的是高级处理器，性能高。还可以深究一下 ARM9 是普通型的 920T/922T/940T 还是增强型的 926E/946E/966E，MIPS 是 2K、3K 还是 4K、5K，不同型号其性能和结构都会有较大差异。可以到网上按处理器型号搜索一下，然后到芯片厂家的网站上好好看个究竟。

2）内存容量。处理器内存用来存放运算过程中的所有数据，因此内存的容量大小对处理器的处理能力有一定影响。但有一个问题：内存的大小是一方面，能否科学地使用更重要。水平高的软件设计能很好地规划和使用内存，水平低的自己没有设计能力，直接拷贝处理器芯片厂家提供的未经优化的参考软件，内存就不能得到有效的规划和使用。一般来说，1～4MB 属于较小，8MB 属于中等，16MB 或以上属于较大。

3）Flash 容量。Flash 是用来存放操作系统和应用程序的，其大小主要取决于用何种操作系统、应用程序编写效率和用户界面的花哨程度。如果选用高效率的实时操作系统（如 VxWorks、Ecos、Nucleus 等），设计者理解深刻，裁剪合理，编写效率也很高，就可以使用小容量的 Flash。如果选用低效率的操作系统（如 Linux 等），设计者对操作系统不了解，编写效率低，或根本照搬芯片厂家未经优化的参考软件，就只能使用大容量的 Flash 了。从这个角度来说，反而是 Flash 用得越小软件水平越高，产品越值得信赖。当然，产品功能多、用户界面花哨（如有很多高清晰图片）相对来说用的 Flash 会大一点。

普通用户根本不用去了解 Flash 到底是多大，只要看功能是不是满足需要，顶多再看看用户界面好不好看就足够了。

4）吞吐量。吞吐量表示的是路由器每秒能处理的数据量。打个形象的比方，路由器的工作过程很像邮局包裹业务，邮局寄包裹是大家把物品、寄件人、收件人等信息交给邮局，邮局把物品包好，并贴上格式化的包裹单，检查无误后投递到目的地，收包裹是相反过程。路由器基本一样，只不过收发的东西是数据而已。吞吐量就相当于邮局在单位时间内的包裹处理能力，是路由器性能的直观反映。但同时，这个数据后面隐藏的名堂也是最多的。

首先，应该说明路由器的吞吐量，一定是 LAN-to-WAN 的吞吐量，数据流出或流入局域网才需要路由器处理，才能代表路由器性能。而不是 LAN-to-LAN，这代表的是路由器内部小交换机性能，一点意义都没有。这就像邮局在单位时间内的包裹处理能力，一定指的是运出和运进邮局的包裹量，而不是从邮局一个房间搬到另一个房间的包裹量。

其次，路由器吞吐量应该是在网络地址转换（NAT）开启、防火墙关闭的情况下得出的测试数据。这是因为 NAT 是宽带路由器最基本、最核心的功能，不开启 NAT 就不成其为宽带路由器了，而且软件设计的好坏直接影响到 NAT 效率和路由器性能，所以 NAT 开启的吞吐量才是有意义的。而防火墙，应该算做宽带路由器附带的高级功能，有的产品防火墙规则很多、很复杂，能过滤很多东西，有的产品规则就又少又简单。规则多、复杂的，CPU 用来过滤数据的时间就长；规则少、简单的，CPU 过滤数据的时间就短。这对吞吐量测试数据影响还是挺大的。为公平起见，在测试路由器吞吐量时，特别是在对不同产品的性能进行比较时，把防火墙关闭是合理的。防火墙的评判，一般放在功能里比较而不是性能比较。

5）带机数量。宽带路由器的带机数量直接受实际使用环境的网络繁忙程度影响，不同的网络环境带机数量相差很大。例如，在网吧里，所有人都在上网聊天、游戏，几乎所有数据都通过 WAN 口，路由器负载很重。而企业网经常同一时间只有小部分人在用网络，而且大部分数据都是在网络内部流动，路由器负载很轻。在一个 200 台计算机的网络性能够用的路由器，放到网吧往往可能连 50 台计算机都带不动。估算一个网络每台计算机的平均数据流量也是不能做到精确的。所以，较为客观的说法应该指明这个带机量是针对哪种类型网络的，而且是根据典型情况估算出来的范围，如"网吧带机量150～250 台（典型值）"。

6）WAN 口数。WAN 数决定路由器可以接入的进线数量，如双 WAN 口路由器可以选择两条接入，如选择电信的 ADSL 接入后，还可以选择联通或者其他运营商的一条接入；而四 WAN 口路由器则可以选择四条接入。多 WAN 口的好处之一是可以在增加较少成本的情况下，大幅增加上网带宽。这一特点对于网吧尤显优势。但要注意的是，一个路由器的基础硬件和软件确定后，其处理能力或性能就确定了，不会随 WAN 口数的增减而有较大变化。如果路由器本身处理能力相对于 WAN 口出口带宽有富余，比如路由器处理能力为 40Mbps，WAN 口出口带宽每线 10Mbps，双 WAN 口路由器则能有 20Mbps 的吞吐量。但反过来说，如果路由器本身处理能力只有 5Mbps，不管是单 WAN 口还是双 WAN 口都只可能有 5Mbps 的吞吐量。带机量也不可能随着 WAN 口的增加而增加，就好像一个办公室只能坐 100 人，开一个门是 100 人，开 10 个门也还只能坐 100 人一样。

多 WAN 口路由器首先性能要够强，相对于出口带宽要有富余，如果本身处理能力有限，多 WAN 口就纯粹是一个摆设。现在市场上有不同品牌的多 WAN 口路由器在销售，性能良莠不齐，大家在选择时，一定要首先考察性能，如果是 ARM7 的处理器，主频小于 100MHz，性能基本上不足以做多 WAN 口。

课 后 活 动

1. 项目讨论

1）服务器的分类与选配。

2）交换机/路由器的分类和工作原理。

3）交换机/路由器选型与选配考虑的主要问题。

4）宽带路由器选型与选配需要注意的地方。

5）能否利用计算机的处理器（CPU）担当服务器中的处理器？

 提 示

　　虽然说服务器CPU品牌不是很多，但由于这些生存下来的品牌已有相当长的发展历史，各自的产品线都非常长，处理器种类和型号也非常之多，所以服务器处理器的实际选择余地还是非常大的。再加上现在的计算机处理器功能也变得非常强大，甚至远超过诞生之初的服务器处理器，所以有些服务器厂商为了迎合一些用户的需求，用计算机处理器担当服务器中的中央处理器，由于价格便宜，加上配置了一些基本的服务器硬件，如磁盘阵列控制卡、SCSI磁盘、冗余电源风扇等，使得一些用户动心购买。其实这是非常不可取的。一方面，这类处理器其设计出发点就是计算机个人用户，而并非服务器，所以其性能根本不能与服务器处理器相提并论；另一方面，这类处理器不具有并行扩展，如对称处理器扩展（SMP）能力，所以，这类服务器不具有可扩展能力，很容易随着网络规模和网络应用复杂性的提高而不堪重负；最后，虽然提供了一些好像只有服务器中才有的硬件配置，但这些均是非常低档的，而且在相当大的程度上可能还用不上，主要受到处理器性能的限制。例如，虽然提供了磁盘阵列，但所提供的基本上是基于SATA（串行ATA）和IDE接口的，其性能很难满足真正的磁盘阵列应用需求。如果用户要使用它所提供的SCSI接口的磁盘，就会因其容量较小而必须另外向服务器厂商购买高容量SCSI磁盘，这个价格可不一般。

　　基于上述分析，可以得出这样一个结论，除非能肯定在近三年内在网络规模和网络应用上不会有大的变化和发展；否则，建议不要选择这种PC服务器。专用服务器才是最好的选择，其CPU处理速度快，内存和硬盘的容量大，且硬盘一般为SCSI接口。

2. 技能训练

　　参观学校校园网或企业网，考察其网络硬件连接和软件配置情况，并记录网络中的交换机、路由器等设备的型号与技术指标，分析布局和配置是否合理，如果让你自己设计，怎样选择设备和配置网络。

项目 3

物理连接网络

 项目教学目标

- 掌握常用的网络拓扑结构及适用的场合。
- 掌握网络传输介质的分类、特点、应用领域及制作测试方法。
- 掌握物理连接网络的步骤、方法和内容。

 技能训练目标

- 能够根据需求确定网络拓扑，绘制相应拓扑图。
- 能够根据不同适用场所，制作直连线、交叉线，使用相应工具检测线路连通性。
- 能够识别各类网络接口，正确地连接网络。

【项目背景说明】 网络中的计算机及设备等各节点要实现互连，就需要以一定的结构方式进行连接。这种网络中各节点间相互连接的方式叫做"拓扑结构"。网络拓扑结构是指用传输介质互连各种网络设备的物理布局，它给出了网络中各节点相互间的连接关系。项目中所涉及的校园网是一个以学校综合楼为网络中心，并以行政楼、教学楼、实训楼、教研楼、图书馆、招待所、学生宿舍为二级分中心，其间以光缆传输介质成中心向四周辐射的星形状互连，需要我们使用传输介质，按照综合布线标准要求来进行网络物理连接。

【项目任务分解】 将制定的网络规划项目分解为三个基本任务：一是给网络绘制一个拓扑图；二是实际制作网线为组建做准备；三是按照综合布线标准实施布线。

【项目实施结果】 按照网络拓扑图和综合布线标准初步实现网络的物理连接。

任务 3.1 绘制网络拓扑结构图

3.1.1 绘制网络拓扑结构图的学习性任务

拓扑学是几何学的一个分支，它把物理实体抽象成与其大小、形状无关的点，把连接实体的线路抽象成线，进而研究点、线、面之间的关系。将计算机网络中的设备定义为节点，把两个设备之间的连接线路定义为链路，计算机网络就是由一组节点和链路组成的几何图形。这种几何图形就是网络拓扑结构图。网络拓扑的基本结构有星形结构、总线型结构、环形结构；还有其他混合型拓扑结构，如树形结构、网状结构、蜂窝状结构、分布式结构等。

1. 总线型拓扑结构

总线型拓扑结构采用单根数据传输线作为通信介质（称为总线），所有的节点都通过相应的硬件接口直接连接到通信介质上，而且能被所有其他的节点接受。图 3.1 所示为总线型拓扑结构示意图。

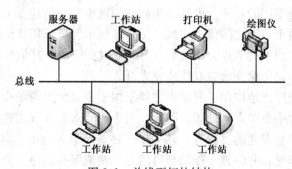

图 3.1 总线型拓扑结构

总线型网络结构中的节点为服务器或工作站或其他设备，通信介质为同轴电缆。

由于所有的节点共享一条公用的传输链路，所以一次只能由一个设备传输。这样就需要某种形式的访问控制策略，以决定下一次哪一个节点可以发送。一般情况下，总线型网络采用载波监听多路访问/冲突检测（CSMA/CD）控制策略。

总线型网络信息发送的过程为：网中的各个计算机在发送数据之前，首先要进行载波监听，当传输介质空闲时，开始发送数据，所有的计算机都能侦听到数据，但只有目标地址相同的计算机才会接收，其他计算机放弃。当两个以上的计算机同时监听到传输介质空闲并同时发送数据时，就会产生冲突现象，发送随即宣告失败。然后这两个计算机随机等待一段时间后，再重新争用传输介质，重发未完成的数据。

（1）总线型拓扑结构的优点

1）布线容易，电缆用量小。总线型网络中的节点都连接在一个公共的通信介质上，所以需要的电缆长度短，减少了安装费用，易于布线和维护。

2）易于扩充。在总线型网络中，如果要增加长度，可通过中继器加上一个附加段；如果需要增加新节点，只需要在总线的任何点将其接入。

3）易于安装。总线型网络的安装比较简单，对技术要求不是很高。

（2）总线型拓扑结构的局限性

1）故障诊断困难。虽然总线拓扑简单，但故障检测却不容易。因为具有总线拓扑结构的网络不是集中控制，故障检测需要在网上各个节点进行。

2）故障隔离困难。对于介质的故障，不能简单地撤销某工作站，这样会切断整段网络。

3）中继器配置。在总线的干线基础上扩充时，可利用中继器，需要重新设置，包括电缆长度的裁剪，终端匹配器的调整等。

4）通信介质或中间某一接口点出现故障，整个网络随即瘫痪。

5）传输距离有限，通信范围受到限制。

6）分布式协议不保证信息及时传送，不具有实时功能。

7）终端必须是智能的。因为接在总线上的节点有介质访问控制功能，因此必须具有智能，从而增加了站点的硬件和软件费用。

2. 星形拓扑结构

星形拓扑结构是中央节点和通过点到点链路连接到中央节点的各节点组成。工作站到中央节点的线路是专用的，不会出现拥挤的瓶颈现象。一旦建立了通道连接，可以没有延迟地在连通的两个节点之间传送数据。图 3.2 所示为星形拓扑结构图。

星形拓扑结构中，中央节点为集线器（Hub）或交换机，其他外围节点为服务器或工作站或其他设备等；传输介质为双绞线或光纤。

星形拓扑结构被广泛地应用于网络中主要集中于中央节点的场合。由于所有节点的往外传输都必须经过中央节点来处理，因此，对中央节点的要求比较高。

星形拓扑结构信息发送的过程为：某一工作站有信息发送时，将向中央节点申请，中央节点响应此工作站，并将该工作站与目的工作站或服务器建立会话。此时，就可以进行无延时的会话。

（1）星形拓扑结构的优点

1）可靠性高。在星形拓扑结构中，每个连接只与一个设备相连，因此，单个连接

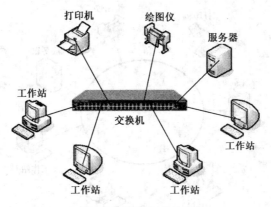

图 3.2　星形拓扑结构

的故障只影响一个设备，不会影响全网。

2）网络延迟时间较小，传输误差较低。

3）方便服务。中央节点和中间接线都有一批集中点，可方便地提供服务和进行网络重新配置。

4）故障诊断容易。如果网络中的节点或者通信介质出现问题，只会影响到该节点或者通信介质相连的节点，不会涉及整个网络，从而比较容易判断故障的位置。

（2）星形拓扑结构的缺点

1）扩展困难、安装费用高。增加网络新节点时，无论有多远，都需要与中央节点直接连接，电缆长度和安装工作量可观，布线相对困难且费用较高。

2）对中央节点的依赖性强。星形拓扑结构网络中的外围节点对中央节点的依赖性强，如果中央节点出现故障，则全部网络不能正常工作。

3）各站点的分布处理能力较低。

3. 环形拓扑结构

环形拓扑结构一般使用电缆和光纤连接环路上的各节点，它在所有的节点上通过环路接口分别连接到它相邻的两个节点上，从而形成一种首尾相接的闭环通信网络。

图 3.3 为环形拓扑结构。

环形网络中的各台计算机发送信息时都必须经过环路的全部环接口，如果一个环接口程序故障，整个网络就会瘫痪，所以对环接口的要求比较高。

环形拓扑结构中数据发送的过程为：一般情况下，环形拓扑结构网络采用令牌环（Token Ring）的介质访问控制。环路上的各台计算机均可以请求发送信息，请求一旦被批准（拿到空令牌），计算机就可以向环路发送数据，并采用单向传输。只有当传送信息的目的地址与环路上某台计算机的地址相符时，才被该计算机的环接口所接受；否则，信息将传至下一台计算机的环接口。当目标计算机收到数据后，做好标记，并继续下传，到源发送计算机为止，在判断发送正确后才被丢弃，并产生新的令牌下传。

（1）环形拓扑结构的优点

1）电缆长度短。环形拓扑结构所需的电缆长度与总线型相当，但比星形拓扑结构

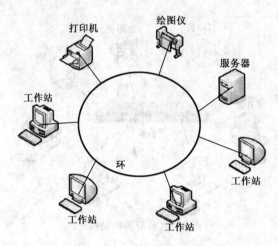

图 3.3 环形拓扑结构

要短。

2）信息流在网中是沿着固定方向流动的，两个节点仅有一条道路，故简化了路径选择的控制，且传输时间固定。

3）当有旁路电路时，某个节点发生故障可以自动旁路。

4）环路上各节点都是自举控制，故控制软件简单。

5）适用于光纤。光纤传输速度高，环形拓扑网络是单向传输，十分适用于光纤通信介质。如果在环形拓扑网络中把光纤作为通信介质，将大大提高网络的速度和加强抗干扰的能力。

6）无差错传输。由于采用点到点通信链路，被传输的信号在每一节点上再生，因此，传输信息误码率可减到最少。

（2）环形拓扑结构的缺点

1）可靠性差。节点故障引起全网故障。

2）故障诊断困难。因为环上的任一点出现故障都会引起全网的故障，所以难以对故障进行定位。

3）调整网络比较困难。要调整网络中的配置，如扩大或缩小，都是比较困难的。

4）由于信息源在环路中是串行地穿过各个节点，当环中节点过多时，势必影响信息传输速率，使网络的响应时间延长。

5）媒体访问协议都用令牌传递方式，在负载很轻时，信道利用率较低。

4. 其他网络拓扑结构

（1）混合型拓扑结构

混合型拓扑结构是一种综合性的拓扑结构。混合型拓扑结构的网络有利于发挥网络拓扑结构的优点，克服某一种拓扑结构的局限性。图 3.4、图 3.5 均为混合型拓扑结构。混合型拓扑结构没有一定的规则，其节点的地理位置比较分散，主要考虑的因素是通信线路，因而采用没有规则的混合型。

对于总线型与星形相结合的混合型拓扑结构来说：单台计算机出故障不影响网络的

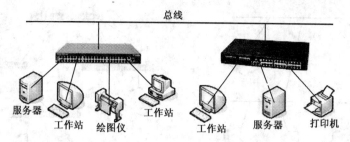

图 3.4　总线型与星形相结合的混合型拓扑结构

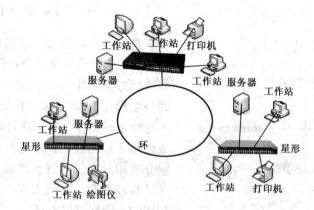

图 3.5　环形与星形相结合的混合型拓扑结构

正常运行；如果连接组件出故障，那么网络将断成两段，相互不能通信。

对于环形与星形相结合的混合型拓扑结构来说：单台计算机出故障不影响网络的正常运行；由于采用令牌传送数据的机制，各台计算机的通信机会均等，所以环形与星形相结合的混合型拓扑结构网络的通信能力比总线型与星形相结合的混合型拓扑结构网络通信能力强。

混合型拓扑是将两种单一拓扑结构混合起来，取两者的优点构成的拓扑结构。其优点是：故障诊断和隔离方便，易于扩展，安装方便；缺点是：需用交换机，交换机到各站点的传输介质长度会增加。

（2）树形结构

树形结构是分级的集中控制式网络，与星形结构相比，它的通信线路总长度短，成本较低，节点易于扩充，寻找路径比较方便，但除了叶节点及其相连的线路外，任一节点或其相连的线路故障都会使系统受到影响，如图 3.6 和图 3.7 所示。

树形拓扑：从总线拓扑演变而来，像一棵倒置的树，顶端是树根，树根以下带分支，每个分支还可带子分支。树根接收各站点发送的数据，然后再广播发送到全网。其优点是易于扩展；故障隔离较容易。缺点是节点对根依赖性太大，若根发生故障，则全网不能正常工作。

（3）网状拓扑结构

在网状拓扑结构（有时也称为分布式结构）中，网络的每台设备之间均有点到点的链路连接，因此任两个节点之间的链路都有多条。这种连接成本很高，只有每个设备都

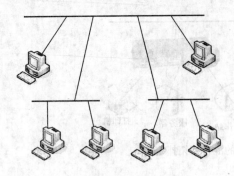

图 3.6　树形拓扑结构

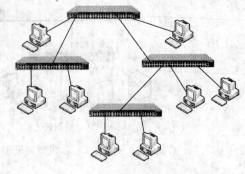

图 3.7　星形树形拓扑结构

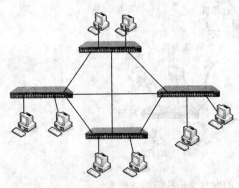

图 3.8　网状拓扑结构

要频繁地向邻近的设备发送信息时才使用这种方法。它的安装也复杂，但系统可靠性高，容错能力强，如图 3.8 所示。它的优点是在冗余备份中此结构应用广泛，容错性能好；不受瓶颈问题和失效问题的影响；扩展方便；故障诊断较为方便，因为网状拓扑的每条传输介质相对独立，寻找故障点较容易。缺点是结构较复杂，冗余太多，其安装和配置比较困难，网络协议也复杂，建设成本高。

（4）蜂窝拓扑结构

蜂窝拓扑结构是无线局域网中常用的结构，如图 3.9 所示。当地形复杂地区，架设有线通信介质比较困难，可利用无线传输介质（微波、卫星、无线电、红外等）点到点

（a）室内点到点拓扑结构

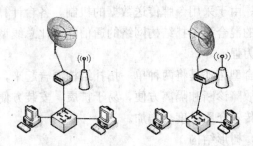

（b）室外点到点拓扑结构

（c）室内点到多点拓扑结构

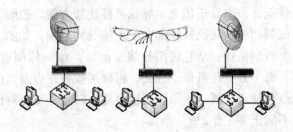

（d）室外点到多点拓扑结构

图 3.9　蜂窝拓扑结构

和多点传输的特征，组成无线网络。蜂窝拓扑结构由圆形区域组成，每一区域都有一个节点（基站），区域中没有物理连接点，只有无线介质。适用于城市网、校园网、企业网，更适合于移动通信。其优点是没有物理布线问题，灵活方便；缺点是容易受到干扰，信号较弱，也容易被监听和盗用。

3.1.2 绘制网络拓扑结构图的工作性任务

1. 工作任务描述

（1）工作任务名称

工作任务名称：给学校校园网绘制一个网络拓扑结构图。

（2）任务内容提要

在学校网络管理员引导下参观学校校园网，了解校园网的拓扑结构，听取网络管理员介绍与讲解，如教学楼二级控制中心、校园网的室外管道、学生宿舍二级控制中心、学生宿舍三级控制中心、学生宿舍二层配线间（四级控制中心）、学生宿舍二层水平布线、网络管理中心控制室的综合布线等。

网络拓扑结构受地理环境制约，它几乎与建筑物的结构一致。所以，绘制校园网拓扑结构时要充分考虑地理环境，尤其要考虑利于结构化综合布线工程设计与实施。拓扑结构的设计和绘制要明确：网络的接入点的数量，接入点的分布位置，网络连接的转接点分布位置，网络设备间的位置，网络中各种连接的距离参数，以及结构化综合布线系统中的基本指标。

2. 工作任务要求

工作任务要求见表3.1。

表 3.1 工作任务要求

栏目	要求
任务目标	绘制学校校园网的网络拓扑图
工作活动内容	根据对学校的实地调研结果，绘制学校的网络拓扑图
学习情境与工具	整个学校的校园网络，计算机一台
工作任务	使用 Microsoft Office Visio 2003 或 Fpinger 绘制拓扑图工具，完成校园网拓扑结构图的绘制
相关知识点	总线型、星形、环形网络拓扑图，标准网络拓扑图的画法
工作过程分解	1）练习使用 Microsoft Office Visio 2003 软件或 Fpinger 绘制拓扑图工具 2）实地走访调查，绘制网络拓扑草图 3）根据实际网络硬件设备的位置与布线情况进行整理 4）按照拓扑图的规范画法完成网络拓扑图绘制
工作记录	网络的接入点的数量，接入点的分布位置，网络连接的转接点分布位置，网络设备间的位置，网络中各种连接的距离参数等
完成任务的成果	提交所绘制的网络拓扑图，分析网络拓扑图的可行性

3. 完成任务的条件和参考步骤

(1) 完成任务需要的条件

Microsoft Office Visio 2003 与之配套的图库，或者 Fpinger 绘制拓扑图工具。

(2) 完成任务的参考步骤

1) 考察学校校园网络的现场，查看其节点布局和识别其拓扑结构，完成好调研工作。

2) 分析网络需求，设计出简单的网络拓扑结构草图。

3) 根据现场的情境，使用画图软件绘制网络拓扑结构图初样。

4) 与学校网络中心主管人员和网络管理人员沟通，根据实际情况修改完善拓扑图。

5) 拓扑图初样取得教师认可后，使用 Microsoft Office Visio 2003 或 Fpinger 软件工具绘制定稿的拓扑图。

6) 以小组为单位进行互评，检查网络拓扑结构图是否符合实际网络的情况。

4. 任务完成检查与评价

检查调研工作是否完成到位，以及拓扑结构图是否设计正确。

评价调研结果是否符合现在的网络实际情况；评价绘制的拓扑结构图是否规范。

接受教师对主要知识点的随机测试。

5. 超越与提高

网络拓扑结构的选择往往与通信介质的选择及介质访问控制方法的确定紧密相关，并决定着对网络设备的选择。其目标是以最小的代价达到预定的性能和需求。应根据企业规模的大小、分布、需求等实际情况来决定。在选择网络拓扑结构时，应考虑的因素有下列几点。

(1) 可靠性

拓扑结构的选择要使故障的检测和隔离较为方便为宜。在网络中会经常发生节点故障或传输介质故障，一个稳定性和可靠性高的网络拓扑结构应具有良好的故障诊断和故障隔离能力，以使这些故障对整个网络的影响降至最低。

(2) 费用

一般地，在选择网络拓扑结构的同时便大致确立了所要选取的传输介质、专用设备、安装方式等。例如，选择总线型拓扑结构时一般选用同轴电缆作为传输介质，选择星形拓扑结构时需要选用交换机类的设备。无论选择什么样的拓扑结构都要进行安装，即综合布线等。而每一种网络拓扑结构所需的初期投资、后期安装维护费用都是不等的，为降低这些费用，就需要对拓扑结构、传输介质、传输距离等相关因素进行分析，选择合理的方案，通常尽量选择投资费用较低的网络拓扑结构。

(3) 灵活性

在设计网络时，考虑到设备和用户需求的变化及未来的发展，其拓扑结构也必须具有一定的灵活性，能较容易地进行重新配置。另外，还要考虑到站点的增删及对一些设备的更新换代或设备位置的变动等，特别是扩充所造成的影响。

（4）响应时间和吞吐量

响应时间和吞吐量是决定网络性能的关键因素，好的网络拓扑结构要有高的响应时间和吞吐量。

（5）可操作性

选择网络拓扑结构应根据网络中各节点的分布状况，因地制宜地选择不同的网络拓扑结构。选择容易操作的，实现起来较为容易的拓扑结构。例如，对于节点比较集中的场合多选用星形拓扑结构，而节点比较分散时则可以选用总线型拓扑结构。另外，若单一的网络拓扑结构不能满足要求，则可选择混合的拓扑结构。例如，假设一个网络中节点主要分布在两个不同的地方，则可以在这两个节点密集的场所选用星形拓扑结构，然后使用总线型拓扑结构将这两个节点连接起来。

任务3.2 制作网线，测试其连通

3.2.1 制作网线的学习性任务

传输介质是计算机网络中信息流动的物理通路。计算机网络通常使用的传输介质有双绞线、同轴电缆、光导纤维、无线传输介质（包括微波、红外线和激光）和卫星线路。

1. 双绞线

双绞线（Twisted Pair，TP）是综合布线工程中常用的一种传输介质。双绞线由两根具有绝缘保护层的铜导线组成，直径一般为 0.4～0.65mm，它们各自包在彩色绝缘层内，按照规定的绞距互相扭绞成一对双绞线，如图 3.10 所示。按照结构划分，双绞线可分为非屏蔽双绞线（Unshielded Twisted-Pair，UTP）和屏蔽双绞线（Shielded Twisted-Pair，STP）；按照电气性能划分，双绞线可分为 3 类、4 类、5 类、超 5 类、6 类、7 类等，数字越大，版本越新、技术越先进、带宽也越宽，当然价格也越贵。目前，一般使用的是 5 类、超 5 类或者 6 类非屏蔽双绞线。

图 3.10 非屏蔽（UTP）五类/超五类双绞线

UTP 是一种四对线路组成的介质，每一对线路之间都有绝缘。UTP 使用了两对互相缠绕着的电缆来减少电磁干扰，从而提高了信号的质量。通常单位长度内双绞线缠绕对数越多，对信号越有利。

STP 同 UTP 一样包含了两对互相缠绕着的电缆。但是，与 UTP 不同的是，每一对线上都有保护层包围，而且在这两对上分别有保护层。这种保护，提供了比 UTP 更好的信号传输能力，所以 STP 用于很多线路装在一个很小的空间内或者附近有其他用电设备的环境。

但是，STP 比 UTP 的价格也要贵些，而且安装比较麻烦，因此在实际应用中，UTP 应用较为广泛。表 3.2 给出了几类 UTP 的主要性能参数和用途。

双绞线的主要特点：结构简单、易于安装、价格便宜；有一定的传输速率；具有较高的容性阻抗，信号衰减较大，传输距离有限；有辐射，易被窃听。

表 3.2　几类 UTP 的主要性能参数和用途

UTP 类别	最高工作频率/MHz	最高数据传输率/Mbps	主要用途
3 类	16	10	10Mbps 的网络
4 类	20	46	多用于令牌网，在以太网中不常用
5 类	100	100	10Mbps 和 100Mbps 的网络
超 5 类	100	155	10Mbps、100Mbps 和 1000Mbps 的网络

2. 同轴电缆

同轴电缆的结构分为四层，中心是一根铜线，铜线外面包裹着泡沫绝缘层，再外面是由金属丝网或金属箔制成的导体层，最外面有一个塑料外套将电缆包裹起来，如图 3.11 所示。根据应用需要一般可分为细同轴电缆和粗同轴电缆，简称细缆和粗缆。

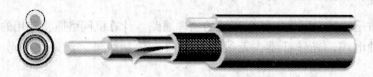

图 3.11　双层屏蔽带悬挂线的同轴电缆

（1）粗缆（10Base5）

粗缆是以太网初期最流行的网络传输介质，它的直径大约为 12.7mm，铜芯比细缆的粗。IEEE 把粗缆称为 10Base5。其中，10 代表数据传输率为 10Mbps；Base 代表传输方式是基带传输，5 代表电缆最长可以达到 500m。

（2）细缆（10Base2）

细缆是 20 世纪 80 年代以太网采用的最流行的网络传输介质，它的直径为 6.4mm，价格相对粗缆便宜，IEEE 把细缆称为 10Base2。其具体含义与粗缆相对应。细缆可直接与计算机相连，采用特殊 BNC 接头。

同轴电缆的主要特点是：频带较宽，传输率较高；损耗较低，传输距离较远；辐射低，保密性好，抗干扰能力强；安装方便、容易分支；宽带电缆可实现多路复用传输。

由于双绞线的数据传输率较高且价格较低，越来越多的计算机网络布线采用双绞线，而同轴电缆逐渐退出了布线市场。

3. 光纤

光纤与铜质线缆相比，具有频带宽、电磁绝缘性能好以及信号衰减小的特点。因此，光纤适应目前网络对长距离大容量信息传输的要求，一般作为计算机网络的主干。

光纤通常由石英玻璃制成，其横截面积是很小的双层同心圆柱体，也称为纤芯，它质地脆，易断裂，因此需要外加保护层。光纤中心是光传播的玻璃芯，芯外面包围着一层折射率比芯低的玻璃包层，最外面是塑料敷涂层。

光纤一般分为单模光纤和多模光纤。所谓的"模"是指以一定角速度进入光纤的一束光。单模光纤采用激光二极管（LD）作为光源，而多模光纤采用发光二极管（LED）为光源。

（1）单模光纤

单模光纤的纤芯较细，传输频带宽，容量大，传输距离长，但是需要激光光源，成本较高。

（2）多模光纤

多模光纤的纤芯较粗，传输速率低，距离短，整体的传输性能差，但是成本低，因此在网络布线中被广泛采用。

目前光纤多用于千兆位以太网，根据光源波长的不同，光纤千兆位以太网有1000Base-SX、1000Base-LX、1000Base-LH、1000Base-ZX 四个标准。SX 代表短波；LX 代表长波；而 LH 和 ZX 则代表超长波。表 3.3 给出了四种标准下网络的基本技术参数。

表 3.3 四种标准下网络的基本技术参数

标准	波长/m	光纤类型	芯径/μm	模式带宽/(MHz/km)	线缆距离/m
1000Base-SX	850	多模	62.5	160	220
			62.5	200	275
			50.0	400	500
			50.0	500	550
1000Base-LX 1000Base-LH	1300	多模单模	62.5	500	550
			50.0	400	550
			50.0	500	550
			8 to 10	—	10 000
1000Base-ZX	1550	单模	Not Conditional	N/A	70 000～100 000

光纤具有如下特点：衰减少，无中继传输距离远；带宽宽，传输速率高，传输能力强；不受电磁干扰，抗干扰能力强，无辐射，保密性好；重量轻，容量大，十分适合多媒体通信；光纤断裂的检测和修复都很困难；成本高。

4. 无线与卫星通信

传输介质是通信网络中发送方和接收方之间的物理通路。计算机网络中采用的传输介质分有线和无线两大类。

（1）无线电波

无线电波是电磁波的一部分，频率范围在 10kHz～1GHz 之间，射频信号的能量可由天线和收发器决定，能穿透墙壁，也可到达普通网线无法到达的地方。不受雪、雨天气的干扰。可全方向广播，也可定向广播，广播的频率为 30MHz～1GHz，全向传播时，信号沿着所有的方向传播，从而可被所有的天线接收，使发射设备和接收设备不必在物理上对准。

（2）微波和卫星

微波是频率较高的无线电波，频率范围为 2～40GHz，它和卫星使用同一个频段。

在这一频段电磁波的波长已经降到分米级以下，它不能很好地穿透建筑物，只能按直线进行传播，因此发射端和接收端的天线必须精确地对准。其频率高，可同时传送大量信息；但由于微波是沿直线传播和地球表面曲率的原因，在地面的传播距离有限，在一定的距离以后，所发的信号就不再被有效接收，因此每隔几十千米就要建一个中继站，中继站之间的最大距离可为 80km。早期的电视传输就是利用这种方式。

卫星是利用这一频段的另外一类通路，它位于一个相对固定的位置（一般在赤道上空的同步轨道上作为转发器）。由地面的卫星地面站将信息进行处理并发送到卫星上（这一过程称为上传），再由卫星将信号进行放大后发向指定区域（此过程称为转发）。中间电磁波要两次经过电离层，电离层对电磁波有吸收作用。所以，在使用卫星进行转发的时候，信号要有足够的功率和选择受吸收影响最小的频段，才能保证传输的顺利进行。卫星在这一过程中将信号进行放大，以保证有足够的功率来穿透电离层。

卫星通信是利用地球同步卫星作为中继来转发微波信号的一种特殊微波通信形式。卫星通信可以克服地面微波通信距离的限制，三个同步卫星可以覆盖地球上的全部通信区域。

（3）红外通信和激光通信

红外线是利用红外光波传送信号，采用电磁频谱的 THz 范围。使用发光二极管或激光二极管发射信号，使用光电管接收信号。红外信号不能穿透墙壁等固体物体，易受强烈光源的影响。

红外通信、激光通信和微波通信一样，有很强的方向性，都是沿直线传播的。但红外通信和激光通信把传输的信号分别转换为红外光信号和激光信号后才能直接在空间沿直线传播。

红外线能进行短距离通信（TV、录像机、DVD、音响等），不同房间内的红外系统互不干扰，防窃听，安全性比无线电系统好。

在点到点的传输中，红外线光束可高度集中，并朝特定的方向发射；在广播方式下，红外线可将信号扩展到一个更广的区域，允许信号由几个接收器同时接收。

微波、红外线和激光都需要在发送方和接收方之间有一条视线通路，故它们统称为视线媒体。

3.2.2 制作网线的工作性任务

1. 工作任务描述

（1）工作任务名称

工作任务名称：制作不同用途的双绞线，测试其连通性。

（2）任务内容提要

双绞线做法有两种国际标准：EIA/TIA568A 和 EIA/TIA568B。双绞线的连接方法也主要有两种：直通双绞线和交叉双绞线。直通双绞线的水晶头两端都遵循 568A 或 568B 标准，双绞线的每组线在两端是一一对应的，颜色相同的在两端水晶头的相应槽中保持一致。它主要用在交换机（或集线器）Uplink 口连接交换机（或集线器）普通端口或交换机普通端口连接计算机网卡上。而交叉双绞线的水晶头一端遵循 568A，而另一端则采用 568B 标准，即 A 水晶头的 1、2 对应 B 水晶头的 3、6，而 A 水晶头的 3、6 对应 B 水晶头的 1、2，它主要用在交换机（或集线器）普通端口连接到交换机（或集线器）普通端口或网卡连网卡上。

2. 工作任务要求

工作任务要求见表 3.4。

表 3.4 工作任务要求

栏目	要求
任务目标	为组建网络制作双绞线
工作活动内容	制作不同用途的双绞线，测试其连通性
学习情境与工具	网络实训室，UTP 五类双绞线、RJ-45 水晶头、压线钳、测线仪等
工作任务	在进行网络的物理连接时，双绞线的制作是一个重点，整个过程都要准确到位，排序的错误和压制的不到位都将直接影响双绞线的使用，出现网络不通或者网速慢。这里的任务是接触认识双绞线及其制作工具，使用压接和测试工具真实地体验制作双绞线的过程
相关知识点	双绞线、同轴电缆、光导纤维、无线传输介质和卫星线路
工作过程分解	1) 认识双绞线及其制作工具 2) 依据 568A 和 568B 标准制作双绞线：剪断—剥皮—排序—剪齐—插入—压制，实际动手制作直通双绞线和交叉双绞线各一根，并做标记 3) 使用测试工具测试所制作双绞线的通断
工作记录	记录制作双绞线过程中的数据和所收集的资料
完成任务的成果	经过测试可以使用的双绞线

3. 完成任务的条件和参考步骤

（1）完成工作任务的材料与工具

在制作双绞线前，必须准备相应的工具和材料。首要的工具是 RJ-45 压线钳（如图 3.12 所示）。该工具上有三处不同的功能，最前端是剥线口，它用来剥开双绞线外壳；中间是压制 RJ-45 头工具槽，这里可将 RJ-45 头与双绞线合成；离手柄最近端是锋利的切线刀，此处可以用来切断双绞线。

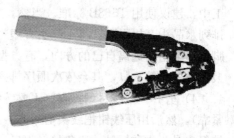

图 3.12 RJ-45 压线钳

接下来需要的材料是 RJ-45 头和双绞线。由于 RJ-45 头（如图 3.13 所示）像水晶一样晶莹透明，所以也被俗称为水晶头，每条双绞线两头通过安装 RJ-45 水晶头来与网卡和集线器（或交换机）相连。而双绞线是指封装在绝缘外套里的由两根绝缘导线相互扭绕而成的四对线缆，它们相互扭绕是为了降低传输信号之间的干扰。

俗话说，工欲善其事，必先利其器。如何使我们的工具很"利"，以达到事半功倍

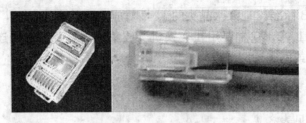

图 3.13 RJ-45 水晶头

的效果呢？我们看到的 RJ-45 压线钳，有时会出现制作出不合格的网线，这是因为压线钳的齿口没有对准水晶头上的金属片，从而导致金属片不能与双绞线正确接触，因此就出现双绞线连不通等现象。所以在选择 RJ-45 压线钳时，一定要注意压线钳压下来后它上面的每个齿口都能与水晶头上的金属片一一对应好，这样才能保证制作出合格的双绞线。

(2) 完成工作任务的参考步骤

1) 剪断。利用压线钳的剪线刀口剪取适当长度的双绞线。

2) 剥皮。用压线钳的剪线刀口将线头剪齐，再将线头放入剥线刀口，让线头角及挡板，稍微握紧压线钳慢慢旋转，让刀口划开双绞线的保护胶皮，拔下胶皮（注意：剥与大拇指一样长就行了）。

3) 排序。剥除外包皮后即可见到双绞线的 4 对 8 条芯线，并且可以看到每对的颜色都不同。每对缠绕的两根芯线是由一种染有相应颜色的芯线加上一条只染有少许相应颜色的白色相间芯线组成。四条全色芯线的颜色为棕色、橙色、绿色、蓝色。每对线都是相互缠绕在一起的，制作双绞线时必须将 4 个线对的 8 条细导线一一拆开，理顺，捋直，然后按照规定的线序排列整齐。目前，最常使用的布线标准有两个，即 T568A 标准和 T568B 标准。T568A 标准描述的线序从左到右依次为：1—白绿、2—绿、3—白橙、4—蓝、5—白蓝、6—橙、7—白棕、8—棕。T568B 标准描述的线序从左到右依次为：1—白橙、2—橙、3—白绿、4—蓝、5—白蓝、6—绿、7—白棕、8—棕。在网络施工中，建议使用 T568B 标准。当然，对于一般的布线系统工程，T568A 也同样适用。排列水晶头 8 根引脚：将水晶头有塑料弹簧片的一面向下，有引脚的一方向上，使有引脚的一端指向远离自己的方向，有方型孔的一端对着自己。此时，最左边的是第 1 脚，最右边的是第 8 脚，其余依次顺序排列。

4) 剪齐。把线尽量抻直（不要缠绕）、压平（不要重叠）、挤紧理顺（朝一个方向紧靠），然后用压线钳把线头剪平齐。这样，在双绞线插入水晶头后，每条线都能良好接触水晶头中的插针，避免接触不良。如果以前剥的皮过长，可以在这里将过长的细线剪短，保留的去掉外层绝缘皮的部分约为 14mm，这个长度正好能将各细导线插入到各自的线槽。如果该段留得过长，一来会由于线对不再互绞而增加串扰，二来会由于水晶头不能压住护套而可能导致电缆从水晶头中脱出，造成线路的接触不良甚至中断。

5) 插入。以拇指和中指捏住水晶头，使有塑料弹片的一侧向下，引脚一方朝向远离自己的方向，并用食指抵住；另一手捏住双绞线外面的胶皮，缓缓用力将 8 条导线同时沿 RJ-45 头内的 8 个线槽插入，一直插到线槽的顶端。

6）压制。确认所有导线都到位，就可以用压线钳制 RJ-45 头了。将 RJ-45 头从无牙的一侧推入压线钳夹槽后，用力握紧线钳（如果力气不够大，可以使用双手一起压），将突出在外面的引脚全部压入水晶并头内。

4. 测试所制作的双绞线

双绞线两端的水晶头都制作好以后，应该用测线仪检验导线域接头的连接是否正确，测试双绞线通不通。如果断路会导致无法通信，短路有可能损坏网卡或集线器（交换机）。

将双绞线两端的水晶头分别插入信号发射器和信号接收器，打开电源，如果测线仪上8 个指示灯都依次为绿色闪过，证明双绞线制作成功。如果出现任何一个灯为红灯或黄灯，都证明存在断路或者接触不良现象，此时最好先对两端水晶头再用压线钳压一次，再测，如果故障依旧，再检查一下两端芯线的排列顺序是否一样，如果不一样，随剪掉一端重新按另一端芯线排列顺序制作水晶头。如果芯线顺序一样，但测试仪在重测后仍显示红色灯或黄色灯，则表明其中肯定存在对应芯线接触不好。此时没办法了，只好先剪掉一端按另一端芯线顺序重做一个水晶头了，再测，如果故障消失，则不必重做另一端水晶头，否则还得把原来的另一端水晶头也剪掉重做。直到测试全为绿色指示灯闪过为止。

用测线仪进行测试，有下列三种情况。

1）发射器的第一个指示灯亮时，若接收器第一个灯也亮，表示双绞线两端的第一只引脚接在同一条线上。

2）若发射器的第一个灯亮时，接收器第七个灯亮，则表示双绞线做错了（不论是 EIA/TIA568B 标准或交叉线，都不可能有 1 对 7 的情况）。

3）若发射器的第一个灯亮时，接收器却没有任何灯亮起，那么这只引脚与另一端的任一只引脚都没有连通，可能是导线中间断了，或是两端至少有一个金属片未接触该条芯线。

5. 超越与提高

双绞线的两端必须都安装 RJ-45 插头，以便插在网卡、交换机 RJ-45 插座上。双绞线由不同颜色的 4 对 8 芯线组成，每两条按一定规则绞织在一起，成为一个芯线对。

EIA/TIA-568 标准规定了两种 RJ-45 接头网线的连接标准，EIA/TIA-568A 和 EIA/TIA-568B。这两种标准的线序如图 3.14 所示，表 3.5 进行了具体说明。

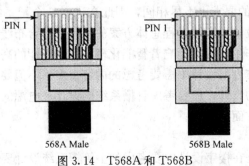

图 3.14 T568A 和 T568B

表 3.5　T568A 和 T568B 的线序

标准 568A	1	2	3	4	5	6	7	8
	绿白	绿	橙白	蓝	蓝白	橙	棕白	棕
标准 568B	1	2	3	4	5	6	7	8
	橙白	橙	绿白	绿	蓝白	蓝	棕白	棕

在网络工程实践中，T568B 使用得较多。现在的标准规定使用表 3.6 中的 4 根引脚（1，2，3 和 6），1 和 2 用于发送，3 和 6 用于接收。

表 3.6　RJ-45 引脚的作用

分布距离	引脚 1	引脚 2	引脚 3	引脚 4	引脚 5	引脚 6	引脚 7	引脚 8
作用	发送＋	发送－	接收＋	不使用	不使用	接收－	不使用	不使用

一根双绞线的两端，线序排列不同产生不同用途的线缆。常用的有：

1）直通双绞线。两端均按 568A 标准排线，或两端均按 568B 标准排线。用于主机到交换机或集线器、路由器到交换机或集线器的连接。

2）交叉双绞线。一端按 568B 标准排线，另一端按 568A 标准排线。用于交换机到交换机、集线器到集线器、主机到主机、集线器到交换机、路由器直连到主机的连接。

3）反转双绞线。两端的线序正好相反。用于主机到路由器控制台串行通信（COM）端口的连接。

任务 3.3　按照综合布线标准制定布线方案

3.3.1　制定布线方案的学习性任务

综合布线工程设计需要对工作区子系统、水平布线子系统、干线子系统、设备间子系统、管理子系统和建筑群子系统这 6 个子系统分别进行设计。为了制定布线方案，我们需要学习各子系统的设计方法。

1. 综合布线系统总体方案设计

一般综合布线系统由工作区子系统、水平子系统、干线子系统、设备间子系统、管理子系统和建筑群子系统这 6 个子系统组成，布线系统结构如图 3.15 所示。

由于综合布线系统所选用的线缆、传输介质是多样的（屏蔽、非屏蔽双绞线、光纤等），每座楼宇对布线的要求也不尽相同，因此在进行 6 个子系统设计之前先要对布线工程的总体方案进行设计。布线工程总体方案的设计对综合布线系统工程的整体性和系统性具有举足轻重的作用，直接影响着智能化楼宇使用功能的高低和服务质量的优劣。

在布线工程的总体方案设计中需要考虑的内容很多，不但要从总体上考虑建筑以及建筑群中 6 个子系统的设计，还要考虑管槽系统的设计、电源的设计、防护的设计以及防火安全保护设计等方面的内容。

（1）管槽系统设计

管槽系统的设计是在楼宇设计中要考虑的。管槽系统设计要求：综合布线系统线缆

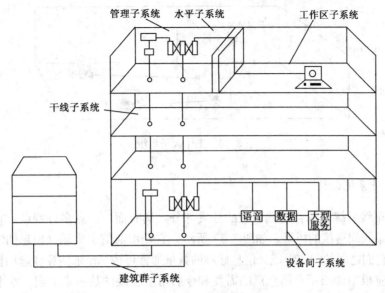

图 3.15 布线系统结构图

的敷设和设备安装方式应采用暗敷管槽和明装箱体的方式；管槽系统与建筑设计和施工同步；在布线工程的总体设计方案决定后，对于管槽系统需要预留管槽的位置、尺寸等应该被决定；管槽系统应与建筑的使用寿命相同；管路的走向、位置、槽道规格以及与设备间的连接要从整体考虑，应协调配合。

（2）电源设计

电源是综合布线系统的主要动力。电源好坏直接影响各种设备的正常运行。在布线工程的总体方案中应注意：选定合适的负荷等级，一般建筑中的程控电话交换机和计算机处于同一类型的电力负荷等级，以便于采用统一的供电方案、供电电压和供电方式等。

（3）防护设计

布线工程的总体方案中还应考虑干扰源对布线系统的影响。在不能与干扰源保持安全距离时，就应考虑采取防护措施。防护设计中主要考虑线缆以及布线部件的选用和接地系统设计。施工前对干扰源进行确定，在此基础上对各种线缆和设备的性能做比较，选用屏蔽系统或非屏蔽系统，做好接地系统的合理设计。

2. 工作区子系统设计

工作区是工作人员利用终端设备进行工作的地方。如图 3.16 所示，一个独立的需要配置终端的区域可划分为一个工作区。通常以 6～10m² 为一个工作区，每个工作区中至少提供两个信息插座。工作区子系统由终端设备至信息插座的连接器件组成，包括连线和连接器等。

工作区子系统的设计要点如下。

从 RJ-45 插座到设备间的连线使用双绞线，一般不超过 5m。

RJ-45 信息插座须安装在墙壁上或不易碰到的地方，插座距地面 30cm 以上。

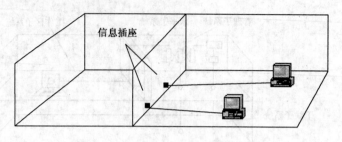

图 3.16　工作区子系统

3. 水平子系统设计

水平子布线系统是综合布线系统的分支部分，具有面广、点多等特点，它是信息插座和管理子系统间连接的桥梁，如图 3.17 所示。它是由通信引出端（信息插座）至楼层配线架以及它们之间的线缆组成。信息插座的数量通常可按 9m² 来估算。选用楼层配线架的容量时，应根据楼层用户信息点的需要和今后可能发展的数量来决定。水平干线子系统用线一般为双绞线。根据我国通信行业标准，水平布线子系统的线缆长度为 90m。

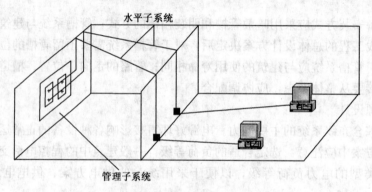

图 3.17　水平子系统

水平子系统的网络拓扑结构多为星形结构，它是以楼层配线架为主节点。各信息插座为分节点，两者之间采取独立的线路相互连接，形成星形。

水平子系统的设计要点如下。

根据建筑结构、布局和用途，确定水平布线方案和线缆走向。用线必须走线槽或在天花板吊顶内布线。

确定距服务接线间距离最近的 I/O 位置。

确定信息插座的数量和类型。

计算水平区所需线缆长度。

图 3.18 所示为典型的水平布线和工作区的连接方法。

4. 管理间子系统设计

管理间子系统由交连、互连和 I/O 组成，如图 3.19 所示。管理间为连接其他子系统提供手段，它是连接垂直干线子系统和水平干线子系统的设备。其主要设备有配线

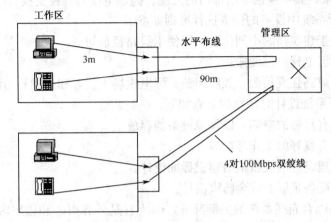

图 3.18 典型的水平布线和工作区的连接

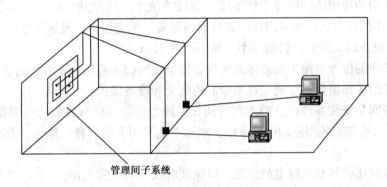

图 3.19 管理间子系统

架、交换机和机柜、电源等。

交连和互连允许将通信线路定位或重定位在建筑物的不同部分,以便能更容易地管理通信线路。I/O 位于用户工作区和其他房间,以便在移动终端设备时能够方便地进行插拔。在使用跳线时,交叉连接允许将端接在单元一端的电缆上的通信线路连接到端接在单元另一端的电缆的线路上。跳线是一根很短的单根导线,可将交叉连接处的两根导线端点连接起来,插入线为重新安排线路提供了一种简易的方法。互连与交叉连接的目的相同,但是它不使用跳线,只使用带插头的导线、插座和适配器。

管理间子系统设计要点如下。

1)配线架的配线对数可由管理的信息点数决定。

2)利用配线架的跳线功能,可使布线系统实现灵活、多功能的能力。

3)配线架一般由光配线盒和铜配线架组成。

4)管理子系统应有足够的空间放置配线架盒网络设备。

5)有交换机的地方要配有专用的稳压电源。

6)保持一定的温度和湿度,保养好设备。

5. 设备间子系统设计

设备间子系统由电缆、连接器和相关支撑硬件组成。它把各种公共系统设备的多种不同设备互连起来，其中包括电信部门的光缆、同轴电缆和程控交换机等。

1）设备间子系统中设备的位置选择准则如下。

① 应尽量位于建筑物的中间位置，以使干线路径最短。

② 应尽量靠近电梯，以便搬运。

③ 应尽量远离高强震动源、强噪声源、强电磁场干扰源和易燃易爆源。

2）设备间子系统设计时注意的要点如下。

① 设备间要有足够的空间，以保障设备的存放。

② 设备间要有良好的工作环境。

③ 设备间的建设标准应按机房建设标准设计。

④ 设备间应配备足够的安全防火设计。

3）设备间是综合布线系统的关键部分，因为它是外界引入和楼宇内部布线的交汇点。在设计中一般要考虑以下几点。

① 设备间的理想位置应设于楼宇综合布线系统主干线路的中间，并尽量靠近通信线路引入楼宇的位置，以便与房间内各种通信设备、网络接口以及装置连接。通信线路的引入端和设备以及网络接口的间距一般不超过 15m。

② 设备间的位置应便于安装接地装置，根据接地标准选用切实有效的接地方式。

③ 设备间应预留足够空间，以便今后的施工和设备维护。

④ 设备间是安装各种设备的专用房间，因此，设备间应有良好的气温条件；设备间应按照防火标准安装相应的报警系统。墙壁不能采用易燃材料，地面、天花板均应涂刷防火材料。

⑤ 设备间还应具有抗静电的性能，以保证各设备的正常工作。

6．建筑群子系统设计

规模较大或性质重要的机构通常是由几座建筑物组成。目前，新建的智能化住宅小区也是由很多幢建筑物所组成。这些建筑物之间的联系或对外通信都需要采用综合布线系统。建筑群主干线布线子系统是智能化建筑群体内的主干传输线路，也是综合布线的骨干部分。

1）建筑群子系统的设计要求如下。

① 建筑群子系统设计时应注意所在地区的整体布局，保证整体的美观，尽量采用隐蔽化方式。

② 建筑群子系统设计时应根据建筑群体用户信息需求的数量、时间和地点，采取相应的技术措施和实施方案。在确定线缆的规格、容量、敷设的路由以及布线方式时，务必考虑使通信传输线路建成后保持相对稳定，并能满足今后一定时期信息业务的发展需要。

因此，必须注意以下问题：线路路由应尽量选择距离短、平直，并在用户信息需求点密集的楼群经过，以便供线和节省工程投资；线路路由应选择在较永久性的道路上敷设并应符合有关标准中规定的与其他管线以及建筑物之间的最小净距要求；线路路由与电力线路必须分开敷设，并留有一定的间距以保证通信线路安全；建筑群主干布线子系统的主干线缆分支到各幢建筑物的引入段落，其建筑方式应尽量采用地下敷设。

2）建筑群子系统设计要点如下。

① 熟悉敷设现场的特点。

② 确定电缆系统的一般参数。

③ 确定建筑物的电缆入口。

④ 确定明显障碍物的位置。

⑤ 确定主用电缆路径和备用电缆路径。

⑥ 选择所需电缆类型和规格。

⑦ 确定每种选择方案的劳务和材料成本。

7. 干线子系统

如图 3.20 所示，干线子系统是整个建筑物综合布线系统的一部分，它提供建筑物的干线电缆，负责连接管理子系统到设备间子系统，一般使用光缆进行布线。它也提供了建筑物垂直干线电缆的路径。干线子系统通常是在两个单元之间，特别是在位于中央节点的公共系统设备处提供多个线路设施。它由光缆以及将此光缆连到其他地方的相关支撑硬件组合而成。

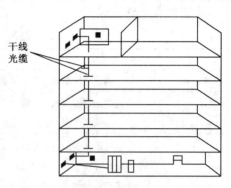

图 3.20　干线子系统

1）干线子系统设计要点如下。

① 确定每层楼的干线光缆的类型和数量。

② 确定整幢楼的干线光缆的类型和数量。

③ 确定各楼层配线间到设备间的干线路径，应该选择干线最短、施工最简单和最安全可靠的路径。

④ 确定干线光缆的长度。

⑤ 确定干线光缆的布线方法。

2）干线子系统设计时应该注意的问题

① 干线子系统线缆的拐弯处不能用直角以防光缆受损。

② 满足整幢楼宇干线要求防雷击的设施，保证安全。

3.3.2　制定布线方案的工作性任务

1. 工作任务描述

（1）工作任务名称

工作任务名称：按照综合布线标准制定布线方案。

（2）任务内容提要

学校为了组建校园网络系统，需要在校园区域建筑物间及建筑物内结构化综合布线。其综合布线系统项目要求如下。

1）能支持各种数据通信、多媒体技术以及信息管理未来技术的发展，保证 15～20 年不落后。

2）任意节点能够连接不同类型的设备，如计算机、打印机、终端、服务器等。

3）能支持任何厂家的任意网络产品，支持任意网络结构。

4）结构化布线系统中除去固定于建筑物内的水平线缆外其所有的接插件，均采用模块化，以方便使用管理和扩充。

5）实施后的结构化布线系统是可扩充的，以便将来有更大的需求时，容易将设备安装进去。

6）一次性投资，维护费用极低，使整体投资达到最少。

请你利用实训室提供的软硬件环境，依据校园网络工程的要求，以及效率、规模、安全三原则进行综合布线系统工程技术设计、预算、施工、测试和竣工资料编写。

2. 工作任务要求

工作任务要求见表 3.7。

表 3.7　工作任务要求

栏目	要求
任务目标	为组建网络制定综合布线方案
工作活动内容	通过制订综合布线方案实践怎样做方案、怎样选择传输介质、怎样制作网络连接器，怎样安装配线架、怎样施工、怎样测试、怎样组织验收和鉴定
学习情境与工具	网络布线实训室，布线系统由许多部件组成，主要包括线缆（传输介质）、线路管理硬件、连接器、插座、插头、适配器、传输电子线路以及电器保护设施等，并由这些部件来构造各种子系统。其中：UTP 五类双绞线（每条双绞线通过两端安装的 RJ-45 水晶头与网卡、交换机等设备相连，最大长度为 100m）；细同轴电缆（在细同轴电缆构造的网络中使用 BNC 桶型连接器和 BNC-T 型连接器实现网络的连接）、光纤（光纤按传输媒介的不同可分为常见的单模和多模连接器，还有以塑胶等为传输媒介的光纤连接器。按连接头的不同还可分为 FC，SC，ST，LC 和 MT-RJ 等各种形式）
工作任务	1）了解建筑物的结构。对于布线者来讲需要彻底了解建筑物的结构，明确什么地方可以布线，什么地方不能。现在绝大多数的建筑物为布线设计了专用通道，利用这种环境时还必须了解走线的路由，并详细做出标记。选择布线路径（两点间最短的距离是直线，但是对于布线系统来说这种布线路径未必就是最好、最佳的。在考虑最容易布线的路径时，要考虑便于施工、便于操作，即使这样做可能会多花费一些线缆也必须这样做。通常线缆比劳力费用低） 2）选用符合国家有关技术标准的定型产品。未经国家认可的产品质量监督检验机构鉴定合格的设备及主要材料，不得在工程中使用 3）根据综合布线工程的性质、功能、环境条件和远近用户要求、进行综合布线系统设施和管线的设计。工程设计施工必须保证综合布线系统的质量和安全，考虑施工和维护方便，做到技术先进，经济合理
相关知识点	综合布线的基本概念、综合布线的结构、综合布线的工程设计技术、项目管理与工程监理、综合布线系统测试、综合布线系统验收与鉴定

续表

栏目	要求
工作过程分解	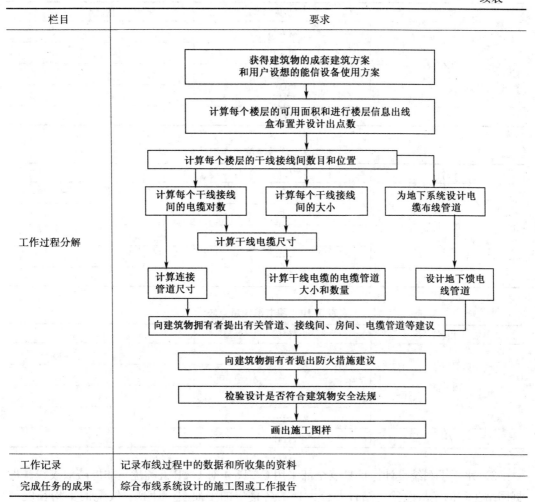
工作记录	记录布线过程中的数据和所收集的资料
完成任务的成果	综合布线系统设计的施工图或工作报告

3. 完成任务的条件和参考步骤

（1）完成任务的工作环境

硬件环境：1 台网络配线实训装置，1 张实训操作台，1 台计算机、1 台打印机及其耗材。

软件环境：Microsoft Office Visio 2007（中文版），Microsoft Office Word 2003（中文版）。

（2）完成任务的参考步骤

利用以上软硬件环境设计网络综合布线施工图，按图编写设备材料清单和预算，进行网络机柜及设备的安装，制作 4 根网络跳线和线对测试，完成 2 个 24 口网络配线架安装和模块端接，完成 2 个 110 通信跳线架安装和模块端接，布线标记和编制编号表，完成竣工资料。

1）工作区子系统设计。校园内各大楼工作区信息点选择 RJ-45 接口的单孔形式。各楼信息点分布总计及楼层或房间的信息点统计，见表 3.8～表 3.10。

表 3.8   教工宿舍信息点统计

楼名	房间	信息点
教工宿舍	双人房	
	单人房	
	校长房	
	……	
	合计	

表 3.9   教学楼信息点统计

楼名	楼层	信息点
教学楼	1	
	2	
	3	
	……	
	合计	

表 3.10   图书馆信息点统计

楼名	楼层	信息点
图书馆	1	
	2	
	3	
	……	
	合计	

2）水平子系统设计。信息点全部采用 CAT5 4 对 UTP 五类优质非屏蔽双绞线。根据网络工程的实战经验，结合办公大楼的各楼层的平面图，计算出线缆的平均长度为 60m。每箱 CAT5 4 对 UTP 线缆长度为 305m。水平线缆用量见表 3.11。

表 3.11   水平线缆用量

五类信息点	平均长度/m	五类 UTP/箱

3）楼间建筑群系统设计。楼间连接选用 6 芯多模光纤，从校园平面图可以大致估算出实际距离，部分可以利用原有的管道，其余采用架空方式或重新敷设地下管道。

表 3.12   多模光纤用量

走向	距离/m	光纤数量/箱
到教工宿舍		
到多媒体教室		
到教学楼		
合计		

4）设备间系统设计。有两种类型的配线架，分别连接光纤和铜缆。其分布及数量见表 3.13。

表 3.13　配线架分布及数量

楼名	光纤配线架	铜缆配线架
教工宿舍		
图书馆大楼		
多媒体教室		
教学楼		
合计		

（3）设备安装与线路敷设建议

1）工作区（见图 3.21）。可选择壁型或地板型信息插座，提供标准的 RJ-45 接口。

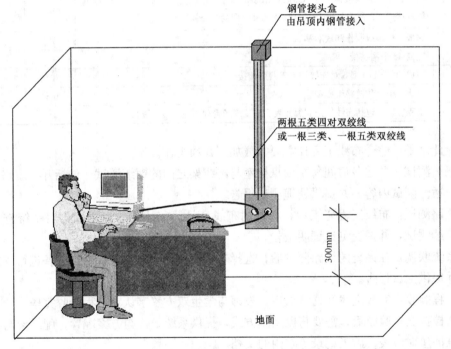

钢管接头盒
由吊顶内钢管接入

两根五类四对双绞线
或一根三类、一根五类双绞线

300mm

地面

图 3.21　工作区

2）水平线缆走向建议。水平布线可采用桥架、配管及地下线槽等走线方式。在每层配电间设一个分配线架（IDF），通过水平桥架将水平线缆由各房间的信息点引至 IDF。

3）垂直线缆及 IDF 的铺放建议。由各层配线间内的垂直干缆经配线间内的竖井，根据各信号线用途的不同，分别引至不同的 MDF。

4）配线架放置建议。配线架均安装在各层配线间，建议将配线架安装在 19″标准机架内或配线架机柜中。

5）布线系统的线缆敷设。包括：总配线架和各层配线架的卡接、安装和缆线接续；

各楼层分线箱的安装以及电缆的续接；计算机主机房电缆接续单元安装及电缆的接续；各层信息出口的安装和接续。

4. 任务测试与验收

布线方案的实施可以参照 GB 50312—2007《综合布线系统工程验收规范》进行评分。评分表见表 3.14。

表 3.14　评分表

序号	任务测试与验收点	比例	评分
1	设计网络机柜设备安装施工图并打印	5%	
2	编写设备材料清单和预算并打印	3%	
3	完成网络机柜现场安装（包括底座、机柜立柱、机柜顶帽、地弹网络插座、地弹电源插座、电源插座板安装）	10%	
4	网络设备安装（包括1台7U跳线测试仪、1台7U压接线实验仪、2台1U网络配线架、2台1U通信跳线架、2台1U理线环安装）	10%	
5	完成4根跳线制作和线对测试	5%	
6	完成48个网络模块端接	20%	
7	完成50个110型5对连接块上下两层端接	30%	
8	完成4个永久链路组成和线对测试	10%	
9	工程管理（包括布线标记和编号表、施工现场管理、完成竣工资料）	7%	

除此之外，综合布线工程还需要完成如下几项工作。

铜缆测试：各层各房间每个信息插座与配线架之间的铜缆测试，包括开、短路、异位、连通性测试内容，并提供铜缆测试报告。

线路测试：布线工程完工后，将选用布线产品厂家认定的专用仪器对系统进行导通、接续测试，并提交测试证明报告。

系统联调：在系统的线路测试后，选择若干站点，对外部连接网络设备进行联通测试，并提供测试报告。

工程验收：完成上述联通测试后，教师与学生双方签字认定工程验收完毕。

文档提交：验收后，需要将以文本方式，提供系统设计与方案配置、配线架与各房间信息插座对应表、施工记录等在内的文档。

5. 超越与提高

以下列出的布线标准和安装与设计规范，请读者上网进行查询浏览。

(1) 布线标准

IEEE 802.3 10Base-T

IEEE 802.3u Ethernet（100Base-T）

EIA/TIA568

EIA/TIA569

EIA/TIA TSB36/40 工业标准及国际商务建筑布线标准

ISO/IEC IS 11801

ISO/IECJTC1/SC25/WG3

ANSI FDDI/TPDDI 100Mbps

ATM Forum

IEEE 802.5 Token Ring

CCITT ATM 155Mbps/622Mbps

（2）安装与设计规范

工业企业通信设计规范

中国工程建设标准化协会标准《建筑与建筑群综合布线系统工程设计规范》修订本 CECS 72：97

中国工程建设标准化协会标准《建筑与建筑群综合布线系统工程施工及验收规范》 CECS 89：97

中国建筑电气设计规范

PANDUIT 结构化布线系统设计总则

市内电话线路工程施工及验收技术规范

课 后 活 动

1. 项目讨论

1）几种网络拓扑结构各有何特点，分别应用于何种场合？

2）组建网络所需的设备主要有哪些？各有何作用？

3）说明利用双绞线组网的主要网络拓扑结构，以及所需网络部件。

4）说明综合布线工程中常用布线材料的品种与规格，在工程中如何正确使用？

2. 技能训练

1）利用交换机、网卡、双绞线、计算机在宿舍组建一个星形网络。

2）了解学校校园网或公司的企业内部网，考察其网络拓扑、硬件连接和软件配置情况，并按照表 3.15 和表 3.16 记录网络中的交换机、路由器等设备型号与技术指标，分析布局和配置是否合理。如果让你自己设计，怎样选择设备和配置网络。

表 3.15　布局与布线

信息点分布情况	行政楼	楼层数		总信息点数
		每楼层的房间数		
		每个房间的信息点数		
	教学楼	楼层数		总信息点数
		每楼层的房间数		
		每个房间的信息点数		
	实训楼	楼层数		总信息点数
		每楼层的房间数		
		每个房间的信息点数		

续表

综合布线情况	楼层内的布线情况	行政楼	
		教学楼	
		实训楼	
	三个楼之间的布线情况		
	整个校园网络的布线情况		
用户对象上网需求与用户容量	教学楼	主要上网需求		用户最大数	
	行政楼	主要上网需求		用户最大数	
	实验楼	主要上网需求		用户最大数	

表 3.16　技术与设备

接入网技术		接入网的类型	该接入网类型主要采用的技术	
	①			
	②			
	③			
网络设备选型		品牌规格型号	具体功能（使用的地方）	价格（RMB）/元
	①			
	②			
	③			
	④			
网络拓扑结构	物理拓扑结构	物理拓扑说明	简单画出拓扑结构图	
	逻辑拓扑结构	逻辑拓扑说明	功能描述	
整体网络安全	内网访问外网策略	①		
		②		
		③		
	防火墙策略	①		
		②		
		③		
	服务器访问策略	①		
		②		
		③		

项目 4
逻辑连通网络

 项目教学目标

- 理解 TCP/IP 协议的作用，掌握网络协议种类及功能。
- 掌握 IP 地址和子网掩码的概念，以及子网划分的步骤。
- 掌握安装和配置 Windows Server 2003 操作系统，以及在 Windows 操作系统平台上架设和配置 DHCP 动态地址分配服务器。

 技能训练目标

- 能够构建 Windows 网络环境（C/S 模式和对等网），并设置网络协议和 IP 地址。
- 调研学校职能部门 IP 地址分配方案和校园网中子网的划分情况，记录成表格。
- 能够使用网络命令进行网络连通性调试。

【项目背景说明】 前面我们规划了网络建设方案，选配了路由器、交换机等网络设备，并对校园区域和办公楼、教学楼进行了网络布线，也添置了服务器和客户机，实施了网络的物理连接。要组建校园网络，接下来有一件比较重要的事情要做，那就是对网络的 IP 地址进行规划和设置。本项目就是对校园网络 IP 地址的规划，实现网络逻辑连通。

【项目任务分解】 项目分解为三个基本任务：一是构建网络服务环境；二是规划和设置 IP 地址；三是使用 DHCP 为网络中计算机动态分配 IP 地址。

【项目实施结果】 在 Windows 网络环境下，按照 IP 地址分配方案设置 IP 地址，使用网络命令检测网络已经逻辑连通。

任务 4.1 构建网络服务环境

4.1.1 构建网络服务环境的学习性任务

1. OSI 七层协议

初期的网络，只能在同一制造商的计算机产品之间进行通信。1998 年由国际化标准组织（ISO）为网络通信定义的一个标准规范，即开放系统互连参考模型（Open System Interconnection，OSI）。OSI 是一个协议，将网络通信按功能分为七个层次，共分为两个组。上面三层定义了中断系统中的应用程序间彼此通信，以及如何与用户通信等相关的数据处理，下面四层定义了怎样进行端到端的数据传输。OSI 还定义了各层的功能以及层与层之间的关系，相同层次的两端如何通信等。OSI 七层协议模型如图 4.1 所示。

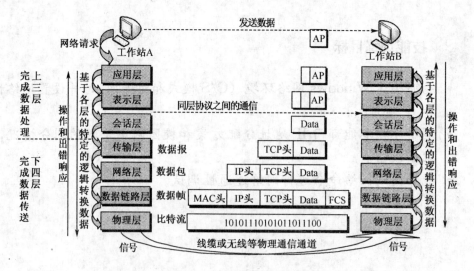

图 4.1 OSI 七层协议模型

（1）应用层

应用层是最终用户应用程序访问网络服务的地方，它负责识别并证实通信双方的可用性，进行数据传输完整性控制，使网络应用程序（如电子邮件、文件共享、多用户网络游戏、网络浏览、目录查询等）能够协同工作。

应用层是 OSI 参考模型的最高层，它为用户的应用进程访问 OSI 环境提供服务。应用层关心的主要是进程之间的通信行为，因而对应用进程所进行的抽象只保留了应用进程之间交互行为的有关部分。实际上，这种现象是对应用进程在某种程度上的简化。

应用层的网络安全功能可粗分为保密、鉴别、反拒认、完整性等。保密是指保护信息不被未授权者访问。鉴别是指在交换信息之前先要确认对方的身份。反拒认功能主要与电子签名有关，比如对拒绝承认所签约的客户必须唯一地确定电子反拒认，以满足法律手续。完整体是指如何确认自己所收到的信息是原始发来的信息，而不是被窜改或伪造的。

（2）表示层

为解决各种计算机体系结构可能使用不同的数据定义、数据格式和表示法（例如，IBM 主机使用 EBCDIC 编码，而大部分 PC 使用的是 ASCII 码，而键盘上的某些键的含义在不同系统中都有差异等），而导致无法相互通信的问题，使其通过共同的格式来表示，这就是表示层的任务。表示层提供的服务包括数据语法的转换、数据的传送、翻译数据格式、数据压缩、数据加密等，为高层用户提供统一的数据和信息的语法表示形式。

表示层位于应用层下面，会话层上面。它将数据在计算机内部的表示法与网络的表示法之间进行转换，保证所传的数据经传送后其意义不改变。因此，如何描述数据结构并使之与机器无关是表示层要解决的问题。在计算机网络中，互相通信的应用进程需要传输的是信息的语义，它对通信过程中信息的传送语法并不关心。表示层的主要功能是通过一些编码规则定义在通信中传送这些信息所需要的传送语法。

（3）会话层

会话层对高层通信进行控制，允许在不同机器上的应用程序之间建立、使用和结束会话，对进行会话的两台机器间建立对话控制，管理会话，如管理哪边发送、何时发送、占用多长时间等。会话层建立和验证用户之间的连接，包括口令和登录确认；它也控制数据的交换，决定以何种顺序将对话单元传送到传输层，以及在传输过程的哪一点需要接收端的确认等。

从 OSI 参考模型看，会话层之上各层是面向应用的，会话层之下各层是面向网络通信的。

会话层提供的功能是：为会话实体间建立连接，并组织、同步数据传输，最后通过"有序释放"、"废弃"、"有限量透明用户数据传送"等功能单元来释放会话连接。

（4）传输层

世界上各种通信子网在性能上存在着很大的差异。例如，电话交换网、分组交换网、公用数据交换网、局域网等通信子网都可互连，但它们提供的吞吐量、传输速率、数据延迟、通信费用等各不相同，因此会话层要求传输层提供一个性能恒定的界面。

传输层为高层用户提供端到端的可靠传输；进行端到端的差错控制，负责错误的检查与修复以确保传送的质量；进行流量控制和拥塞控制；在发送端将较长的数据分割成较小的单位（信息分段）后再传送，在接收端排序组装后恢复原信息。

传输层服务一般要经历建立连接阶段、数据传送阶段和释放连接三个阶段才算完成一个完整的服务过程。它可以满足对传送质量、传送速度、传送费用的各种不同需要。

传输层从会话层接收数据，负责错误的确认和恢复，以确保信息的可靠传递。如果有必要，它也对信息重新打包，把过长信息分成小包发送，确保到达对方的各段信息正确无误，而在接收端，把这些小包重构成初始的信息。

（5）网络层

对由多个网络组成的网际网来说，网中的计算机除了有一个物理地址外，还应有一个网络号。例如，地址 00000001：10005AC48192 表明计算机位于 00000001 的网络上，它在此网络中的地址为 10005AC48192。网络层主要用于解释网络层地址，并把数据引导给目标网络，即根据网络地址在源和目标之间建立网络连接、路由切换、交通堵塞的疏导与控制等。网络层主要提供以下功能。

1）路径选择与中继。路径选择是指在通信子网中，为源节点和中间节点选择后继节点，以便将报文分组传送到目的节点。"最短时间"是选择路径的标准。

2）流量控制。网络中链路层、网络层、传输层等都存在流量控制问题，其控制方法大体相一致。其目的是防止通信量过大造成通信干网性能下降。

3）拥塞控制。当到达通信子网中某一部分的分组数高于一定的水平，使得该部分网络来不及处理这些分组时，就会使这部分以至整个网络的性能下降。拥塞控制的主要任务是保证网络高性能运转，保证子网不被它的用户发送的数据所淹没。

（6）数据链路层

数据链路层从网络层接收数据，并加上有意义的比特位形成头和尾部（用来携带地址和其他控制信息）。这些附加信息的数据单元称为帧。发送方把输入数据分装在数据帧里，按顺序发送各帧，并处理接收方回送的确认帧。由于物理层仅仅接收和传送比特流，并不关心它的意义和结构，所以只能依赖各链路层来产生和识别帧边界。数据链路层负责将数据帧无差错地从一个站点送达下一个相邻站点，即通过一些数据链路层协议完成在不太可靠的物理链路上实现可靠的数据传输。

物理层要为终端设备间的数据通信提供传输媒体及其连接。媒体是长期的，连接是有生存期的。在连接生存期内，收发两端可以进行不等的一次或多次数据通信。每次通信都要经过建立通信联络和拆除通信联络两过程。这种数据收发关系就叫做数据链路。而在物理媒体上传输的数据难免受到各种不可靠因素的影响而产生差错，为了弥补物理层上的不足，为上层提供无差错的数据传输，必须对数据进行检错和纠错，检查和改正物理层上可能发生的错误，负责将由物理层传来的未经处理的数据分装成数据帧，正确地传送数据帧。因此，数据链路的建立、拆除，对数据的检错、纠错是数据链路层的基本任务。

（7）物理层

物理层是 OSI 参考模型的最底层，且与传输介质（如同轴电缆、双绞线、光缆、无线电、红外等）相关联。该层是实现其他层和通信介质之间的接口。物理层协议是各种网络设备进行互连时必须遵守的底层协议。

物理层为传送二进制比特流数据而激活、维持、释放物理连接，它定义了硬件接口的电器特性、机械特性、功能特性和过程特性，涉及通信在信道上传输的原始比特流，多少伏特的电压代表1、多少伏特的电压代表0；一个比特持续多少微妙；传输是否在两个方向上同时进行；最初的连接如何建立和完成通信后连接如何终止；电缆线如何与网卡连接；网络接插件有多少针以及各针的用途；采用哪种技术来传送数据，才能确保数据能够被正确收发，例如一方发出"1"时，另一方接收到的也是"1"而不是"0"。

2. TCP/IP 协议

（1）什么是 TCP/IP 协议

TCP/IP 协议是一组不同层次上的多个协议的集合，它能实现不同机器、不同网络之间的互连。TCP/IP 协议有以下特点。

1）使完全不同的操作系统之间互相通信。

2）一个真正的开放系统。

3）Internet 的基础。

4）一个协议族，一组不同层次上的多个协议的组合。

5）开放的协议标准，免费使用，且与计算机硬件或操作系统无关。

6）独立于任何一种网络，可用于局域网、广域网、互联网。

7）统一的网络地址分配方案，所有的通信设备在网络中具有唯一的地址。

8）标准化的高层协议，提供了丰富可靠的用户服务。

（2）TCP/IP 的参考模型

OSI 参考模型引入了服务、接口、协议、分层的概念，TCP/IP 正是借鉴了 OSI 的这些概念建模的。两者的协议标准不同，都采用了层次结构，而 OSI 的层次划分、层次调用关系比 TCP/IP 严格和复杂得多，TCP/IP 简单却并不全面。

TCP/IP 是一个分为四层的协议系统，图 4.2 显示了 TCP/IP 分层模型中的四个层次、与 OSI 七个层次之间的对应关系，以及每一层中主要的协议。

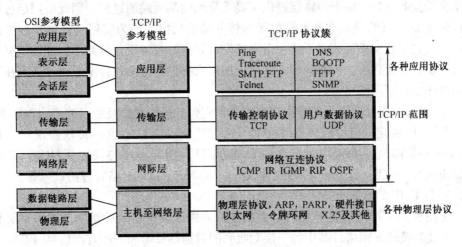

图 4.2 TCP/IP 参考模型及协议簇

下面简述每一层的功能。

1) 主机至网络层，有时也称网络接口层或数据链路层，是 TCP/IP 模型的最底层，通常包括操作系统中的网卡驱动程序和计算机中对应的网络接口卡。负责接收从网际层送来的 IP 数据报，并将 IP 数据报通过底层物理网络中传输介质上发送出去，或者从底层物理网络上接收物理信号转换成数据帧，并抽出其 IP 数据报，交给网际层。网络接口层主要协议有 ARP（地址解析协议）和 RARP（逆地址解析协议）。

2) 网际层，也称互联网层，处理分组（数据包）在网络中的活动，如分组的选路等。TCP/IP 中的网际层在功能上类似于 OSI 参考模型中的网络层。网际层主要有以下三个方面的功能。

① 接收传输层的发送分组请求：将分组装入 IP 数据报，填充报头，选择到目标节点的最佳路径，并将 IP 数据报送到适当的网络接口。

② 处理 IP 数据报，检查数据报的合法性，进行路由选择。若该数据报已到达目的节点（本机），则去掉报头，将 IP 报文的数据部分交传输层协议处理；若该数据报尚未到达目的节点，则转发该数据报。

③ 处理 ICMP 报文：即负责网络的路由选择、流量控制、拥塞控制、差错处理等问题。

在 TCP/IP 协议族中，网际层协议包括 IP（网际协议）、ICMP（因特网控制消息协议）、IGMP（Internet 组管理协议）、RIP（路由信息协议）、OSPF 协议（开放式最短路径优先）和 BGP（边界网关协议，是外部网关协议）。

3) 传输层主要为两台主机上的应用程序提供端到端的通信。TCP/IP 中的传输层在功能上类似于 OSI 参考模型中的传输层。

在 TCP/IP 协议族中，传输层有两个互不相同的传输协议：TCP（传输控制协议）和 UDP（用户数据报协议）。TCP 为两台主机提供高可靠性的数据通信，它将某节点的数据以字节流形式无差错地投递到互联网的任何一台网络设备上。发送方的 TCP 将用户交来的字节流划分成独立的报文交给网际层发送；接收方的 TCP 将接收的报文重新装配交给接收用户。由于传输层提供了高可靠性的端到端的通信，因此应用层可以不考虑这些细节。UDP 是一个不可靠的无连接的传输层协议，为应用层提供一种非常简单的服务。它把数据报的分组，从一台主机发送到另一台主机，但并不保证该数据报能到达另一端。任何必需的可靠性都必须由应用层来提供。这两种传输层协议分别在不同的应用程序中有不同的用途。

4) 应用层负责处理相关的应用程序细节。它包括操作系统及特定的应用程序本身。通常，TCP/IP 特定的应用程序有 Telnet（远程登录）、FTP（文件传输协议）、TFTP（简单文件传输协议）、DNS（域名系统）、BOOTP（引导程序协议）、DHCP（动态主机配置协议）、SMTP（简单邮件传送协议）和 SNMP（简单网络管理协议）等。

(3) TCP/IP 的封装

当应用程序用 TCP 传送数据时，数据被送入协议栈中，然后逐个通过每一层直到变成一串比特流送入网络。其中每一层对收到的数据都要增加一些首部信息（有时还要增加尾部信息）。图 4.3 显示了从应用程序开始发送数据到比特流的传输之间的数据的封装过程。

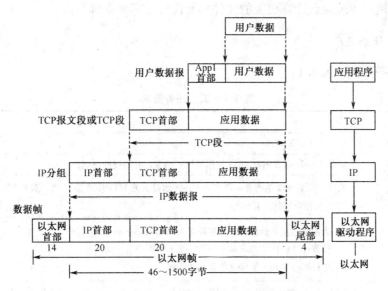

图 4.3　TCP/IP 中数据的封装过程

通常，TCP 传给 IP 的数据单元称为 TCP 报文段或简称为 TCP 段；IP 传给网络接口层的数据单元称为 IP 数据报；通过网络接口层传输的比特流称做数据帧。数据帧是在 IP 数据报的基础上加上帧头和帧尾。

UDP 数据与 TCP 数据基本一致。唯一的不同是 UDP 传给 IP 的信息单元称做 UDP 数据报，且 UDP 的首部长为 8 字节。由于 TCP、UDP、ICMP、IGMP 都要向 IP 传送数据，因此 IP 必须在生成的 IP 首部中加入某种标识，以表明数据属于哪一个协议。为此，IP 数据报的首部中有一个长度为 8 位的字段，称做协议域。其中，1 表示 ICMP 协议；2 表示 IGMP 协议；6 表示 TCP 协议；7 表示 UDP 协议。

各种应用程序要么使用 TCP 传送数据，要么使用 UDP 来传送数据。因此，传输层协议在生成报文首部时要存入一个应用程序的标识符。TCP 和 UDP 都用一个 16 位的端口号来表示不同的应用程序。TCP 和 UDP 把源端口号和目的端口号分别存入报文首部中。

网络接口层分别发送和接收 IP、ARP 和 RARP 数据，因此也必须在帧首部中加入协议标识，以指明生成数据的协议是什么。

4.1.2　构建网络服务环境的工作性任务

1. 工作任务描述

（1）工作任务名称

工作任务名称：搭建 Windows 对等网络的环境。

（2）任务内容提要

两台计算机，同处在一个办公室，相隔不远。由于工作的需要，两台计算机上的文件经常要相互文件拷贝。通常，办公室的工作人员都用 U 盘来拷贝文件，费时又费力。这个任务希望我们通过在计算机上安装网卡，借助网卡和网线（或者采用 USB 线）连接两台计算机，实现两台计算机上的文件相互拷贝，实现双机通信。

2. 工作任务要求

工作任务要求见表 4.1。

表 4.1 工作任务要求

栏目	要求
任务目标	搭建一个对等网络
工作活动内容	安装 Windows Server 2003 操作系统、网卡，并配置网络属性
学习情境与工具	网络实训室或学生宿舍，制作好 RJ-45 水晶头的 UTP 五类双绞线、安装 Windows Server 2003 操作系统的计算机
工作任务	1) 为需要连接的计算机安装和配置 Windows Server 2003 操作系统 2) 设置计算机的主机名称、协议、服务和客户等网络参数 3) 进行网络逻辑连通和文件共享的测试
相关知识点	OSI 的七层参考模型、TCP/IP 层次结构、Windows Server 2003 操作系统安装和配置
工作过程分解	1) 使用双绞线将两台计算机的网卡连接起来 2) 在计算机上安装 Windows Server 2003 3) 设置 IP 地址为同样的网络号，不同的主机号 4) 设置网络标识（计算机的主机名称） 5) 测试互连的两台计算机是否连通，通过网上邻居来查看对方计算机，通过文件共享测试两台计算机互通
工作记录	记录工作过程中的数据和所收集的资料
完成任务的成果	经过测试两台计算机可以双向通信、相互拷贝文件

3. 完成工作任务环境和参考步骤

（1）工作环境

使用交叉双绞线将两台计算机的网卡连接起来，或者采用 USB 线将两台计算机连接起来，网络拓扑如图 4.4 所示。

图 4.4 两台计算机的连接

利用 USB 线互连两台计算机时，需要运行随机配送的驱动盘中的 Setup.exe 驱动程序。在安装驱动前请不要把该 USB 设备插上，因为一旦 USB 设备插上，系统就会自动寻找驱动，找不到时可能会造成死机。

在"Choose Destination Location Window"窗口下，选择安装路径为默认或指定的目录。

在"Enter Information Windows"窗口下，输入计算机名称以及所属的工作组名称。

最后单击"Finish"，系统会要求重新启动计算机，这时把安装盘抽出，将USB连接器连上计算机的USB接口，然后重新启动。

驱动安装完成后，将USB线的两头分别接入两台计算机的USB接口。

有时在USB线插入后会提示找到一个未知设备，可通过双击该未知设备，选择安装驱动程序，指定该设备为USB TO USB Network Bridge Device就可以了。

此时，USB Network环境就自动地建立起来了，可以从网络邻居中看到网络上的计算机及其他共享文件夹和外围设备。如果不能看到，可到网络属性中设定TCP/IP协议中的IP地址和子网掩码。

如果需要删除USB连接器设备，则单击"开始"，选择控制面板进入"添加/删除程序"窗口；选择移除"USB-USB Network Bridge Driver v1.1"；单击"确定"按钮，系统就开始卸载连接器设备；卸载完成后，重新启动系统。

（2）参考步骤

1）安装Windows Server 2003，系统会自动读取必需的启动文件。读取完毕询问用户是否安装此操作系统，可以按Enter键确定安装，按R进行修复，按F3键退出安装。当用户按Enter键确认安装后出现软件的授权协议，必须按F8键同意其协议方能继续进行，系统会搜索系统中已安装的操作系统，并询问用户将操作系统安装到系统的哪个分区中，如果是第一次安装系统，那么用光标键选定需要安装的分区。选定分区后，系统会询问用户把分区格式化成哪种分区格式，建议格式化为NTFS格式；对于已经格式化的磁盘，系统会询问用户是保持现有的分区还是重新将分区修改为NTFS或FAT格式的分区，同样建议修改为NTFS格式分区。选定后按Enter键，系统将复制安装文件到硬盘上。当安装文件复制完毕，第一次重新启动计算机。系统重新启动后，即开始正式安装，用户只要按照系统提示照做即可完成安装。

2）安装TCP/IP协议和设置IP地址。

安装"Internet协议（TCP/IP）"：右击"网上邻居"，选择"属性"，出现如图4.5所示的"本地连接属性"对话框，单击"安装"按钮，在弹出的窗口中选择"协议"。单击"添加"，在弹出的窗口中选择"Internet（TCP/IP）"协议，单击"安装"按钮。（注意，有的系统在安装系统时已经安装TCP/IP协议。）

配置IP地址：右击"网上邻居"，选择"属性"，打开"本地连接属性"对话框，选择"Internet协议（TCP/IP）"。为对等网络中每台计算机设置IP地址，保证在网络中没有冲突，即把IP地址设置为同样的网络号，不同的主机号。

在图4.5中，选择"Internet协议（TCP/IP）"，单击"属性"按钮，出现如图4.6所示的"Internet协议（TCP/IP）属性"对话框。

在图4.6中单击"使用下面的IP地址"单选按钮，输入IP地址、子网掩码、默认网关；单击"使用下面的DNS服务器地址"单选按钮，输入DNS地址。

IP地址为：192.168.7.X，X为自己的机器编号，范围在2～254之间。

子网掩码为：255.255.255.0。

默认网关为：192.168.7.254。

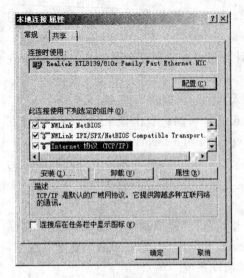

图 4.5　"本地连接属性"对话框

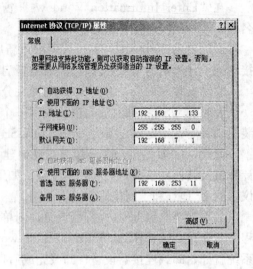

图 4.6　"Internet 协议（TCP/IP）属性"
对话框

DNS 服务器 IP 地址为：192.168.253.11。

3）设置网络标识。为了让对方能清楚地看到自己，每台计算机都要取个名字。在 Windows 中可以参照以下步骤设置网络标识：右击"我的电脑"图标，选择"属性"命令，出现"系统属性"对话框，单击"计算机名"选项卡，可以看到完整的计算机名称，单击"更改"可以对计算机名称进行更改。

4. 任务测试与验收

（1）互连两台计算机的网络连通测试

单击"开始"→"运行"，在弹出的"运行"对话框中用 ping 命令测试与对方计算机是否连通。假设对方 IP 地址是"192.168.7.134"，则应输入命令"ping 192.168.7.134"，单击"确定"按钮。如果屏蔽上出现"Reply from 192.168.7.134：bytes＝32 time＜1ms TTL＝128"信息，说明与对方计算机已连通。如果出现"Request timed out…"信息，则说明没有连通。

（2）通过网上邻居来查看对方计算机

在网上邻居中查看对方计算机，右击"网上邻居"图标，选择搜索计算机，输入对方计算机名进行搜索；或者单击"开始→运行"，输入 \\ 对方计算机名称或 IP 地址；或者双击桌面上的"网上邻居"图标，出现"网上邻居"窗口，分别双击"整个网络"、"邻近的计算机"查看自己和什么计算机连接在一起。

（3）通过文件共享测试两台计算机互通

现在以其中一台计算机（PC1）为主机，从另一台计算机（PC2）上复制文件，即 PC2 为被访问的对象，只要在 PC1 上单击"网上邻居"图标进入 PC2 的文件夹进行访问，然后复制就行了。不过 PC2 里的文件夹必须设定为共享才行；反之，同样的道理，也可以通过 PC2 作为主机来访问 PC1 里的文件。

5. 超越与提高

在 Windows Server 2003 安装完成之后，需要对连接到网络中的计算机进行协议、服务和客户等参数的配置，以及 Windows 组件的添加等操作。

（1）配置网络协议、服务和客户

右击"网上邻居"图标，从弹出的快捷菜单中选择"属性"命令，打开"网络连接"窗口，如图 4.7 所示。右击"本地连接"图标，从弹出的快捷菜单中选择"属性"项，打开"本地连接属性"对话框，如图 4.8 所示。

图 4.7　网络连接窗口

"此连接使用下列选定的组件"列表框中列出了目前系统中已安装过的网络组件，单击"安装"按钮，打开"选择网络组件类型"对话框，如图 4.9 所示。

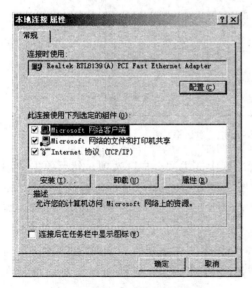

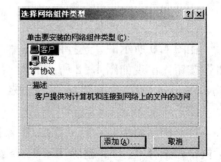

图 4.8　"本地连接属性"对话框　　　　图 4.9　"选择网络组件类型"对话框

在"单击要安装的网络组件类型"列表中选中"协议"选项，单击"添加"按钮，

打开"选择网络协议"对话框，如图 4.10 所示。

在"选择网络协议"对话框中的"网络协议"列表框中选择 Windows Server 2003 支持的网络协议，选中协议名称后，单击"确定"按钮，协议将会添加至"本地连接属性"列表中。

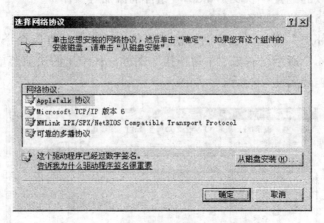

图 4.10　"选择网络协议"对话框

在图 4.9 所示的"选择网络组件类型"对话框中选择"服务"选项，将打开如图 4.11所示的"选择网络服务"对话框安装 Windows Server 2003 提供的网络服务。

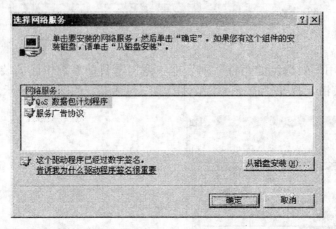

图 4.11　"选择网络服务"对话框

在图 4.9 所示的"选择网络组件类型"对话框中选中"客户"选项，然后单击"添加"按钮，出现如图 4.12 所示的对话框，选择想要安装的客户组件，系统会在 Windows Server 2003 的安装盘中寻找该组件的驱动程序。

（2）添加 Windows 组件

打开控制面板，运行"添加/删除程序"应用程序，在出现的"添加/删除程序"对话框中，选择"添加/删除 Windows 组件"，弹出"Windows 组件向导"对话框，在"组件"列表中选择需要安装的 Windows 组件。

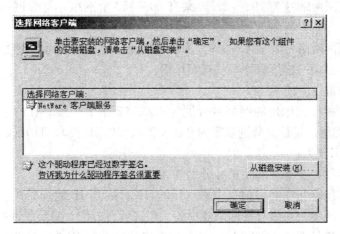

图 4.12 "选择网络客户"端对话框

任务 4.2 规划和设置 IP 地址

4.2.1 规划和设置 IP 地址的学习性任务

1. IP 地址概述

在 TCP/IP 网络上，每个主机都有唯一的地址，它是通过 IP 协议来实现的。IP 协议要求主机每次与网络连接时，必须为连接分配一个唯一的 IP 地址。此 IP 地址不仅可以用来识别主机，而且隐含识别此主机所属的网络。目前，如果使用的是 32 位的 IPv4 地址，它由网络号和主机号两部分组成。寻址时路由器先按照 IP 地址中的网络号把网络找到；当找到目的网络后，再按照 IP 地址中的主机号找到主机。

IP 地址常用点分十进制记法：每 8 位用一个十进制数表示，中间用"."分隔，如 118.100.2.1。

Internet 的 IP 地址分为 5 大类，即 A～E 类。具体分类规则如表 4.2 所示。

表 4.2 IP 地址分类

32 位	8 位		8 位	8 位	8 位
A 类	0	网络号	主机号		
B 类	10	网络号		主机号	
C 类	110	网络号			主机号
D 类	1110	多播地址			
E 类	11110	保留以后使用			

A 类地址范围网络号为 1～126，共有 126 个网络，每个网络所支持的主机数为 16777214。

B 类地址范围网络号为 128～191，共有 16384 个网络，每个网络所支持的主机数为 65534。

C 类地址范围网络号为 192～223，共有 2097152 个网络，每个网络所支持的主机数为 254。

D 类地址范围网络号为 224～239，为多播地址，不表示特定的网络，仅用来指定一组计算机，共享同一应用程序，如视频广播。

E 类地址保留以后使用。

A 类、B 类和 C 类地址的网络号分别为 1、2、3 字节长度，在网络号的最左边有 1～3 比特表示类别，其数值分别规定为 0（A 类）、10（B 类）、110（C 类）、1110（D 类）和 11110（E 类）。

A 类、B 类和 C 类地址的主机号分别为 3，2 和 1 字节长度。

当某单位向国际互联网络信息中心（InterNIC）申请 IP 地址时，实际上获得了一个网络号。具体的各个主机号按网络规模的大小进行再分配，只要保证在单位管辖的范围内无重复的主机号即可。如向 InterNIC 组织申请到一个 IP 为 202.12.16 的地址，通常用 202.12.16.0 表示这个 C 类的网络号，可使本地主机的 IP 地址从 202.12.16.1～202.12.16.254。

IP 地址的寻址规则：网络地址必须唯一，主机标识在同一网络内必须是唯一的。

2. 一些特殊类型的 IP 地址和私有 IP 地址

（1）特殊类型的 IP 地址

TCP/IP 协议规定：255.255.255.255 为广播地址，是当前子网的广播地址，叫做有限广播地址。主机号全为 1 代表向本网络的所有主机进行广播，是直接广播地址。网络标识的第一个字节不能为 255，数字 255 作为广播地址。

0.0.0.0 代表任何网络。网络标识的第一个字节不能为"0"，"0"表示该地址是本地网络，不能作为网络号进行传送。主机号全为 0 代表本地网络，而不对应本地网络中的某一主机。

127.0.0.1～127.255.255.254 为本地环回（Loopback）测试地址，用于网络软件测试以及本地主机进程间的通信，无论什么程序，一旦使用回送地址发送数据，协议软件立即返回，不进行任何网络传输。

IP 地址中凡是第一个字节以"1110"开始的地址（D 类）都叫多点广播地址。因此，任何第一个字节大于 223 小于 240 的 IP 地址是多点广播地址。

IP 地址中凡是第一个字节以"11110"开始的地址（E 类）都留着将来作为特殊用途使用。

（2）私有 IP 地址

根据用途和安全级别不同，IP 地址还可以分为两类：公有地址和私有地址。公有地址在 Internet 中使用，可以在 Internet 中随意访问。私有地址只能在内部网络（局域网）中使用，要使这些内部网络与 Internet 通信，必须通过代理服务器或路由器转换。

一个机构或网络要连入 Internet，必须申请公有 IP 地址。但是考虑到网络安全和内部实验等特殊情况，在 IP 地址中专门保留了三个区域作为私有地址，其地址范围如下。

1）10.0.0.0/8 的含义为网络号为 10 的一个 A 类网络。主机 IP 地址范围为 10.0.0.1～10.255.255.254。/8 指出了子网掩码中有 8 个 1，即为 255.0.0.0，正好对应此地址中第一个 8 位为网络号，即为 10。共有 16777214 个主机。

2）172.16.0.0/12 的含义为网络号 172.16～172.31 共 16 个 B 类网络，子网掩码中有 12 个 1，正好是第一个 8 位为网络号，第二个 8 位中前 4 位为子网络号，即主机 IP 地址范围为 172.16.0.1～172.31.255.254，子网掩码为 255.240.0.0，16 个网络中每个网络有 65534 个主机。

3）192.168.0.0/16 的含义为网络号 192.168.0～192.168.255 共 256 个 C 类网络。子网掩码中有 16 个 1，正好是前 2 个 8 位为网络号，即主机 IP 地址范围为 192.168.0.1～192.168.255.254，子网掩码为 255.255.255.0，256 个网络中每个网络有 254 个主机，共有 $256 \times 254 = 65024$ 个主机。

使用私有地址的网络只能在内部进行通信，而不能与外部网络互连。这些私有地址同样也可能被其他内部网络使用。

3. 子网掩码

子网掩码是一个 32 位的地址，它由左边一连串的"1"和右边一连串的"0"组成。"1"按位对应于 IP 地址中网络号和子网号字段，而"0"按位对应于 IP 地址中主机号字段。

利用子网掩码，可以区分 IP 地址中网络标识和主机标识，以说明该 IP 地址是属于哪个网络，其主机是多少。例如，有一个 C 类地址为 192.9.200.13，其默认的子网掩码为 255.255.255.0，则它的网络号为子网掩码中 1 所对应段 192.9.200.0，主机号为子网掩码中 0 所对应段 0.0.0.13。

不是所有的网络都需要子网，因此在没有子网的情况下使用默认子网掩码。A 类 IP 地址的默认子网掩码为 255.0.0.0；B 类的为 255.255.0.0；C 类的为 255.255.255.0。

Internet 服务提供商（ISP）常用 192.168.10.32/28 这样的方法给客户分配地址，这排数字中/28 表示子网掩码中有 28 位为 1。

子网掩码也是按 4 段 8 位的点分十进制表示法。因而在每一个段上的 8 位其最左边连续的 1 的个数用图 4.13 来表示，从而能计算出任何一个子网所对应的子网掩码。

128	64	32	16	8	4	2	1		
1	0	0	0	0	0	0	0	=	128
1	1	0	0	0	0	0	0	=	192
1	1	1	0	0	0	0	0	=	224
1	1	1	1	0	0	0	0	=	240
1	1	1	1	1	0	0	0	=	248
1	1	1	1	1	1	0	0	=	252
1	1	1	1	1	1	1	0	=	254
1	1	1	1	1	1	1	1	=	255

图 4.13 子网掩码计算法

例如，A 类地址中有 1 位代表子网，即/9，子网掩码 255.128.0.0；B 类地址中有 3 位代表子网，即/19，子网掩码为 255.255.224.0，C 类地址中有 4 位代表子网，

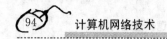

即/28，子网掩码为 255.255.255.240。

但是不管是 A 类、B 类还是 C 类地址，最大可用的只能为/30，即保留两位给主机位，仅有两个主机。子网掩码如表 4.3 所示。

表 4.3 子网掩码

网络号的位数	子网掩码	网络号的位数	子网掩码
/8	255.0.0.0（A 类地址默认掩码）	/20	255.255.240.0
/9	255.128.0.0	/21	255.255.248.0
/10	255.192.0.0	/22	255.255.252.0
/11	255.224.0.0	/23	255.255.254.0
/12	255.240.0.0	/24	255.255.255.0（C 类地址默认掩码）
/13	255.248.0.0	/25	255.255.255.128
/14	255.252.0.0	/26	255.255.255.192
/15	255.254.0.0	/27	255.255.255.224
/16	255.255.0.0（B 类地址默认掩码）	/28	255.255.255.240
/17	255.255.128.0	/29	255.255.255.248
/18	255.255.192.0	/30	255.255.255.252
/19	255.255.224.0		

为便于查阅子网配置情况，表 4.4～表 4.6 给出了各类网络中的子网划分与子网掩码对应表。

表 4.4 A 类网络划分：子网数与对应的子网掩码

子网位数	主机位数	子网掩码	最大子网数	最大主机数
2	22	255.192.0.0	2	4 194 302
3	21	255.224.0.0	6	2 097 150
4	20	255.240.0.0	14	1 048 574
5	19	255.248.0.0	30	524 286
6	18	255.252.0.0	62	262 142
7	17	255.254.0.0	126	131 070
8	16	255.255.0.0	254	65 536
9	15	255.255.128.0	510	32 766
10	14	255.255.192.0	1022	16 382
11	13	255.255.224.0	2044	8190
12	12	255.255.240.0	4094	4094
13	11	255.255.248.0	8190	2046
14	10	255.255.252.0	16 382	1022
15	9	255.255.254.0	32 766	510
16	8	255.255.255.0	65 536	254
17	7	255.255.255.128	131 070	126
18	6	255.255.255.192	262 140	62
19	5	255.255.255.224	524 284	30
20	4	255.255.255.240	1 048 572	14
21	3	255.255.255.248	2 097 148	6
22	2	255.255.255.252	4 194 300	2

表 4.5 B 类网络划分：子网数与对应的子网掩码

子网位数	主机位数	子网掩码	最大子网数	最大主机数
2	14	255.255.192.0	2	16 382
3	13	255.255.224.0	6	8190
4	12	255.255.240.0	14	4094
5	11	255.255.248.0	30	2046
6	10	255.255.252.0	62	1022
7	9	255.255.254.0	126	510
8	8	255.255.255.0	254	254
9	7	255.255.255.128	510	126
10	6	255.255.255.192	1022	62
11	5	255.255.255.224	2044	30
12	4	255.255.255.240	4094	14
13	3	255.255.255.248	8190	6
14	2	255.255.255.252	16 382	2

表 4.6 C 类网络划分：子网数与对应的子网掩码

子网位数	主机位数	子网掩码	最大子网数	最大主机数
2	6	255.255.255.192	2	62
3	5	255.255.255.224	6	30
4	4	255.255.255.240	14	14
5	3	255.255.255.248	30	6
6	2	255.255.255.252	62	2

4. 子网的划分

(1) 划分子网的意义

当从 Internet 服务提供商得到一个 IP 地址时，通常不需要此 IP 地址下的全部主机地址空间。例如 B 类地址，要将 65 534 台主机放在一个网络内操作起来有一定的难度。因此，在设计或规划子网时，将现有的地址空间划分得更小些，这就是子网掩码的作用。划分子网有以下好处。

1) 节约了大量的 IP 地址。

2) 集成不同的网络技术。各子网可以使用不同的网络技术，再通过路由器或第三层交换机互连起来。

3) 减少网络拥塞。不用将某个 B 类的 65 534 台主机放在一个网络中，可以将地址空间划分为 16 个、256 个或更多个子网，每个子网都有更小的广播域，减少了冲突发生的可能性。

4) 超越地址距离分配地址空间。如果有多个分支机构，每个机构都有少量的计算机，这样为每个场点分配一个 C 类地址是很浪费的。为每个场点分配一个划分好的子网地址就合理得多。

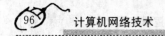

（2）子网划分方法

规划 IP 地址首先将申请到的 IP 地址按照网络拓扑结构进行规划，其次对网络进行子网配置或私有地址配置。

配置子网应按工作场所或部门个数划分不同的子网；也可按每个工作场所或部门最大的主机数划分子网。更多的是将这两者综合起来考虑。

1）通过给出的子网数或主机数，求出相应的子网掩码。

2）子网部分用二进制表示（子网全 0 及全 1 的保留），并列出所有的子网，再在二进制子网后面将主机地址按二进制从小到大排序（主机地址去掉全 0 和全 1）。

（3）利用子网数来计算子网掩码

在求子网掩码之前必须先搞清楚要划分的子网数目，以及每个子网内的所需主机数目，然后按以下步骤计算。

1）将子网数目转化为二进制来表示。

2）取得该二进制的位数，为 N。

3）取得该 IP 地址的类子网掩码，将其主机地址部分的前 N 位置 1，即得出该子网的子网掩码。

示例一：将 B 类 IP 地址 168.195.0.0 划分成 27 个子网，求其子网掩码。

1）十进制的 27 相当于二进制的 11011。

2）该二进制为五位数，$N=5$。

3）将 B 类地址的子网掩码 255.255.0.0 的主机地址（第三个段）前 5 位置 1，为子网号，加上前两个段的网络号（16）共计 16＋5＝21 个 1，在第三个字节为 11111000，子网掩码为 255.255.248.0，即为将 B 类 IP 地址 168.195.0.0 划分成 27 个子网的子网掩码。

（4）利用主机数来计算子网掩码

1）将主机数目转化为二进制来表示。

2）取得该二进制的位数为 M。

3）将 32－M 即为子网掩码中网络号的位数，即 1 的个数，而从后向前将 M 位作为主机位，即 0 的个数，从而得到子网掩码的值。

示例二：欲将 B 类 IP 地址 168.195.0.0 划分成若干子网，每个子网内有主机 700 台。

1）十进制的 700 相当于二进制的 1010111100。

2）该二进制为十位数，$N=10$。

3）从后向前将后 10 位为 0，子网掩码共有 32－10＝22 个 1，即子网掩码为：11111111.11111111.11111100.00000000，从图 4.15 可知为 255.255.252.0。这就是 B 类 IP 地址 168.195.0.0 欲划分成主机为 700 台的子网掩码。

4.2.2　规划和设置 IP 地址的工作性任务

1. 工作任务描述

（1）工作任务名称

工作任务名称：按照学校部门架构为办公网络划分子网。

（2）任务内容提要

学校办公楼的网络使用一个 C 类地址 192.168.0.0，办公网络内可有 254 台主机。为了便于管理，需要将办公网络分成 6 个子网，每个子网需要能容纳 25 台左右的计算机。

通过合理的子网划分，从物理上对办公网络进行划分，提高其安全性，这是网络管理员首选的网络安全方案。借助于子网掩码，可以把办公网络划分成几个相对独立的子网。把学校的机要部门放在一个独立的子网中，以限制其他部门人员对这个部门网络的访问。

在给学校部署网络基础架构的时候，利用子网划分来对学校的重要部门进行隔离。另外，还可以利用子网对一些应用服务器进行隔离，防止客户端因为感染病毒而对服务器产生不利的影响。

2. 工作任务要求

工作任务要求见表 4.7。

表 4.7 工作任务要求

栏目	要求
任务目标	掌握定长掩码进行地址管理
工作活动内容	根据学校的实际需求，规划设计学校各部门的网段，并进行子网划分
学习情境与工具	整个学校的校园网络，计算机一台
工作任务	1）通过调研了解学校各部门所处的位置及主机数量 2）规划各部门的主机数，进行子网划分，形成表格
相关知识点	IP 地址、子网掩码、子网划分的方法及步骤
工作过程分解	1）调研学校网络管理中心的 IP 地址管理方法 2）了解整个校园网络的实际网络需求：查看网络设计需要多少个子网，每个子网中的主机数 3）分析各部门的工作性质及相对独立性，分析网络规模对网络传输效率的影响，引入解决方法——划分子网 4）根据学校网络应用情况，按职能部门规划 IP 分配方案（生成表格） 5）小组讨论，优化方案，每小组提交一个最终方案
工作记录	学校网络 IP 地址管理方法，子网数、主机数、IP 地址分配方案
完成任务的成果	给出学校各个职能部门及网络管理中子网的划分情况。写出书面报告，包括完成任务的工作过程和结果、出现的问题和解决方法，以及任务完成的心得和对实际工作的指导意义

3. 完成子网划分的参考步骤

（1）确定学校办公网络需要的子网数

当对办公网络进行子网规划的时候，第一个要考虑的内容，就是办公网络到底要划分成几个子网。因为需要根据这个数据确认子网掩码的位数。

这里，假设学校行政部门需要将办公网络划分为 6 个子网，使用公式：$2^N-2=$ 子网个数，其中 N 就是所需要的子网掩码位数。子网个数为 6，则 $2^N-2=6$。把这个方程解出来，子网掩码位数即为 3。

（2）确定每个子网中的主机数

第二个需要考虑的问题就是每个子网中大概需要部署多少台主机。因为每个子网中的主机数量是有限的，所以，以上那个子网划分方案还不是最终的方案。只有等各个网段的主机数量能够满足需要之后，才可以最终确定采用这个方案。

假设办公网络中，办公室、财务部门的主机数量都比较少，办公室 10 台、财务部门 5 台；而各种应用服务器也需要 6 个 IP 地址。若考虑扩展性，以上两个部门最多再增加 3 个 IP 地址即可。而其余部门，现有计算机 25 台左右。考虑到后续的扩展，要为其预留 10～20 个 IP 地址。

（3）计算现有子网的合法的主机 IP 数目

接下来就需要计算根据第一步得出来的子网规划方案，能否满足办公网络中主机数的需要。在计算子网的合法主机 IP 地址的时候，也有一个公式可以进行套用：$2^N-2=$ 合法的主机 IP 地址数（这里的 N 表示的是非子网掩码的位数，即子网掩码为 0 的位数）。按照第一步，计算出来的子网掩码的数为 3，那么子网掩码为 0 的就是 5 位。其每个网段的子网掩码为 $2^5-2=30$ 位。而要求的每个网段的最多主机数量为 25 台（已经考虑了未来扩展的需要）。所以，若我们采用 C 类 IP 地址，这个子网划分方案完全满足需求。

（4）这些子网的子网号是什么

通过以上的三个步骤，子网的规划已经完成。接下来的任务就是计算一些具体的参数。这主要是用来帮助我们做好后续的配置，以方便以后的工作。具体来说，网络规划完毕后，需要分析每个网段的子网号是多少、每个子网的广播地址是多少、每个子网中合法的 IP 地址是哪些，等等。

首先，需要计算每个子网的子网号。这里又有一个公式，即 256－子网掩码＝增量值。以上述办公网络为例。因为用了 3 位子网掩码，其二进制表示即为 11100000。若转换为十进制，即是 224。所以，计算出来的增量值即为 32。那么，从 0 开始，每隔 32，即是每个子网的子网号。在这个例子中，6 个网段的子网号分别为 192.168.0.32、192.168.0.64、192.168.0.96、192.168.0.128、192.168.0.160、192.168.0.192。根据相关的规则，这 6 个 IP 地址具有特殊的用途，不能用来分配给网络客户端。

（5）计算每个子网段的广播地址

在第三步计算每个网段的主机地址可用量时，我们一下子减去了两个 IP 地址：一个是因为第四步所说的子网号不能够用来作为客户端的主机地址以外；还有一个就是每个子网中还有一个广播地址，其也不能被当作主机地址来使用。所以，我们还需要计算出每个网段的广播地址。以避免在配置客户端时，把这个广播地址错误地分配给网络主机。

计算广播地址比较简单，因为其直接跟前面一个步骤计算出来的子网号相关。简单地说，一个网段中的起始地址是子网号，而最后一个地址就是广播地址。如上面这个例子，其 192.168.0.32～192.168.0.63 是一个网段，默认情况下，192.168.0.32 是子网号，192.168.0.63 就是广播地址。所以，这不需要我们再利用公式去计算。

（6）分析每个子网中合法可用的主机 IP 地址

最后一步就是需要分析每个网段中可用的主机 IP 地址了。这个步骤也比较简单，只要把每个网段中的 IP 地址，除掉子网号与广播地址之外，就都是可用的 IP 地址了。也就是说，合法的 IP 地址是那些介于各个子网之间的取值，并要去掉子网号与广播地址。换句话说，它就是介于子网号与广播地址之间的地址。

4. 任务测试与验收

在对规划设计子网的工作任务进行测试与验收时，为了能一目了然地看到可用 IP 地址的结果，希望把对 C 类地址 192.168.0.0 子网划分的计算结果，整理成如表 4.8 一样的子网 IP 地址配置表。

表 4.8　子网的 IP 地址配置表

子网段	子网号	广播地址	可用主机地址数量	对应主机 IP 地址范围	IP 起始段	IP 终止段
000	192.168.0.0	192.168.0.31	30	192.168.0.1～192.168.0.30	00000001	00011110
001	192.168.0.32	192.168.0.63	30	192.168.0.33～192.168.0.62	00100001	00111110
010	192.168.0.64	192.168.0.95	30	192.168.0.65～192.168.0.94	01000001	01011110
011	192.168.0.96	192.168.0.127	30	192.168.0.97～192.168.0.126	01100001	01111110
100	192.168.0.128	192.168.0.159	30	192.168.0.129～192.168.0.158	10000001	10011110
101	192.168.0.160	192.168.0.191	30	192.168.0.161～192.168.0.190	10100001	10111110
110	192.168.0.192	192.168.0.222	30	192.168.0.193～192.168.0.221	11000001	11011110
111	192.168.0.223	192.168.0.255	30	192.168.0.224～192.168.0.254	11100001	11111110

这样，在配置客户端 IP 地址时，才不会因为疏忽把 IP 地址配置错误。到时候，就是凭这些 IP 地址来控制客户端主机所处的网段。特别是遇到网段比较多或者比较复杂的时候，一定要有一个合理的 IP 地址分配方案。

5. 超越与提高

IP 地址分配方案要保证每个子网的主机数量能够满足需要；否则，就需要进行相应的调整。例如，按照学校系部架构，为整个校园网络划分子网，其主机数量就会超出 100 台，那么就不能采用 C 类地址了，而需要采用 B 类地址或者 A 类地址。在做这个判断时，需要注意以下两个方面的问题。

1）在考虑某个网段的主机数量时，不能看现在有多少就留多少个 IP 地址，而是需要考虑一定的拓展量。上面只留了 16% 左右的拓展空间，其实还算是比较保守的。一般情况下，可能需要有 50%，甚至更多的保留空间。因为子网部署好之后，若 IP 地址不够须重新调整，则是一件非常头痛的事情。

2）最好按 C 类、B 类、A 类地址这个顺序进行测试。只有当 C 类地址无法满足时，才考虑采用 B 类、A 类地址。一般来说，在同等数量的子网情况下，B 类、A 类地

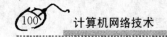

址可用的主机 IP 地址数量要比 C 类地址多得多。

假设校园网络使用一个 B 类 IP 地址 168.195.0.0，按照学校行政和系部架构需要划分成 27 个子网。请读者根据子网划分的技术路线，计算在此 27 个子网中，每一个子网中有多少台主机？每个子网的 IP 地址又是如何分配的？对应的网络号是什么？

参考步骤：

1）27=11011，$N=5$，将 B 类地址的子网掩码 255.255.0.0 的主机地址前 5 位置 1，共计 16+5=21 个 1，子网掩码为 255.255.248.0。

2）计算实际子网个数。27 个子网需要 5 位二进制数，但在 5 位二进制数中可以划分 32 个子网，若去掉子网号中的"00000"，及"11111"，还有 30 个子网，从中拣出 27 个子网号来使用，还多 3 个子网号。

3）计算每个子网主机数。每个子网的主机数为：从 00000000001～11111111110，后 11 位作为主机号，有 $2^{11}-2$ 台主机，一共 2046 台。

4）计算主机的 IP 地址分配。

第 0 个子网：（去掉）168.195.00000000.00000001～168.195.00000111.11111110

168.195.0.1～168.195.7.254

网络号为 168.195.0.0

第 1 个子网：168.195.00001000.00000001～168.195.00001111.11111110

168.195.8.1～168.195.15.254

网络号为 168.195.8.0

第 2 个子网：168.195.00010000.00000001～168.195.00010111.11111110

168.195.16.1～168.195.23.254

网络号为 168.195.16.0

······

第 26 个子网：168.195.11010000.00000001～168.195.11010111.11111110

168.195.208.1～168.195.215.254

网络号为 168.195.208.0

第 27 个子网：168.195.11011000.00000001～168.195.11011111.11111110

168.195.216.1～168.195.223.254

网络号为 168.195.216.0

······

第 30 个子网：168.195.11110000.00000001～168.195.11110111.11111110

168.195.240.1～168.195.247.254

网络号为 168.195.240.0

第 31 个子网：（去掉）168.195.11111000.00000001～168.195.11111111.11111110

168.195.248.1～168.195.255.254

网络号为 168.195.248.0

任务 4.3 使用 DHCP 为网络中的计算机分配 IP

4.3.1 DHCP 服务的学习性任务

1. IP 地址静态分配与动态分配

静态分配 IP 地址是给每台计算机分配一个固定的 IP 地址。如果网络中每台计算机都采用静态的分配方案，那么很可能是 IP 地址不够用。所以，只在 IP 地址数量大于网络中的计算机数量的情况下，或者网络中存在特殊的计算机（如服务器）才采用静态分配 IP 地址。

如果网络中有很多台计算机，且又不是所有的计算机都同时使用，那么不妨采用动态分配 IP 地址的方式。什么是动态分配 IP 地址呢？打个比方说，办公室一共有 10 台计算机，而需要使用计算机的却有 15 个人，显然每人一台计算机是不可能的。那么我们就考虑，如果他们不在同一时间使用，可不可以采取这种策略：把所有的计算机集中起来管理，等到有人提出使用请求的时候，分配其中的任意一台计算机给他，而他用完之后就把使用权收回。这样既可以保证所有的人都有机会使用计算机，又不会造成计算机的"浪费"。

IP 地址的动态分配原理和上面所举的例子一样，只要同时打开的计算机数量少于或等于可供分配的 IP 地址，那么，每台计算机就会自动获取一个 IP 地址，并实现与网络的连接。

在使用 TCP/IP 协议的网络上，每一台计算机都拥有唯一的计算机名和 IP 地址。使用 IP 地址和子网掩码可以判别它所连接的主机和子网，当用户将计算机从一个网络移动到另一个网络的时候，一定要改变该计算机的 IP 地址。如果采用静态 IP 地址的分配方法将增加网络管理员的工作负担，而 DHCP 服务能为网络内的计算机自动分配诸如 IP 地址、子网掩码、默认网关等，从而帮助网络管理员省去手动配置相关选项的工作。

2. DHCP 服务的工作原理

客户端是否第一次登录网络使得 DHCP 的工作形式会有所不同。第一次登录时的工作过程如下。

(1) 寻找 DHCP 服务器

当 DHCP 客户端第一次登录网络时，也就是客户端发现本机上没有任何 IP 资料设定，它会向网络发出一个 DHCPDISCOVER 封包。因为客户端还不知道自己属于哪一个网络，所以封包的来源地址会为 0.0.0.0，而目的地址则为 255.255.255.255，然后再附上 DHCPDISCOVER 的信息，向网络进行广播。

在 Windows 的预设情形下，DHCPDISCOVER 的等待时间预设为 1s，也就是当客户端将第一个 DHCPDISCOVER 封包送出去之后，在 1s 之内没有得到回应，就会进行第二次 DHCPDISCOVER 广播。若一直得不到回应，客户端一共会有四次 DHCPDIS-COVER 广播（包括第一次在内），除了第一次会等待 1s 之外，其余三次的等待时间分别是 9、13、16s。如果都没有得到 DHCP 服务器的回应，客户端则会显示错误信息，宣告 DHCPDISCOVER 的失败。之后，基于使用者的选择，系统会继续在 5min 之后再重复一次 DHCPDISCOVER 的过程。

（2）提供 IP 租用地址

当 DHCP 服务器监听到客户端发出的 DHCPDISCOVER 广播后，它会从那些还没有租出的地址范围内，选择最前面的空置 IP，连同其他 TCP/IP 设定，回应给客户端一个 DHCPOFFER 封包。

由于客户端在开始的时候还没有 IP 地址，所以在其 DHCPDISCOVER 封包内会带有其 MAC 地址信息，并且有一个 XID 编号来辨别该封包，DHCP 服务器回应的 DHCPOFFER 封包则会根据这些资料传递给要求租约的客户。根据服务器端的设定，DHCPOFFER 封包会包含一个租约期限的信息。

（3）接受 IP 租约

如果客户端收到网络上多台 DHCP 服务器的回应，只会挑选其中一个 DHCPOFFER 而已（通常是最先抵达的那个），并且会向网络发送一个 DHCPREQUEST 广播封包，告诉所有 DHCP 服务器它将指定接受哪一台服务器提供的 IP 地址。

同时，客户端还会向网络发送一个 ARP 封包，查询网络上面有没有其他机器使用该 IP 地址；如果发现该 IP 已经被占用，客户端则会送出一个 DHCPDECLINE 封包给 DHCP 服务器，拒绝接受其 DHCPOFFER，并重新发送 DHCPDISCOVER 信息。

事实上，并不是所有的 DHCP 客户端都会无条件地接受 DHCP 服务器的 offer，尤其那些安装有其他 TCP/IP 相关客户软件的主机。客户端也可以用 DHCPREQUEST 向服务器提出 DHCP 选择，而这些选择会以不同的号码填写在 DHCP Option Field 里面。

换句话说，在 DHCP 服务器上面的设定，客户端未必全都接受，客户端可以保留自己的一些 TCP/IP 设定，而主动权永远在客户端这边。

（4）租约确认

当 DHCP 服务器接收到客户端的 DHCPREQUEST 之后，会向客户端发出一个 DHCPACK 回应，以确认 IP 租约的正式生效，也就结束了一个完整的 DHCP 工作过程。

DHCP 服务的工作流程如图 4.14 所示。

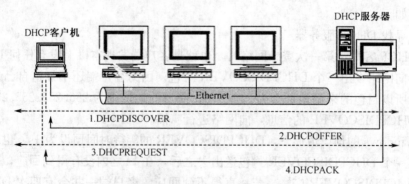

图 4.14　DHCP 工作流程

（5）DHCP 发放流程

第一次登录之后，发放流程如下。

1）一旦 DHCP 客户端成功地从服务器那里取得 DHCP 租约之后，除非其租约已经失效并且 IP 地址也重新设定回 0.0.0.0，否则就无需再发送 DHCPDISCOVER 信息了，而会直接使用已经租用到的 IP 地址向之前的 DHCP 服务器发出 DHCPREQUEST 信息，DHCP 服务器会尽量让客户端使用原来的 IP 地址。

2）如果没问题，则可直接回应 DHCPACK 来确认。

3）如果该地址已经失效或已经被其他机器使用了，服务器则会回应一个 DHCP-NACK 封包给客户端，要求其从新执行 DHCPDISCOVER。

DHCP 工作站除了在开机时发出 DHCPREQUEST 请求之外，在租约期限一半的时候也会发出 DHCPREQUEST，如果此时得不到 DHCP 服务器的确认，工作站还可以继续使用该 IP；然后在剩下的租约期限的再一半（即租约的 75%）时，还得不到确认，那么工作站就不能拥有这个 IP 了。

如果退租，可以随时送出 DHCPLEREASE 命令解约。

3. DHCP 的分配形式

首先，必须至少有一台 DHCP 服务器工作在网络上面，它会监听网络的 DHCP 请求，并与客户端磋商 TCP/IP 的设定环境。它提供两种 IP 定位方式。

（1）自动分配

自动分配，其情形是：一旦 DHCP 客户端第一次成功地从 DHCP 服务器端租用到 IP 地址之后，就永远使用这个地址。

（2）动态分配

动态分配就是，当 DHCP 第一次从 DHCP 服务器端租用到 IP 地址之后，并非永久的使用该地址，只要租约到期，客户端就得释放这个 IP 地址，以给其他工作站使用。当然，客户端可以比其他主机更优先地延续租约，或是租用其他的 IP 地址。

动态分配显然比自动分配更加灵活，尤其是当实际 IP 地址不足时。例如，若一家 ISP 只能提供 200 个 IP 地址用来给客户，但并不意味着其客户最多只能有 200 个，因为客户们不可能全部同一时间上网，从而可以将这 200 个地址轮流地租用给拨接上来的客户使用。

DHCP 除了能动态地设定 IP 地址之外，还可以将一些 IP 地址保留下来给一些特殊用途的机器使用，它可以按照硬件地址来固定分配 IP 地址。同时，DHCP 还可以帮助客户端指定 router、netmask、DNS Server、WINS Server 等项目，在客户端，除了将 DHCP 选项打钩之外，几乎无需做任何的 IP 环境设定。

4.3.2 DHCP 服务的工作性任务

1. 工作任务描述

（1）工作任务名称

工作任务名称：使用 DHCP 服务器为网络中的计算机动态分配 IP 地址。

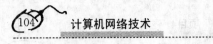

（2）任务内容提要

为了实现网络中的计算机自动获得 IP 地址，这个任务需要在网络中安装和配置 DHCP 服务器。

在使用 DHCP 时，整个网络至少有一台服务器上安装了 DHCP 服务，其他需要使用 DHCP 功能的计算机也必须设置成利用 DHCP 自动获得 IP 地址。

2. 工作任务要求

工作任务要求见表 4.9。

表 4.9　工作任务要求

栏目	要求
任务目标	为网络中的计算机动态分配 IP 地址
工作活动内容	假设学校仅有 100 个可供分配的 IP 地址资源（地址范围为 192.168.1.50 ～ 192.168.1.149）现要求： 1）将 IP 地址资源动态分配给网络实训室内部 200 台计算机连接 Internet（同时使用的概率小于 50%） 2）实训室指导老师所使用的主机 IP 地址固定不变，其他教师和学生的 IP 地址可随时改变 3）要求所有的工作站可以自动设置 IP 地址、默认网关、子网掩码
学习情境与工具	网络实训室或学生宿舍，制作好 RJ-45 水晶头的 UTP 五类双绞线、安装 Windows Server 2003 操作系统的计算机
工作任务	1）测试网络连通性 2）配置 Windows Server 2003 的 DHCP 服务器 3）使用命令测试动态分配 IP 地址的有效性
相关知识点	静态 IP 地址和动态 IP 地址、DHCP 服务的工作原理、DHCP 的分配形式
工作过程分解	1）对于作为 DHCP 服务器的计算机，设置为静态 IP 地址 2）在服务器上安装 DHCP 服务器 3）启动 DHCP 控制台，创建 DHCP 作用域 4）设置 DHCP 客户机"自动获得 IP 地址"和"自动获得 DNS 服务器地址" 5）使用命令检查 DHCP 客户机所获取的 IP 地址
工作记录	记录工作过程中的数据和所收集的资料
完成任务的成果	经过测试 DHCP 客户机所获取 IP 地址的屏幕截图

3. 完成任务的工作环境和参考步骤

（1）工作环境

通过五类双绞线将 DHCP 服务器/DHCP 客户机连接到交换机上，DHCP 服务器安装 Windows Server 2003 网络操作系统，DHCP 客户机安装 Windows 2000 Professional，DHCP 服务配置与测试环境如图 4.15 所示。

（2）参考步骤

1）配置 DHCP 服务器的 IP 地址。（DHCP 服务器的 IP 地址是静态 IP 地址）

地址形式为 192.168.1.X，X 为自己的机器编号，范围在 1～253 之间。子网掩码

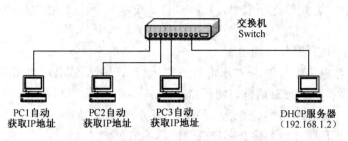

图 4.15 DHCP 服务配置与测试环境

为 255.255.255.0，默认网关为 192.168.1.254。

2）在服务器上安装 DHCP 服务。

动态主机配置协议（Dynamic Host Configuration Protocol，DHCP）是 Windows 2000 Server 和 Windows Server 2003 系统内置的服务组件之一。

单击"开始"→"设置"→"控制面板"，单击"添加/删除程序"，出现"添加/删除程序"窗口，单击"添加/删除 Windows 组件"，打开"Windows 组件向导"窗口，在组件中选择"网络服务"，单击"详细信息"，出现"网络服务"窗口，选择"DHCP"，载入映像文件（这时可能需要 Windows Server 2003 安装盘），单击"确定"按钮，开始配置 DHCP，单击"下一步"按钮，直到完成。安装完成后，单击"开始"→"程序"→"管理工具"，管理工具出现 DHCP 菜单项。

3）启动 DHCP 控制台。

单击"开始"→"程序"→"管理工具"→"DHCP"，打开 DHCP 控制台。

4）授权 DHCP 服务。

在 DHCP 控制台中，单击菜单"操作"→"授权"，DHCP 服务器的图标由"红色小箭头"变成"绿色小箭头"，如"红色小箭头"无变色，则单击菜单"操作"→"刷新"。

5）创建 DHCP 作用域

在 DHCP 控制台中，选择某一个 DHCP 服务器，单击菜单"操作"→"新建作用域"，出现"新建作用域向导"对话框，单击"下一步"按钮，输入作用域的名称和说明，单击"下一步"按钮，输入此作用域的起始 IP 和结束 IP 地址 192.168.1.3～192.168.1.190，单击"下一步"按钮，出现"添加排除"对话框，若在作用域地址范围内某些 IP 被指定为静态地址，则这些 IP 地址必须从作用域中排除，如输入 IP 地址 192.168.1.180～192.168.1.188，单击"添加"按钮，单击"下一步"按钮，出现租约期限对话框，输入租约期限，单击"下一步"按钮，出现配置 DHCP 选项，选择"否"按钮。单击"下一步"按钮，出现激活作用域选项，选择"是，我想现在激活此作用域"选项，单击"下一步"按钮，单击"完成"按钮。

4. 任务测试与验收

（1）DHCP 客户机的 TCP/IP 属性设置

右键单击"网上邻居"→"属性"，右键单击"本地连接"→"属性"，选择"Internet 协议（TCP/IP）"组件，单击"属性"按钮，出现"Internet 协议（TCP/IP）属性"对话框,在"常规"选项卡中,选择"自动获得 IP 地址"和"自动获得 DNS 服务器地址"。

(2)测试 DHCP 服务器的功能

在 DHCP 客户机中,单击"开始"→"运行",输入 CMD,单击"确定"按钮,出现"命令提示符"状态对话框。使用命令 C:\>ipconfig /all,结果将显示已经获取到的 IP 地址、本地网卡 MAC 地址中 DHCP 服务器的 IP 地址。

(3)在 DHCP 服务器上检查客户机地址租约信息

1)在 DHCP 控制台中,单击"作用域[192.168.12.0]zhan",单击"地址租约",可看到客户机的 IP 地址。

2)在 DHCP 客户机上,如要强制释放已经获取的 IP,在"命令提示符"下使用命令 C:\>ipconfig /release;如要强制更新地址租约,使用命令 C:\>ipconfig /renew。

5. 超越与提高

这里我们讨论一下静态和动态分配地址的选择。在何种环境下使用静态或动态分配 IP,这个问题需要从这两类分配机制的优缺点谈起。

1)动态分配地址由于地址是由 DHCP 服务器分配的,便于集中化统一管理,并且每一个新接入的主机都能够通过非常简单的操作就可以正确获得 IP 地址、子网掩码、默认网关等参数,在管理的工作量上比静态地址要少很多,而且越大的网络越明显。而静态分配就正好相反,需要先指定好哪些主机要用到哪些 IP,绝对不能重复了,然后再去客户主机上挨个设置必要的网络参数,并且当主机区域迁移时,还要记录释放 IP,并重分配新的区域 IP 和配置网络参数。这需要一张详细记录 IP 地址资源使用情况的表格,并且要根据变动实时更新;否则很容易出现 IP 冲突等问题。可以想象,这在一个大规模的网络中工作量是多么可怕。但是在一些特定的区块,如服务器群区域,每台服务器都有一个固定的 IP 地址,这在绝大多数情况下都是必须的。当然,也可以使用 DHCP 的地址绑定功能或者动态域名系统来实现类似的效果。

2)动态分配 IP,可以做到按需分配地址,当一个 IP 地址不被主机使用时,能释放出来供别的新接入主机使用,这样可以在一定程度上高效利用好 IP 资源。DHCP 的地址池只要能满足同时使用的 IP 峰值即可。静态分配必须考虑更大的使用余量,很多临时不接入网络的主机并不会释放掉 IP,而且由于是临时性的断开和接入,手动去释放和添加 IP 等参数明显是费力不讨好的工作,所以这时必须考虑使用更大的 IP 地址段,确保有足够的 IP 资源。

3)动态分配要求网络中必须有一台或几台稳定且高效的 DHCP 服务器,因为当 IP 管理和分配集中的同时,故障点也相应集中起来,只要网络中的 DHCP 服务器出现故障,整个网络都有可能瘫痪,所以在很多网络中 DHCP 服务器不止一台,而是另有一台或一组热备份的 DHCP 服务器,在平时还可以分担地址分配的工作量。另外,客户机在与 DHCP 服务器通信时,如地址申请、续约和释放等,都会产生一定的网络流量,虽然不大,但是还是要考虑到的。而静态分配就没有上面的这两个缺点,而且静态地址还有一个最吸引人的优点,就是比动态分配更加容易定位故障点。在大多数情况下,网络管理员在使用静态地址分配时,都会有一张 IP 地址资源使用表,所有的主机和特定

IP都会一一对应起来，出现了故障或者对某些主机进行控制管理时都比动态地址分配的要简单得多。

注意

> 做DHCP服务器冗余时，为了防止多台DHCP服务器为不同的客户机分配同一个IP地址，应该将网络的IP段分割成几个部分，然后分别分配到各个DHCP服务器的作用域中，多台DHCP服务器的地址池不能有重叠。另外，还得保证即使只有单台DHCP工作时，所提供的IP地址也足够网络中客户机的需要。也就是说，每个分割开的地址池都要比实际需求的地址量要大，这样才能保证最大的冗余性。

到底何种情况使用动态分配，何种情况使用静态呢？肯定要按实际的网络结构和需求来考虑，其中最重要的一个决定因素应该是网络规模的大小，这是直接决定网络管理员工作量的因素。所以简单地说，大型网络和远程访问适合动态地址分配，而小型网络和那些对外提供服务的主机适合用静态地址分配。

课　后　活　动

1. 项目讨论

1）为什么要做子网划分？

提示

> 子网划分的原因有很多，主要包括的内容有以下几个方面。
>
> ① 充分使用地址。由于A类地址或B类地址中主机号太多，一个大的网络内的所有主机都将在一个广播域内，这样会由于广播而带来一些不必要的带宽浪费。例如，一个B类网络"172.100.0.0"，可以有2的16次方个主机，这么多的主机在单一的网络下是不能工作的。因此，为了能更有效地使用地址空间，有必要把可用地址分配给更多较小的网络。
>
> ② 划分管理职责。划分子网可以更易于网络管理。当一个网络被划分为多个子网时，每个子网就变得更易于控制。每个子网的用户、计算机及其子网资源可以让不同的管理员进行管理，减轻了由单人管理大型网络的管理职责。
>
> ③ 提高网络性能。在一个网络中，随着网络用户的增长、主机的增加，网络通信也将变得非常繁忙。而繁忙的网络通信很容易导致冲突、丢失数据包以及数据包重传，因而降低主机之间的通信效率。如果将一个大型的网络划分为若干个子网，并通过路由器将其连接起来，就可以减少网络拥塞，路由器就像一堵墙把子网隔离开，使本地的通信不会转发到其他子网中。

2）归纳总结一下子网划分的方法。

3）在子网规划时，子网的数量是不是越多越好？

提 示

虽然从理论上来说，为各个部门划分一个子网，可以提高网络的安全性与网络性能。因为这样，广播等对网络带来不利影响的因素可以减少到最低。但是，子网的增多往往也意味着增加网络管理的工作量。所以，在没有特殊必要的情况下，如出于安全的考虑或者客户端数量庞大等，不要设置过多的子网。

4）为什么 IP 地址的全 0 与全 1 网段都不让使用？

2. 技能训练

1）一个单位申请了一个 201.96.68.0 的 C 类网址，试将其划分为 6 个逻辑子网，说明具体划分工程，并完成如下要求。

① 写出各子网的开始与结束 IP 地址。

② 写出子网的子网掩码。

2）假设某学校只有 255 个可供分配的 IP 地址资源，现要求如下。

① IP 地址范围为 192.168.0.1～192.168.0.254，要分配给校园内部 300 台计算机。

② 校级领导所使用的主机 IP 地址固定不变，其他员工的 IP 地址可随时改变。

请规划 DHCP 服务器的可用 IP 地址，然后安装并配置一台 Windows Server 2003 计算机成为 DHCP 服务器，配置一台 PC 作为 DHCP 客户机，最后使用 DOS 命令查看配置结果。

注 意

DHCP 服务器本身必须采用固定的 IP 地址。

项目 5
构建域模式的网络环境

 项目教学目标

- 掌握域名服务的基本原理及功能特点。
- 掌握活动目录概念及基本规则。
- 掌握 Windows Server 2003 的活动目录安装，以及域控制器创建和删除的方法。

 技能训练目标

- 能够正确配置 DNS 服务器进行域名解析。
- 能够从 FAT 系统转换为 NTFS 系统。
- 能够构建域模式的网络环境。

项目概述

【项目背景说明】 在校园网络中，随着计算机数量的不断增加，用户越来越多，原来的那种每台计算机自己管理自己的工作组模式，已经不能满足网络管理的需要了。为了兼顾网络安全性和方便统一管理，需要构建域模式的网络环境，即使用一台或多台安装 Windows Server 2003 的计算机充当域控制器 DC，集中式地管理网络中的用户和计算机，所有用户先登录到域，再根据所拥有的权限来访问和使用服务器资源或其他计算机上的资源，从而克服网络中存在的安全性低、管理混乱等问题。

【项目任务分解】 项目分解为三个基本任务，一是配置 DNS 服务器；二是创建单域环境的网络；三是创建多域环境的网络。

【项目实施结果】 使用域名实现网络用户和共享资源的集中管理。

任务 5.1 配置 DNS 服务器

5.1.1 配置 DNS 服务器的学习性任务

1. 域名解析 DNS

DNS（Domain Name System）是域名服务协议，它驻留在域名服务器上，维护着一个分布式的名字数据库，负责 Internet 域名与 IP 地址的相互转换。

如果在浏览器中输入 http://www.gdqy.edu.cn，浏览器将把这个域名（gdqy.edu.cn）传递给域名服务器。经过域名解析操作，可把 IP 地址返回给 Web 浏览器。一旦 Web 浏览器知道网页注册的 IP 地址，它就可以开始链接到该 Web 页。这里的 gdqy.edu.cn 就是域名（domain name），www.gdqy.edu.cn 就是"全称域名"（fully qualified domain name）。

（1）域名

我们知道，IP 地址是用数字来代表主机地址的，例如"211.66.184.35"这一组数字代表某校园内一台主机的 IP 地址。人们要记住这一组数字是不容易的。但是如果能以学校的简写名称来代表校园网上主机的地址，那么就能为用户记忆和表示主机地址提供许多方便。域名的意义就是以英文简写名称来代替难记的数字。例如，上述那一组数字所对应的域名是"lib1.gdqy.edu.cn"，它表示广东轻工职业技术学院图书馆技术部一台计算机。

域名只是互联网中用于解决地址问题的一种方法。为了实现互联网上各主机之间的通信，每台主机都必须有个地址，称之为 IP 地址（例如广东轻工职业技术学院网站的 IP 地址就是 211.66.184.35）。但是，这种数字过于繁琐、不便记忆，而且很难推广利用，为此出现了域名系统。域名是一个组织机构在国际互联网上的名称。最初域名与公司、商标、产品名称无直接关系，任何人都可以随意申请一个尚未注册的域名。但由于域名在国际互联网络上是唯一的，一个域名一旦注册，其他任何机构就不能再注册相同的域名。这样，就使域名实际上与商标、企业标识物等有了相类似的意义，因而域名又被人称为"网上商标"。

一个单位、机构或个人若想在互联网上有一个确定的名称或位置，需要进行域名登记。域名登记工作是由经过授权的注册中心进行的。域名分为国际域名及在国家顶级域名之下的二级域名（国内域名）。国际域名的申请由 InterNIC 及其他由"互联网国际特别委员会（IAHC）"授权的机构进行，国家二级域名的注册工作则由中国互联网络信息中心（CNNIC）负责进行。

在一个确定的域名之下可以有不同的主机（服务器），如域名服务器、邮件服务器、Web 服务器等；每一个服务器都有一个特定的域名，如 Web 服务器为 www. gdqy. com. cn，电子邮件服务器为 mailserver. gdqy. edu. cn。其中，gdqy 是经过注册的特定名称，edu 是使人们了解到其性质（edu 是教育及研究机构组织），cn 是国家名（中国）。

（2）域名解析

DNS 是一个分布式数据库系统，它提供将域名转换成对应 IP 地址的信息。这种将名称转换成 IP 地址的方法称为名称解析。

域名和用数字表示的 IP 地址就好像一条大街上的一个商店，既可以通过门牌号又可通过商店名称找到它。当访问一个站点时，输入域名后，由本地机向域名服务器发出查询指令，域名服务器通过在整个域名管理系统中查询对应的 IP 地址，如果找到了，返回相应的 IP 地址；反之，则返回错误信息。例如，当我们浏览网页时，浏览器左下角的状态条上会有这样的信息："正在查找 xxxxxx"，其实这就是域名通过域名服务器解析转化为 IP 地址的过程。

与 IP 地址相比，人们更喜欢使用具有一定含义的字符串来标识互联网上的计算机。互联网中域名解析与地址解析相类似，它包括正向解析，即从域名到 IP 地址；以及逆向解析，即从 IP 地址到域名。IP 地址到域名或者从域名到 IP 地址的解析是由域名服务器完成的。

（3）域名解析过程

DNS 服务的作用是将 IP 地址等数字化的物理信息和具有实际意义的计算机名称关联起来，从而使用户可以使用有实际意义的名称而不是难记的 IP 地址来访问这些计算机。

DNS 服务器以客户机/服务器的工作方式对网络中的一个或多个区域的管理数据进行控制和维护，并为 DNS 客户机提供数据查询服务，域名解析过程如下。

1）DNS 客户机向指定的 DNS 服务器提交名称查询请求。

2）DNS 服务器接到查询请求后，搜索本地 DNS 的区域数据文件和本地的 Cache 并将检索到的匹配信息返回给 DNS 客户机。

3）如果未在区域数据库和 Cache 中找到与查询的域名匹配的数据，就转移该解析过程，即向该 DNS 服务器设定的其他 DNS 服务器转发查询信息并在转发到的 DNS 服务器中继续查询请求，直到找到匹配数据返回给 DNS 客户机并在本地的 Cache 中保留备份。

理解域名系统的工作过程，最容易的办法是想像一下电话系统中的电话号码服务台。为了打一个电话，发话人必须使用电话号码。如果发话人知道对方的姓名、住址以及城市名，那么就可以从电话号码服务台得到对方的电话号码。

域名系统的工作方式与电话号码服务台相类似。一台域名服务器不可能存储互联网中所有的计算机名字和地址。例如,当中国的一个计算机用户需要与美国芝加哥大学的一台名为 midway 的计算机通信时,该用户首先必须指出那台计算机的名字。假定该计算机的域名为"midway. uchicago. edu",那么中国这台计算机的应用程序在与计算机 midway 通信之前,就首先需要知道 midway 的 IP 地址。为了获得 IP 地址,就需要使用互联网的域名服务器。它首先应当向中国的域名服务器发出一个请求。中国的域名服务器虽然不知道答案,但是它知道如何与美国芝加哥大学的域名服务器联系。

2. 域名的层次结构

(1) 层次型域名系统命名机制及管理

随着互联网上主机的数量不断增加,主机重名的可能性越来越大,网络信息中心的负担越来越重,而且 IP 地址到域名地址的映射表的维护也将越来越困难。因此,互联网采取了一种层次型结构的命名机制。层次型是指在名字中加入层次型结构,并且它又直接与层次型名字空间的管理机制的层次相对应。换言之,域名的名字空间被分成若干部分,每一部分都授权相应的机构进行管理。该管理机构有权对其所管辖的名字空间作进一步划分,并再授权下层相应的机构进行管理。如此下去,域名名字空间的组织管理便形成一种树状的层次结构。各层管理机构以及最后的主机在树状结构中表示为节点,并用相应的标识符表示。

域名系统是一个分布式的主机信息数据库,采用了客户机/服务器模式。各域名服务器中包含了整个数据库的部分信息,以供用户查询。域名系统数据库类似于计算机中文件系统的结构。整个数据库仿佛是一棵倒立的树,如图 5.1 所示。顶部是根,它代表整个互联网,根名为空标记,但在文本格式中被写成"·",树中的每一个节点只代表整个数据库的某一部分,也就是域名系统的域,域被进一步划分为子域。每一个域都有一个域名,用于定义它在数据库中的位置。在域名系统中,域名全称是从该域名向上直到根的所有标记组成的字符串,标记之间用"·"分隔开。

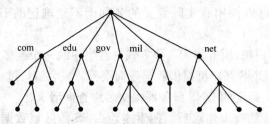

图 5.1　域名系统数据库示意图

DNS 有点像树状目录结构,在最顶端的是一个"root",然后其下分为好几个组织机构类别名称(如 com,org,edu 等),再下面是组织名称(如 sony,toshiba,intel,gdqy 等),继而是主机名称(如 www,mail,ftp)等。

例如,一个邮件服务器的名字是:mail. gdqy. edu. cn。自右向左,它的第一级域名是中国,第二级域名是教育组织,本地名作为一个子域是 gdqy,而后主机名为 mail(邮件服务器)。一般来说,每个组织都有其自己的 DNS 服务器,并维护域的名称映射数据库记录或资源记录。当请求名称解析时，DNS 服务器先在自己的记录中检查是否有对应的 IP 地址。如果未找到，它就会向其他 DNS 服务器询问该信息。

（2）互联网域名系统的规定

在互联网域名系统中，域名的管理也是层次型的。由于管理机构是逐层授权的，所以最终的域名都能得到 NIC 承认，并成为互联网中的正式名字。整个互联网的域名系统也构成一个树状结构，其中树根作为唯一的中央管理机构是未命名的，不构成域名的一部分。

组织机构型域名见表 5.1。

表 5.1　组织机构型域名

机构简称	说明	机构简称	说明
com	商业机构组织	arts	艺术类机构
edu	教育及研究机构组织	firm	公司企业
gov	政府机构组织	info	信息服务
net	网络服务机构组织	nom	个人
org	非赢利机构组织	rec	娱乐类机构
int	国际机构组织	store	销售类公司企业
mil	军事机构组织	web	从事 WWW 活动的机构

由表 5.1 可以看出，组织机构模式是按组织机构管理的层次结构划分所产生的组织机构型域名，由三个字母组成；而地理位置模式则是按国别地理区域划分所产生的地理位置型域名，这类域名是世界各国和地区的名称，并且规定由两个字母组成，例如"cn"表示中国。

因为 Internet 是从美国发起的，所以当时并没有国域名称，但随着后来 Internet 的发展，DNS 也加进了诸如 us，cn，hk 等国域名称。所以一个完整的 dns 名称就像 www.gdqy.edu.cn，而整个名称对应的就是一个 IP 地址。如果按照地理位置模式，美国的所有主机应当归入域名 us 中。而其他国家的主机如果也要按照地理位置模式登记进入域名系统；则首先必须向互联网信息管理中心（Network Information Center，NIC）申请本国的第一级域名。表 5.2 给出了国家或地区的部分代码。

表 5.2　国家或地区的部分代码

地区名称代号	国家或地区名称	地区名称代号	国家或地区名称
Aa	南极洲	fr	法国
At	奥地利	it	意大利
Au	澳大利亚	jp	日本
Be	比利时	nl	荷兰
Ca	加拿大	nz	新西兰
Cn	中国	uk	英国
Dk	丹麦	za	南非
Kr	韩国	mx	墨西哥

续表

地区名称代号	国家或地区名称	地区名称代号	国家或地区名称
Mo	中国澳门	br	巴西
Cl	智利	my	马来西亚
Cu	古巴	ru	俄罗斯
De	德国	no	挪威
Gl	希腊	sg	新加坡
Sk	瑞典	tw	中国台湾
Hk	中国香港	il	以色列
In	印度	us	美国
Ch	瑞士	ie	爱尔兰
Id	印度尼西亚	th	泰国
Ar	阿根廷		

（3）中国互联网络的用户域名规定

根据已发布的《中国互联网络域名注册暂行管理办法》，中国互联网络的域名体系最高级为 cn。二级域名共 40 个，分为 6 个类别域名（ac、com、edu、gov、net 和 org）和 34 个行政区域名（如 bj、sh、tj、hn 等）。二级域名中除了 EDU 的管理和运行由中国教育和科研计算机网络中心负责之外，其余全部由中国互联网络信息中心（China Internet Network Information Center，CNNIC）负责。有关中国域名规定的详细资料可查询 http://www.cnnic.net.cn。

5.1.2 配置 DNS 服务器的工作性任务

1. 工作任务描述

（1）工作任务名称

工作任务名称：安装配置 DNS 服务器。

（2）任务内容提要

校园网络需要安装配置 Windows Server 2003 下的 DNS 域名服务器，具体说明如下。

学校拥有一个 C 类网络地址 192.168.12.0，学校域名注册为 pszhang.net，要解析的服务器有 Web 服务器——www.pszhang.net，FTP 服务器名——ftp.pszhang.net，邮件服务器——mail.pszhang.net。

2. 工作任务要求

工作任务要求见表 5.3。

表 5.3　工作任务要求

栏目	要求
任务目标	安装与配置 DNS 服务器，进行域名解析
工作活动内容	在 Windows Server 2003 上安装和配置 DNS 服务器，对网络中 Web 服务、FTP 服务、邮件服务的域名解析为 IP 地址
学习情境与工具	网络实训室或学生宿舍，制作好 RJ-45 水晶头的 UTP 五类双绞线、安装 Windows Server 2003 的服务器和安装 Windows XP 的客户机
工作任务	1）在 Windows Server 2003 上安装 DNS 服务器 2）配置 Windows Server 2003 的 DNS 服务器，在网络上使用 DNS 域名解析 3）测试 DNS 服务器，实施 DNS 服务的管理
相关知识点	域名的层次结构，DNS 服务的基本原理及功能特点
工作过程分解	1）将作为 DNS 服务器的计算机设置为静态 IP 地址 2）在服务器上安装 DNS 服务器 3）启动 DNS 控制台，创建正向查找区域和反向查找区域等 4）设置客户机"首选 DNS 服务器"为 DNS 服务器的 IP 地址 5）在服务器端和客户机端，使用命令测试域名解析为 IP 地址
工作记录	记录工作过程中的数据和所收集的资料
完成任务的成果	经过测试域名解析为 IP 地址的屏幕截图

3. 完成任务的环境和参考步骤

（1）完成任务的工作环境

完成任务的工作环境是一个安装了 Windows Server 2003 的网络环境，要求至少有一台工作站和一台服务器，如图 5.2 所示。工作站上安装了 Windows 2000 Professional 操作系统。同时，准备有 Windows Server 2003 和 Windows 2000 Professional 的 ISO 文件或安装光盘。

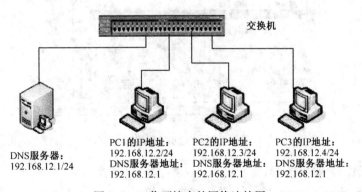

交换机

DNS服务器：
192.168.12.1/24

PC1的IP地址：
192.168.12.2/24
DNS服务器地址：
192.168.12.1

PC2的IP地址：
192.168.12.3/24
DNS服务器地址：
192.168.12.1

PC3的IP地址：
192.168.12.4/24
DNS服务器地址：
192.168.12.1

图 5.2　工作环境中的网络连接图

（2）完成任务的参考步骤

1）安装 DNS 服务器。

选择一台已经安装好 Windows Server 2003 的服务器，确认其已安装了 TCP/IP 协议，首先设置服务器自己 TCP/IP 协议的 DNS 配置，建议将 DNS 服务器的 IP 地址设为静态，如图 5.3 所示。

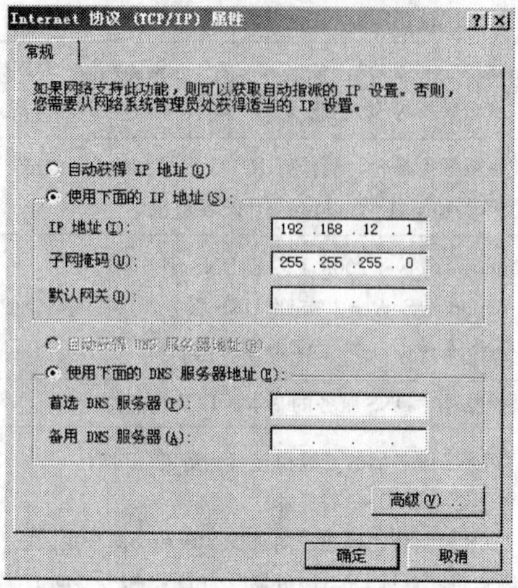

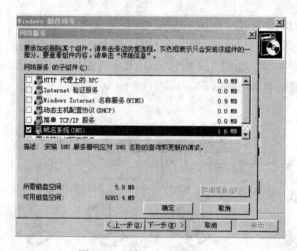

图 5.3　设置 DNS 服务器的 IP 地址

单击"开始"→"设置"→"控制面板"→"添加/删除程序"→"添加/删除 Windows 组件"→选中"网络服务"，单击"详细信息"→选中"域名系统 DNS"，如图 5.4 所示。单击"确定"按钮，单击"下一步"按钮，插入"Windows Server 2003"光盘，安装 DNS 系统文件，安装完毕，在"管理工具"下增加了"DNS"菜单项。

图 5.4　添加 DNS 网络服务

接下来配置 DNS 服务器。

2）创建 pszhang.net 区域。

单击"开始"→"程序"→"管理工具"→"DNS"，打开 DNS 管理控制台，添加"正向查找区域"弹出"正向查找区域"窗口，如图 5.5 所示。右击"正向查找区域"，在下拉菜单中单击"新建区域"，弹出"新建区域向导"对话框。选择区域类型为"主要区域"，如图 5.6 所示。如果作为辅助域名服务，则选择"辅助区域"。单击"下一步"按钮，输入区域名称"pszhang. net"，如图 5.7 所示。单击"下一步"按钮，创建新文件，文件名采用默认名，为"pszhang. net. dns"，如图 5.8 所示。单击"下一步"按钮，选择"不允许动态更新"，如图 5.9 所示。单击"下一步"按钮，完成区域创建。

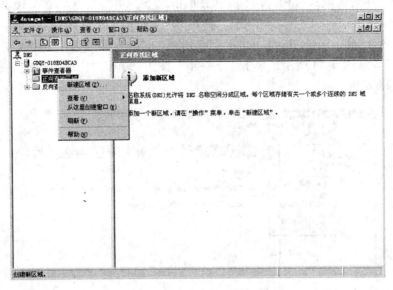

图 5.5　"正向查找区域"窗口

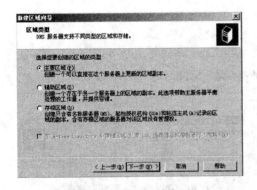

图 5.6　选择"区域类型"

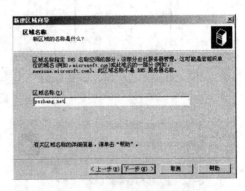

图 5.7　输入"区域名称"

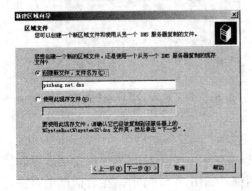

图 5.8　创建新"区域文件"

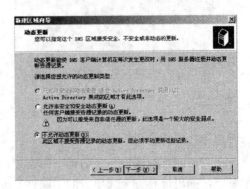

图 5.9　设置"动态更新"选项

3）创建反向查找区域。

单击"开始"→"程序"→"管理工具"→"DNS"，打开 DNS 管理控制台，添加"反向查找区域"，弹出"反向查找区域"窗口，如图 5.10 所示。右击"反向查找区域"，在下拉菜单中单击"新建区域"菜单命令，弹出"新建区域向导"对话框。区域类型中选择"主要区域"，如图 5.11 所示。单击"下一步"按钮，填入 IP 地址网络号 192.168.12，如图 5.12 所示。单击"下一步"按钮，创建区域文件，文件名为"12.168.192.in-addr.arpa.dns"，如图 5.13 所示。单击"下一步"按钮，选择"不允许动态更新"，如图 5.14 所示。单击"下一步"按钮，单击"完成"按钮，完成"反向查找区域"的安装。

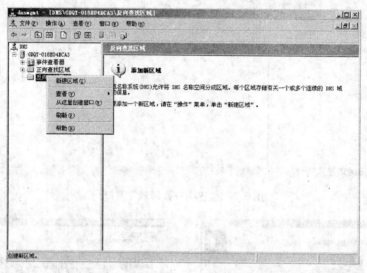

图 5.10　"反向查找区域"窗口

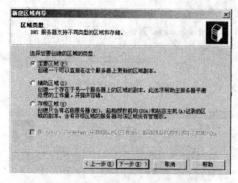

图 5.11　选择"区域类型"

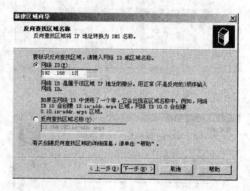

图 5.12　输入"反向查找区域名称"

4）域的属性设置。

在"正向查找区域"对话框中右击"pszhang.net"，在下拉菜单中单击"属性"菜单命令，弹出带有五个选项卡的"属性"对话框，如图 5.15 所示。在对话框中可进行域的属性设置。

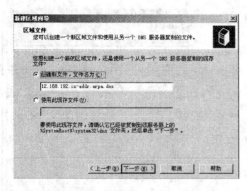 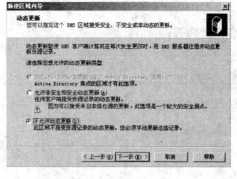

图 5.13 创建新"区域文件"　　　　　图 5.14 设置"动态更新"选项

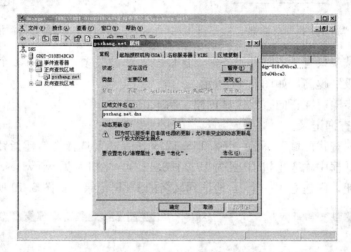

图 5.15 "pszhang.net 属性"对话框

5）创建记录。

① 创建主机记录（A 记录），即将主机名与 IP 地址联系起来。

右击"pszhang.net"，单击在下拉菜单中"新建主机"菜单命令，弹出"新建主机"对话框。输入名称"www"，IP 地址"192.168.12.1"，即成功地创建了主机 www.pszhang.net，如图 5.16 所示。

② 创建别名 CNAME 记录，允许为一个 IP 地址额外添加一个名字。

前面已经添加了一台 WWW 服务器，这台服务器又作为 FTP 服务器，则另起一个名称。

右击"pszhang.net"，在下拉菜单中选择"新建别名"菜单命令，弹出"新建资源记录"对话框。在"别名"栏填入"ftp"，因为是同一个域，不能填全名，否则须填完整的名称。在下一栏填入目标主机的完全合格的域名为"www.pszhang.net"。再单击"确定"按钮即可，如图 5.17 所示。

③ 创建 MX 记录，即识别指定机器和域的邮件服务器。

右击"pszhang.net"，在下拉菜单中选择"新建邮件交换器"菜单命令，弹出对话框。在"邮件服务器的完整合格的域名"栏输入"mail.pszhang.net"。这里要输入全名，否则有可能和别的域同名。默认情况下，DNS 服务器提供的邮件服务器优先级为

图 5.16　"新建主机"对话框　　　　　　图 5.17　"新建资源记录"对话框

10，如果这个域中只有一个邮件服务器，这值多大都没关系；如果有多个邮件服务器，优先级越小，级别越高，如图 5.18 所示。

通过以上步骤，在正向查找区域创建了四条记录。

④ 置反向查询记录。

右击"反向查找区域"下的"192.168.12.x Subnet"选择"新建指针"。在"新建资源记录"对话框中输入主机 IP 号为 192.168.12.1，主机名为 www.pszhang.net，单击"确定"按钮，则建立了一个 IP 地址到域名的 PTR 记录，如图 5.19 所示。

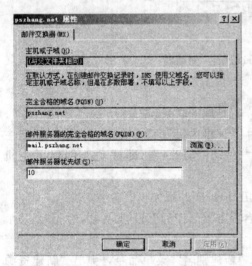

图 5.18　"邮件交换器"对话框

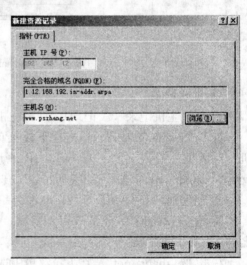

图 5.19　"新建资源记录"对话框

4. 配置 DNS 的任务测试

（1）服务器端测试

1）使用 nslookup 命令测试。

2）使用 nslookup www.pszhang.net 命令测试。

3）使用 nslookup ftp. pszhang. net 命令测试。

4）使用 ping www. pszhang. net 命令测试。

5）使用 ping ftp. pszhang. net 命令测试。

（2）客户机端测试

在安装 Windows XP 的客户机上，运行"控制面板"中的"网络和拨号连接"，在打开的窗口中右击"本地连接"，选择"属性"，在"本地连接属性"对话框中选择"Internet 协议（TCP/IP）属性"，在弹出的对话框中"首选 DNS 服务器"处输入 DNS 服务器的 IP 地址 192.168.12.1，如图 5.20 所示。这台客户机就配置成域名解析依赖于该 DNS 服务器，关闭对话框，在客户机命令提示符下键入 ping www. pszhang. net，返回 4 条相应的信息，他们表明 www. pszhang. net 的 IP 地址是 192.168.12.1。

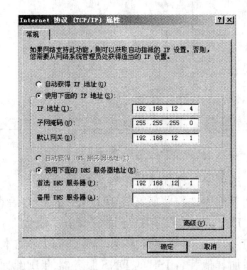

图 5.20 "Internet 协议（TCP/IP）属性"对话框

5．超越与提高

校园网络中建好 DNS 服务器之后，只能解析那些在本地域中添加的主机，而无法解析那些未知的域名，如 Internet 上的主机，使得跟外网的通信十分不方便。因此，希望实现对 Internet 中所有域名的解析，这时就必须将本地无法解析的域名转发给其他域名服务器。

（1）转发器的概念

转发器是用于解决那些在本地 DNS 服务器解决不了的查询工作。这个过程涉及一个 DNS 服务器与其他 DNS 服务器直接通信的问题。当本地 DNS 与外部 DNS 服务器直接进行通信时，将简化存储在 DNS 服务器缓冲区中非本地站点的信息。这样将可以使得 DNS 服务器在解决本地查询工作时的效率会更高。

对于所有不能解决的查询工作可以指定转发给多个服务器。如果其中一个服务器不可用，这个请求就可以转发到列表中的下一个服务器，这在 Windows Server 2003 中称为标准转发。也可使用"条件转发器"按照特定域名转发查询。条件转发的定义是：对于一个特定域的 DNS 查询信息将向何处转发。

（2）设置标准转发

1）打开"DNS"控制台窗口，在"树"目录中右击欲设置为转发 DNS 服务器名，并在快捷菜单中选择"属性"（如图 5.21 所示），打开"属性"对话框。

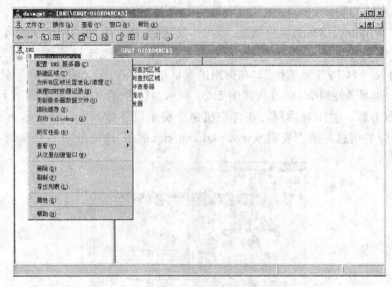

图 5.21 选项"属性"

2）选择"转发器"选项卡，添加或修改转发器的 IP 地址。

3）在"DNS"域列表框中选择"所有其他 DNS 域"，然后在"所选域的转发器的 IP 地址列表"框中输入 DNS 服务器的 IP 地址，单击"添加"按钮。重复操作，可添加多个 DNS 服务器的 IP 地址。需要注意的是，除了可以添加本地 ISP 的 DNS 服务器的 IP 地址外，也可以添加其他著名 ISP 的 DNS 服务器的 IP 地址，如图 5.22 所示。

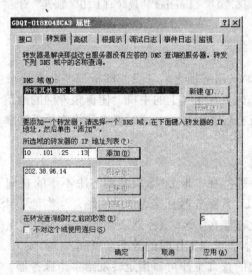

图 5.22 添加转发目标 IP 地址

4）在转发器的 IP 地址列表中选择欲调整顺序或欲删除的 IP 地址，单击"上移"、

"下移"或"删除"按钮，即可执行相关操作。应当将反应最快的 DNS 的 IP 地址调整至最顶端，从而提高 DNS 的查询速度。

5）单击"确定"按钮，保存对 DNS 转发器的设置。

（3）设置条件转发

假设两个学校合并，而每个学校都有自己的网络。他们想要保持各自的网络配置，但是每个网络的域名服务器只能解析自己内部的网络。而有一些应用程序和行为要求每个网络的域名服务器能够解析另一个网络的域名，这就需要条件转发。其操作步骤如下。

1）打开"DNS"控制台窗口，在"树"目录中右击欲设置为转发 DNS 服务器名，并在快捷菜单中选择"属性"，打开服务器属性对话框，选择"转发器"选项卡。

2）在"转发器"选项卡的"DNS 域"区域中单击"新建"，打开"新转发器"对话框，在该对话框中指定要转发的 DNS 域名，在"DNS 域"文本框中输入域名。

3）单击"确定"按钮，返回"转发器"选项卡，可以看到要转发的 DNS 域已经添加了，然后单击"确定"按钮即可。

任务 5.2　创建单域的网络环境

5.2.1　创建单域网络环境的学习性任务

1. 活动目录的相关术语

（1）名字空间

从本质上讲，活动目录就是一个名字空间，我们可以把名字空间理解为任何给定名字的解析边界，这个边界就是指这个名字所能提供或关联、映射的所有信息范围。通俗地说，就是我们在服务器上通过查找一个对象可以查到的所有关联信息的总和，如一个用户，如果我们在服务器已给这个用户定义了用户名、用户密码、工作单位、联系电话、家庭住址等，那上面所说的总和在广义上的理解就是"用户"这个名字的名字空间。因为我们只输入一个用户名即可找到上面所列的一切信息。名字解析是把一个名字翻译成该名字所代表的对象或者信息的处理过程。举例来说，在一个由电话目录形成的名字空间中，我们从每一个电话户头的名字可以解析到相应的电话号码，而不是像现在这样，名字是名字，号码归号码，根本不能横向联系。Windows 操作系统的文件系统也形成了一个名字空间，每一个文件名都可以被解析到文件本身（包含它应有的所有信息）。

（2）对象

对象是活动目录中的信息实体，也即我们通常所见的"属性"，但它是一组属性的集合，往往代表了有形的实体，比如用户账户、文件名等。对象通过属性描述它的基本特征，比如，一个用户账号的属性中可能包括用户姓名、电话号码、电子邮件地址和家庭住址等。

（3）容器

容器是活动目录名字空间的一部分，与目录对象一样，它也有属性，但与目录对象不同的是，它不代表有形的实体，而是代表存放对象的空间，因为它仅代表存放一个对象的空间，所以它比名字空间小。比如一个用户，它是一个对象，但这个对象的容器就仅限于从这个对象本身所能提供的信息空间，如它仅能提供用户名、用户密码。其他的，如工作单位、联系电话、家庭住址等，就不属于这个对象的容器范围了。

（4）目录树

在任何一个名字空间中，目录树是指由容器和对象构成的层次结构。树的叶子节点往往是对象，树的非叶子节点是容器。目录树表达了对象的连接方式，也显示了从一个对象到另一个对象的路径。在活动目录中，目录树是基本的结构，从每一个容器作为起点，层层深入，都可以构成一棵子树。一个简单的目录可以构成一棵树，一个计算机网络或者一个域也可以构成一棵树。

（5）域

域是 Windows 网络的安全性边界，活动目录可以贯穿一个或多个域。在独立的计算机上，域即指计算机本身，一个域可以分布在多个物理位置上，同时一个物理位置又可以划分不同网段为不同的域，每个域都有自己的安全策略以及它与其他域的信任关系。当多个域通过信任关系连接起来之后，活动目录可以被多个信任域共享。

（6）组织单元

包含在域中特别有用的目录对象类型就是组织单元。组织单元是可将用户、组、计算机和其他单元放入活动目录的容器中，组织单元不能包括来自其他域的对象。组织单元是可以指派组策略设置或委派管理权限的最小作用单位。使用组织单元，我们可在组织单元中代表逻辑层次结构的域中创建容器。这样，就可以根据组织模型管理账户、资源的配置和使用，可使用组织单元创建可缩放到任意规模的管理模型。可授予用户对域中所有组织单元或对单个组织单元的管理权限，组织单元的管理员不需要具有域中任何其他组织单元的管理权限。

（7）域树

域树由多个域组成，这些域共享同一表结构和配置，形成一个连续的名字空间。树中的域通过信任关系连接起来，活动目录包含一个或多个域树。域树中的域层次越深级别越低，一个"."代表一个层次，如域 child. microsoft. com 就比 microsoft. com 这个域级别低，因为它有两个层次关系，而 microsoft. com 只有一个层次。同理，域 grand-child. child. microsoft. com 又比 child. microsoft. com 级别低。

域树中的域是通过双向可传递信任关系连接在一起的。由于这些信任关系是双向的而且是可传递的，因此在域树或树林中新创建的域可以立即与域树或树林中每个其他的域建立信任关系。这些信任关系允许单一登录过程，在域树或树林中的所有域上对用户进行身份验证，但这不一定意味着经过身份验证的用户在域树的所有域中都拥有相同的权利和权限。因为域是安全界限，所以必须在每个域的基础上为用户指派相应的权利和权限。

（8）域林

域林是指由一个或多个没有形成连续名字空间的域树组成，它与上面所讲的域树最明显的区别就在于这些域树之间没有形成连续的名字空间，而域树则是由一些具有连续名字空间的域组成。但域林中的所有域树仍共享同一个表结构、配置和全局目录。域林中的所有域树通过信任关系建立起来，所以每个域树都知道信任关系，不同域树可以交叉引用其他域树中的对象。域林都有根域，域林的根域是域林中创建的第一个域，域林中所有域树的根域与域林的根域建立可传递的信任关系。

（9）站点

站点通常是一个或多个通过 TCP/IP 连接起来的子网。站点的划分使得管理员可以很方便地配置活动目录的复杂结构，更好地利用物理网络特性，使网络通信处于最优状态。对于用户来说，他之所以可以在最快的时间内登录到网络系统中，是因为站点是以子网为边界的，登录时很容易找到用户所在的站点，进而找到域控制器完成登录工作。

站点反映网络的物理结构，而域通常反映用户单位的逻辑结构。逻辑结构和物理结构相互独立，所以网络的物理结构及其域结构之间没有必要的相关性，活动目录允许单个站点中有多个域，单个域中有多个站点。如果配置方案未组织成站点，则域和客户之间的信息交换可能非常混乱。

（10）域控制器

域控制器是使用活动目录安装向导配置的 Windows Server 2003 的计算机。域控制器存储着目录数据并管理域的交互关系，其中包括用户登录过程、身份验证和目录搜索，一个域可有一个或多个域控制器。为了获得高可用性和容错能力，使用单个局域网（LAN）的小单位可能只需要一个具有两个域控制器的域。具有多个网络位置的大公司在每个位置都需要一个或多个域控制器以提供高可用性和容错能力。

域中的不同域控制器的地位是平等的，它们都有所属域的活动目录的复本，多个域控制器可以分担用户登录时的验证任务，同时还能防止单一域控制器的失败而导致网络的瘫痪。

在域中的某一域控制器上添加用户时，域控制器会把活动目录的变化复制到域中别的域控制器上。在域中安装额外的域控制器，需要把活动目录从原有的域控制器复制到新的服务器上。

2. 使用活动目录的好处

Active Directory 服务提供了单一登录的能力和一个所有基础设施相关信息的集中储存机制，大幅度地简化了使用者和计算机的管理，同时提供优越的网络资源存取能力。

那么，安装活动目录到底有什么意义呢？这是所有初学者首先要问的一个问题。因为活动目录并不是 Windows 系统必须安装的一种服务，要全面理解它又是非常的不容易，那么安装活动目录的意义在哪里呢？它主要体现在以下几个方面。

（1）信息的安全性大大增强

安装活动目录后，信息的安全性完全与活动目录集成，用户授权管理和目录进入控制已经整合在活动目录当中了（包括用户的访问和登录权限等），而它们都是 Windows Server 2003 的关键安全措施。活动目录集中控制用户授权，进行控制不仅仅在每一个目录中的对象上定义，而且还能在每一个对象的每个属性上定义。除此之外，活动目录还可以提供存储和应用程序作用域的安全策略，提供安全策略的存储和应用范围。安全策略可以包含账户信息，如域范围内的密码限制或对特定域资源的访问权限等。所以从一定程度上可以这么说，Windows Server 2003 的安全性就是活动目录所体现的安全性。由此可见，如何配置好活动目录中对象及属性的安全性是我们配置 Windows Server 2003 的关键。

具体应用：比如在工作组下面有三台计算机，分别是 PC1、PC2、PC3，各有一个账号 USER1、USER2、USER3，如果 PC2 上有一个文档要给 USER1 用户访问，USER2 就要在 PC2 计算机上创建一个账号 USER11 给 USER1，让 USER1 用 USER11 去访问，或者 USER2 把自己的账号密码告诉 USER1，让 USER1 来访问。同理，其他资源也是一样处理。结果就是每一个用户要记好几个账号密码来访问不同的资源，或者就是网络里有很多额外的账号密码存在，或者很多人的密码告诉给其他人，最终网络安全变成一句空话。

但是如果实现了域就不一样了，USER2 只要在资源上设置 USER1 的访问权限就可以了，不用额外创建账号，也不用把自己的账号密码告诉别人，USER1 来访问时，如果权限合适就可以直接进行操作。用户 USER1 也不需要记录额外的账号密码。

再比如，经理 USER0 有一台计算机 PC0，为了保证安全性，计算机 PC0 只能由 USER0 来登录，在 AD 中只要简单地设置一下就可以了。再有一台打印机，如果有这样的安全要求，上班时间大家都可以使用，下了班就不能打印了。当有大文档打印时，如果经理 USER0 要打印文档，可以中间插入打印，USER0 打印完了，原来的那个大文档继续打印下去。诸如此类的设置，在 AD 中都可以非常方便地设置。

（2）引入基于策略的管理，使系统的管理更加明朗

活动目录服务包括目录对象数据存储和逻辑分层结构（目录、目录树、域、域树、域林等所组成的层次结构），作为目录，它存储着分配给特定环境的策略，称为组策略对象。作为逻辑结构，它为策略应用程序提供分层的环境。组策略对象表示了一套商务规则，它包括与要应用的环境有关的设置，组策略是用户或计算机初始化时用到的配置设置。所有的组策略设置都包含在应用到活动目录、域、或组织单元的组策略对象（GPOs）中。GPOs 设置决定目录对象和域资源的进入权限，什么样的域资源可以被用户使用，以及这些域资源怎样使用等。例如，组策略对象可以决定当用户登录时用户在他们的计算机上看到什么应用程序，当它在服务器上启动时有多少用户可连接至 Server，以及当用户转移到不同的部门或组时他们可访问什么文件或服务。组策略对象使我们可以管理少量的策略而不是大量的用户和计算机。通过活动目录，我们可将组策略设置应用于适当的环境中，不管它是整个单位还是单位中的特定部门。

具体应用：比如行政部门为了防止病毒感染和保障信息安全，要求所有的计算机只能使用 USB 的鼠标和键盘，U 盘和移动硬盘不能使用。为了控制 USB 接口的使用类型，工作组模式就只有一台一台计算机去设置组策略了，而活动目录下仅仅一条组策略就可以完成，花费不到 10 秒！又如，为了防止员工修改系统配置导致系统崩溃，或为了禁止员工上班时间玩游戏，需要禁止某些组件的使用，用活动目录自带的组策略功能也非常方便。至于给所有员工发送一个信息或安装一个软件之类的常规性管理任务，活动目录的组策略也很容易实现，而且这些策略的设置可以依据行政部门或职称架构来实现。

（3）具有很强的可扩展性

活动目录具有很强的可扩展性，管理员可以在计划中增加新的对象类，或者给现有的对象类增加新的属性。计划包括可以存储在目录中的每一个对象类的定义和对象类的属性。例如，在电子商务中，可以给每一个用户对象增加一个购物授权属性，然后存储每一个用户的购买权限作为用户账号的一部分。

具体应用：比如单位使用邮件系统和内部通信系统，来实现单位内部的文件、信息和语音等的通信。利用活动目录的可扩展性，只不过是在用户账号上多了个邮箱属性或MSN 属性而已，用户甚至可以使用 IE 来安全地收发邮件，连 Outlook 都不需要。

（4）具有很强的可伸缩性

活动目录可包含在一个或多个域中，每个域具有一个或多个域控制器，以便可以调整目录的规模以满足任何网络的需要。多个域可组成为域树，多个域树又可组成为树林，活动目录也就随着域的伸缩而伸缩，较好地适应了单位网络的变化。目录将其架构和配置信息分发给目录中所有的域控制器。该信息存储在域的第一个域控制器中，并且复制到域中任何其他域控制器。当该目录配置为单个域时，添加域控制器将改变目录的规模，而不影响其他域的管理开销。将域添加到目录使我们可以针对不同策略环境划分目录，并调整目录的规模以容纳大量的资源和对象。

（5）智能的信息复制能力

信息复制为目录提供了信息可用性、容错、负载平衡和性能优势，活动目录使用多主机复制，允许在任何域控制器上而不是单个主域控制器上同步更新目录。多主机模式具有更大容错的优点，因为使用多域控制器，即使任何单独的域控制器停止工作，也可继续复制。由于进行了多主机复制，它们将更新目录的单个副本，在域控制器上创建或修改目录信息后，新创建或更改的信息将发送到域中的所有其他域控制器，所以其目录信息是最新的。域控制器需要最新的目录信息，但是要做到高效率，必须把自身的更新限制在只有新建或更改目录信息的时候，以免在网络高峰期进行同步而影响网络速度。在域控制器之间不加选择地交换目录信息能够迅速搞垮任何网络。通过活动目录就能达到只复制更改的目录信息，而不至于大量增加域控制器的负荷。

（6）与 DNS 集成紧密

活动目录使用 DNS 来为服务器目录命名，DNS 是将更容易理解的主机名（如jsj. pszhang. net）转换为数字 IP 地址的 Internet 标准服务，利于在 TCP/IP 网络中计算机之间的相互识别和通信。DNS 的域名基于 DNS 分层命名结构，这是一种倒置的树状结构，单个根域，在它下面可以是父域和子域（分支和叶子）。

具体应用：任何一台计算机加入到域之后，就获得了一个唯一限定名（FQDN）。由于域名称是层次结构的，所以该名称在整个网络中也是唯一的。这样，当我们需要查找任何一台计算机时都可以使用该名称；又由于该名称是由活动目录注册在 DNS 中的，完全符合当前网络的状态（所有计算机都在活动目录中注册），这一点在动态地址分配的情况下非常有利；还由于 DNS 是不受地域和网络基础结构影响的，任何地点的任何用户都可以方便地访问到需要的资源。另外，在活动目录中，每一个用户都有唯一的用户主名（UPN），类似于邮件地址的用户主名，不仅有利于用户记忆（在多域环境下特别有用），而且和邮件系统挂钩，进一步简化了终端用户的使用。

(7) 与其他目录服务具有互连性

由于活动目录是基于标准的目录访问协议的，许多应用程序界面（API）都允许开发者进入这些协议，如活动目录服务界面（ADSI）、轻型目录访问协议（LDAP）第三版和名称服务提供程序接口（NSPI）。因此，它可与使用这些协议的其他目录服务相互作用。LDAP 是用于在活动目录中查询和检索信息的目录访问协议。因为它是一种工业标准服务协议，所以可使用 LDAP 开发程序，与同时支持 LDAP 的其他目录服务共享活动目录信息。活动目录支持 Microsoft Exchange 2003 客户程序所用的 NSPI 协议，以提供与 Exchange 目录的兼容性。

(8) 具有灵活的查询

任何用户可使用"开始"菜单、"网上邻居"或"活动目录用户和计算机"上的"搜索"命令，通过对象属性快速查找网络上的对象。例如，可通过名字、姓氏、电子邮件名、办公室位置或用户账户的其他属性来查找用户，反之亦然。

具体应用：比如在 A 地的一个员工要给 B 地的员工发送一份文档，他不需要将文档打印出来再快递过去，他完全可以在活动目录中搜索 B 地员工办公室（或附近办公地点）的某台打印机就可以了，然后直接将文档发送到那台打印机上，B 的用户就可以直接拿到文档了；而 A 的用户不知道 B 地的打印机没有关系，他可以根据地名，楼层，办公室等信息，很快定位到正确的打印机。

3. 工作组和域的差别

为什么要组建网络呢？就是要实现资源的共享。既然资源要共享，资源就不会太少。如何管理这些在不同计算机上的资源呢？域和工作组就是在这样的环境中产生的两种不同的网络资源管理模式。

工作组就是将不同的计算机功能分别列入不同的组中，以方便管理。例如在一个网络内，可能有成百上千台 PC，如果这些计算机不进行分组，都列在"网上邻居"内，可想而知会有多么乱。为了解决这一问题，Windows 系统才引用了"工作组"这个概念。例如，一所高职院校，会分为诸如计算机系、管理系之类的，然后计算机系的 PC 全都列入计算机系的工作组中，管理系的 PC 全部都列入到管理系的工作组中……如果要访问某个系别的资源，就在"网上邻居"里找到那个系的工作组名，双击就可以看到那个系的计算机了。

相对而言，所处在同一个工作组内部的成员相互交换信息的频率最高，所以进入"网上邻居"，首先看到的是我们所在工作组的成员。如果要访问其他工作组的成员，需要双击"整个网络"，然后才会看到网络上其他的工作组，双击其他工作组的名称，这样才可以看到里面的成员，与之实现资源交换。

除此之外，我们也可以退出某个工作组，只要将工作组名称改变一下即可。不过，这样在网上别人照样也可以访问我们设置的共享资源，只不过换了一个工作组而已。也就是说，我们可以随便加入同一网络上的任何工作组，也可以随时离开一个工作组。"工作组"就像一个自由加入和退出的俱乐部一样。它本身的作用仅仅是提供一个"房间"，以方便网上计算机共享资源的浏览。

如果说工作组是"免费的旅店"，那么域（Domain）就是"星级的宾馆"；工作组可以随便出出进进，而域则需要严格控制。"域"的真正含义指的是服务器控制网络上的计算机能否加入的计算机组合。一提到组合，势必需要严格的控制。所以实行严格的管理对网络安全是非常必要的。在工作组模式对等网中，任何一台计算机只要接入网络，其他机器就都可以访问共享资源，如共享上网等。

不过在"域"模式下，至少有一台服务器负责每一台连入网络的计算机和用户的验证工作，相当于一个单位的门卫，称为域控制器（Domain Controller，DC）。域控制器中包含了由这个域的账户、密码、属于这个域的计算机等信息构成的数据库。当计算机连入网络时，域控制器首先要鉴别这台计算机是否是属于这个域的，用户使用的登录账号是否存在、密码是否正确。如果以上信息有一样不正确，那么域控制器就会拒绝这个用户从这台计算机登录。不能登录，用户就不能访问服务器上有权限保护的资源，他只能以对等网用户的方式访问 Windows 共享出来的资源，这样就在一定程度上保护了网络上的资源。

一台 Windows 计算机，它要么隶属于工作组，要么隶属于域。工作组通常是由数量较少的计算机组成的逻辑集合，如果要管理更多的计算机，使用域的模式进行集中管理将会更有效。它可以使用域、活动目录、组策略等各种功能，使网络管理的工作量降到最小。如果不想进行集中管理，那么我们仍然可以使用工作组模式。工作组的特点就是实现简单，不需要域控制器，每台计算机自己管理自己，适用于距离很近的有限数目的计算机。另外，工作组名并没有太多的实际意义，只是在"网上邻居"的列表中实现一个分组而已。用户可以使用默认的 workgroup，也可以任意起个名字，同一工作组或不同工作组在访问时也没有什么分别。

然而，域是严格的工作组，在一个网络中，如果计算机客户端没有设置为登录到域服务器，客户端可以任意更改自己所属的工作组，但如果是域成员，则不能通过客户端任意更改。

通常，域服务器有两种类型，它们是域控制器和成员服务器。在域模式的网络中至少需要一台计算机安装 Windows Server 2003 使其充当域控制器，来实现集中式的管理。若考虑到容错，至少需要两台。在域中，域控制器负责处理所有的安全性检验工作，负责验证用户身份。成员服务器不执行用户身份验证并且也不存储安全策略信息。

域是逻辑分组，与网络的物理拓扑无关，可以很小，如只有一台域控制器；也可以很大，如大型跨国公司网络上的域。当然，实际中他们多采用多域结构，还可以利用活动目录站点来优化活动目录复制。

5.2.2　创建单域网络环境的工作性任务

1. 工作任务描述

（1）工作任务名称

工作任务名称：创建单域的网络环境。

（2）任务内容提要

学校行政办公楼的网络，运行近 100 台计算机，服务器操作系统是 Windows Server 2003，客户端的操作系统是 Windows XP，工作在工作组模式下。由于计算机比较多，管理上缺乏层次，学校希望能够利用 Windows 域环境管理所有网络资源，提高办公效率，加强内部网络安全，规范计算机使用。

要在学校行政办公楼的网络中建立起一个域管理环境，则重要的一步就是需要活动目录的支持。

2. 工作任务要求

工作任务要求见表 5.4。

表 5.4　工作任务要求

栏目	要求
任务目标	创建单域的网络环境
工作活动内容	在 Windows Server 2003 上安装和配置活动目录，构建单域模式的网络环境
学习情境与工具	网络实训室或学生宿舍，制作好 RJ－45 水晶头的 UTP 五类双绞线、安装 Windows Server 2003 的服务器和安装 Windows XP 的客户机
工作任务	1）在 Windows Server 2003 上安装活动目录 2）配置 Windows Server 2003 的活动目录，在网络上使用域控制器 DC 实施集中管理 3）使用客户机登录到域，测试域的成功建立，并访问域中的资源
相关知识点	服务器/客户机模式和对等网模式、活动目录概念及基本规则；Windows Server 2003 的活动目录安装，以及域控制器创建和删除的方法
工作过程分解	1）对于需要安装活动目录的计算机，从 FAT 系统转换为 NTFS 系统，设置为静态 IP 地址，预先安装和配置 DNS 服务 2）运行 Active Directory 安装向导，在服务器上安装活动目录，选择"在新林中的域" 3）启动"Active Directory 用户和计算机"控制台，在域控制器上添加域中的用户或计算机 4）设置客户机 DNS 指向和 DC 的 DNS 指向保持一致 5）将客户机加入到域，测试域的建立成功
工作记录	工作过程中记录的数据和所收集的资料
完成任务的成果	客户机已成功加入到域中的屏幕截图

3. 完成任务的环境和参考步骤

网络工作环境如图 5.23 所示，通过五类双绞线将计算机连接到交换机上，服务器使用 Windows Server 2003 网络操作系统，客户机端使用 Windows XP 操作系统。下面列出了各个计算机的 TCP/IP 配置。

服务器名设为 Server1，IP 地址为 192.168.15.1，子网掩码为 255.255.255.0。

客户机名设为 Clinet1，IP 地址为 192.168.15.101，子网掩码为 255.255.255.0。

网络中有一台 DNS 服务器，DNS 解析的区域名为 gdqy.com。现准备将其升级为 DC，同时将网络中另一台成员服务器升级为附加的域控制器。完成工作任务的参考步骤如下。

（1）验证计算机的磁盘分区及剩余空间情况

1）在"计算机管理"控制台下单击"磁盘管理"，如图 5.24 所示，在右边的窗口中可以看到该计算机具有一个 NTFS 分区，而且有足够的剩余空间。

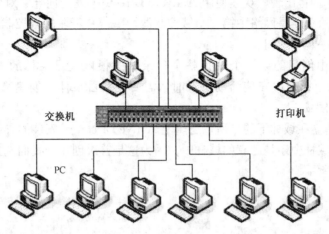

图 5.23　网络工作环境

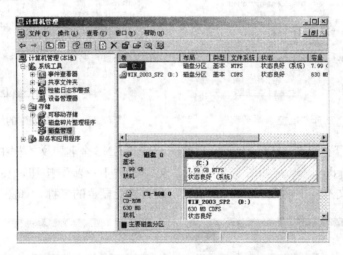

图 5.24　查看计算机的磁盘分区及剩余空间情况

2)　如果此计算机上没有一个 NTFS 的磁盘分区，不要在磁盘管理工具中格式化现有磁盘分区；否则将造成数据丢失。可以在命令行中利用 convert 命令将现有的 FAT 分区转换为 NTFS 分区，如图 5.25 所示。

图 5.25　利用 convert 命令将现有的 FAT 分区转换为 NTFS 分区

（2）活动目录及域控制器的安装

1)　单击"开始→运行→输入 dcpromo"或者单击"开始→程序→管理工具→配置

您的服务器向导"，将出现"欢迎使用 Activate Directory 安装向导"对话框，单击"下一步"按钮，该服务器是网络中第一个域控制器，单击"新域的域控制器"，如图 5.26 所示，单击"下一步"按钮。

在活动目录中创建的第一个域是整个目录林的根域或目录林的根。在 Windows Server 2003 网络上第一次安装活动目录时，需要在新目录林中创建第一个域控制器，同时也就创建了根域。

2）域树是建立在域林下的，所以逻辑上 Active Directory 安装向导必须知道这棵域树是在一个新的域林中还是已有的域林中。因为这是首次创建，我们选择"在新林中的域"，如图 5.27 所示。

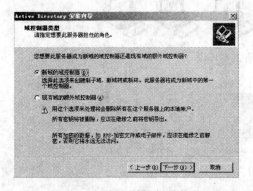
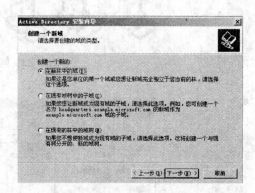

图 5.26　选择"域控制器类型"　　　　　图 5.27　选择要创建的域的类型

3）单击"下一步"按钮，在对话框的"新域的 DNS 全名"文本框中输入新建域的 DNS 全名，如 gdqy.com，如图 5.28 所示。再单击"下一步"按钮，在对话框的"域 NetBIOS 名"文本框中输入 NetBIOS 域名，或者接受显示的名称，如图 5.29 所示。

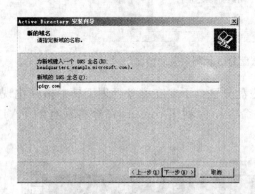
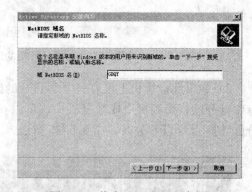

图 5.28　指定"新的域名"　　　　　　　图 5.29　指定"NetBIOS 域名"

4）单击"下一步"按钮，在对话框的"数据库文件夹"文本框中输入保存数据库的位置，或者单击"浏览"选择路径，在"日志文件夹"文本框中输入保存日志的位置或单击"浏览"选择路径，如图 5.30 所示。再单击"下一步"按钮，在对话框的"文件夹位置"文本框中输入 SYSVOL 文件夹位置，例如对应文件夹为 C：\ WINDOWS \ SYSVOL，或单击"浏览"选择路径，如图 5.31 所示。

5）单击"下一步"按钮，出现"Active Directory 安装向导"的"DNS 注册诊断"

程序界面，选择"在这台计算机上安装并配置 DNS 服务器，并将这台 DNS 服务器设为这台计算机的首选 DNS 服务器"，如图 5.32 所示。

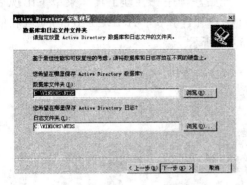
图5.30 指定"数据库和日志文件文件夹"

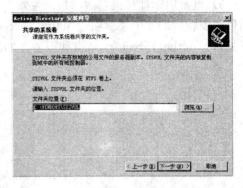
图5.31 指定"共享的系统卷"

6）单击"下一步"按钮，在打开的对话框中中为用户和组选择默认权限，选择"只与 Windows 2000 或 Windows Server 2003 操作系统兼容的权限"，如图 5.33 所示。再单击"下一步"按钮，在打开的对话框中输入管理员密码，以备将来文件夹服务还原模式下使用，如图 5.34 所示。

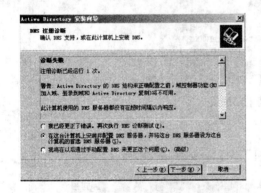
图5.32 指定"DNS 注册诊断"

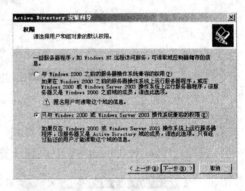
图5.33 指定"权限"

图5.34 设置"目录服务还原模式的
管理员密码"

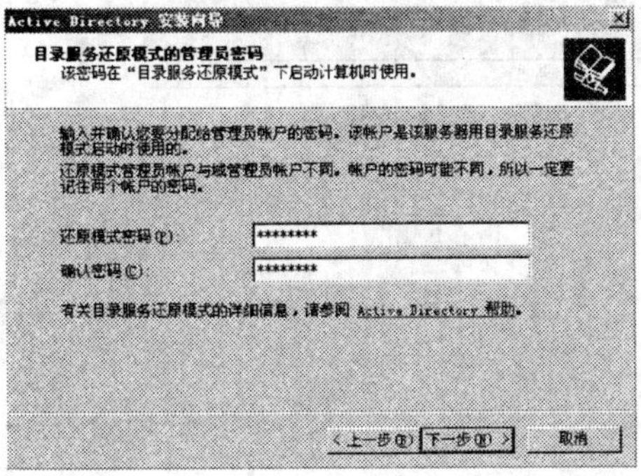

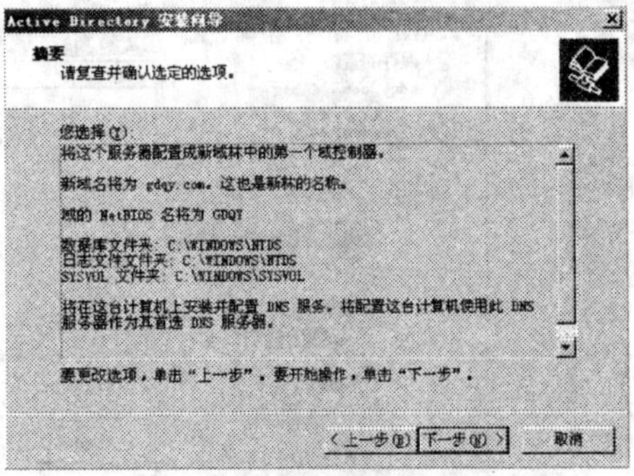

图5.35 检查并确认选项设置

7）单击"下一步"按钮，在打开的对话框中，检查并确认设置的各个选项，如图 5.35 所示。再单击"下一步"按钮，开始配置活动目录，这一过程需要 Windows

Server 2003 安装光盘。如果将光盘放入光驱，系统会自动完成对 DNS 服务器的配置。

8）配置完成，打开"完成 Active Directory 安装向导"对话框，单击"完成"按钮。

9）重新启动计算机，活动目录生效。在"开始→程序→管理工具"菜单下出现活动目录安装后的几个菜单项：Active Directory 用户和计算机、Active Directory 域和信任关系、Active Directory 站点和服务，如图 5.36 所示。

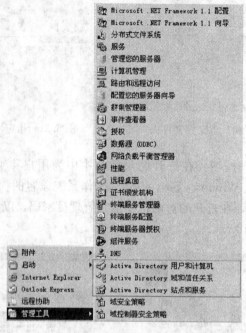

图 5.36　新增菜单项

（3）在域控制器上添加域中的计算机

1）打开"Active Directory 用户和计算机"窗口，如图 5.37 所示。

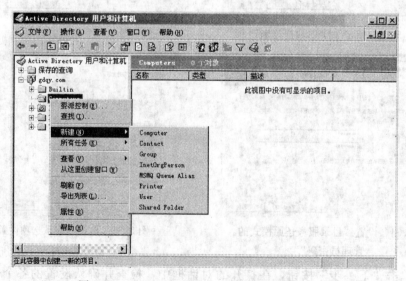

图 5.37　"Active Directory 用户和计算机"窗口

2）加入计算机账号。

选择左边树形活动目录中的"Computers"子节点，右击，选择快捷菜单中的"新建→Computer"，出现"新建对象-Computer"对话框，在对话框中输入计算机名和Windows 2000以前版本的计算机名，两者可以一样，如client1。

"更改"按钮用于改变能使该计算机加入域的用户或组，默认的是域管理员组。在客户机上进行使客户机加入域的操作时，为防止非法加入操作的出现，必须提供该用户或该组成员的用户名或密码。

4. 任务测试与验收

当完成第一台域控制器的创建后，就可以将网络中的其他工作站加入到域中，从而形成域管理的网络模式。我们通过将一台工作站加入到域中，以此测试域的成功建立。

1）在客户端加入到域之前，应首先设置客户端计算机的TCP/IP属性，保证客户端计算机的DNS指向和DC的DNS指向保持一致，如图5.38所示。

2）以本机管理员身份登录到客户机clinet1上，在"我的电脑"属性对话框中，选择"计算机名"，然而单击"更改"按钮，弹出"计算机名称更改"对话框，如图5.39所示。

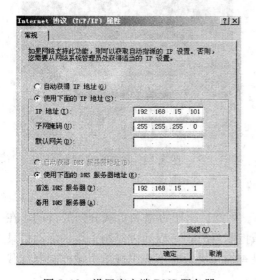
图5.38　设置客户端DNS服务器

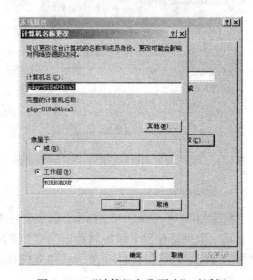
图5.39　"计算机名称更改"对话框

3）在"计算机名称更改"对话框中，修改"隶属于"选项，并输入域名gdqy.com，然后单击"确定"按钮，即可将一台计算机加入到域中，如图5.40所示。

4）在出现的对话框中，输入要加入的域的管理员的凭证，如图5.41所示。

5）当出现欢迎加入域的网络标识消息框时，表示客户机已成功加入到域中。

6）重启客户机client1，进入登录界面时，以域用户身份登录，并选择登录到域中，如图5.42所示。登录成功后，用户将访问域中的资源。

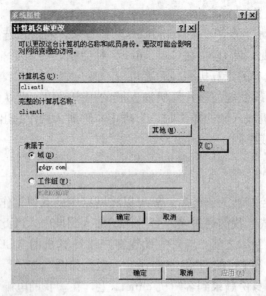

图 5.40　指定计算机要加入的域的名称

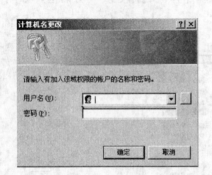

图 5.41　输入有加入该域权限的用户名和密码

图 5.42　登录到域中

5. 超越与提高

域控制器 DC 在域中的作用是非常重要的。因此，出于容错和负载分担的目的，在一个域中至少要有两个域控制器。当有多个域控制器时，可以通过复制来保护活动目录中的一致性，也可以保证登录请求和全局目录查询在进行时不会出现单个域控制器过载的现象。

建立一个附加的域控制器的参考步骤如下。

1）以本机管理员身份登录，在独立或成员服务器上，启动活动目录安装向导。

注意

将成为附加域控制器的计算机，不必非得先加入域。DNS 指向已有域控制器所用 DNS 服务器，以便找到已有域控制器。安装结束后，一般应该手动在本机上再装一个 DNS 服务器，以实现 DNS 的容错。

2）如图 5.43 所示，选择"现有域的额外域控制器"。

3）如图 5.44 所示，输入域管理员账号，如 administrator，password，gdqy.com。

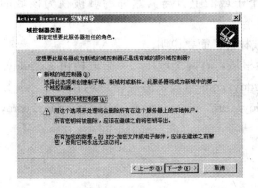
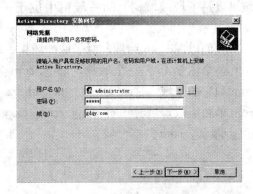

图 5.43　选择"域控制器类型"　　　　图 5.44　提供"网络凭据"

如果出现找不到域的出错提示，可能域"gdqy.com"不是活动目录的域，或用于域的域控制器无法联系上。我们可以 Ping 一下，检查物理连通性。检查高级用户是否设过 TCP/IP 筛选器或 RRAS 筛选器。然后确认 DNS 指向已有域控制器所用 DNS 的服务器。

4）如图 5.45 所示，输入域名，如 gdqy.com。

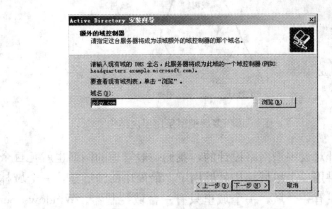

图 5.45　输入现有域的 DNS 全名

5）指定活动目录数据库和日志文件位置。

6）指定作为系统卷的共享文件夹 sysvol 位置。

7）一般选择"与 Windows 2000 服务器之前的版本相兼容的权限"。

8）输入目录服务恢复模式的管理员密码。

9）几分钟后，安装完成，需要重启，这台计算机就成为了现有域的额外域控制器了。

任务5.3　创建多域的网络环境

5.3.1　创建多域网络环境的学习性任务

1. 域的层次结构

活动目录服务部署由一个或多个域林（forest）组成，每个域林又包含一个或多个域树（tree）。在网络中创建初始域控制器（DC）时，就会在域林中创建第一个域；域必须至少包含一个域控制器。创建的第一个域是第一个域林的根域。同一域林中的其他域可以是子域或域树。同一域树中位于一个子域的上方与其紧邻的域被视为该域的父域。

我们以图5.46为例，对子域、域树、域林进行简要说明。

整个图5.46是一个域林，gdqy.com为根域，有两个域树，一个域树由gz.gdqy.com和它的子域jsj.gz.gdqy.com、gl.gz.gdqy.com组成，另一个域树由nh.gdqy.com单独组成，域林中有gdqy.com，gz.gdqy.com，nh.gdqy.com，jsj.gz.gdqy.com，gl.gz.gdqy.com共5个域。

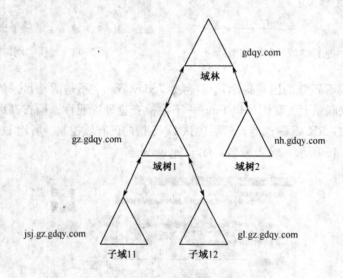

图5.46 多域模型采用层次结构

多层域结构是针对大中型网络设计的，我们一般管理的网络也就几百个节点，属于小型网络，一般来讲用一个单域结构就够用了。最简单的情形是，一个域林中只有一个域树，一个域树中只有一个域，一个域里只有一台域控制器。Windows Server 2003可采用多层域结构，但最有效、最简便的管理方法仍是单域。所以，在实际工作中我们要记住一个原则："能用单域解决，就不用多域"。也就是说，在规划域结构时，应从单域开始，并且只有在单域模式不能满足用户的要求时，才增加其他的域。单域可跨越多个地理站点，并且单个站点可包含属于多个域的用户和计算机。在一个域中，可以使用组织单元（Organizational Units，OU）来实现这个目标。然后，可以指定组策略设置并将用户、组和计算机放在组织单元中。

2. 域间信任关系

在一个域林环境中，一个域用户不管来自于哪个域，它都可以做两件事：一是可以不用输密码就可访问域林内任意域的计算机上的共享资源（当然最终能不能访问，要看权限的设置，但至少可以直接访问这台计算机）；二是可以在任意的计算机上登录到自己的域。为什么会这样呢？这其实就是由"信任关系"所最终决定的。

那么，到底什么是信任呢？信任有哪些好处？我们可以这样来理解：我信任你，那意味着什么呢？其一，我的物品（软件资源）你可以随便用；其二，我的车（硬件资源）你随便开。而反之，我能用你的物品吗？不能，因为我信任你，但你并不信任我，所以我们所说的信任是有方向的。A域信任B域，A域就叫做"信任域"，B域就叫做"被信任域"，这个方向就相当于从A作一条向B的箭头。那么，可以实现什么呢？一是被信任域账号（B域用户）可以具有访问信任域（A域）中资源的能力；二是被信任域（B域用户）中的用户可以在信任域（A域）中的计算机上登录到被信任域。

（1）信任方向

信任方向有单向和双向两种，单向信任是域A信任域B的单一信任关系。所有的单向关系都是不可传递的，并且所有的不可传递信任都是单向的。身份验证请求只能从信任域传到受信任域。不可传递信任受信任关系中的两个域的约束，并不流向树林中的任何其他域。在大多数情况下，用户必须明确建立不可传递信任。

双向指两个域相互信任，Windows Server 2003 树林中的所有域信任都是双向可传递信任。建立新的子域时，双向可传递信任在新的子域和父域之间自动建立。

可传递信任不受信任关系中的两个域的约束。每次当用户建立新的子域时，在父域和新子域之间就隐含地（自动）建立起双向可传递信任关系。这样，可传递信任关系在域树中按其形成的方式向上流动，并在域树中的所有域之间建立起可传递信任。

在如图 5.47 所示的树林中，因为域 1 和域 2 有可传递信任关系，域 2 和域 3 有可传递信任关系，所以域 3 中的用户（在获得相应权限时）可访问域 1 中的资源。因为域 1 和域 A 具有可传递信任关系，并且域 A 的域树中的其他域和域 A 具有可传递信任关系，所以域 B 中的用户（当授予适当权限时）可访问域 3 中的资源。

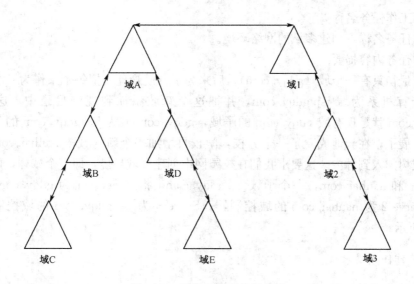

图 5.47 域间可传递信任关系

（2）信任的种类

1）父子信任。在同一个域树中，父域和子域之间的信任可传递、双向。在域树中创建域时，相邻域（父域和子域）之间自动建立信任关系，不可删除。如图 5.48 中的

gdqy. com 和 gz. gdqy. com 之间自动建立信任关系。

2）树根信任。在同一个林中，两个域树之间的信任可传递、双向。在域林中，在树林根域和添加到树林的每个域树的根域之间自动建立信任关系。因为这些信任关系是可传递的，所以可以在域树或域林中的任何域之间进行用户和计算机的身份验证。

3）快捷信任。快捷信任是双向可传递的信任，使用户可以缩短复杂树林中的路径。同一树林中域之间的快捷信任是明确创建的。快捷信任具有优化的性能，能缩短与安全机制有关的信任路径以便进行身份验证。在树林中的两个域树之间使用快捷信任是最有效的。

4）林间信任。林间之间的信任分为林信任和外部信任。林信任是 Windows Server 2003 林根域之间建立的信任，为任一林内的各个域之间提供一种单向或双向的可传递信任关系；外部信任是指在不同林的域之间创建的不可传递的信任，它创建了与树林外部的域的信任关系，如在 Windows Server 2003 域和 NT4 域之间或两个林的任两个域之间。创建外部信任的优点在于使用户可以通过树林的信任路径不包含的域进行身份验证。如果两个域林要实现信任，只是依靠外部信任需要在多个域之间创建，如果在两个林根之间创建林信任就行了，非常适合于两个单位合并。

5）领域信任。不可或可传递，单向或双向（一般在 Windows 域或 Kerberos V5 系统如 UNIX 之间）。

5.3.2 创建多域网络环境的工作性任务

1. 工作任务描述

（1）工作任务名称

工作任务名称：创建多域的网络环境。

（2）任务内容提要

学校最初只有一个域（gdqy. com），后来为了方便管理，把每个系作为一个域来管理，如计算机系为域 jsj. gdqy. com，并把这个新域添加到现有目录中。这个新域 jsj. gdqy. com 就是现有域 gdqy. com 的子域，gdqy. com 成为 jsj. gdqy. com 的父域。后来学校发展了，在异地成立了一个分校，学校再增加一个新的域树 nanhai. com，然后把新的域树加入到林中。这要求我们在校园网中创建多域环境，即一个域林，两棵域树 gdqy. com 和 nanhai. com，一个子域 jsj. gdqy. com，指定 Server1 为 gdqy. com 的域控制器，Server2 为 nanhai. com 的域控制器，Server3 为 jsj. gdqy. com 的域控制器，如图 5.48所示。

2. 工作任务要求

工作任务要求见表5.5。

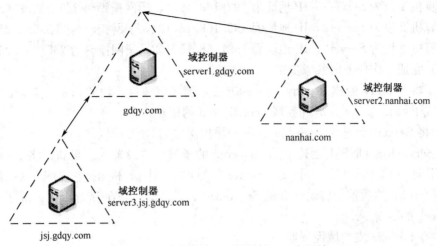

图 5.48　一个域林，两棵域树，一个子域

表 5.5　工作任务要求

栏目	要求
任务目标	创建多域的网络环境
工作活动内容	安装和配置活动目录，构建多域模式的网络环境
学习情境与工具	网络实训室或学生宿舍，制作好 RJ-45 水晶头的 UTP 五类双绞线、一台或 n 台安装 Windows Server 2003 的服务器和安装 Windows XP 的客户机
工作任务	1）安装与配置活动目录 2）在网络上构建多域环境。在校园网中建立起一个多域管理环境，重要的一步就是需要活动目录的支持。所以，在完成域控制器安装后，首先需要确认活动目录是否运行正常。只有确认活动目录安装无误后，才能够实现域间信任，开展多域操作 3）使用客户机登录到域，测试多域的建立，并进行域间访问
相关知识点	活动目录中的逻辑结构：组织单元（OU）、域、域树和域林，域间信任，多域操作
工作过程分解	1）对于需要安装活动目录的计算机，从 FAT 系统转换为 NTFS 系统，设置为静态 IP 地址 2）安装和配置 gdqy.com、nanhai.com、jsj.gdqy.com 域控制器的 DNS 服务 3）运行"Active Directory 安装向导"，分别创建 gdqy.com 域、nanhai.com 域、jsj.gdqy.com 子域 4）gdqy.com 域控制器创建的效果测试，jsj.gdqy.com 的域控制器创建的效果测试，nanhai.com 的域控制器创建的效果测试
工作记录	工作过程中记录的数据和所收集的资料
完成任务的成果	创建多域环境的工作报告，包括完成任务的工作过程和结果、出现的问题和解决方法，以及完成任务的心得和对实际工作的指导意义

3. 完成任务的环境和参考步骤

(1) 完成工作任务的环境

网络工作环境如图 5.23 所示，通过五类双绞线将计算机连接到交换机上，计算机都运行 Windows Server 2003 操作系统，使用一个 DNS 服务器，DNS 解析的区域名为 gdqy.com。其配置如下。

计算机 1 设为 Server1，IP 地址为 192.168.15.1，子网掩码为 255.255.255.0。

计算机 2 设为 Server2，IP 地址为 192.168.15.101，子网掩码为 255.255.255.0。

计算机 3 设为 Server3，IP 地址为 192.168.15.102，子网掩码为 255.255.255.0。

（2）完成工作任务的参考步骤

关于将 Server1 创建为 gdqy.com 的方法，请参照项目 5 任务 5.2 的步骤，下面分两步完成子域 jsj.gdqy.com 和新域 nanhai.com 的创建。

1）将 Server3 创建为 jsj.gdqy.com 的域控制器的 DNS 配置。

在 Server1 的 DNS 上创建 jsj.gdqy.com 的子域，并设置动态更新；将 Server3 的 DNS 指向 192.168.15.1；修改 Server3 的"此计算机的主 DNS 后缀"为 jsj.gdqy.com，然后重新启动计算机 Server3；重新启动后，在 jsj.gdqy.com 子域中找到 Server2 的 A 记录。

2）在 Server3 安装域控制器。

单击"开始"→"运行"→输入"dcpromo"，启动"Active Directory 安装向导"；选择安装为"新域的域控制器"，如图 5.49 所示。

放入一个已经存在的域树，如图 5.50 所示。

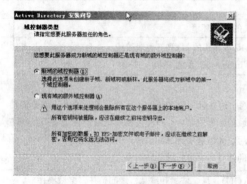

图 5.49 选择"域控制器类型"

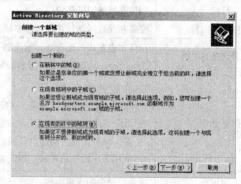

图 5.50 创建一个新域

输入域管理员账号，如 administrator，password，gdqy.com，如图 5.51 所示。

在弹出的界面中填写域名，上面是父域的名字（gdqy.com），中间填入 jsj，下面自动完成，显示全名为 jsj.gdqy.com，如图 5.52 所示。

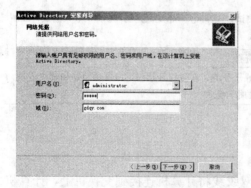

图 5.51 输入"网络凭据"

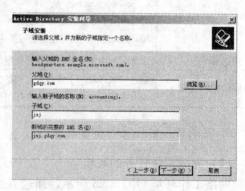

图 5.52 子域安装

单击"下一步"按钮，完成其他选项。

3）将 Server2 创建为 nanhai.com 的域控制器的 DNS 配置。

在 Server1 的 DNS 上创建 nanhai.com 域，并设置为动态更新；将 Server2 的 DNS 指向 192.168.15.1；修改 Server2 的"此计算机的主 DNS 后缀"为 nanhai.com，然后重新启动计算机；在 nanhai.com 域中找到 Server2 的 A 记录。

4）在 Server2 安装域控制器。

单击"开始"→"运行"→输入"dcpromo"，启动"Active Directory 安装向导"；选择安装为"新域的域控制器"，如图 5.53 所示。

将新树放入一个已经存在的森林，如图 5.54 所示。

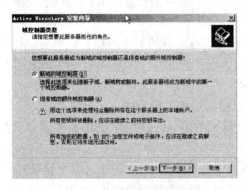
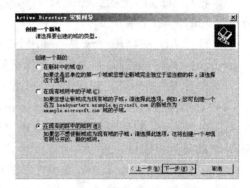

图 5.53　选择"域控制器类型"　　　　图 5.54　创建一个新域

输入域管理员账号，如 administrator，password，gdqy.com，如图 5.55 所示。

填入树名为 nanhai.com，如图 5.56 所示。

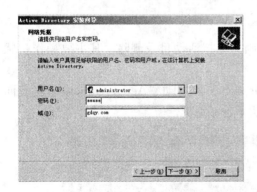

图 5.55　输入"网络凭据"　　　　图 5.56　指定新树根域的 DNS 全名

单击"下一步"按钮，完成其他选项。

4.任务测试与验收

1）对于将 Server3 创建为 jsj.gdqy.com 的域控制器的效果测试。

① 在 Server2 的 Active Directory 用户和计算机中 domain controllers 可以找到 Server3 的计算机账号。

② 在 DNS 的 jsj. gdqy. com 子域中可以找到关于 Server3 的 SRV 记录（四个目录）。

为了活动目录能够正常的工作，DNS 必须支持服务定位（SRV）资源记录，资源记录把服务名字映射为提供服务的服务器名字。活动目录客户和域控制器使用 SRV 资源记录决定域控制器的 IP 地址。也就是说，当 SRV 记录不能够被正确定义时，活动目录的运行将会受到不利影响。那么，如何验证 SRV 记录是否准确呢？

可以利用 nslookup 命令来检查 SRV 纪录，nslookup 命令是一个命令行程序，是用来查询域名信息的一个很重要的命令。我们在命令行界面调用 nslookup，然后，利用命令 set type＝srv 来设置 nslookup 的类型，最后，输入 _ ldap. _ tcp. gdqy. com 域名，如果返回了服务器名和 IP 地址，说明 SRV 记录工作正常。

③ 看看 Server3 上的 Active Directory 域和信任关系中是否显示出 jsj. gdqy. com 子域（在 gdqy. com 下有个 jsj）。

④ 打开 Active Directory 站点和服务，看看是否有所有的 site 信息。如果有，则说明 configuration 分区的复制大致没有什么问题。

⑤ 查看事件查看器，确保无任何不良记录。

2）对于将 Server2 创建为 nanhai. com 的域控制器的效果测试。

① 在 Server3 的 Active Directory 用户和计算机中的 domain controllers 中可以找到 Server2 的计算机账号。

② 在 DNS 的 nanhai. com 域中可以找到关于 Server2 的 SRV 记录（四个目录）。

③ 看看 Server2 上的 Active Directory 域和信任关系中是否显示出 nanhai. com 域。

④ 打开 Active Directory 站点和服务，查看是否有所有的 site 信息。如果有，则说明 configuration 分区的复制大致没有什么问题。

⑤ 查看事件查看器，确保无任何不良记录。

5. 超越与提高

出于管理的目的，有时我们需要在域控制器上把活动目录删除。其主要操作步骤如下。

1）单击"开始"→"运行"→输入"dcpromo"，启动"Active Directory 安装向导"；单击"下一步"按钮，弹出如图 5.57 所示的对话框。

图 5.57　提示此域控制器是全局编录服务器

 注 意

　　全局编录服务器在域中充当非常重要的角色，如果域中还有其他的域控制器，应该在删除活动目录之前把全局编录服务器的角色赋给其他的域控制器。

2）在"删除 Active Directrory"界面中，指明是否是域中的最后一个域控制器，如图 5.58 所示。

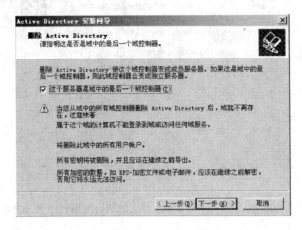

图 5.58 "删除 Active Directory"界面

 注 意

此处必须要根据实际情况进行选择。也就是说，如果该计算机的确是域中的最后一台域控制器，那么必须要选中"这个服务器是域中的最后一个域控制器"，否则就不能完成活动目录的删除；而当该计算机不是域中的最后一台域控制器时，如果选中这个按钮，也将无法完成活动目录的删除。

3）提示在该服务器上保留的应用程序目录分区的信息，如图 5.59 所示。

图 5.59 "应用程序目录分区"界面

4）选中"删除这个域控制器上的所有应用程序目录分区"，如图 5.60 所示。

5）指定活动目录降级完成后此计算机的新管理员的密码，如图 5.61 所示。

图 5.60 确认删除这个域控制器上的所有应用程序目录分区

图 5.61 输入新管理员密码

注 意

在安装活动目录时，计算机原有的本地用户提升为域用户；在活动目录降级时，原有的域用户丢失，系统会重新为该计算机生成本地用户账号。

6）完成其他选项。

注 意

如果删除的不是域中的最后一个域控制器，那么在删除活动目录后这台计算机将成为域中的成员服务器。

课 后 活 动

1. 项目讨论

1）域和工作组之间的区别是什么？

2）采用域具有哪些优点？

3）活动目录的主要功能有哪些？

 提 示

活动目录的主要功能如下。

① 利用活动目录服务可以集中组织、管理和控制用户及其对网络资源的访问。

② 活动目录集成了各种人们熟悉的关键技术服务和应用，如 DNS 服务、DH-CP（动态主机配置）服务、WWW 服务等。此外，活动目录还集成了许多当今流行的数据库访问技术和编程技术，如 COM（组件对象模型）、DLL（动态链接库）和 ActiveX（网络化多媒体对象技术）等。

③ 当用户和应用程序进行信息访问时，活动目录提供信息储存库及相应的服务。活动目录的客户使用"轻量级目录访问协议（LDAP）"向 Active Directory 服务器发送查询请求时，需要 DNS 服务来定位 Active Directory 服务器。

4）活动目录的组织结构特点是什么？

 提 示

活动目录采用了一种直观的层次化的树形目录结构。它的结构特点是：可以使用域、域树或森林式的组织结构，也可以使用容器结构的组织模型，其存储结构是面向对象的。

2. 技能训练

1）将两台安装有 Windows Server 2003 的计算机连接成一个网络，将其中一台计算机配置成一个新域中的域控制器。

2）接上题，将另一台装有 Windows Server 2003 的计算机配置成该域中的额外域控制器。

项目 6
分配和管理网络中的资源

 项目教学目标

- 掌握用户账户的类型、用户账户的创建与管理方法。
- 掌握组的类型、组的作用域及其创建与管理方法。
- 掌握权限的分类及其作用。

 技能训练目标

- 能够优化网络服务器的操作系统配置。
- 能够掌握 Windows Server 2003 系统的访问控制与权限的概念和规则，以及共享网络资源和映射网络驱动器的方法。
- 能够实施用户名管理和权限管理的基本操作和测试。

项目概述

【项目背景说明】 组建校园网的愿景是把学校内所有的局域网、网段和单机用户都连接起来，同时通过校园网向上连通省、市教委信息中心及 CERNET 和 Internet，向下覆盖全校，分享国内外的计算机资源信息，并建立基于校园网的应用系统。这就需要在活动目录的基础上管理用户和用户组，运用活动目录管理资源的方便性和安全性，来创建与管理用户，将用户添加到用户组，共享网络上各种软、硬件资源，快速、稳定地传输各种信息，并提供有效的网络信息管理手段。

【项目工作任务】 项目分解为两个基本任务，一是创建与管理用户账户；二是分配与设置用户权限，以及配置与发布共享资源。

【项目实施结果】 能够根据实际需要，将配置的共享资源（文件夹或网络打印机）发布给用户组使用。

任务 6.1 建立和管理用户账户与组账户

6.1.1 创建和管理用户账户与组账户的学习性任务

校园网络中的用户都要有一个账户，利用账户登录到域，访问域中资源，或利用账户登录到某台计算机，以便访问该计算机内的资源。

1. 用户账户的类型

用户账户可为用户提供登录到域以访问网络资源或登录到计算机以访问该机资源的能力。Windows Server 2003 提供两种主要类型的用户账户：本地用户账户和域用户账户。除此之外，Windows Server 2003 系统中还有内置的用户账户。

（1）本地用户账户和域用户账户

本地用户账户只能登录到账户所在计算机并获得对该资源的访问。当创建本地用户账户后，Windows Server 2003 将在该机的本地安全性数据库中创建该账户，本地账户信息仍为本地，不会被复制到其他计算机或域控制器。当创建一个本地用户账户后，计算机使用本地安全性数据库验证本地用户账户，以便让用户登录到该计算机。

注意不要在需要访问域资源的计算机上创建本地用户账户，因为域不能识别本地用户账户，也不允许本地用户访问域资源，而且域管理员也不能管理本地用户账户，除非他们用计算机管理控制台中的操作菜单连接到本地计算机。

域用户账户可让用户登录到域并获得对网络上其他地方资源的访问。域用户账户是在域控制器上建立的，作为活动目录的一个对象保存在域的活动目录数据库中。用户在从域中的任何一台计算机登录到域中的时候必须提供一个合法的域用户账户，该账户将被域的域控制器所验证。

当在一个域控制器上新建一个用户账户后，该用户账户被复制到域中所有其他计算机上，复制过程完成后，域树中的所有域控制器就都可以在登录过程中对用户进行身份验证。

（2）内置用户账户

Windows Server 2003 自动创建若干个用户账户，并且赋予了相应的权限，称为内置账户。内置用户账户不允许被删除。最常用的两个内置账户是 Administrator 和 Guest。可使用内置 Administrator（管理员）账户管理计算机和域配置，通过执行诸如创建和修改用户账户和组、管理安全性策略、创建打印机、给用户分配权限和权利等任务来获得对资源的访问。但作为网络管理员，应当为自己创建一个用来执行一般性任务的用户账户，只在需要执行管理性任务时才使用 Administrator 账户登录。

Guest（来客）账户一般被用于在域中或计算机中没有固定账户的用户临时访问域或计算机时使用的。该账户默认情况下不允许对域或计算机中的设置和资源做永久性的更改。该账户在系统安装好之后是被屏蔽的，如果需要，可以手动启用。

2. 创建用户账户

在使用 Windows Server 2003 所包括的 Active Directory 服务的网络上，每个用户都必须由目录中的一个用户对象来表示。用户对象由包含用户信息的属性和用户在网络上的权利组成。创建和管理用户对象是网络管理员执行的常见任务。

（1）创建本地用户账户

创建本地用户账户可以在任何一台除了域的域控制器以外的基于 Windows Server 2003 的计算机上进行。出于安全性考虑，通常建议只在不是域的组成部分的计算机上创建和使用本地用户账户，即在属于域的计算机上不要设置本地账户。工作组模式是使用本地用户账户的最佳场所。创建一个本地用户账户（用户名为 pszhang）的具体操作步骤如下。

1）打开"控制面板"，双击"管理工具"，在管理工具窗口中双击"计算机管理"图标，打开"计算机管理"窗口，如图 6.1 所示。

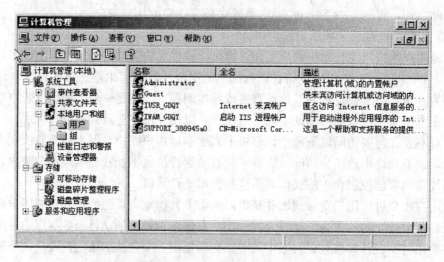

图 6.1 "计算机管理"窗口

2）单击"本地用户和组"前面的加号，展开出现"用户"图标，右击"用户"，在弹出的快捷菜单中单击"新用户"，打开"新用户"对话框，在"用户名"文本框中输入账户的登录名称；在"全名"文本框中输入用户的全名；在"描述"文本框中输入账户的简单描述，以方便日后的管理工作；在"密码"和"确认密码"文本框中输入密码，如图 6.2 所示。

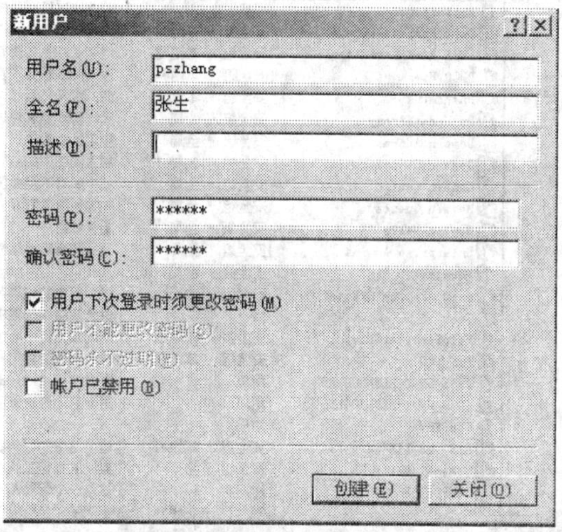

图 6.2 "新用户"对话框

3）单击"创建"按钮，在"计算机管理"窗口中就可以看到新创建的用户账户。

（2）域用户账户的创建与设置

若要创建和管理域用户账户，可使用"Active Directory 用户和计算机"控制台，在 Active Directory 目录树中创建用户对象。也可用该工具创建、删除或禁用用户对象，并管理用户对象的属性。

域用户账户是在域控制器 DC 上被创建的，并会被自动复制到域中的其他 DC 上。尽管在非 DC 的基于 Windows Server 2003 的计算机上也可以通过管理工具创建用户账户，但实际上这样的操作仅仅是操作本身在非 DC 上，而实际账户的添加是在 DC 上完成的。因为只有在 DC 上才维护着活动目录的账户数据库。在 gdqy.com 域上创建一个域用户账户（名为 zhangsheng）的具体操作步骤如下。

1）在"管理工具"中选择"Active Directory 用户和计算机"，打开"Active Directory 用户和计算机"窗口，如图 6.3 所示。

2）在该对话框的左侧子窗口中单击要建立账户的域，右击该域中的 Users，在快捷菜单中选择"新建"→"用户"，打开"新建对象-用户"对话框。在该对话框中输入要创建的用户的登录名，登录名是用来在域中活动并访问资源的唯一凭证，也即账户名，登录名在域中必须唯一，如图 6.4 所示。

3）单击"下一步"按钮，在对话框中输入密码，如图 6.5 所示（注意输入的密码是区分大小写的）。选择"用户下次登录时需更改密码"复选框，则用户在下次用这个密码登录之后就需要更改这个密码。

4）单击"下一步"按钮，在出现的对话框中单击"完成"按钮，结束添加域用户账户的操作。

图 6.3　"Active Directory 用户和计算机"窗口

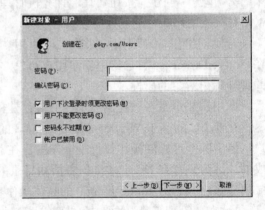

图 6.4　"新建对象-用户"对话框　　　　图 6.5　输入密码

3. 管理用户账户

(1) 设置域用户账户的属性

创建的每一个用户对象都有一套默认属性。创建了用户账户后，可以设置个人属性和账户属性、登录选项和拨号设置。可使用为域用户账户定义的属性在目录中搜索用户，或用于其他应用程序。因此，创建每一个域用户账户时都应当提供详细的定义信息。

设置用户对象"属性"，可通过在"Active Directory 用户和计算机"控制台，右击该对象，并从弹出的菜单上选择"属性"，打开用户账户"属性"对话框。

用户账户"属性"对话框中的选项卡包含有关每个用户账户的信息。用户对象的默认属性对话框中每个选项卡的主要内容和作用如表 6.1 所示。

表 6.1 用户"属性"对话框中各选项卡及其作用

选项卡	作 用
常规(General)	记录用户的姓、名、显示名、说明、办公地点、电话号码、电子邮件地址、主页及附加 Web 页面
地址(Address)	记录用户的街道地址、邮政信箱、城市、州或省、邮政编码、国家或地区
账户(Account)	记录用户的账户属性,包括用户登录名、登录时间、允许登录的计算机、账户选项和账户有效期等
单位(Organization)	记录用户的头衔、部门、公司、管理人等
电话(Telephones)	记录用户的家庭电话、传呼、手机、传真、IP 电话号码,并包含填写备注的空间
配置文件(Profile)	设置配置文件路径、登录脚本路径、主文件夹和共享文档文件夹
隶属于(Member of)	记录用户所属的组
拨入(Dial-In)	记录用户的拨号属性
环境(Environment)	记录用户登录系统时运行的应用程序和启用的设备
会话(Sessions)	设定"终端服务"超时和重新连接设置
远程控制 (Remote Control)	配置"终端服务"遥控设置
终端服务配置文件 (Terminal Service Profile)	配置"终端服务"用户配置文件

（2）设置个人属性

用户对象"属性"对话框中有 4 个选项卡包含有关用户账户的个人信息。这些选项卡是常规、地址、电话和单位。这些选项卡中的属性与用户对象或 Active Directory 的操作没有直接关系,只提供用户的背景信息。在这些选项卡中输入信息可以通过使用已掌握的用户信息轻松查找所需域用户账户。

（3）设置账户属性

"属性"对话框中的"账户"选项卡包含几个创建用户对象时所配置的属性,如图 6.6 所示。在该选项卡中可以为用户更改登录名。

在"账户过期"选项组中可以为该账户设置一个过期时间。默认情况下账户是永久有效的,除非被删除。如果某个临时用户账户希望在某个时间后自动失效,则可以选中

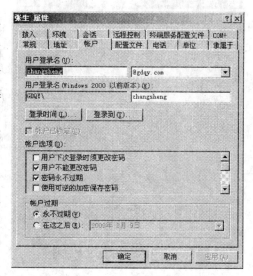

图 6.6 用户对象"属性"对话框
中的"账户"选项卡

"在这之后"单选按钮,然后打开下拉菜单,在日历中选择一个账户的失效日期,当该路径号使用期超过设定的日期,则使用该账户将不能登录到域中,而不需要管理员手动

删除账户。

（4）设置登录时间

在图 6.6 中单击"登录时间"按钮，打开用户登录时间对话框，在该对话框中可以设置允许或拒绝用户登录到域的时间。蓝色的格子代表允许登录的时间段，默认情况下账户可以在任意的时间内登录到域中。单击要设置的时间格（一个格代表 1h），也可以单击拖动鼠标一次选中多个时间格，然后单击"拒绝登录"前的单选按钮，使这段时间成为拒绝登录的时间段，白色的格子代表拒绝登录，如图 6.7 所示。

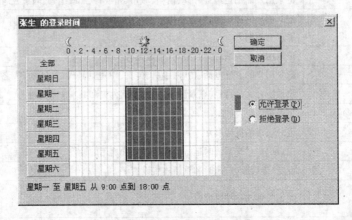

图 6.7 用户"登录时间"对话框

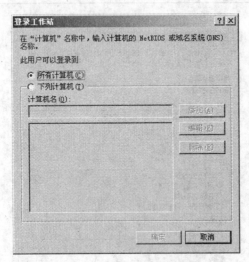

图 6.8 "登录工作站"对话框

（5）设置用户可登录的计算机

在图 6.6 中单击"登录到"按钮，打开"登录工作站"对话框，如图 6.8 所示。在该对话框中可以设置允许用户登录到域中的计算机。默认情况下用户可以从任何一台域中的计算机上登录到域。

单击"下列计算机"前的单选按钮，然后在"计算机名"下的文本框中输入允许用户登录的计算机名，单击"添加"按钮将计算机加入到计算机列表中。如果要删除某台允许用户登录的计算机，只需在列表中单击选中的计算机并单击"删除"按钮即可。

（6）维护用户账户

除修改用户对象的属性外，还可以根据需要以其他方式修改用户账户。这些修改包括禁用、启用或删除用户账户。有时也可能需要解除用户账户锁定或重设密码。

1）禁用、启用、重命名和删除用户账户。

禁用和启用用户账户：当一位用户长期不需要使用用户账户，但还会再次使用的情况下，可以禁用该用户账户，等他再次使用时再启用该用户账户。

重命名用户账户：当需要保留一位用户账户的所有权利、权限和组的成员身份并修改其名称或将其分配给另一位用户时，可以重命名该用户账户。

删除用户账户：当某个用户账户不打算再用时，可以删除该用户账户，以消除因 Active Directory 服务中存在不使用账户而造成的潜在安全危险。

在"Active Directory 用户和计算机"控制台上找到需要修改的用户账户，右击该用户账户，从弹出的菜单中选择与要做的修改类型相应的命令，如图 6.9 所示。

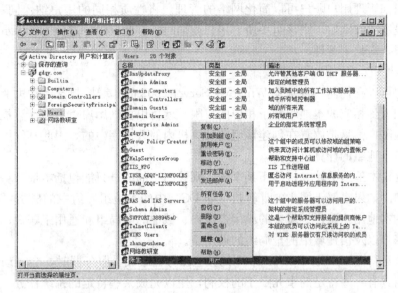

图 6.9 禁用、启用、重命名或删除用户账户

2）重设密码和解除用户账户锁定。

如果一位用户因密码问题或账户锁定问题不能登录到域或本地计算机，就需要重设用户密码或解除用户账户锁定。只有拥有对用户账户所在对象管理权限的人才能执行这样的任务。

重设密码：管理员或用户设置了用户账户密码后，密码对任何人都不可见，包括管理员。这样就防止了包括管理员在内的用户得知其他用户的密码，从而提高安全性。

不过，有些情况下管理员需要重设密码。例如，如果用户需要更改他们的密码，但却在特定时间内无法完成更改，密码就可能会被配置为过期，该用户将不能再登录。用户也容易忘记密码，特别是在密码由管理员设定或用户被迫经常更改密码的情况下。出现这种情况时，拥有管理员权限的用户就可以重设密码，无需知道当前密码或过期密码。

解除用户账户锁定：许多网络使用 Windows Server 2003 组策略强制实施密码限制，如限制所许可的用户账户失败登录尝试次数。当用户（授权或非授权）输入用户账户错误次数过多，Windows Server 2003 将锁定账户，防止再次进行尝试。可以将策略配置为在规定时间内锁定账户，或永久锁定，直到管理员解除锁定。

解除锁定账户时要在"Active Directory 用户和计算机"控制台，找到要修改的用户账户。当前被锁定的用户对象上有个红色的 X。右击该用户账户，单击"属性"，再单击"账户"选项卡。清空复选框，再单击"确定"按钮即可。请注意，账户是因为复

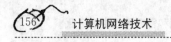

选框被选中而锁定的。

4. 组账户的类型

组是同类对象的集合，它可以包含用户、计算机和其他组等对象。利用组可以管理用户和计算机对共享资源的访问，按组进行组策略的设置。

利用组来管理用户账户可以简化网络的管理。将性质相同的用户纳入同一个组中，当对该组设置了权限后，则该组中所有用户就同时享有此权限，避免了管理员对每个用户设置权限，简化了管理。

（1）本地组

本地组可以在任何一台基于 Windows Server 2003 的非域控制器计算机上创建，通过将用户加入到相应的本地组赋予相应的权限，就可以控制用户对本地计算机上资源的访问。本地账户信息是放置在创建该组的计算机内的数据库中的，因此其作用范围只限于在创建该本地组的计算机上。

如果创建本地组的计算机属于某个域，则该组中的成员只能包括本地计算机上的本地用户账户。如果是属于域中的计算机（非 DC）中的本地组，组中的成员可以是本地计算机内的本地用户账户、域中的域用户账户、域中的全局组和通用组账户、信任域中的域用户账户以及信任域中的全局组的通用组。

在安装运行 Windows Server 2003 的独立服务器或成员服务器时，会自动创建内置组。内置组具有一些特定的事先赋予的权利，用以完成某些特定的系统任务。内置组不能被删除，其作用范围也仅限于其存在的计算机上。

如何将组、用户、资源及权限组合在一起而实现对资源访问的管理称之为组策略。本地组策略就是先将具有相同属性的用户账户加入到一个本地组当中去，再针对某些资源赋予这个本地组相应的访问权限。这样，就可以达到一次操作而为多个用户赋予访问资源的权限，通过本地组策略可以将组、用户、资源及权限组合在一起，利用本地组策略使得在本地计算机上管理用户访问资源变得更有效。

例如，创建一个本地组（名为 GPS），并将 happy 和 kevin 这两个本地用户账户添加到该组中。其操作如下。

用本地计算机的 Administrator 组或 Account Operators 组的成员身份登录，执行"开始"→"管理工具"→"计算机管理"，打开"计算机管理"窗口，单击左侧子窗口中的"本地用户和组"，展开"用户"和"组"的图标。单击"组"，会在右侧窗口中列出当前计算机上的组，如图 6.10 所示。

右击"组"，在弹出的快捷菜单中选择"新建组"，打开"新建组"对话框，如图 6.11 所示。在"组名"文本框中输入该组的名称，在本例中输入 GPS。在"描述"文本框中可以简单地输入该组的用途。单击"添加"按钮就可以在"成员"列表中加入组的成员（在这里我们只是先创建 GPS 组，先不为组添加成员）。单击"创建"按钮，就可以完成创建一个本地组的任务了。返回到"计算机管理"对话框中，在右侧窗口中就可以看到新建的组。

双击新建的组的图标，打开组"属性"对话框，单击"添加"按钮，打开"选择用户"对话框，单击"高级"，再单击"立即查找"，在"搜索结果"中显示的是可以添加

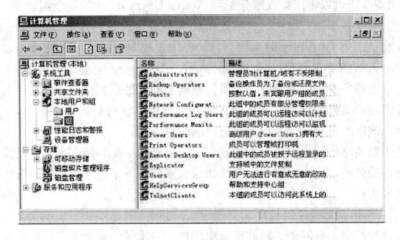

图 6.10 "计算机管理"窗口

到组中的"用户",选择要添加的用户账户,此例中选择 happy 和 kevin 这两个用户账户。单击"确定"按钮将用户加入到组中,返回到组"属性"对话框,在"成员"列表中会看到刚才添加的用户,如图 6.12 所示。

图 6.11 "新建组"对话框

图 6.12 "GPS 属性"对话框

(2) 域模式中的组

域模式中的组又称为域组,存储在域的 Active Directory 中,在 Active Directory 中有两种类型的组:通信组和安全组。可以使用通信组创建电子邮件通信组列表,使用安全组给共享资源指派权限。

通信组只有在电子邮件应用程序(如 Exchange)中,才能使用通信组将电子邮件发送给一组用户。通信组不启用安全,这意味着它们不能列在随机访问控制列表(DACL)中。如果需要组来控制对共享资源的访问,则创建安全组。

安全组提供了一种有效的方式来指派对网络上资源的访问权。

1）使用安全组可以将用户权限分配到 Active Directory 中的安全组。

可以对安全组指派用户权利，确定该组的哪些成员可在处理域（或林）、作用域内工作。在安装 Active Directory 时系统会自动将用户权限分配给某些安全组，以帮助管理员定义域中人员的管理角色。例如，在 Active Directory 中被添加到 Backup Operators 组的用户能够备份和还原域中每个域控制器上的文件和文件夹。这是因为在默认情况下，系统将备份文件和目录以及还原文件和目录用户权利自动指派给 Backup Operators 组。因此该组的用户继承了指派给该组的用户权利。

可以使用组策略将用户权限分配给安全组，以帮助委派特定任务。在指派委派的任务时始终应谨慎处理，因为在安全组上被指派太多权利的未经培训的用户有可能会使网络产生重大损害。

2）给安全组指派对资源的权限。

用户权利和权限不应混淆。对共享资源的权限将指派给安全组。权限决定了谁可以访问该资源以及访问的级别，比如完全控制。系统将自动指派在域对象上设置的某些权限，以允许对默认安全组（如 Account Operators 组或 Domain Admins 组）进行多级别的访问。

在定义对资源和对象的权限的 DACL 中列出了安全组。为资源（文件共享、打印机等）指派权限时，管理员应将那些权限指派给安全组而非个别用户。权限可一次分配给这个组，而不是多次分配给单独的用户。添加到组的每个账户将接受在 Active Directory 中指派给该组的权利以及在资源上为该组定义的权限。

像通讯组一样，安全组也可用做电子邮件实体。给这种组发送电子邮件会将该邮件发给组中的所有成员。

3）安全组和通信组之间的转换。

在任何时候，组都可以从安全组转换为通信组，反之亦然，但仅限于域功能级别设置为 Windows 2000 本机或更高模式的情况下。当域功能级别被设置为 Windows 2000 混合模式时，不可以转换组。

（3）默认组

默认组是当创建 Active Directory 域时自动创建的安全组。可以使用这些预定义的组来帮助控制对共享资源的访问，并委派特定的域范围的管理角色。

许多默认组被自动指派一组用户权利，授权组中的成员执行域中的特定操作。例如，Backup Operators 组的成员有权对域中的所有域控制器执行备份操作。

可以通过使用"Active Directory 用户和计算机"来管理组。默认组位于"Builtin"容器和"Users"容器中。"Builtin"容器包含用本地域作用域定义的组。"Users"容器包含通过全局作用域定义的组和通过本地域作用域定义的组。可将这些容器中的组移动到域中的其他组或组织单位，但不能将它们移动到其他域。

1）"Builtin"容器中的组。

下面介绍位于"Builtin"容器中的默认组，并列出了为每个组指派的用户权利。

Account Operators：可以创建、修改和删除位于"Users"或"Computers"容器中的用户、组和计算机的账户以及该域中的组织单位，除了"Domain Controllers"组织单位。该组的成员无权修改 Administrators 或 Domain Admins 组，也无权修改这些组的成员的账户。该组的成员可本地登录到该域的域控制器中，并可将其关闭。

Administrators：具有对域中所有域控制器的完全控制。默认情况下，Domain Admins 和 Enterprise Admins 组是 Administrators 组的成员。Administrator 账户也是默认成员。

Backup Operators：可备份和还原该域中域控制器上的所有文件，不论其各自对这些文件的权限如何。Backup Operators 还可以登录到域控制器并将其关闭。该组中没有默认的成员。

Domain Guests：默认情况下，Domain Guests 组是 Guests 组的成员。Guest 账户（默认情况下禁用此账户）也是该组的默认成员，该组没有默认的用户权利。

Network Configuration Operators：可更改 TCP/IP 设置并续订和发布该域中域控制器上的 TCP/IP 地址。该组中没有默认的成员，没有默认的用户权利。

Performance Monitor Users：可在本地或从远程客户端监视该域中域控制器上的性能计数器，无需作为 Administrators 或 Performance Log Users 组的成员。该组中没有默认的用户权利。

Performance Log Users：可在本地或从远程客户端管理该域中域控制器上的性能计数器、日志和警报，无需作为 Administrators 组的成员。该组中没有默认的用户权利。

Pre-Windows 2000 Compatible Access：具有对该域中所有用户和组的读取访问权。该组向后兼容运行 Windows NT 4.0 及其早期版本的计算机。默认情况下，特殊的 Everyone 标识是该组的成员。仅当用户在运行 Windows NT 4.0 或早期版本时，将其添加到该组中。

Print Operators：可管理、创建、共享和删除连接到该域中域控制器上的打印机。它们可以管理该域中的 Active Directory 打印机对象。该组的成员可本地登录到该域的域控制器中，并可将其关闭。该组中没有默认的成员。

Remote Desktop Users：可远程登录到该域的域控制器。该组中没有默认的成员，没有默认的用户权利。

Replicator：支持目录复制功能，并由该域的域控制器上的"文件复制"服务使用。该组中没有默认的成员，不在该组中添加用户，没有默认的用户权利。

Server Operators：在域控制器上，该组的成员可进行交互式登录、创建和删除共享资源、启动和停止某些服务、备份和还原文件、格式化硬盘，以及关闭计算机。该组中没有默认的成员。

Users：可执行大部分常见任务，如运行应用程序、使用本地和网络打印机，以及锁定服务器。默认情况下，Domain Users 组、Authenticated Users 或 Interactive 都是该组的成员。因此，域中创建的任意用户账户均为该组成员。该组中没有默认的用户权利。

2）"Users" 容器中的组。

下面介绍位于"Users" 容器中的默认组，并列出了为每个组指派的用户权利。

Cert Publishers：获准为用户和计算机发行证书。该组中没有默认的成员，没有默认的用户权利。

DnsAdmins（随 DNS 安装）：具有对 DNS Server 服务的管理访问权。该组中没有默认的成员，没有默认的用户权利。

DnsUpdateProxy（随 DNS 安装）：是可代表其他客户端（如 DHCP 服务器）执行动态更新的 DNS 客户端。该组中没有默认的成员，没有默认的用户权利。

Domain Admins：具有对该域的完全控制权。默认情况下，该组是加入到该域中的所有域控制器、所有域工作站和所有域成员服务器上的 Administrators 组的成员。默认情况下，Administrator 账户是该组的成员。

Domain Computers：包含加入到此域的所有工作站和服务器。默认情况下，创建的任何计算机账户都会自动成为该组的成员。没有默认的用户权利。

Domain Controllers：包含此域中的所有域控制器。没有默认的用户权利。

Domain Guests：包含所有域来宾。该组中没有默认的用户权利。

Domain Users：包含所有域用户。默认情况下，此域中创建的任何用户账户都会自动成为该组的成员。可以使用该组来表示此域中的所有用户。例如，如果想要所有域用户具有对打印机的访问权限，可将打印机的访问权限指派给该组（或者将 Domain Users 组添加到打印机服务器上某个具有打印机访问权限的本地组中）。该组中没有默认的用户权利。

Enterprise Admins（仅出现在林根域中）：具有对林中所有域的完全控制作用。默认情况下，该组是林中所有域控制器上 Administrators 组的成员。默认情况下，Administrator 账户是该组的成员。

Group Policy Creator Owners：可修改此域中的组策略。默认情况下，Administrator 账户是该组的成员。由于该组在此域中有重要的作用，因此在添加用户时要特别谨慎。该组中没有默认的用户权利。

IIS_WPG（随 IIS 安装）：IIS_WPG 组是 Internet 信息服务（IIS）6.0 辅助进程组。在 IIS 6.0 的工作范围内存在服务于特定名称空间的辅助进程。例如，www. microsoft. com 是由一个辅助进程提供的名称空间，可运行在添加到 IIS_WPG 组的某个标识（如 Microsoft Account）之下。该组中没有默认的成员，没有默认的用户权利。

RAS 和 IAS Servers：该组中的服务器获准访问用户的远程访问属性，没有默认的用户权利。

Schema Admins（仅出现在林根域中）：可修改 Active Directory 架构。默认情况下，Administrator 账户是该组的成员。该组中没有默认的用户权利。

（4）域模式中组的作用域

组作用域组（不论是安全组还是通讯组）都有一个作用域，用来确定在域树或林中该组的应用范围。有三类不同的组作用域：全局组作用域、本地域组作用域和通用组作用域。

1）全局组的成员是对网络具有相同访问权限的用户。全局组的作用范围是整个域树，因此全局组可以在属于同一个域树的域中被赋予权限。全局组的成员只能来自于定义该组的域中的其他组和账户。全局组可以成为其他组的成员，这些组可以是和该全局组同一个域或是不同的域。由于全局组可以在不同的域中存在，因此全局组中的成员可以访问其他域中的资源。

2）本地域组的成员可包括 Windows Server 2003、Windows 2000 或 Windows NT 域中的其他组和账户，而且只能在域内指派权限。本地域组具有开放的成员资格，即可以接受任何一种账户成为该组的成员，这些账户可以是同一个域中的其他本地组（必须在本机模式中）、域树中的任何域用户账户、域树中的任何域的全局组、域树中的任何域的通用组（必须在本机模式中）。但是本地域组不能成为其他任何组的成员。

3）通用组的成员可包括域树或林中任何域中的其他组和账户，而且可在该域树或林中的任何域中指派权限。但只有当域处于本机模式时，才能创建具有通用组的安全组。

本机模式是指域中的所有域控制器都是基于 Windows 2000 或 Windows Server 2003 时，该模式支持所有的组类型。混合模式是指域中的域控制器包含非 Windows 2000 和 Windows Server 2003 的计算机。在该模式下不可创建通用组。

（5）规划全局组和域本地组

创建组之前必须制定好一个组策略。创建错误类型或错误作用域的组可导致组执行任务失败。

1）何时使用具有本地域作用域的组。

具有本地域作用域的组可帮助定义和管理对单个域内资源的访问。本地域组的成员可以是：具有全局作用域的组，具有通用作用域的组，具有本地域作用域的其他组的账户，上述任何组或账户的混合体。

例如，要使五个用户访问特定的打印机，可在打印机权限列表中添加全部五个用户。如果希望以后这五个用户都能访问新的打印机，则需要再次在新打印机的权限列表中指定全部五个账户。

如果采用简单的规划，可通过创建具有本地域作用域的组并指派给其访问打印机的权限来简化常规的管理任务。将五个用户账户放在具有全局作用域的组中，并且将该组添加到有本地域作用域的组。当希望使五个用户访问新打印机时，可将访问新打印机的权限指派给有本地域作用域的组。具有全局作用域的组的成员自动接受对新打印机的访问。

2）何时使用具有全局作用域的组。

使用具有全局作用域的组管理那些需要每天维护的目录对象，如用户和计算机账户。因为有全局作用域的组不在自身的域之外复制，所以具有全局作用域的组中的账户可以频繁更改，而不需要对全局编录进行复制以免增加额外通信量。

虽然权利和权限指派只在指派它们的域内有效，但是通过在相应的域中统一应用具有全局作用域的组，可以合并对具有类似用途的账户的引用。这将简化不同域之间的管理，并使之更加合理化。例如，在具有两个域（如 Europe 和 UnitedStates）的网络中，如果 UnitedStates 域中有一个称做 GLAccounting 的具有全局作用域的组，则 Europe 域中也应有一个称做 GLAccounting 的组（除非 Europe 域中不存在账户管理功能）。

强力推荐在指定复制到全局编录的域目录对象的权限时，使用全局组或通用组，而不是本地域组。

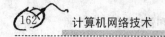

3）何时使用具有通用作用域的组。

使用具有通用作用域的组来合并跨越不同域的组。为此，请将账户添加到具有全局作用域的组并且将这些组嵌套在具有通用作用域的组内。使用该策略，对具有全局作用域的组中的任何成员身份的更改都不影响其具有通用作用域的组。

例如，在具有 Europe 和 UnitedStates 这两个域的网络中，在每个域中都有一个名为 GLAccounting 全局作用域的组，创建名为 GLAccounting 且具有通用作用域的组，可以将两个 GLAccounting 组 UnitedStates \ GLAccounting 和 Europe \ GLAccounting 作为它的成员。这样就可在企业的任何地方使用 UAccounting 组。对个别 GLAccounting 组的成员身份所作的任何更改都不会引起 UAccounting 组的复制。

具有通用作用域的组成员身份不应频繁更改，因为对这些组成员身份的任何更改都将引起整个组的成员身份复制到树林中的每个全局编录中。

（6）更改组作用域

创建新组时，在默认情况下，新组配置为具有全局作用域的安全组，而与当前域功能级别无关。尽管在域功能级别设置为 Windows 2000 混合的域中不允许更改组作用域，但在其域功能级别设置为 Windows 2000 本地或 Windows Server 2003 的域中，允许进行下列转换。

1）全局到通用：只有当要更改的组不是另一个全局作用域组的成员时，允许进行该转换。

2）本地域到通用：只有当要更改的组没有另一个本地域组作为其成员时，允许进行该转换。

3）通用到全局：只有当要更改的组没有另一个通用组作为其成员时，允许进行该转换。

4）通用到本地域：该操作没有限制。

5. 创建组账户

Windows Server 2003 允许在独立计算机安全账户数据库和 Active Directory 服务中创建组。本地组用来专门管理单个计算机的资源，而使用 Active Directory 组可允许用户访问网络资源。例如，几位用户需要读取同一文件时，可将他们的用户账户添加到组中，然后再给该组分配相应的文件读取权限。

（1）创建域模式中的组

创建域模式中的组可使用 "Active Directory 用户和计算机" 控制台，要求操作者为 Administrators 组或 Account Operators 组的成员。在 jsj. gdqy. com 域中创建一个全局组（名为 network1），操作步骤如下。

单击 "开始" → "管理工具" → "Active Directory 用户和计算机"，打开 "Active Directory 用户和计算机" 对话框。单击 Users 图标，在右侧的子窗口中可以看到本域中现有的用户和组。右击 Users 图标，在弹出的菜单中选择 "新建" → "组"，打开 "新建对象-组" 对话框，如图 6.13 所示。在 "组名" 文本框中输入该组的名称，此例输入 network1；在 "组名（Windows 2000 以前版本）" 文本框中输入该组用于让 Windows NT 4.0 或 Windows NT 3. x 操作系统访问的名称；在 "组作用域" 选项组中选择

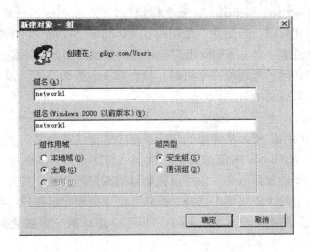

图 6.13 "创建对象-组"对话框

一种组作用域本例选择"全局";在"组类型"选项组中选择一种类型,本例选择"安全组"。

单击"确定"按钮,返回到"Active Directory 用户和计算机"对话框,就可以在右侧子窗口中看到新建的组。

(2)向域组添加成员

创建组对象后,要给它添加成员。组成员可包括用户对象、联系人、其他组和计算机。可以将一台计算机添加到组,让该计算机可以访问其他计算机上的共享资源,如进行远程备份。例如,将 zhangsheng 和张生两个用户添加到 network1 组中,具体步骤如下。

在"Active Directory 用户和计算机"对话框中右击需要添加成员的组,此例中为右击"network1"组。在弹出的菜单中选择"属性",打开"network1 属性"对话框,单击"成员"选项卡,在成员选项卡中单击"添加"按钮,打开"选择用户、联系人或计算机"对话框。在"输入对象名称来选择"文本框中输入要加入该组的用户名称,也可以通过单击"高级"按钮,打开"高级"选项卡,选择要添加的用户,单击"确定"按钮,即可完成向组中添加成员,结果如图 6.14 所示。

图 6.14 "network1 属性"
对话框的"成员"选项卡

6. 管理用户组账户

(1)删除域模式中的组

在 Active Directory 服务中创建的每个组对象都有一个唯一的、不可重复使用的标识符，称为 SID（security identifier，安全标识符）。Windows Server 2003 使用 SID 来标识分配给它的组和权限。当删除一个组时，Windows Server 2003 将不再为该组使用相同的 SID，即便创建一个与所删除组名称相同的新组。因此，不能通过重新创建组对象来恢复对资源的访问。当删除一个组时，只删除了该组和与该组相关的权限。删除一个组并不删除作为组成员的对象。

（2）域组的更名

右击域模式中的组账户，从弹出的快捷菜单中选择"重命名"来更改组账户名。由于更改名称后，在 Windows 内部的安全识别码（SID）并没有改变，因此此组账户的属性、权利与权限等设置都不变。也可以先删除组账户再创建。其方法是：右击域模式中的组账户，从弹出的快捷菜单中选择"删除"命令来删除组账户。将账户删除后，即使添加一个相同名称的组账户（SID 不同），也不会继承前一个被删除账户的权限和属性等设置。

6.1.2 创建和管理用户账户与组账户的工作性任务

1. 工作任务描述

（1）工作任务名称

工作任务名称：创建和管理用户账户与组账户。

（2）任务内容提要

在 jsj. gdqy. com 子域中，如果域用户比较多，为每个用户分配权限就会觉得比较麻烦，如果在域中创建用户账户，通过使用组将权限分配给一组用户而不是单个用户账户。当将权限分配给组时，组的所有成员都将继承那些权限，这样可以简化网络管理。这个工作任务主要涉及 jsj. gdqy. com 子域中用户与用户组的创建与管理。

组是用户或计算机账户的集合。除了用户账户外，还可以将其他组、联系人和计算机添加到组中。将组添加到其他组可创建合并组并减少需要分配权限的次数。也可将计算机添加到组中，简化从一台计算机上访问另外一台计算机上资源的系统任务。

2. 工作任务要求

工作任务要求见表 6.2。

表 6.2 工作任务要求

栏目	要求
任务目标	创建与管理用户账户与组账户
工作活动内容	通过网络操作系统中的用户和资源管理功能，实现网络用户与资源的管理
学习情境与工具	网络实训室或学生宿舍，制作好 RJ-45 水晶头的 UTP 五类双绞线、安装 Windows Server 2003 的服务器和安装 Windows XP 的客户机
工作任务	1）了解用户资源管理的内容 2）规划现有网络的用户，并在域中创建和管理这些用户和组 3）验证配置的正确性
相关知识点	用户及组的功能及建立

续表

栏目	要求
工作过程分解	1) 在 jsj. gdqy. com 域中创建五个域用户账户：user1，user2，user3，user4，user5 2) 设置域用户账户的个人属性，包括设置用户密码（初始密码为 888888，第一次登录后必须更改密码）、账户的有效期限、登录时间（9：00-18：00）、用户可登录的计算机、停用账户、启用账户、重命名、删除账户、解除被锁定的用户 3) 把计算机账户添加到服务器的活动目录中进行统一管理 4) 在 jsj. gdqy. com 域中创建一个全局组（名为 jsjgroup）账户 5) 将 5 个域用户（user1，user2，user3，user4，user5）添加到域组 jsjgroup
工作记录	工作过程中记录的数据和所收集的资料
完成任务的成果	创建与管理用户账户与组账户的报告，包括完成任务的工作过程和结果、出现的问题和解决方法，以及完成任务的心得和对实际工作的指导意义

3. 完成任务的工作环境和操作参考

(1) 完成任务的工作环境

在 Windows Server 2003 上已经完成活动目录安装的计算机。

(2) 完成任务的操作参考

1) 创建用户账户。工作站在网络配置好后都需要用自己的账户进行网络连接，所以需先在服务器端配置好工作站中用户账户。配置的方法是在"Active Directory 用户和计算机"中进行。在"开始"菜单→"程序"→"管理工具"中打开"Active Directory 用户和计算机"控制台，在已创建好的域中，右击 Users，指向新建，然后选择"用户"选项，输入新的用户名、姓和用户登录名等，单击"下一步"按钮继续。接下来输入密码，确认密码，建议选择"用户下次登录时须更改密码"复选项，其他复选项不必选，这样用户下次使用账户登录时系统会弹出一个更改密码对话框，用户重新设置只有自己知道的密码，以确保用户密码的保密性。单击"下一步"按钮后完成新用户的创建。

2) 创建计算机账户。要实现工作站与服务器的网络连接，除了需要添加用户账户外，还需把计算机账户添加到服务器的活动目录中进行统一管理。方法如下：在"Active Directory 用户和计算机"→Computers 选项上，右击打开菜单，选择"新建"→"计算机"，打开对话框，设置工作站的计算机名和加入的用户或组，默认是 Domain Admin 域管理员组。

 注意

我们可以把需要添加到活动目录的工作站都加入列表。

4. 任务测试与验收

为了实现校园网络的用户和计算机接受域控制器统一管理，各台计算机应该加入域，同时各个原先独立的计算机为了能够访问域资源，也必须加入域，这就好比小区管理中心只对搬入小区的住户进行管理，而不对小区外的用户进行管理，同时小区住户也可以享受该小区提供的各种便民服务。

将网络中 5 个用户（user1，user2，user3，user4，user5）的计算机分别加入到 jsj.gdqy.com 域中，使用域用户账户进行登录，实现客户机与域控制器的连接，访问域中资源。

将文件夹或者打印机发布为能够在用户组共享的文件夹和打印机，或者通过更改用户密码，使用域用户账户进行测试。

5. 提高与进阶

为了获得安全性，网络管理员不要将每天访问使用的用户对象添加为 Administrators 组成员。因为当以管理员身份登录时，当访问 Internet 站点时，有可能将一些不太熟悉的 Internet 站点中包含的病毒或特洛伊木马代码下载到系统并执行。如果以管理员身份登录，病毒就可能会重新设置硬盘格式、删除所有文件、创建一个拥有管理员权限的新用户账户等。

因此，即便是网络管理员，也不要将个人用户对象添加到 Administrators 组或 Domain Admins 组，而且在以管理员身份登录时应避免在计算机上运行非管理任务。对于多数的计算机活动，都应将用户对象添加到 Users 组或 Power Users 组。然后，如果只需要执行管理性任务，就以管理员身份登录或运行程序、执行任务，然后注销。

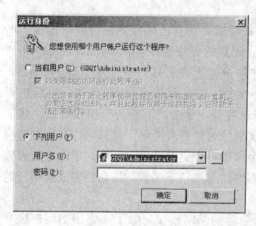

图 6.15　"运行身份"对话框

若要运行以 Administrator 身份登录的程序，可以使用"运行方式"启动程序。这个程序可以在让管理员以普通身份登录的同时，能够运行具有本地或域管理员权利和权限的管理性工具。

以 Administrator 身份使用"运行方式"来启动程序，可以按照下列步骤进行。

找到需要用管理员身份打开的程序或其快捷方式、MMC 控制台或控制面板工具。

按下 Shift 键，并右击，从弹出的菜单中选择"运行方式"，显示运行身份对话框，如图 6.15 所示。在"用户名"和"密码"文本框中，输入需要使用的管理员账户用户名和密码，然后单击"确定"按钮。

任务 6.2　分配与设置用户权限

6.2.1　分配与设置用户权限的学习性任务

Windows Server 2003 的访问控制策略是基于自主访问控制的，根据对用户进行授权，来决定用户可以访问哪些资源以及对这些资源的访问能力，以保证资源的合法、受控的使用。

1. 控制访问权限

Windows Server 2003 的网络安全性依赖于给用户或组授予的三种能力：权利（在系统上完成特定动作的授权，一般由系统指定给内置组，但也可以由管理员将其扩大到组和用户上）、共享（用户可以通过网络使用的文件夹）、权限（可以授予用户或组的文件系统能力）。

（1）用户权利

用户权利控制谁能在计算机上执行各类行为。受权利管制的行为包括要在本机本地登录的能力、关闭该机、设置时间、备份和恢复服务器文件以及执行其他任务等。在 Windows 域中，权利在域的级别上被授予或限制。若一个组在域中有一个权限，那么它的所有成员在域的主域和备份域控制器上都有此权限。权利适用于对整个系统范围内的对象和任务的操作，通常是用来授权用户执行某些系统任务。当用户登录到一个具有某种权利的账户时，该用户就可以执行与该权利相关的任务。

（2）共享权限

共享只适用于文件夹，如果文件夹不是共享的，那么在网络上就不会有用户看到它，也就更不能访问。网络上的绝大多数服务器主要用于存放可被网络用户访问的文件和文件夹，要使网络用户可以访问在 Windows Server 2003 服务器上的文件和文件夹，必须首先对它建立共享。共享权限建立了通过网络对共享文件夹访问的最高级别。

（3）许可权限

Windows Server 2003 以用户和组账户为基础来实现文件系统的许可权限。每个文件、文件夹都有一个被称做访问控制清单（Access Control list）的许可清单。该清单列举出哪些用户或组对该资源有哪种类型的访问权限。访问控制清单中的各项称为访问控制项。

（4）审核

在特定动作执行或文件被访问时，可以指定将一个审核记录写入到一个安全事件的日志中。审计记录表明行为的执行、执行人以及执行的日期和时间。可以审计操作是否成功，所以审计跟踪能显示网络中的实际执行者以及未经许可的尝试者。

（5）事务记录

修改文件或文件夹时，"日志文件服务"能够记录跟踪重做和取消修改的信息。重做的信息使 NTFS 在系统故障中能够再次地进行修改；取消的信息使 NTFS 在不能正确完成修改时删除修改。NTFS 总是试图重做事务，如果不能重做则只是取消事务。

（6）所有权

文件和文件夹的所有者可以完全控制该文件和文件夹，包括有改变许可的能力。除非具有许可改变能力的用户授权；否则，只有系统管理员才有获得文件和文件夹所有权的能力。

2. NTFS 文件系统管理文件

（1）NTFS 文件系统和权限

文件系统指操作系统在存储设备上保存封包的数据所用的结构和机制。文件系统规定了文件存储的大小机制、安全机制以及文件名的长短，用户对文件和文件夹的操作都是通过文件系统来完成的。文件系统通常有 FAT16、VFAT、FAT32、HPFS、NT-FS、EXT2 等几种。装有 Windows Server 2003 的计算机，根据其硬盘分区方式有 FAT16、FAT32、NTFS 三种文件系统可供选择。

NTFS 权限是作用在文件系统上的，所以不管用户在本地还是从网上访问文件夹和文件都要受到 NTFS 权限的制约，NTFS 权限只能在 NTFS 格式的磁盘分区才起作用。

当用户通过网络访问位于 NTFS 上的文件夹或文件时，要同时受到共享权限和 NTFS 权限的限制，并且用户的最终权限将由两个权限中限制更严格的权限确定。

(2) NTFS 权限使用规则

在 Windows 中，可以指派用户或组对位于 NTFS 磁盘分区中的文件和文件夹的使用权限，只有具备权限的用户和组才可以访问这些文件和文件夹，但无法对 FAT/FA-TA32 分区的文件/文件夹指派权限。只有 Administrators 组内的成员、文件/文件夹的所有者、具备完全控制权限的用户才有权指派文件/文件夹的权限。

若某用户同时属于多个组，而用户和这些组对某资源的使用都被分别指派了不同的权限，那么该用户对该资源的最后权限将是这些权限的累加。只要其中的一个权限为"拒绝"，则用户最后的权限是拒绝访问该资源。所以，权限是有累加性的，"拒绝"权限会覆盖其他所以权限。另外，文件的权限优先于文件夹的权限。例如，某用户对文件夹 d:\ report 没有任何权限，但对其中的文件 report. 2004 有读权限，只要文件夹是共享的，该用户就能读取该文件。设置权限是用文件/文件夹"属性"对话框的"安全"选项卡。

文件/文件夹的所有者，不论对文件/文件夹的权限是什么，他永远具有更改该文件/文件夹权限的能力。所有权可以转移，但必须由其他用户来夺取，夺取所有权的用户必须对该文件/文件夹有"取得所有权"或"更改"或"完全控制"的权限，或是任何具有 Administrator 权限的用户。

文件从一个文件夹复制到另一个文件夹时，继承目的地的权限。文件从一个文件夹移动到同一个磁盘分区的另一个文件夹时，仍然保持原来的权限。文件从一个文件夹移动到另一个磁盘分区的某个文件夹时，将继承目的地的权限。文件从 NTFS 分区复制或移动到 FAT/FAT32 分区，原先设置的权限将被删除。移动或复制文件/文件夹所到达的目的地的用户，将成为该文件/文件夹的所有者。

为了保证文件系统的安全性，应将重要的数据文件存放在 NTFS 分区上。NTFS 提供了对数据文件的访问控制和安全性。NTFS 的安全性是通过以下手段实现的。

1) 本地设置文件级和文件夹级访问许可。

2) 审核与安全性相关的事件。

3) 创建文件和文件夹的用户保留文件及文件夹的所有权。

4) 事务记录允许 NTFS 校正文件的错误。

5) NTFS 支持文件和文件夹许可、文件和文件夹访问跟踪（通过审核）、事务记录并支持文件和文件夹所有权。

(3) NTFS 文件权限的类型

① 读取：此权限允许用户读取文件内的数据、查看文件的属性、查看文件的所有

者、查看文件的权限。

② 写入：此权限包括覆盖文件、改变文件的属性、查看文件的所有者、查看文件的权限等。

③ 读取及运行：除了具有"读取"的所有权限，还具有运行应用程序的权限。

④ 修改：此权限除了拥有"写入"、"读取及运行"的所有的权限外，还能够更改文件内的数据、删除文件、改变文件名等。

⑤ 完全控制：拥有所有的 NTFS 文件的权限。也就是拥有上面所提到的所有权限。此外，还拥有"修改权限"和"取得所有"权限。

（4）NTFS 文件权限的设置

选择一个文件系统为 NTFS 格式的驱动器，在该驱动器上选择相应的文件夹，右击，从弹出的对话框中选择"属性"项，再选择"安全"选项卡，具体方法与共享权限的设置类似。我们只能对共享文件夹授予共享权限，并且共享权限只对远程访问该共享文件夹的用户起约束作用。三类共享权限的解释是：具有读取权限的用户可以显示文件夹和文件的名称，查看文件中的数据和文件属性，运行程序，进入子文件夹；具有更改权限的用户可以创建文件夹和添加文件，在文件中更改数据、增添数据，改变文件的属性，删除文件夹和文件，以及完成具有读取权限的用户所完成的所有任务；具有完全控制权限的用户除拥有读取、更改权限以外，还可以修改共享的权限，获取所有权。

3. 管理文件与文件夹的访问权限

（1）查看文件与文件夹的访问权限

如果用户需要查看文件或文件夹的属性，首先选定文件或文件夹，右击打开快捷菜单，然后选择"属性"命令。在打开的文件或文件夹的属性对话框中单击"安全"选项卡，如图 6.16 所示。在"组和用户名称"列表框中，列出了对选定的文件或文件夹具有访问许可权限的组和用户。当选定了某个组或用户后，该组或用户所具有的各种访问权限将显示在"权限"列表框中。图中我们选中的是 gdqyjsj 组。

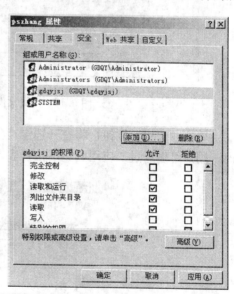

图 6.16 查看文件或文件夹的访问权限

可以看到，该组具有对文件夹 pszhang 的"读取及运行"、"列出文件夹目录"和"读取"权限。

没有列出来的用户也可能具有对文件或文件夹的访问权限，因为用户可能属于该选项中列出的某个组。因此，最好不要把对文件的访问权限分配给各个用户，而要先创建组，把权限分配给组，然后把用户添加到组中。这样，在需要更改时只需要更改整个组的访问权限，而不必逐个修改每个用户。

（2）更改文件或文件夹的访问权限

当用户需要更改文件或文件夹的权限时，必须具有对它的更改权限或拥有权。用户可以在如图 6.16 所示的对话框中，选择需要设置的用户或组，简单地选定或取消对应权限后面的复选框即可。

打开的文件或文件夹的"属性"对话框，单击"安全"选项卡中的"高级"按钮，打开选定对象的"高级安全设置"对话框，如图 6.17 所示。在此，用户可以进一步设置一些额外的高级访问权限。

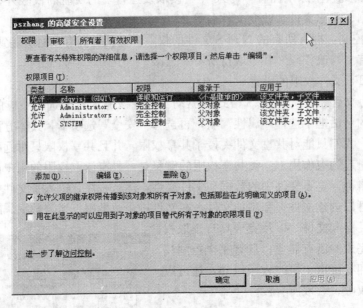

图 6.17 设置文件或文件夹的高级访问权限

单击"编辑"按钮，将打开选定对象的"权限项目"对话框，如图 6.18 所示。此时，用户可以通过"应用到"下拉列表框选择需设定的用户或组，并对选定对象的访问

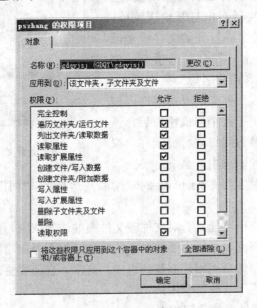

图 6.18 为用户或组设置特别 NTFS 访问权限

权限进行全面的设置。

NTFS 安全系统支持多种特殊访问权限，可参见表 6.3 设置 NTFS 特别访问权限。

表 6.3　设置 NTFS 特别访问权限

特殊权限	完全控制	修改	读取及运行	读取	写入
遍历文件夹/运行文件	√	√	√		
列出文件夹/读取数据	√	√	√	√	
读取属性	√	√	√	√	
读取扩展属性	√	√	√	√	
创建文件/写入数据	√	√			√
创建文件夹/附加数据	√	√			√
写入属性	√	√			√
写入扩展属性	√	√			√
删除子文件夹和文件	√				
删除	√	√			
读取权限	√	√	√	√	√
更改权限	√				
取得所有权	√				
同步	√	√	√	√	√

4. 添加与管理共享文件夹

资源共享是网络最重要的特性，通过共享文件夹可以使用户方便地进行文件交换。当然，简单地设置共享文件夹可能会带来安全隐患。因此，必须考虑设置对应文件夹的用户权限。

（1）添加共享文件夹

在 Windows Server 2003 中，可以通过以下方法设置共享文件夹。

1）打开"开始"菜单，选择"程序→管理工具→计算机管理"命令后，打开"计算机管理"对话框，然后单击"共享文件夹→共享"子节点，打开如图 6.19 所示窗口。

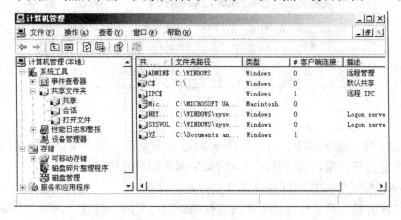

图 6.19　"计算机管理"窗口

2）在窗口的右边显示出了计算机中所有共享文件夹的信息。如果要建立新的共享文件夹，可通过选择主菜单"操作"中的"新建共享"子菜单，或者在左侧窗口右击"共享"子节点，选择"新建共享"，打开"共享文件夹向导"对话框，如图 6.20 所示。在"文件夹路径"文本框中输入要共享的文件夹路径或单击"浏览"按钮。

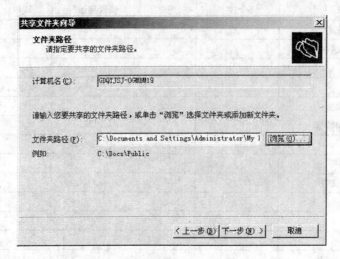

图 6.20　指定"文件夹路径"

3）单击"下一步"按钮，打开如图 6.21 所示对话框。输入"共享名"、共享"描述"，在共享"描述"中可输入一些该资源的描述性信息，以方便用户了解其内容。

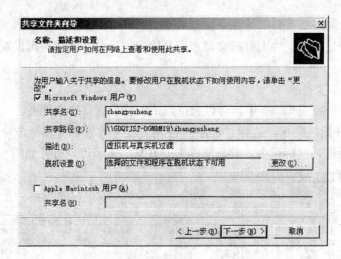

图 6.21　输入共享信息

4）单击"下一步"按钮，打开如图 6.22 所示对话框，用户可以根据自己的需要设置网络用户的访问权限，或者选择"自定义"网络用户的访问权限。

5）单击"完成"按钮，即完成共享文件夹的设置。

需要注意的是，共享权限的设定与文件夹访问许可的一致性。例如，共享某一文件夹，设定该文件夹共享权限用户组可以读取、写入数据，但若该文件夹访问许可未设

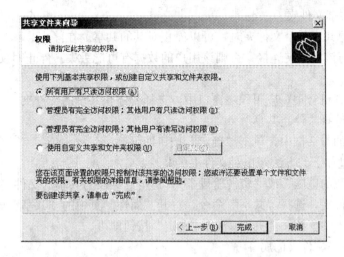

图 6.22　设置共享文件夹权限

置，用户组没有任何权限，或只有读取权限，则按照访问许可冲突决定访问权限，对应地用户组不能访问该共享文件夹，或只能读取该共享文件夹。

在域环境中，以不同的域用户身份或主机方式登录服务器、创建文件，或者用户在某一文件夹内创建子文件夹时，该文件夹的访问许可继承父系权限，该文件夹的访问许可可能会有很大区别。设置共享时需要检查共享权限与文件夹访问许可的一致性。

上述操作也可以通过资源管理器设置文件/文件夹共享并分配权限，其步骤如下。

1) 选择"开始→程序→附件→Windows 资源管理器"。

2) 在左侧窗口中选中要设置权限的文件夹，右击，选择"共享与安全"选项，在"共享"选项卡中，选中"共享该文件夹"选项，输入共享名、用户个数设置。

单击"权限"，进入用户权限分配窗口，在该窗口中，可以"添加"和"删除"一个或多个用户及用户组对所选文件夹的权限，设定权限为读取、写入、完全控制等。设置界面如图 6.23 所示。

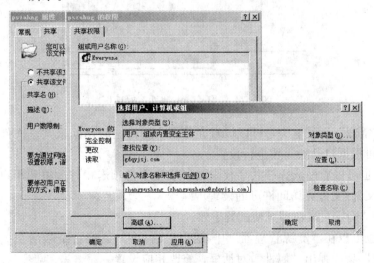

图 6.23　通过"Windows 资源管理器"设置权限

（2）停止共享文件夹

当用户不想共享某个文件夹时，可以停止对其的共享。在停止共享之前，应该确定已经没有用户与该文件夹连接；否则该用户的数据有可能丢失。停止对文件夹的共享操作如下。

1）在"计算机管理"应用程序窗口中，选择要停止共享的文件夹。

2）右击，选择"停止共享"。

3）在弹出的对话框中，单击"确定"按钮即可。

也可以通过如下的方法停止对文件夹的共享。

1）使用"我的电脑"或"资源管理器"，选定已经设为共享的文件夹。

2）右击文件夹，选择"共享"命令，打开"属性"页中的"共享"属性卡。

3）单击"不共享该文件夹"，单击"确定"按钮即可。

（3）修改共享文件夹的属性

在实际工作中有时需要更改共享文件夹的属性，如更改共享的用户个数、权限等。可以按照以下步骤进行，在"计算机管理"窗口的右侧窗格中，选择要修改属性的共享文件夹，这里以文件夹"Inetpub"为例说明操作过程。

1）选择"Inetpub"共享文件夹，右击，选择"属性"，打开如图 6.24 所示对话框。

图 6.24　"Inetpub 属性"对话框

2）在"常规"选项卡中，可以设置允许多少用户同时访问该共享文件夹以及脱机设置，用户可根据自己的需要进行设置。

3）同时也可以通过选择"共享权限"、"安全"选项卡，修改组和用户的共享访问许可，或该文件/文件夹访问许可的设置。

4）单击"确定"按钮即可使配置生效。

同样，也可以在"资源管理器"中找到该文件夹，鼠标右键激活快捷菜单，选择"共享与安全"项，弹出"属性"对话框，修改相应设置。

（4）映射网络驱动器

为了使用方便，可以将经常使用的共享文件夹映射为驱动器，方法如下。

1）右击"我的电脑"，选择"映射网络驱动器"，打开如图 6.25 所示对话框。

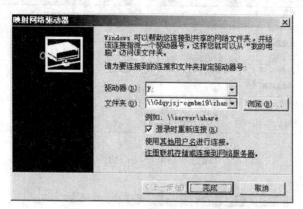

图 6.25   "映射网络驱动器"对话框

2）在"驱动器"下拉列表框中，选择一个本机没有的盘符作为共享文件夹的映射驱动器符号。输入要共享的文件夹名及路径；或者单击"浏览"按钮打开如图 6.26 所示的"浏览文件夹"对话框，选择要映射的文件夹。

3）如果需要下次登录时自动建立同共享文件夹的连接，选定"登录时重新连接"复选框。

4）单击"完成"，即可完成对共享文件夹到本机的映射。

打开"我的电脑"，将发现本机多了一个驱动器符，通过该驱动器符可以访问该共享文件夹，如同访问本机的物理磁盘一样。如图 6.27 所示，"F"驱动器实际上是网络上 Gdqyjsj 计算机的一个共享文件夹到本机的一个映射。

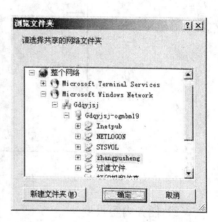

图 6.26   "浏览文件夹"对话框

（5）断开网络驱动器

当不再需要网络驱动器时，可以将其断开，步骤如下。

1）右击"我的电脑"，选择"断开网络驱动器"，出现如图 6.28 所示对话框。

2）选择要断开的网络驱动器，单击"确定"按钮即可。

6.2.2   分配与设置用户权限的工作性任务

1. 工作任务描述

（1）工作任务名称

工作任务名称：为文件夹设置不同的用户权限。

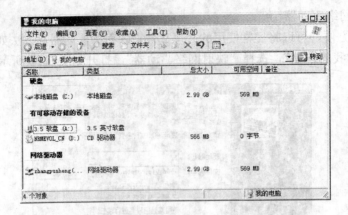

图 6.27   通过映射的驱动器访问共享文件夹

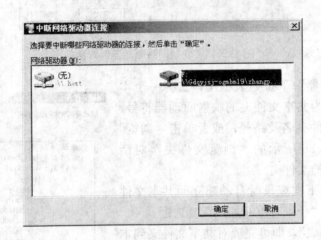

图 6.28   "中断网络驱动器连接"对话框

（2）任务内容提要

校园网络中，不同部门有不同的数据和不同的访问权限。例如，学校办公室有一小型办公网络，办公室内有 4 名老师（user1、user2、user3、user4，user1 和 user2 为管理员），其中有一台服务器放置办公室内老师的重要数据。为了保护服务器中的重要数据，需要使用 NTFS 文件系统设置文件和文件夹权限，设置和管理网络中的共享资源。

2. 工作任务要求

工作任务要求见表 6.4。

表 6.4   工作任务要求

栏目	要求
任务目标	为文件夹设置不同的用户权限
工作活动内容	规划网络用户及权限，利用 Windows Server 2003 为用户设置访问权限
学习情境与工具	网络实训室或学生宿舍，制作好 RJ-45 水晶头的 UTP 五类双绞线、安装 Windows Server 2003 的服务器和安装 Windows XP 的客户机

续表

栏目	要求
工作任务	1) 针对文件夹分析用户需要的访问权限 2) 设置用户访问文件夹的权限 3) 验证设置的正确性
相关知识点	磁盘配额、共享设备的访问权限、用户访问权限及配置
工作过程分解	1) 修改管理员密码为 admin 2) 禁用 guest 账户 3) 在服务器端为 4 名教师分别建立用户账户(密码与用户名相同),以便教师可以访问服务器 4) 建立用户组 admins,并添加成员 user1 和 user2 5) 将 user1 和 user2 添加为 administrators 成员 6) 禁止 user3 和 user4 本机登录 7) 分别为 user1、user2、user3 和 user4 建立文件夹 user1_folder、user2_folder、user3_folder、user4_folder 8) 考虑到数据安全性,需要按如下要求设置文件夹的属性: • 只有 user1 可以访问 user1_folder,且权限为"完全控制" • 只有 user2 可以访问 user2_folder,且权限为"完全控制" • 只有 user4 和 admins 成员可以访问 user4_folder,且 user4 访问权限是"完全控制"、admins 成员访问权限是"只读" • 拒绝 user4 访问 user3_folder 9) 为了方便网络用户数据存取,我们需要将文件夹设置为共享,按如下要求设置: • 将文件夹 user1_folder 只共享给用户 user1,user2_folder 只共享给用户 user2,权限为"完全控制" • 共享文件夹 user3_folder、user4_folder,禁止用户修改
工作记录	工作过程中记录的数据和所收集的资料
完成任务的成果	设置文件夹不同的用户权限的报告,包括完成任务的工作过程和结果、出现的问题和解决方法,以及完成任务的心得和对实际工作的指导意义

3. 完成任务的工作环境和操作参考

(1) 工作环境

一台安装 Windows Server 2003 的服务器和若干台 Windows 2000 Professional 或 Windows XP 的工作站,通过五类双绞线将服务器和客户机连接到交换机(或集线器)上,安装 Windows Server 2003 网络操作系统的计算机有一个分区为 NTFS 文件系统,并且网络是连通的,各个工作站能相互通信。

(2) 操作参考

1) 设置磁盘分区格式为 NTFS,可以在划分分区格式时加以指定,如果系统正在运行,通过在命令提示符窗口中输入"convert"命令来设置 NTFS。

2) 在 NFTS 的分区上建立文件夹 user1_folder、user2_folder、user4_folder、user3_folder,右击文件夹,单击"属性",选择"安全"选项卡,利用 NTFS 设置文件和文件夹的权限,

3) 针对 user4_folder 文件夹权限,在"安全"选项卡中,单击"添加"按钮,出

现"选择用户或组"对话框，在"名称"栏中，选择"admins"组，单击"添加"→"确定"按钮，添加访问文件夹的用户或组，并在权限列表中设定所需的权限。

4）创建共享文件夹 user1 _ folder、user2 _ folder、user4 _ folder、user3 _ folder。

5）打开共享文件夹的属性页，在"共享"选项卡中，单击"权限"设置用户的访问权限。

6）修改共享权限，如果需要将"完全控制"权限提供给 Administrators，单击"添加"，在名称栏单击"Administrators"，然后单击"添加"。确认 Administrators 选择"完全控制"复选框后单击"确定"按钮，权限修改完成。

4. 任务测试与验收

1）测试 NTFS 权限。以 user4 用户登录到系统，在 user4 _ folder 文件夹中，创建一个文本文件 test. txt。以属于 admins 组的不同用户登录到系统中，测试所设置的 NTFS 权限。针对创建的文件做下面操作。

打开该文件夹、修改该文件夹、保存该文件夹、删除该文件夹。

观察哪些操作会成功，并分析原因。

2）以 user4 用户登录到系统，通过网上邻居找到共享文件夹 user3 _ folder，尝试打开文件夹，并向其中保存或复制一份文件，测试保存或复制能否成功。

3）分别以 user1、user2、user3 和 user4 用户登录到系统，通过网上邻居测试能否访问共享文件夹 user1 _ folder、user2 _ folder、user3 _ folder、user4 _ folder。

这时若要对方文件，则资源要共享设置。本机得为对方设置账户。

4）分别以 user1、user2、user3 和 user4 用户登录到系统，通过在地址栏里输入"\ \ 欲访问的计算机名或 IP 地址"，测试能否访问共享文件夹 user1 _ folder、user2 _ folder、user3 _ folder、user4 _ folder。

5）分别以 user1、user2、user3 和 user4 用户登录到系统，在网络中搜索计算机，测试能否访问共享文件夹 user1 _ folder、user2 _ folder、user3 _ folder、user4 _ folder。

5. 提高与进阶

这里我们讨论网络共享打印机的安装与配置。

（1）打印管理中几个有关的术语

打印设备：可以放打印纸的物理打印机。

打印机：只是一个逻辑打印机，介于应有程序与打印设备之间的软件接口，用户的打印文件就是提供它来发送给打印设备的。

打印服务器：连接物理打印设备的计算机。

打印驱动程序：不同的打印设备有不同的打印驱动程序，负责将要打印的文件转换成打印机能识别的格式。

（2）安装与配置网络共享打印机

在 Windows 网络中，设置打印环境需要分两步：服务器端先添加本地打印机，并将此打印机设置为共享。再将客户端链接到此打印机，才可以通过此打印机打印文件。

服务器接上网络打印机，插上网线，通电。安装打印机的驱动程序，然后将打印机设置为共享。

在客户端上将网络中已共享的打印机作为自己的网络打印机进行安装。打开打印机管理，选择"添加打印机"命令；单击"下一步"按钮，确定网络打印机的位置；在后续步骤中输入必要的信息；测试网络打印机是否正常工作。

打印机权限不仅控制哪些用户可以打印，而且控制用户可以执行哪些打印任务。有三个等级的打印机权限："打印"、"管理文档"和"管理打印机"。默认情况下，服务器管理员、域控制器上的打印操作员以及服务器操作员拥有"管理打印机"权限；everyone 拥有"打印"权限；而文件的所有者拥有"管理文件"权限。表 6.5 列出了不同等级的权限拥有的具体能力。

表 6.5　不同等级的权限拥有的具体能力

打印权限能力	打印	管理文档	管理打印机
打印文档	√	√	√
暂停、继续、重新启动以及取消用户自己的文档	√	√	√
连接打印机	√	√	√
控制所有文档的打印作业设置		√	√
暂停、重新启动打印机删除全部文档		√	√
共享打印机			√
更改打印机属性			√
删除打印机			√
更改打印机权限			√

要限制对打印机的访问，必须更改用于特定组或用户的打印机权限设置。要这样做，必须是打印机的所有者或被赋予了"管理打印机"权限，才能更改打印机上的权限。

默认情况下，建立打印机的用户就是该打印机的所有者，不管他的权限如何，他永远有更改此打印机权限的能力。Windows 允许将所有权转移到其他用户，只是必须由其他的用户自行夺取。要夺取所有权的用户必须对该打印机拥有"取得所有权"或"更改使用权限"或"管理打印机"的权限，或者是具备 Administrator 权限的用户。

将共享打印机发布到 Active directory，域内的用户在不需要知道该共享打印机位于哪一台计算机内的情况下，就可以直接通过 Active directory 来查找、访问这个打印机。

（3）管理打印机队列中的打印文档

双击打印机窗口内的打印机图标就可以管理该打印机队列中的打印文档。

课 后 活 动

1. 项目讨论

1）在域模式中，用户账户有哪几种？如何创建本地用户账户？如何创建域用户账户？如何一次新建大量用户账号？

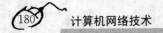

2）在域模式中，有哪几类组？

3）在校园网络中，如何进行用户组规划？

4）如何使用组和组策略来对用户账户进行统一的管理？

5）什么是 FAT 分区？什么是 NTFS 分区？同一硬盘上是否可以共存这两种分区？

2. 技能训练

假设学校已经使用申请的国际域名（gdqy.com）。对加入校园网的计算机，后缀都会加上 gdqy.com。请根据系部教师名单（或班级学生名册）对所有校内用户进行分组，并使用 Windows Server 2003 服务器平台，构建活动目录服务，在"Active Directory 用户和计算机"对话框中模拟完成用户和用户组的创建。

项目 7

配置与管理网络应用服务器

 项目教学目标

- 理解 Web、FTP、E-mail 服务的概念及其所具有的功能。
- 掌握在 Window Server 2003 平台上架设和配置 Web、FTP、E-mail 服务器的方法。
- 学会测试与应用 Web、FTP、E-mail 服务器的方法。

 技能训练目标

- 能够在 Windows Server 2003 服务器上安装 Internet Information Server 服务器。
- 能够正确配置与调试 WWW 服务器、FTP 服务器、邮件服务器。
- 能够正确测试信息服务平台，并在客户端访问服务器。

项目概述

【项目背景说明】 基于校园网的信息管理和应用系统，需要提供相应的各种应用服务，如提供学校的主页、文件传输服务和电子邮件服务等，教师在任何地方，在授权情况下可以访问校内信息和移动办公，学生进行学习课件和课后作业的上传下载；仿真地配置与管理应用服务器，这就希望安装和配置网络应用服务器，应用于实际信息发布、文件传输和邮件的收发。所以，本项目是创建应用服务器，并优化配置，用最小的代价获得最佳的性能。

【项目任务分解】 项目分解为三个基本任务：一是配置 Web 服务器，对外发布信息；二是配置 FTP 服务器，实施文件传输；三是配置 E-mail 服务器，提供邮件服务。

【项目实施结果】 利用所提供的软硬件组建网络环境，安装配置应用服务器，实现网站发布、文件上传下载及邮件收发等功能。

任务 7.1　配置 Web 服务，对外发布信息

7.1.1　Web 服务的学习性任务

1. Web 服务的基本概念

World Wide Web（也称 Web、WWW 或万维网）是 Internet 上集文本、声音、动画、视频等多种媒体信息于一身的信息服务系统，整个系统由 Web 服务器、浏览器及通信协议三部分组成。WWW 采用的通信协议是超文本传输协议（HyperText Transfer Protocol，HTTP），它可以传输任意类型的数据对象，是 Internet 发布多媒体信息的主要应用层协议。

Web 中的信息资源主要由一篇篇的网页为基本元素构成，所有网页采用超文本标记语言（HyperText Markup Language，HTML）来编写，HTML 对 Web 页的内容、格式及 Web 页中的超链接进行描述。Web 页间采用超文本（HyperText）的格式互相链接。通过这些链接可从这一网页跳转到另一网页上，这也就是所谓的超链接。

Internet 中的网站成千上万，为了准确查找。人们采用了统一资源定位器（Uniform Resource Locator，URL）来在全世界唯一标识某个网络资源。

2. Web 服务的工作原理

Web 服务器的主要功能是作为 WWW（World Wide Web）服务的服务器端，通过 HTTP 协议访问由 HTML 语言将各种信息组织起来而形成的超文本文件，使得用户可以通过浏览器从远程访问服务器上的这些超文本信息。

通常，建立和管理一台服务器是比较简单的，尤其是在 Windows Server 2003 平台上，很多 Web 服务器软件都有图形化的管理工具，这使得建立和管理 Web 服务器更加方便、快捷。

Web 服务主要用于传输文本、声音、图形、图像以及其他多媒体文件类型的文档。

每个 Web 服务器都基于客户机/服务器的工作方式。其中，客户机就是 Web 浏览器；服务器就是指 Web 服务器。也就是说，客户机和服务器都是 Web 服务的元素。客户机利用 Web 浏览器通过网络向 Web 服务器发送请求，Web 服务器通过特定的端口监听请求，服务器若能够找到请求的文档，就将请求的文档或界面传送给 Web 浏览器，浏览器对获得的文档或界面进行解析并显示；服务器若不能找到请求的文档，就将错误信息传送给 Web 浏览器。Web 浏览器从 Web 服务器获得 Web 文档或界面的过程如图 7.1 所示。

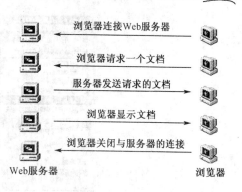

图 7.1　Web 浏览器从 Web 服务器获得 Web 文档或界面的过程

3. 配置与管理 Web 服务器

（1）安装 IIS

在 Windows Server 2003 中，Internet 信息服务（Internet Information Server，IIS）作为"应用程序服务器"的组件，具有方便的安装和管理功能，IIS 是基于 TCP/IP 的 Web 应用系统，使用 IIS 可使运行 Windows Server 2003 的计算机成为大容量、功能强大的 Web 服务器和 FTP 服务器。IIS 的具体安装步骤如下。

1）运行"控制面板"中的"添加或删除程序"，单击"添加/删除 Windows 组件"。在出现的如图 7.2 所示的安装"Windows 组件向导"对话框中，选择"应用程序服务器"，单击"详细信息"按钮。

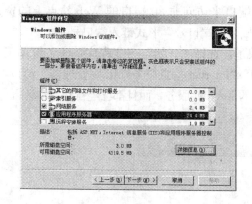

图 7.2　安装"Windows 组件向导"对话框

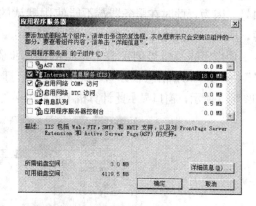

图 7.3　"应用程序服务器"对话框

2）在出现的如图 7.3 所示的"应用程序服务器"对话框中，选择"Internet 信息服务（IIS）"，单击"详细信息"按钮。

3）出现如图 7.4 所示的"Internet 信息服务（IIS）"对话框，安装 WWW 服务，选择"万维网服务"复选项；若同时安装 FTP 服务，选择"文件传输服务（FTP）协议"复选项，单击"确定"按钮开始安装，系统自动安装 WWW、FTP 组件，完成安装后，单击"开始"→"程序"→"管理工具"，会看到"Internet 信息服务管理器"一项。

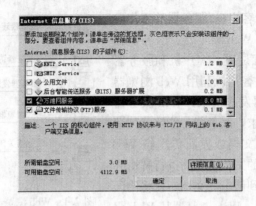

图 7.4　"Internet 信息服务（IIS）"对话框

 注意

　　有时设置好 Windows Server 2003 服务器之后，WWW、FTP 等服务仍不可用，这是因为与 2003 自身防火墙设置有关，必须在"网络属性"→"高级"选项卡中，将防火墙设置为允许用户访问本机的 WWW 服务、FTP 服务等。

（2）Web 服务器的配置

　　在网络中，一般 Web 站点的默认端口（指 TCP 端口）号是 80，当两个 Web 站点使用了相同的域名时，为了防止服务发生冲突，应指明不同的端口号，以区别于同一服务器上的不同 Web 站点，但需要注意的是，访问某些非 80 端口的 Web 站点时须指明具体的端口号。因为，此时在服务器端不能使用默认的端口来访问非 80 端口的 Web 站点上的资源，所以，在浏览器地址栏中必须以"http：//域名：端口号"形式键入端口号。

　　使用不同端口号创建多个站点的操作步骤是：选择"开始"→"程序"→"管理工具"→"Internet 信息服务（IIS）管理器"，打开"Internet 信息服务（IIS）管理器"窗口，如图 7.5 所示，窗口显示此计算机上已经安装好的 Internet 服务，而且都已经自动启动运行。

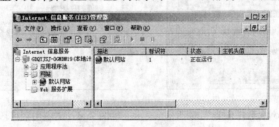

图 7.5　"Internet 信息服务（IIS）管理器"窗口

　　1）使用 IIS 的默认站点。

　　将制作好的主页文件（HTML 文件）复制到 \ Inetpub \ wwwroot 目录。该目录是安装程序为默认 Web 站点预设的发布目录。将主页文件的名称改为 default. htm。IIS 默认要打开的主页文件是 default. htm 或 default. asp，而不是一般常用的 index. htm。完成这两个步骤后，打开本机或客户机浏览器，在地址栏中输入此计算机的 IP 地址或主机的 FQDN 名字（前提是 DNS 服务器中有该主机的 A 记录）来浏览站点。此时会弹出连接服务器的对话框，要求输入用户名和密码。这是由于在 Windows Server 2003 中，默认网站的访问集成了 Windows 身份验证。正确输入用户名和密码，测试 Web 服务器是否安装成功，WWW 服务是否运行正常。

站点开始运行后，如果要维护系统或更新网站数据，可以暂停或停止站点的运行，完成上述工作后，再重新启动站点。

2）添加新的 Web 站点。

打开如图 7.5 所示"Internet 信息服务（IIS）管理器"窗口，右击网站，在弹出的菜单中选择"新建"→"网站"，出现"网站创建向导"，单击"下一步"按钮继续。在"网站说明"文本框中输入说明文字，单击"下一步"按钮继续，出现如图 7.6 所示的对话框，输入新建 Web 站点的 IP 地址和 TCP 端口地址。如果通过主机头文件将其他站点添加到单一 IP 地址，必须指定主机头文件名称。单击"下一步"按钮，出现如图 7.7 所示的对话框，输入站点的主目录路径，然后单击"下一步"按钮。

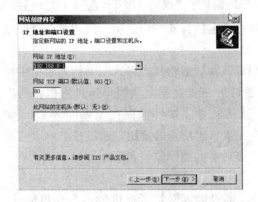

图 7.6 输入 IP 地址和 TCP 端口号

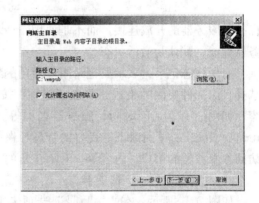

图 7.7 输入主目录路径

在如图 7.8 所示的对话框中设置网站访问权限，一般要选取"读取"属性，但为了支持脚本语言，如 ASP，还需选择"运行脚本"选项。为保证网站安全，建议不要选取"写入"选项。单击"下一步"按钮完成设置。

（3）Web 服务器的管理

Web 站点建立好之后，可以通过"Microsoft 管理控制台"进一步来管理及设置 Web 站点。

选择"开始→程序→管理工具→Internet 信息服务（IIS）管理器"，打开"Internet 信息服务（IIS）管理器"窗口，在所管理的网

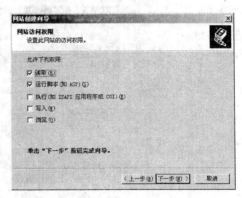

图 7.8 设置网站访问权限

站上，右击选择"属性"菜单项，进入该站点的"属性"对话框，如图 7.9 所示。

1）设置"网站"选项卡。

如图 7.9 所示，在"网站"选项卡中，主要设置网站标识、连接、启用日志记录

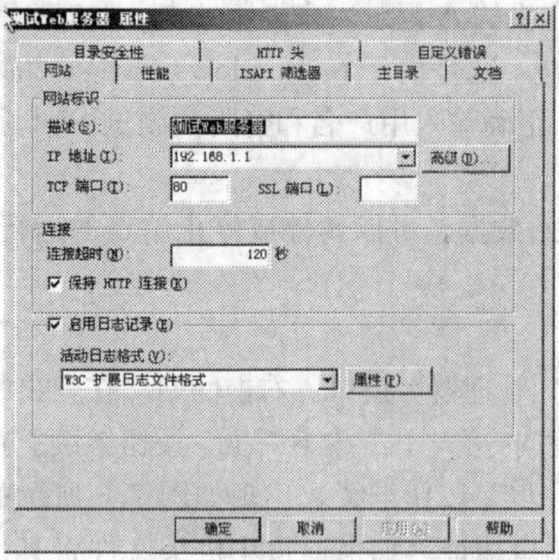

图 7.9 "测试 Web 服务器属性"对话框

等，主要有以下内容。

描述：在"说明"文本框中输入对该站点的说明性文字，用它表示站点名称。这个名称会出现在 IIS 的树状目录中，通过它来识别站点。

IP 地址：设置此站点使用的 IP 地址，如果构架此站点的计算机中设置了多个 IP 地址，可以选择对应的 IP 地址。若站点要使用多个 IP 地址或与其他站点共用一个 IP 地址，则可以通过"高级"按钮设置。

TCP 端口：确定正在运行的服务的端口。默认情况下公认的 WWW 的端口为 80。

连接："连接超时"设置服务器断开未活动用户的时间；"保持 HTTP 连接"允许客户保持与服务器的开放连接，而不是使用新请求逐个重新打开客户连接，禁用则会降低服务器性能，默认为激活状态。

启用日志记录：表示要记录用户活动的细节，在"活动日志格式"下拉列表框中可选择日志文件使用的格式。单击"属性"按钮可进一步设置记录用户信息所包含的内容，如用户 IP、访问时间、服务器名称等。默认的日志文件保存在 \ windows \ system32 \ logfiles 子目录下。良好的管理习惯应注重日志功能的使用，通过日志可以监视访问本服务器的用户、内容等，对不正常的连接和访问加以监控和限制。

2) 设置"主目录"选项卡。

如图 7.10 所示，在"主目录"选项卡上，可以设置网站所提供的内容来自何处，内容的访问权限以及应用程序在此站点的执行许可。

图 7.10 属性页"主目录"选项卡

执行权限：设置对该站点或虚拟目录资源进行何种级别的程序执行。"无"只允许访问静态文件，如 HTML 或图像文件；"纯脚本"只允许运行脚本，如 ASP 脚本；"脚本和可执行程序"可以访问或执行各种文件类型，如服务器端存储的 CGI 程序。

应用程序池：选择运行应用程序的保护方式。可以是与 Web 服务在同一进程中运行（低），与其他应用程序在独立的共用进程中运行（中），或者在与其他进程不同的独立进程中运行（高）。

3）设置"性能"选项卡。

带宽限制：如果计算机上设置了多个 Web 站点，或是还提供其他的 Internet 服务，如文件传输、电子邮件等，那么就有必要根据各个站点的实际需要，来限制每个站点可以使用的带宽。要限制 Web 站点所使用的带宽，只要选择"限制网站可以使用的网络带宽"选项，在"最大带宽"文本框中输入设置数值即可。

网站连接："不受限制"表示允许同时发生的连接数不受限制；"连接限制为"表示限制同时连接到该站点的连接数，在文本框中键入允许的最大连接数。

4）设置"文档"选项卡。

启动默认内容文档：默认文档可以是 HTML 文件或 ASP 文件，当用户通过浏览器连接至 Web 站点时，若未指定要浏览哪一个文件，则 Web 服务器会自动传送该站点的默认文档供用户浏览。例如，我们通常将 Web 站点主页 default. htm、default. asp 和 index. htm 设为默认文档，当浏览 Web 站点时会自动连接到主页上。如果不启用默认文档，则会将整个站点内容以列表形式显示出来供用户自己选择。

启用文档页脚：选择此项，系统会自动将一个 HTML 格式的页脚附加到 Web 服务器所发送的每个文档中。页脚文件不是一个完整的 HTML 文档，只包括需要用于格式化页脚内容外观和功能的 HTML 选项卡。

5）设置"目录安全性"选项卡。

在"目录安全性"选项卡中，单击"身份验证和访问控制"中的"编辑"按钮，弹出如图 7.11 所示对话框。在该对话框中可以设置启用匿名访问或设置匿名访问使用的用户名和密码。另外，还可以设置以什么样的身份验证方法来访问页面。

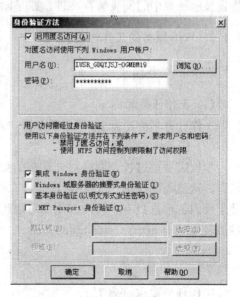

图 7.11 "身份验证方法"对话框

在"目录安全性"选项卡中，单击"IP 地址和域名限制"中的"编辑"按钮，弹出如图 7.12 所示的对话框。这里，设定客户访问 FTP 站点的范围，其方式为：授权访问和拒绝访问。

授权访问：开放访问此站点的权限给所有用户，并可以在"下列例外"列表中加入不受欢迎的用户 IP 地址。

拒绝访问：不开放访问此站点的权限，默认所有人不能访问该站点，在"下列例

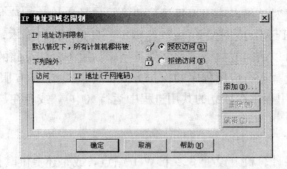

图 7.12　"IP 地址和域名限制"对话框

外"列表中加入允许访问站点的用户 IP 地址，使它们具有访问权限。

合理地设置"授权访问"和"拒绝访问"可以有效提高 WWW 服务器的安全。当服务器只供内部用户使用时，设置适当的"授权访问"IP 地址列表，可以保护服务器不受外部的攻击。

6）设置"HTTP 头"选项卡。

在"HTTP 头"选项卡中，如果选择了"启用内容过期"选项，便可进一步设置此站点内容过期的时间，当用户浏览此站点时，浏览器会对比当前日期和过期日期，来决定显示硬盘中的网页暂存文件，或是向服务器要求更新网页。

7.1.2　Web 服务的工作性任务

1. 工作任务描述

（1）工作任务名称

工作任务名称：配置 Web 服务器，对外发布信息。

（2）任务内容提要

学校需要通过校园网络对外发布信息，以便向学校内部和外部发布需要广而告之的信息。这就需要使用 Windows Server 2003 中 IIS 组件，规划、配置、管理 Web 站点，使学校内部信息只有学校内部用户可以访问，并指定通过不同的域名地址访问。可访问的域名地址为 http://www.gdqy.com、http://jsj.gdqy.com 等。

2. 工作任务要求

工作任务要求见表 7.1。

表 7.1　工作任务要求

栏目	要求
任务目标	配置 Web 服务器,对外发布信息
工作活动内容	配置并发布 Web 服务器,并通过网络访问该 Web 服务器
学习情境与工具	网络实训室或学生宿舍,制作好 RJ-45 水晶头的 UTP 五类双绞线、安装 Windows Server 2003 的服务器和安装 Windows XP 的客户机

续表

栏目	要求
工作任务	1）安装与配置 DNS 服务、IIS 服务 2）配置 Web 服务器 3）客户端通过浏览器域名访问所建 Web 服务器
相关知识点	简单的网页制作、DNS 的工作原理、浏览器的工作原理、Web 服务器的工作原理
工作过程分解	1）配置 DNS 服务器，使其域名与 IP 地址对应 2）设计制作一个学校信息网页，放在指定的文件夹之中 3）安装 IIS，配置 Web 服务器，包括 IP 地址、端口号、默认文档、安全等设定 4）使用 IP 地址测试网站 5）使用域名访问测试网站
工作记录	工作过程中记录的数据和所收集的资料
完成任务的成果	Web 对外服务的报告，包括完成任务的工作过程和结果、出现的问题和解决方法，以及完成任务的心得和对实际工作的指导意义

3. 完成任务的条件和参考步骤

（1）完成任务的工作环境

图 7.13 所示为一个安装了 Windows Server 2003 操作系统的网络环境。要求至少有一台工作站和一台服务器，工作站上安装了 Windows 2000 Professional 操作系统。同时，准备有 Windows Server 2003 和 Windows 2000 Professional 的 ISO 文件或安装光盘。

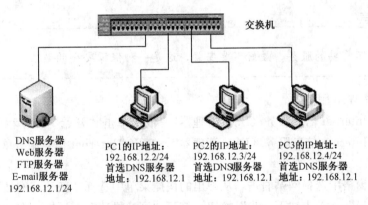

图 7.13 网络连接示意图

📺 注意

为了充分发挥服务器的潜力或节省开支，我们将 DNS 服务器和 Web 服务器合而为一，从而一台计算机执行几种网络服务器功能。服务器本身必须采用固定的 IP 地址，这里我们定义一个静态的 IP 地址 192.168.12.1。客户机 IP 地址设置为自动获取 IP 地址。

配置 Web 服务器前，先用记事本或 Macromedia Dreamweaver 制作一个简单的网页，放在一个新建的文件夹（如文件夹 c:\ pszhang）中，命名为网页文件（如 index. htm）。这样，后面就能在 IIS 中发布这个网站，方便进行测试。

（2）完成任务的参考步骤

1）配置 DNS 服务器。

单击"开始"→"程序"→"管理工具"→"DNS"，打开"DNS 管理控制台"，右击"正向搜索区域"，单击"新建区域"菜单命令，单击"下一步"按钮，选择"主要区域"，单击"下一步"按钮，输入区域名称"pszhang. net"，单击"下一步"按钮，创建新文件，文件名采用默认名"pszhang. net. dns"，单击"下一步"按钮，选择"不允许动态更新"，单击"下一步"按钮，单击"完成"按钮返回。然后再右击新出现的"pszhang. net"，选择"新建→主机"，依次输入主机名称和 IP 地址，单击"添加主机"，如"www，192.168.0.1"、"ftp，192.168.0.1"、"mail，192.168.0.1"，单击"完成"按钮，关闭"DNS 管理控制台"。经过这样配置后，域 www. pszhang. net、ftp. pszhang. net、mail. pszhang. net 均与 IP 地址 192.168.12.1 对应。

2）安装 IIS。

在"控制面板"中选择"添加/删除程序"，单击"添加/删除 Windows 组件"，选中"Internet 信息服务（IIS）管理器"的"详细信息"清单，安装 WWW 服务，选择"万维网服务"复选项；若同时安装 FTP 服务，选择"文件传输服务（FTP）协议"复选项，单击"确定"→"下一步"按钮，开始 IIS 系统文件的安装。此过程中会要求插入 Windows 安装光盘。

注 意

对于不需要的服务，最好不要安装，这是一种保障安全的做法。

3）配置 Web 服务器。

启动"Internet 信息服务（IIS）管理器"。依次单击"开始"→"程序"→"管理工具"→"Internet 信息服务（IIS）管理器"，打开"Internet 信息服务（IIS）管理器"对话框。

在左侧窗格中选择网站右击，从弹出的快捷菜单中选择"新建→网站"启动"Web 站点创建向导"→单击"下一步"按钮，打开"网站描述"对话框，在"描述"文本框中输入说明性信息→单击"下一步"按钮，打开"IP 地址和端口设置"对话框，在"网站 IP 地址"下拉列表框中选择网站使用 IP 地址，在"网站 TCP 端口"文本框输入该网站所用的 TCP 端口号（默认值为 80），单击"下一步"按钮。打开"网站主目录"对话框，输入或利用"浏览"加入主目录的路径，单击"下一步"按钮。打开"网站访问权限"对话框，设置站点访问权限，一般取默认值即可。单击"下一步"，在已经完成的提示页面上单击"完成"按钮，基本完成单个网站 Web 服务器配置。

4）管理 Web 服务器。

单击"开始"→"程序"→"管理工具"→"Internet 信息服务（IIS）管理器"，

右击"默认网站",单击"属性"按钮,出现"默认网站属性"对话框。单击"主目录"选项卡,Web 文档的主目录路径默认是"c:\ inetpub \ wwwroot"。修改其默认路径,如 c:\ pszhang。将之前所制作的网页放在 c:\ pszhang 下,单击"目录安全性"选项卡,设置是否允许匿名访问站点,限制访问站点的用户的 IP 地址或域名。默认情况下,允许匿名访问,不限制用户 IP 地址,进行其他默认文档设置。

单击"文档"选项卡,单击"添加"按钮将之前网页的文档名字添加到默认文档列表中。

4. 任务测试与验收

(1) 对 Web 服务器使用 IP 地址测试网站

在客户机上 ping Web 服务器的 IP 可以通。在客户机上打开 IE,在 IE 地址栏中输入 192.168.12.1,应该看到网页。

注意

客户机与 Web 服务器要在同一个网段上。

(2) 对 Web 服务器使用域名访问测试网站

1) 在客户机上输入 http://www.pszhang.net/,没有指定要获取的文档,IIS 查找默认文档,并将其返回给客户端。网站的默认文档(也叫网站的主页)要全名输入,文件的扩展名必须是 .htm 或 .html 或 .asp 等,而不能是 .txt 或 .doc。

注意

在"网站属性"窗口中选择"文档"选项卡,单击"添加"按钮添加默认文档,如 index.htm,将该名字添加到默认文档列表中。

2) 默认情况下,默认 Web 站点的 TCP 端口号为 80,分别用 http://www.pszhang.net/和 http://www.pszhang.net:80/浏览网站主页,做一比较。然后修改其端口为 8080,使用 http://www.pszhang.net:8080/测试。

3) 在 c:\ pszhang 下放入一个 index.asp 文件,再次浏览 http://www.pszhang.net/查看结果。再添加一个 Web 站点,名称为 music,可将其 TCP 端口号设为 88 或者其他数字。用 http://www.pszhang.net:88/测试是否浏览 music 文件夹中的主页文档。

注意

网站的主目录设置正确。(主目录就是网页所在的文件夹)

5. 超越与提高

学校有计算机系、电子系和管理系三个系部,需要为三个系部分别创建三个网站,学校内的用户通过 http://jsj.pszhang.net 访问计算机系首页,通过 http://dzx.pszhang.net 访问电子系首页,通过 http://glx.pszhang.net 访问管理系首页。

假设你作为学校网络管理员,已经将计算机系的网页文档放在 Web 服务器的 c:\jsjweb 文件夹中,其中主页文档为 index1.htm;电子系的网页文档放在 Web 服务器的 c:\dzxweb 文件夹中,其中主页文档为 index2.htm;管理系的网页文档放在 Web 服务器的 c:\glxweb 文件夹中,其中主页文档为 index3.htm。现在需要你负责创建这些网站,保证学校内的用户能够访问这些网站内容。

希望你采用一机多站实现。一机多站就是在一台计算机上实现多个不同的网站。参考方法如下。

(1) 第一种方法:一个 IP 地址多个端口,表示多个网站

首先一个一个网站的建立,建立网站的方法是:右击计算机名,"新建"→"网站",设置主目录与默认文档。然后在各个网站的属性中选择不同的端口。比如,第一个网站是 80 号端口,第二个网站是 800 号端口,第三个网站是 8000 号端口。在每个网站更改了端口号之后,要启动相应的网站,方法是:右击网站名,"启动"快捷菜单。

在客户机的测试是在 IE 地址栏中输入:

测试第一个网站,输入"192.168.12.1 或 http://www.pszhang.net/";

测试第二个网站,输入"192.168.12.1:800 或 http://www.pszhang.net:800/";

测试第三个网站,输入"192.168.12.1:8000 或 http://www.pszhang.net:8000/"。

思考:为什么第一个网站不用输入端口号?

(2) 第二种方法:多个 IP 地址对应多个网站(即一个 IP 地址对应一个网站)

首先在网卡的 TCP/IP 属性中绑定多个 IP 地址,如有三个网站,就有三个 IP 地址,假如分别为:192.168.12.1/24,192.168.12.2/24,192.168.12.3/24。

绑定多个 IP 地址的方法是:右击"本地连接"→"属性"→TCP/IP→"属性"→"常规",设置第一个 IP 地址为 192.168.12.1,单击"高级"→"添加"按钮,相应地输入"192.168.12.2",子网掩码为 255.255.255.0,单击"添加"按钮,用同样办法输入"192.168.12.3"。

配置三个网站,在每个网站的属性中选择相应的 IP 地址,如计算机系的网站选择 192.168.12.1,电子系的网站选择 192.168.12.2,管理系的网站选择 192.168.12.2。在每个网站更改 IP 地址后,也要启动相应的网站。

在客户机的测试是在 IE 地址栏中输入:

测试第一个网站,输入"192.168.12.1";

测试第二个网站,输入"192.168.12.2";

测试第三个网站,输入"192.168.12.3"。

如果此种方法是在第一种方法的基础上做的,则记住要把所有的网站的端口号都改为 80 号端口。

(3) 第三种方法:一个 IP 地址多个主机头,表示多个网站

这种方法要与 DNS 服务器配合起来使用。什么是主机头呢?就是形如:www.pszhang.net,www.pszhang.com 之类的。现在假设计算机系网站对应的主机头是 www.pszhanga.net,电子系网站对应的主机头是 www.pszhangb.net,管理系网站

对应的主机头是 www. pszhangc. net。

先在 DNS 服务器中建立三个域，pszhanga. com，pszhangb. com，pszhangc. com，然后分别在这三个域中添加三个主机记录 www. pszhanga. net，www. pszhangb. net，www. pszhangc. net。它们对应的 IP 地址都是 192. 168. 1. 1。

配置三个网站，在每个网站的属性中选择"主机头值"，输入相应的主机头名。在每个网站更改主机头值之后，也要启动相应的网站。

测试方法：在客户机上设置好本机的 IP 地址和 DNS 服务器的 IP 地址，在 IE 地址栏中输入每个网站的主机头名：

测试第一个网站，输入"www. pszhanga. net"；

测试第二个网站，输入"www. pszhangb. net"；

测试第三个网站，输入"www. pszhangc. net"。

任务 7.2　配置 FTP 服务器，实施文件传输

7.2.1　配置 FTP 服务器的学习性任务

1. FTP 基本概念

FTP（File Transfer Protocol，文件传送协议）是重要的 Internet 协议之一，FTP 协议是 Internet 文件传输的基础，通过 FTP 协议；用户可以从一个 Internet 主机登录另一个 Internet 主机进行文件的上传（Upload）和下载（Download）。FTP 曾经是 Internet 中的一种重要的交流方式。在 Internet 上存在有许多 FTP 服务器，往往存储了许多允许存取的文件，如文本文件、图像文件、程序文件、声音文件、电影文件等。网络用户可以从服务器中下载文件，或者将客户机上的资源上传至服务器。

2. FTP 工作原理

与大多数 Internet 服务一样，FTP 服务也采用客户机/服务器模式。用户通过一个支持 FTP 协议的客户端程序，连接到远程主机上的 FTP 服务器程序。用户通过一个客户机程序向服务器程序发出命令，服务器程序执行用户所发出的命令，并将执行的结果返回到客户机。

客户端和服务器之间建立连接时必须各自打开一个 TCP 端口才能进行 TCP 连接。FTP 服务器默认预置了两个端口 20 和 21。其中，端口 20 只有在发生数据传输时才打开，用来发送和接收 FTP 数据，传输结束立即断开；端口 21 始终保持打开状态。当 FTP 客户端激发了 FTP 服务后，就动态分配自己的端口，端口号的分配范围是 1024~65535。FTP 工作的过程如图 7.14 所示。

FTP 的具体流程如下。

图 7.14　FTP 工作过程

1）FTP 客户端程序向远程的 FTP 服务器申请建立连接。

2）FTP 服务器的 21 号端口监听到 FTP 客户端的请求后给出应答信息并与客户端程序打开的一个控制端口建立会话连接。

3）传输数据时，客户端打开一个新数据端口，连接到 FTP 服务器的 20 端口上进行文件传输，完毕后马上断开连接并释放 20 端口。

4）当连接空闲超时后，FTP 会话自行终止连接或由客户端或 FTP 服务器强行断开连接。

3. 配置 FTP 站点

在 Windows Server 2003 中配置 FTP 服务器需要安装 IIS，其安装方法请参见 Web 服务的学习性任务中的内容。

FTP 服务器安装好后，在服务器上有专门的目录供网络用户访问、存储下载文件、接收上传文件，合理设置站点有利于提供安全、方便的 FTP 服务。

通过"开始"→"程序"→"管理工具"→"Internet 信息服务（IIS）管理器"，打开"Internet 信息服务（IIS）管理器"窗口，如图 7.15，显示此计算机上已经安装好的 Internet 服务，而且都已经自动启动运行，其中有一个是默认 FTP 站点。

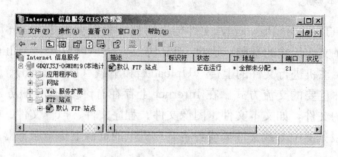

图 7.15　显示已安装的 Internet 服务

（1）设置 IIS 默认的 FTP 站点

建立 FTP 站点最快的方法，就是直接利用 IIS 默认建立的 FTP 站点，即把可供下载的相关文件，分门别类地放在该站点默认的 FTP 根目录＼interpub＼ftproot 下。当然，如果在安装时将 FTP 的发行目录设置成其他的目录，需要将这些文件放到所设置的目录中。

例如，直接使用 IIS 默认建立的 FTP 站点，将可供下载的文件直接放在默认根目录＼interpub＼ftproot 下，完成这些操作后，打开本机或客户机浏览器，在地址栏中输入 FTP 服务器的 IP 地址或主机的 FQDN 名字（前提是 DNS 服务器中有该主机的记录），就可以以匿名的方式登录到 FTP 服务器，根据权限的设置进行文件的上传或下载。

（2）添加及删除站点

IIS 允许在同一部计算机上同时构架多个 FTP 站点，添加站点时，先在树状目录选取"FTP 站点"，再执行"操作"→"新建"→"FTP 站点"菜单命令，便会运行

FTP 安装向导，向导会要求输入新站点的 IP 地址、TCP 端口、存放文件的主目录路径（即站点的根目录），以及设置访问权限。除了主目录路径一定要指定外，其余设置可保持默认设置。

删除 FTP 站点，先选取要删除的站点，再执行"删除"命令即可。一个站点若被删除，只是该站点的设置被删除，而该站点下的文件还是存放在原先的目录中，并不会被删除。

4. FTP 站点的管理

FTP 站点建立好之后，可以通过"Microsoft 管理控制台"进一步来管理、设置 FTP 站点，站点管理工作既可以在本地进行，也可以远程管理。

（1）本地管理

通过"开始"→"程序"→"管理工具"→"Internet 信息服务（IIS）管理器"，打开"Internet 信息服务（IIS）管理器"窗口，在要管理的 FTP 站点上单击鼠标右键，选择"属性"菜单命令，出现如图 7.16 所示对话框。

图 7.16 "FTP 站点属性"对话框　　　图 7.17 FTP 站点"安全账号"属性设置

1）设置"FTP 站点"选项卡。

IP 地址：设置此站点的 IP 地址，即本服务器的 IP 地址。如果服务器设置了两个以上的 IP 地址，可以任选一个。FTP 站点可以与 Web 站点共用 IP 地址以及 DNS 名称，但不能设置使用相同的 TCP 端口。

TCP 端口：FTP 服务器默认使用 TCP 协议的 21 端口，若更改此端口，则用户在连接到此站点时，必须输入站点所使用的端口。例如，使用命令 ftp 192.168.1.1:8021，表示连接 FTP 服务器的 TCP 端口为 8021。连接限制为、连接超时、启动日志等设置参见 WWW 服务器配置。

2）设置"安全账户"选项卡。选择"安全账户"选项卡，出现如图 7.17 所示的对话框。

允许匿名连接：FTP 站点一般都设置为允许用户匿名登录，除非想限制只允许 Server 管理的用户登录使用。在安装时系统自动建立一个默认匿名用户账号："IUSR_

COMPUTERNAME"。注意用户在客户机登录 FTP 服务器的匿名用户名为"anony-mous",并不是上边给出的名字。

只允许匿名连接：选择此项，表示用户不能用私人的账号登录。只能用匿名登录 FTP 站点，可以用来防止具有管理权限的账号通过 FTP 访问或更改文件。

3）设置"消息"选项卡。在此选项卡中，可以设置一些类似站点公告的信息，如用户登录后显示的欢迎信息等。

4）设置"主目录"选项卡。在此选项卡上，可以设置提供网络用户下载文件的站点是来自于本地计算机，还是来自于其他计算机共享的文件夹。

选择此计算机上的目录，还需指定 FTP 站点目录，即站点的根目录所在的路径。选择另一计算机上的共享位置，需指定来自于其他计算机的目录，单击"连接为"按钮，设置一个有权访问该目录的 Windows Server 2003 域用户账号。

对于站点的访问权限可进行几种复选设置。

读取：即用户拥有读取或下载此站点上的文件或目录的权限。

写入：即允许用户将文件上载至此 FTP 站点目录中。

记录访问：如果此 FTP 站点已经启用了日志访问功能，选择此项，则用户访问此站点文件的行为就会以记录的形式被记载到日志文件中。

5）设置"目录安全性"选项卡。在此选项卡中可以设定客户访问 FTP 站点的范围，其方式为授权访问和拒绝访问。

授权访问：对所有用户开放此站点的访问权限，并可以在"下列地址例外"列表中加入不受欢迎的用户 IP 地址，将他们排除在外。

拒绝访问：关闭此站点的访问权限，默认所有人都不能访问该 FTP 站点，在"下列地址例外"列表中加入允许访问站点的用户 IP 地址，使它们具有访问权限。

利用"添加"、"删除"或"编辑"按钮来增加、删除或更改"下列计算机例外"列表中的内容，可选择"单机"模式，即直接输入 IP 地址，或者单击"DNS 查找"按钮，输入域名称，让 DNS 服务器找出对应的 IP 地址。选择"一组计算机"，在网络标识栏中输入这些计算机的网络标识，在子网掩码中输入这一组计算机所属子网的子网掩码，即确定某一逻辑网段的用户属"例外"范围。

（2）远程管理

FTP 服务器可利用 Internet 服务管理器，远程管理其他计算机上的 FTP 站点或通过浏览器启动 Internet 服务管理器（HTML）远程管理。Web 站点也可以使用这种方法管理。

7.2.2 配置 FTP 服务器的工作性任务

1. 工作任务描述

（1）工作任务名称

工作任务名称：配置 FTP 服务器，实施文件传输。

（2）任务内容提要

为了满足师生的电子课件下载和课后作业上传的需求，校园网络需要构建 FTP 站点，实现文件传输服务，以便让教师和学生方便地上传、下载文件。

校园网FTP站点的需求为：对于共享资源，师生均可读取访问；对于教师资料，只有教师可以读取/修改，学生无权访问；对于班级数据，只有各自专业的学生才能以读取/写入的方式访问各自专业的文件夹，相互之间不能以任何方式访问，但班主任和学生干事有权以读取的方式访问。

为了实现上述需求，就得架设FTP站点，并使用域名和用户名进行访问测试。

2. 工作任务要求

工作任务要求见表7.2。

表7.2 工作任务要求

栏目	要求
任务目标	配置FTP服务器，进行文件传输
工作活动内容	校园网络需要提供文件传输功能，实现师生能够从FTP服务器上传、下载电子课件和课后作业等
学习情境与工具	网络实训室或学生宿舍，制作好RJ-45水晶头的UTP五类双绞线、安装Windows Server 2003的服务器和安装Windows XP的客户机
工作任务	1) 安装与配置DNS服务、IIS服务 2) 配置支持文件传输的FTP服务器 3) 客户机通过浏览器或第三方软件实现文件的上传和下载
相关知识点	DNS服务器安装与配置、FTP协议、FTP服务器的工作原理、用户访问权限
工作过程分解	1) 安装与配置DNS服务器 2) 使用IIS和第三方软件安装与配置FTP服务器 3) 对文件夹拥有完全控制权，管理FTP站点文件夹的内容 4) 客户机使用域名登录FTP服务器测试文件上传和下载。不同用户拥有不同权限，如为学生提供文件下载服务，但不能上传；对有特殊要求的教师提供文件上传功能
工作记录	工作过程中记录的数据和所收集的资料
完成任务的成果	FTP上传、下载的实训报告，包括完成任务的工作过程和结果、出现的问题和解决方法，以及完成任务的心得和对实际工作的指导意义

3. 完成任务的条件和参考步骤

(1) 完成任务的基本条件
请参见Web服务的工作性任务中的内容。

(2) 完成任务的参考步骤

1) 将服务器和客户机连接成一个局域网，在Windows Server 2003服务器上安装IIS。

2) 创建虚拟目录。打开"Internet服务（IIS）管理器"窗口→右击"默认FTP站点"，单击"新建"→"虚拟目录"，出现"虚拟目录创建向导"对话框。单击"下一步"按钮，设置站点的别名，如"GDQYFTP"，单击"下一步"按钮，设置虚拟目录路径，浏览或输入本地目录。单击"下一步"按钮，设置对虚拟目录的访问权限。单击

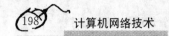

"下一步"按钮,完成虚拟目录的创建。

3) FTP 服务器的配置。打开"Internet 信息服务(IIS)"管理器窗口,右击"默认 FTP 站点",选择"属性"选项,打开"默认 FTP 站点",出现话框。对话框中有五个选项卡:FTP 站点(设置 TCP 端口号是 21,在连接栏,根据系统的容量和带宽,限制连接的数量);安全账号(用户登录方式设置为"匿名登录");消息(设置 FTP 站点登录和退出消息);主目录(FTP 站点的内容位置可以来自于本机或共享目录,有读取、写入和日志访问三项限制);目录安全性(限制访问站点的 IP 地址,如拒绝访问的 IP 地址是 192.168.12.16)。

右击"默认 FTP 站点",在弹出的菜单中选择启动、停止或暂停服务器的 FTP 服务。

4. 任务测试与验收

为了测试 FTP 服务器是否正常工作,可选择一台客户机登录 FTP 服务器进行测试,首先保证 FTP 服务器的 FTP 发布目录下存放有文件,可供下载。在这里,我们选择使用 Web 浏览器作为 FTP 客户程序。

在客户机上配置好 IP 地址,然后在 Internet Explorer 地址栏中,输入协议和 IP 地址(ftp://192.168.1.1),或者输入协议和域名(ftp://ftp.pszhang.net/),就可以连接到 FTP 站点。注意:前面的协议是 FTP 了,而不再是我们熟悉的 HTTP 协议了。对用户来讲,与访问本地计算机磁盘上的文件夹一样。双击文件,就可以打开文件。右击文件名,然后选"复制到文件夹",弹出"浏览文件夹"对话框,选择文件保存的路径,单击"确定"按钮就可以将文件下载到本地指定文件夹内。

如果匿名用户被允许登录,则使用 ftp://ftp.pszhang.net 匿名方式登录;如果匿名不被允许,则会弹出窗口,等待输入用户名和密码。那就需要指定用户名进行 FTP 服务器登录,如在客户机上使用 ftp://用户名@ftp.pszhang.net 登录,测试 FTP 服务器。

5. 超越与提高

下面说明通过 IIS 中的 FTP 组件,配合花生壳动态域名解析软件来提供 FTP 服务。

(1) 安装 Windows Server 2003 IIS 中的 FTP 组件

单击控制面板→"添加/删除程序"→"Windows 组件向导"→"应用程序服务器"→"Internet 信息服务(IIS)"→"文件传输协议(FTP)服务"。在选定需要安装的服务后安装向导会提示需要插入 Windows Server 2003 光盘,这时插入安装盘,按照提示完成 IIS 中 FTP 的安装。

(2) 建立网络通信部分,为所建立的 FTP 服务设置动态域名解析服务配置

1) 下载花生壳动态域名解析软件并安装。

2) 运行花生壳软件,单击"注册新护照",根据弹出的注册护照窗口提示进行注册。注册新护照完成后,使用所注册的护照名称和密码填入花生壳软件中进行登录。

3) 申请一个免费域名作为访问 FTP 服务的"网址",登录 oray 网站"域名中

心"→"注册域名"→"免费域名"→"注册选定免费域名"即可。

4）根据提示激活上一步所申请的免费域名花生壳动态 DNS 服务。这时候，花生壳软件已经在线了，我们所申请的免费域名已经绑定到当前的公网 IP 地址，可以通过所申请的域名直接访问到当前公网 IP 了。

（3）配置 FTP 服务器

打开"控制面板"→"管理工具"→"Internet 信息服务（IIS）管理器"→"FTP 站点"。我们看到在 FTP 站点里面没有任何的子站或虚拟站点，这时需要下一步配置。

在 IIS FTP 组件中，FTP 的每一个站点只能对应一个端口、每一个站点只能对应一个全局目录。权限顺序可理解为站点优先于虚拟路径，如果需要建立匿名访问的 FTP 服务和需要认证的 FTP 服务，恐怕需要建立两个站点，使用两个不同的端口了。

首先我们建立一个需要认证的 FTP 站点，登录 FTP 服务时需要认证才能与 FTP 服务器取得信任连接。进入"控制面板"→"管理工具"→"计算机管理"→"本地用户和组"→"用户"。在这里新建两个用户分别为"test"、"test1"，不需要赋予任何权限，建立后即完成建立用户过程。

进入"Internet 信息服务（IIS）管理器"，设置默认 FTP 站点属性。

在安全账户中不选中"允许匿名连接"；否则，任何人都可以通过 FTP 连接你的全局目录。

全局目录中的 FTP 站点目录选择到对外服务文件目录的上级目录，如果你不想这个站点下的子站点有写入权限，那么写入权限不需要选中。如果此站点下有一个子站点需要有写入权限，那么全局站点 FTP 权限必须给予写入，如果觉得不安全，那么可以把 FTP 目录数据转移到一个空的分区或者下级目录。例如，test 和 test1 账号分别对应 D:\ TEST、D:\ TEST1 目录，那么 FTP 全局站点目录必须为 D:\ 。

现在，FTP 服务接口已经能够提供文件传输服务，但实际上没有用户可以从你的 FTP 进入获得资源。我们需要把刚才建立的 test 和 test1 用户分别对应到 FTP 目录。

为什么 FTP 没有可以设置账号的地方，只可以设置匿名或非匿名？其实是可以的，不过需要一点窍门。右击 FTP 默认站点→新建→虚拟目录→虚拟目录别名输入 test→选择 test 对应的访问目录并给予权限→完成。这里，虚拟目录别名就是用户登录名称，对应着用户表中的用户。我们可以通过系统建立 FTP 用户来对应不同站点的 FTP 子站点目录。当然，一个用户是可以对应多个路径的，这点我们需要使用 FSO 权限进行控制。

使用同样的方法，把 test1 用户通过创建虚拟目录方式对应到 FTP 目录的 D:\ TEST1 中。我们已经完成了整个 IIS FTP 组件搭建的过程，下面来测试 FTP 服务器。

在测试过程中为了方便，使用 Windows Server 2003 自带的 FTP 命令进行测试，如图 7.18 所示。

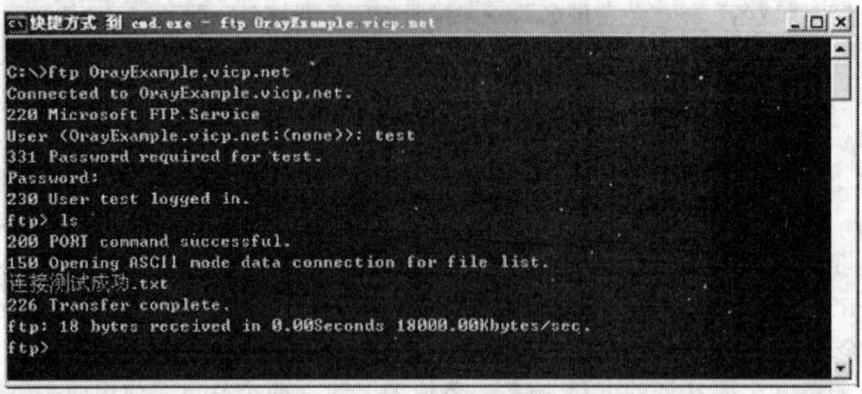

图 7.18　使用 Windows Server 2003 自带的 FTP 命令测试

任务 7.3　配置 E-mail 服务器，提供邮件服务

7.3.1　配置 Email 服务器的学习性任务

1. 电子邮件服务

电子邮件（Electronic Mail，E-mail）是指用户利用计算机网络相互交换电子媒体信件，进行通信、联络的一种方式。它是随着计算机网络的发展而诞生的。由于它一开始就受到人们的欢迎，因此，后来出现的每一种网络体系，包括局域网和广域网在内，通常都有自己的电子邮件系统。由于 E-mail 系统可以跨越不同的网络，联系 Internet 网上的用户，与传统的通信手段相比，电子邮件服务具有以下优势。

1）速度快：以发送一个越洋邮件为例，几秒钟即到，明显优于传统邮件。

2）使用方便：利用计算机程序编辑、整理、发送或收取邮件。

3）操作简单；可以同时向多个收信人发送同一信件，传输包括文本、声音、影像、图形在内的多种信息。还可由计算机程序自动对来信进行处理。

4）价格低廉：不仅节省办公用纸，对远距离的传输更为经济。

2. 电子邮件相关协议

电子邮件相关协议分为两类：一类定义邮件报文格式，另一类定义邮件传输的标准。这样，就可以方便地建立起一个电子邮件的网关，连通 TCP/IP 网络与非 TCP/IP 网络的邮件系统，而双方可仍然使用原有的邮件报文格式。每个邮件分为两部分：信头（Header）和正文（Body），中间用一个空行隔开。信头由若干行可读文本组成，每行由一个关键字后跟一个冒号和一个值组成。一些关键字是必需的，一些是可选的。例如，信头必须包含一行文本指明目的地。该行开头是"To:"，并还含有接收者的电子邮件地址。开始是"From:"的行中含有发送者的电子邮件地址。可选的有，发送者可指明回信时送到哪个地址（即不一定是直接回到发信时所用的地址）。如果有，则以"Reply-to:"开头的行指明回复的地址；如果没有此行，接收者将使用"From:"行中的信息作为返回的地址。

选择可读文本作为信头格式，是为了在异构机器间的处理和传输变得容易，使得它可用于大范围的系统，避免选择一种标准二进制表示，以及在标准和本地表示间的转换。但缺点在于仅适用于 ASCII 文本，不支持别的字符集。

简单邮件传输协议（Simple Mail Transfer Protocol，SMTP）是邮件传输标准。所有的操作系统具有使用 SMTP 收发电子邮件的客户端程序，绝大多数 Internet 服务提供者使用 SMTP 作为其输出邮件服务的协议。

SMTP 负责将消息从一个邮件服务器上传输到 Internet 上或其他基于 TCP/IP 协议的网络上的另一个邮件服务器，SMTP 使用端口号 25。SMTP 使用简单的请求/响应机制传输信息，并依据更复杂的协议，如邮局协议（POP）来跟踪邮件的存储和转发。

SMTP 的简单之处还在于，客户机和服务器间的通信由可读的 ASCII 文本组成。虽然 SMTP 严格定义了命令格式，但人们能轻易地读到客户机和服务器间的交互情况。因为电子邮件系统使用 ASCII 文本表示信息，所以二进制数不能直接包含在电子邮件中。MIME（Multipurpose Internet Mail Extension，多用途因特网际邮件扩充）标准允许发送方将非文本数据编码后进行传送。MIME 并不规定单一的编码标准。然而，MIME 确实提供了一种机制使发送方能够使用它通知接收方编码的方式。

如上所述，SMTP 并没有提供良好的用户与邮件服务的接口服务。于是就有了邮局通信协议（Post Office Protocol，POP），它是一个对电子邮件邮箱提供远程存取的协议。协议允许用户的邮箱安置于运行邮件服务器的计算机上，并允许用户从另一台计算机对邮箱的内容进行存取。通过 POP 服务，用户运行的电子邮件软件成为邮件服务器的客户，从而方便地向远端发送邮件和从邮箱接收信件，而不必登录到发送邮件的远程计算机上进行操作。POP 有两种最常用的版本：POP2 与 POP3。两者彼此不兼容，当前使用 POP3 的用户更多。

网络信息存取协议（Internet Message Access Protocol，IMAP）是对 POP 协议的进一步发展。它提供了一个在远程邮件服务器上管理邮件的手段，包括只下载邮件的标题、建立多个邮箱和在服务器上建立保存邮件的文件夹。

3. 电子邮件系统结构

回顾传统的信件传输过程，个人用户的主要任务是发信（将信投入邮箱）和收信（从邮箱中取信），而对于信件是如何在本地与远方之间传输的，是不大关心的，因为那是服务方——邮政局所要做的事。这也是客户机/服务器模型的体现。同样，电子邮件系统也是如此，如图 7.19 所示，通过用户接口（即客户程序），用户进行收发邮件，而传输和接收邮件则是服务端的任务。电子邮件和传统邮件的不同之处，是为了保证邮件传输的可靠性，电子邮件系统引入一种被称为缓冲区（Spooling）的技术。当用户发送邮件时，系统将该邮件的副本与发送者、接受者、目的机器的标识以及投递时间一起放进一个专用的存储区（Spool）。然后，系统以一种后台工作方式，启动远地机器的发送。

后台邮件传输进程作为一个客户，首先使用域名系统将目的机器名解析为 IP 地址，然后试图建立一条到目的机器上邮件服务器的 TCP 连接。如果成功，传输进程将一份报文副本传递给远地服务器，服务器将此副本存放在远地系统的缓冲区内。一旦客户机和服务器都确认已收到和存储副本，客户机就删除本地副本。如果该 TCP 连接失败，

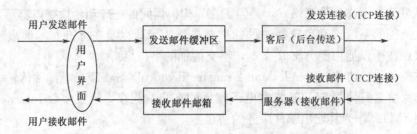

图 7.19　电子邮件系统

传输进程将记录尝试传递和传递终止的时间，后台传输进程还将定期对整个缓冲区扫描，检查是否有未传递的邮件。一旦找到一个未传递的消息，或用户又投入一个新待发邮件，后台进程将再次尝试传递。如果发现一个邮件消息过了期限还没有传递到目的地，邮件软件将此消息返回给发送者。

当邮件传输程序与远程服务器通信时，它构造一个 TCP 连接，并在此上面进行通信。一旦连接存在，这两个程序就遵循 SMTP，它允许发送方说明自己，指定接收方，以及传输电子邮件信息。尽管邮件传输看起来很简单，但 SMTP 仍须处理许多细节。例如，SMTP 要求可靠的传递，即发送方必须保存一个信息的副本直到接收方将一个副本放至不易丢失的存储器（如磁盘）。另外，SMTP 允许发送方询问在服务器所在的计算机上是否存在一个给定的邮箱。

4. 配置与管理邮件服务器

(1) 安装 POP3 和 SMTP 服务组件

1）打开"控制面板"→"添加或删除程序"，单击左侧的"添加/删除 Windows 组件"，在弹出"Windows 组件向导"对话框中，选中"电子邮件服务"，安装 POP3 服务和 POP3 服务 Web 管理（"POP3 服务 Web 管理"是用于为用户提供远程 Web 方式管理邮件服务器服务的），如图 7.20 所示。

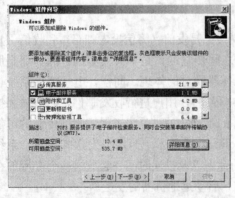

图 7.20　添加"电子邮件服务"组件

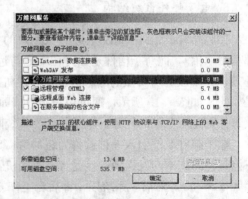

图 7.21　添加"应用程序服务器"组件

2）双击"应用程序服务器"选项，接着双击"Internet 信息服务（IIS）"选项，选中"SMTP Service"选项。如果需要对邮件服务器进行远程 Web 管理，还需要选中

"万维网服务"中的"远程管理（HTML）"，最后单击"确定"按钮，如图 7.21 所示。

3）最后单击"下一步"按钮，系统就会开始安装配置 POP3 和 SMTP 服务。

（2）配置 POP3 服务器的域名

POP3 和 SMTP 服务组件安装完成后，还需要进行一定的配置才能正常工作。下面是具体的配置步骤。

1）打开"控制面板"→"管理工具"→"POP3 服务"，在打开的"邮件服务器"窗口，选中 POP3 服务，单击右栏中的"新域"，在如图 7.22 所示的对话框中输入邮件服务器的域名，即@后面的内容，如"gdqy.com"。然后单击"确定"按钮。

2）单击选中新建的"gdqy.com"域，在右栏中单击"添加邮箱"，弹出"添加邮箱"对话框，如图 7.23 所示，输入邮箱名 gdqyjsj，并设置密码，单击"确定"按钮。系统会弹出提示对话框，提醒用户在使用不同身份验证方式下的用户邮箱账户名。

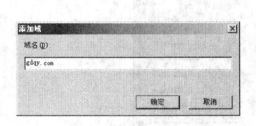

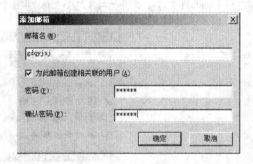

图 7.22　输入邮件服务器的域名　　　图 7.23　输入邮箱名和相关联的用户密码

当所创建的用户邮箱名与域系统中已有用户账户名一样时，就不要选择"为此邮箱创建相关联的用户"复选框了，直接输入与用户账户一样的邮箱名即可。这样，系统会自动在他们的用户账户中配置以邮件服务器域名为后缀的电子邮件地址。

3）右击邮件服务器名，在弹出的菜单中选择"属性"选项，或者在右边窗格中单击"服务器属性"链接，打开"邮件服务器属性"对话框。在这个对话框中可以配置服务器所使用的端口、日志级别、根邮件目录、是否要采取安全密码身份验证方式，以及是否为新邮箱创建关联的用户。具体配置很简单，不再赘述。

（3）配置 SMTP 服务器

1）打开"管理工具"→"Internet 信息服务（IIS）管理器"，右击"默认 SMTP 虚拟服务器"，选择"属性"，进入"默认 SMTP 虚拟服务器"窗口，选择"常规"选项卡，在"IP 地址"框中选择本机的 IP 地址，如图 7.24 所示。单击"确定"按钮就完成了邮件服务器的配置。

2）打开 Foxmail 或其他邮件客户端软件，在 POP3 和 SMTP 处输入邮件服务器的 IP 地

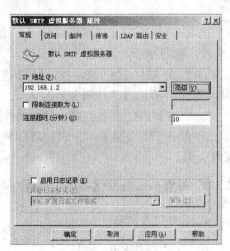

图 7.24　"常规"选项卡

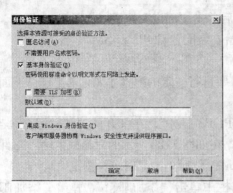

图 7.25　"身份验证"对话框

址即可收发邮件了。但是这样无论什么用户都可以使用邮件服务器发送邮件，我们还可以加入 SMTP 的身份验证设置。

3）打开"管理工具"→"Internet 信息服务（IIS）管理器"，右击"默认 SMTP 虚拟服务器"，选择"属性"，在弹出的对话框中选择"访问"选项卡，再单击"身份验证"按钮，在弹出的"身份验证"对话框中选中"基本身份验证"复选框，如图 7.25 所示。单击"确定"按钮退出。

4）选择"邮件"选项卡，在图 7.26 中，可以设置限制邮件大小、限制会话大小、限制每个连接的邮件数、限制每个邮件的收件人数等。

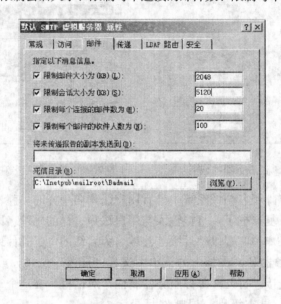

图 7.26　"邮件"选项卡

（4）邮件服务器测试

1）打开邮件客户端，在 SMTP 验证处输入建立的邮箱名。注意：不能带 @gdqy. com 才能通过邮件服务器的认证。

2）登录到邮件收发工具，发送邮件到 gz002@gdqy. com 邮箱中。

3）打开 POP3 服务器，刷新后如果在 gz002 邮箱中有信件显示，说明邮件发送与接收无误。

7.3.2　配置 E-mail 服务器的工作性任务

1. 工作任务描述

（1）工作任务名称

工作任务名称：配置 E-mail 服务器提供邮件服务。

（2）任务内容提要

电子邮件目前已经成为现代企业办公、个人交流必不可少的重要工具。各个行业、企事业单位都需要一套符合自身特点的电子邮件系统，以提高办公效率、强化竞争力。

学校准备为全校师生配置一台内部邮件服务器。

邮件服务器专为处理客户机的电子邮件需要而建立，为客户机提供发送和接收电子邮件的环境。

2. 工作任务要求

工作任务要求见表 7.3。

表 7.3　工作任务要求

栏目	要求
任务目标	配置 E-mail 服务器，进行邮件收发
工作活动内容	安装与配置邮件服务器，并实现客户的管理
学习情境与工具	网络实训室或学生宿舍，制作好 RJ-45 水晶头的 UTP 五类双绞线、安装 Windows Server 2003 的服务器和安装 Windows XP 的客户机
工作任务	1）安装与配置 DNS 服务 2）创建并管理用户账户 3）利用"配置您的服务器向导"或者"添加或删除程序"安装与配置邮件服务器 4）配置 Email 服务器（如端口、邮箱根目录、用户身份验证、日志记录、添加域和用户邮箱账号等） 5）客户机使用 Outlook 或 Foxmail 收发邮件
相关知识点	DNS 服务器、SMTP 及 POP3 协议、邮件服务器工作原理和功能
工作过程分解	1）安装 POP3/SMTP 服务组件 2）配置 POP3 服务器 3）配置 SMTP 服务器 4）在邮件客户端软件中配置用户邮箱 5）使用邮件客户端软件 Foxmail 或 Outlook 收发邮件进行测试
工作记录	工作过程中记录的数据和所收集的资料
完成任务的成果	邮件收发服务的实训报告，包括完成任务的工作过程和结果、出现的问题和解决方法，以及完成任务的心得和对实际工作的指导意义

3. 完成任务的条件和参考步骤

（1）完成任务的基本条件

请参见 Web 服务的工作性任务中的内容。

（2）完成任务的参考步骤

1）安装 POP3/SMTP 服务组件。

单击"控制面板"→"添加或删除程序"→"添加/删除 Windows 组件"→"电子邮件服务"→"确定"按钮，完成 POP3 和 SMTP 服务组件的安装。

2）配置 POP3 服务器。

创建邮件域，打开"控制面板"→"管理工具"→"POP3 服务"，打开"邮件服务器"窗口，选中"POP3 服务"，单击右栏中的"新域"，在弹出对话框中输入域名，然后单击"确定"按钮。

创建用户邮箱，选中新建的域，单击"添加邮箱"按钮，弹出"添加邮箱"对话框，输入邮箱名，并设置密码，单击"确定"按钮。

设置邮件服务器属性，右击邮件服务器名，在弹出的菜单中选择"属性"选项，打开"邮件服务器属性"对话框。设置服务器所使用的端口、日志级别、根邮件目录，是否要采取安全密码身份验证方式，以及为新邮箱创建关联的用户等。

3）配置 SMTP 服务器。

单击"控制面板"→"管理工具"→"Internet 信息服务（IIS）管理器"，右击"默认 SMTP 虚拟服务器"，选择"属性"，进入"默认 SMTP 虚拟服务器"窗口，配置 SMTP 服务器。

配置 IP 地址和基本身份验证，设置限制邮件大小、限制会话大小、限制每个连接的邮件数、限制每个邮件的收件人数等。

4. 任务测试与验收

使用邮件客户端软件 Foxmail 或 Outlook 收发邮件进行测试，具体参考步骤如下。

1）打开 Foxmail 或 Outlook 邮件客户端软件，在发送邮件服务器（SMTP）和接收邮件服务器（POP3）处输入的 IP 地址或域名。在 SMTP 验证处输入建立的账户名，通过邮件服务器的认证。

2）在运行 Windows Server 2003 的计算机上编辑发送测试邮件，在运行 Windows 2000 Professional 的计算机上接收邮件。

5. 超越与提高

我们平时习惯于利用现成的 Windows 操作系统中的组件 Outlook Express 和到某个网站建立免费邮箱来进行邮件收发工作，显然，还有更多的免费邮件服务器软件可供大家共享使用，如 FoxMail Server、在高宽带高容量的网络新时代下，邮件收发和传输就变得更快、更准确了。下面就介绍利用 FoxMail Server 搭建邮件服务器过程。

FoxMail Server 是一款功能强大的邮件服务器系统，它提供了多种邮件服务，如 SMTP、POP3、LDAP 等。内建邮件扩充协议的 MIME，用户可以根据使用习惯以 Outlook Express、Foxmail 等流行客户端软件收发邮件，也可以在美观、亲切、易用的全中文 Web 浏览器界面上登录处理邮件。管理员也可以基于 Web 页面进行简单轻松的管理维护。此外，系统安装、设置也很简便。

（1）安装和设置邮件服务器

FoxMail Server 的安装过程比较简单，这里不再赘述，我们重点谈谈它的设置过程。

1）设置域名和管理员口令。

程序安装完毕后，自动进入设置向导。单击"下一步"按钮，即可进入"应用程序设置"窗口。在这里我们可以设置用户信箱的域名（即用户 E-mail 地址中@字符的后缀部分）和管理员口令。我们可以向域名管理机构申请合法的域名。但是，如果通信范围仅限于局域网内部，也可以通过内部的 DNS 服务器建立一个邮件服务器专用的域名。为叙述方便，我们使用了本机的机器名作为域名（在命令行窗口中键入"hostname"命令就能得到本机的机器名）。本例中的机器名为 ZHANGPUSHENG。然后设置系统管理员口令和邮箱密码，以及域管理员口令和邮箱密码，以后在管理系统和域时会用到两个管理员口令，如图 7.27 所示。

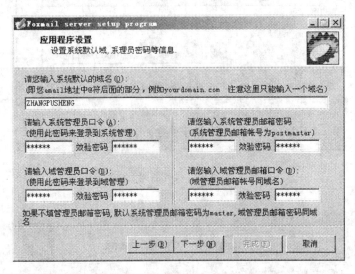

图 7.27 应用程序设置

2）设置网络参数。

域名和管理员口令设置完成后，单击"下一步"按钮进入"网络设置"窗口。在这里可以设定 DNS 地址、SMTP 端口、POP3 端口等信息。DNS 地址栏中应该填入当地电信部门或您所在的 ISP 提供的 DNS 地址。当然，如果我们只是在局域网内部通信且使用机器名作为域名，则只需填入服务器 IP 地址即可。本例中的 DNS 地址为本机 IP 地址"192.168.12.1"。SMTP 端口和 POP3 端口应该采用默认参数，不过在这里可能会遇到 SMTP 端口或 POP3 端口被占用的问题。我们应按照提示停止某些程序对该端口的占用，并且保证以后在运行 FMS 时这些应用程序始终被关闭。该窗口最下边有一个关于 Esmtp 的可选项，这是一种身份认证功能，与客户端的"SMTP 服务器需要身份认证"配合使用，可以杜绝垃圾邮件的侵袭，如图 7.28 所示。

一般情况下很容易出现 SMTP 端口被占用的情况，其原因是开启了 IIS 自带的 SMTP 服务。这时只需在 IIS 属性对话框中将 SMTP 服务停止即可解决。

3）IIS 设置。

单击"下一步"按钮，进入如图 7.29 所示的窗口，可以通过设置 IIS 使 FMS 支持 Webmail。为简化操作，我们选中"默认网站"作为 Webmail 所依附的站点，并采用默认的"Webmail"作为虚拟目录名。单击"完成"按钮，程序会自动对 FMS 进行配置，根据提示结束设置工作并重新启动服务器。

（2）客户端收发邮件

邮件服务器设置完成后，就可以使用 Webmail 方式或邮件客户端软件收发邮件了。

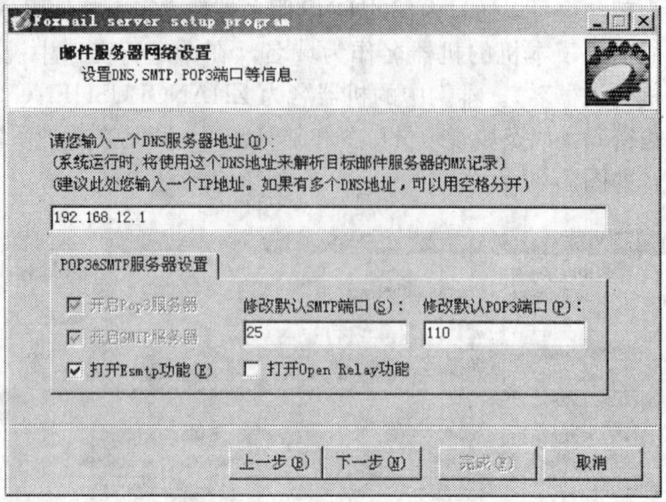

图 7.28　邮件服务器网络设置

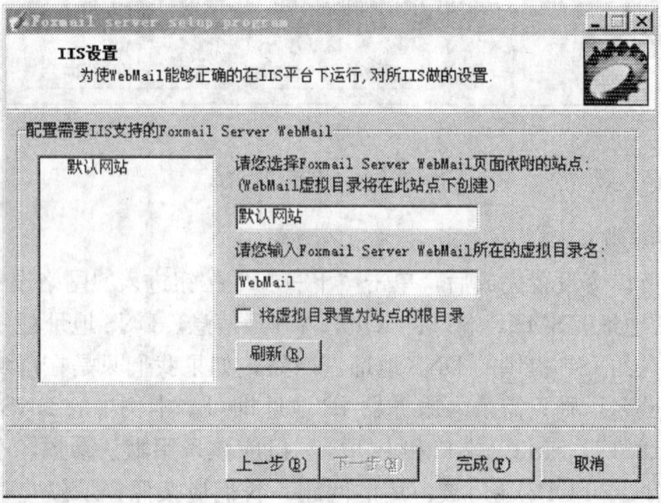

图 7.29　IIS 设置

在客户机或服务器上启动 IE 浏览器，键入邮件服务器地址 http://192.168.12.1/Web-mail。按 Enter 键后出现 Webmail 入口界面。如果是新用户，必须先注册账号才能使用。如果使用 Foxmail 收发邮件，只需新建一个账户，填入相应的邮件服务器名（本例中 POP3 和 SMTP 服务器均为 ZHANGPUSHENG）和已经注册的账户及密码，完成后即可与局域网内的用户通信，如图 7.30 所示。

（3）管理邮件服务器

可以通过两种方式对邮件服务器进行管理。一种方式是通过 Webmail 界面进行管理，在地址栏键入 http://192.168.12.1/Webmail/sysad-min 或 http://192.168.12.1/Webmail/admin 并键入相应密码，即可登录系统管理员界面或域管理员界面。在这里，

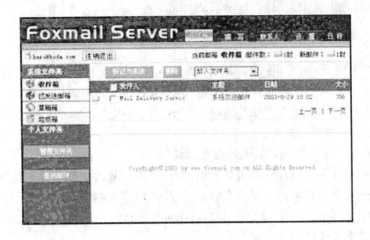

图 7.30 Webmail 入口界面

我们可以对"系统"和"域"两方面进行管理。"系统"管理的权限是管理"域"和"系统过滤器",可以添加或删除域、更改指定域的管理员口令等,但是在 Webmail 方式下无法更改指定域的名称。"域"的管理权限仅限于某个域,可以在该域内添加或删除账户、查看某个账户的密码和个人信息、管理该域的公共地址簿等。同样,在 Webmail 方式下域管理员不能更改账户的名称。

另一种方式是通过本机管理程序进行管理,可以通过程序组启动管理系统。这种方式除了具备 Webmail 方式下的全部管理功能外,还增加了更改域名和账户名、更改账户的邮箱容量等功能,可以更全面地管理"系统"和"域"。

课 后 活 动

1. 项目讨论

1) 在客户机上输入某个网址(如 http://www.pszhang.net/)而不是某个 IP 地址来浏览网站,如何与 DNS 服务器配合起来? 分为 Web 服务器与 DNS 服务器是同一台计算机,Web 服务器和 DNS 服务器分别在两台计算机的情况: 在 DNS 服务器上如何添加域和主机记录? 在客户机上要设置什么?

2) 如果在 Windows Server 2003 中实现邮件服务,假设已经正常安装了 Active Directory(域名为 gdqy.com)、DNS、Outlook Express,在 DNS 中建立区域为 189.com,主机为 www,能够正常连接到 www.189.com,在 Active Directory 用户和计算机建立用户为 User01,在 Outlook Express 中配置了邮件地址为 User01@189.com,POP3 和 SMTP 服务器为 www.gdqy.com,但是我们在发送和接收时出现错误。请问: 上述中错误的地方在哪? 如何改正?

此题要求: 在理解 DNS 和 FTP 的工作过程后正确设置。

参考答案:

user01@189.com 错误,改为 User01@gdqy.com。

POP3、SMTP: www.abc.com 改为 www.189.com。

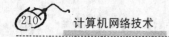

没有新建邮件主机记录对应 www.189.com。

2. 技能训练

1）为班级创建一个网站，同学通过客户机上的浏览器，登录 http://www.pszhang.net/网站，访问首页，浏览 Web 服务器上的班级信息。

2）计算机系 FTP 站点的 URL 地址为 ftp://jsj.gdqy.com。该站点下有 resource、student 和 teacher 三个文件夹。

① 对于 resource 文件夹，人人均可读取访问。

② teacher 文件夹，只有计算机系的老师可以读取/修改，学生无权访问。

③ student 文件夹内的三个子文件夹，只有各自专业的学生才能以读取/写入的方式访问各自专业的文件夹，相互之间不能以任何方式访问；但教师有权以读取的方式访问 student 文件夹内的任何文件夹。

请你运用所学内容，进行上述需求的 FTP 站点架设，并进行域名服务器的配置，实现上述需求。

站点安全需求：

① 指定一名 manager 作为站点管理员，负责 FTP 站点的维护和管理。

② 每个专业指定一名人员，负责各自文件夹的内容管理，并对各自文件夹具有完全控制权。

详细设计要求：

① 使用 IIS 内的 FTP 并结合 NTFS 权限完成上述站点的功能设计。

② 使用 Server_U 工具软件完成上述站点的功能设计。

③ 若访问 resource、student、teacher 分别用以下的 URL 地址：ftp://resource.jsj.gdqy.com、ftp://student.jsj.gdqy.com、ftp://teacher.jsj.gdqy.com，则又该如何设计？

3）在服务器端使用邮件服务器软件配置 MDaemon 服务。

服务器端：

① 安装 DNS 服务，添加 FQDN 记录 mail.gdqy.com。

② 安装 MDaemon，创建账号 Jame@mail.gdqy.com、Jone@mail.gdqy.com。

③ 管理账号 Jame@mail.gdqy.com，禁止该账号发送邮件。

④ 删除列表 everyone@mail.gdqy.com。

⑤ 管理 Webclient，保证 IE 访问为中文，模式采用标准模式。

客户端：

① 安装 Foxmail，建立账号 Jame、Jone。

② Jone 向 Jame 发送主题为 hello1 的邮件，Jame 收取邮件。

③ 建立列表 class，成员包含用户 Jame@mail.gdqy.com 和 Jone@mail.gdqy.com。

④ Jone 通过 IE 浏览器发送主题为 hello2 的邮件给 Jame。

项目 8
网络互连与接入 Internet

 项目教学目标

- 掌握使用 Windows Server 2003 实现路由功能的多种方案。
- 掌握 ADSL、宽带专线接入 Internet 的方法。
- 掌握代理服务器的工作原理、类型及其配置方法。

 技能训练目标

- 能够安装配置 Windows Server 2003 路由访问服务器。
- 能够运用接入技术将网络连接到 Internet。
- 能够配置代理服务器将网络接入 Internet。

【项目背景说明】　为了满足学校各个单位基于 Internet 的应用需求，本项目通过接入线路将校园网连接到 Internet，实现对外发布信息，提高学校的知名度，以及让校园网中的计算机都能够连接 Internet，访问和利用外部信息，改善教育和教学环境。

【项目任务分解】　项目分解为三个基本任务，一是配置软路由实现网络互访；二是通过 ADSL 将网络接入 Internet；三是配置代理服务器接入 Internet。

【项目实施结果】　校园网连接 Internet 后，能够适应对外发布学校信息、访问和利用外部信息、远程网络教学、远程移动办公等需求。

任务 8.1　配置软路由实现网络互连

8.1.1　配置软路由实现网络互连的学习性任务

1. 选择路由访问

路由器是一种连接多个网络或网段的网络设备，它实现了在 IP 层的数据包交换，从而实现了不同网络地址段的互联通信。当一个局域网中必须存在两个以上网段时，分属于不同网段内的主机彼此是互不可见的。把自己的网络同其他的网络互连起来，从网络中获取更多的信息和向网络发布自己的消息，是网络互连的最主要的动力。网络的互连有多种方式，其中使用最多的是网桥互连和路由器互连。

网桥工作在 OSI 模型中的第二层，即链路层，完成数据帧（Frame）的转发，主要目的是在连接的网络间提供透明的通信。网桥的作用是把两个或多个网络互连起来，提供透明的通信。网络上的设备看不到网桥的存在，设备之间的通信就如同在一个网上一样方便。由于网桥是在数据帧上进行转发的，因此只能连接相同或相似的网络（相同或相似结构的数据帧），对于不同类型的网络（数据帧结构不同），网桥就无能为力了。

网桥扩大了网络的规模，提高了网络的性能，给网络应用带来了方便，在以前的网络中，网桥的应用较为广泛。但网桥互连也带来了不少问题：一个是广播风暴，网桥不阻挡网络中广播消息，当网络的规模较大时（几个网桥，多个网段），有可能引起广播风暴，导致整个网络被广播信息充满，直至完全瘫痪；第二个问题是，当与外部网络互连时，网桥会把内部和外部网络合二为一，成为一个网，双方都自动向对方完全开放自己的网络资源，这种互连方式在与外部网络互连时显然是难以接受的。

路由器互连与网络的协议有关，现在仅讨论限于 TCP/IP 网络的情况。路由器工作在 OSI 模型中的第三层，即网络层。路由器利用网络层定义的“逻辑”上的网络地址（即 IP 地址）来区别不同的网络，实现网络的互连和隔离，保持各个网络的独立性。路由器不转发广播消息，而把广播消息限制在各自的网络内部。发送到其他网络的数据包先被送到路由器，再由路由器转发出去。

IP 路由器只转发 IP 分组，把其余的部分挡在网内（包括广播），从而保持各个网络具有相对的独立性，这样可以组成具有许多网络（子网）互连的大型的网络。由于是在网络层的互连，路由器可方便地连接不同类型的网络，只要网络层运行的是 IP 协议，通过路由器就可互连起来。

Windows Server 2003 路由和远程访问服务组件提供构建软路由的功能，在小型网络中可以安装一台 Windows Server 2003 服务器并设置成路由器，来代替昂贵的硬件路由器，而且基于 Windows Server 2003 构建的路由器具有图形化管理界面，管理方便且易用等特点。

根据网络规模的不同，有不同的路由访问方法，路由功能和路由支持算法的选择需要根据网络规模和应用而定，路由功能主要由以下几个方面确定。

1）IP 地址空间：是否使用私有 IP 地址，是否需要启动 NAT 地址转换功能。

2）是与 Internet 之类的其他网络连接，还是只本地局域网的互连。

3）支持协议：IP 协议、IPX 协议，或同时支持两个协议。

4）是否支持请求拨号连接。

首先，看一个例子，如图 8.1 所示，配置一台 Windows Server 2003 路由服务器并连接两个子网。假设网络通信协议采用 TCP/IP，每个网段包含一个 C 类地址空间。

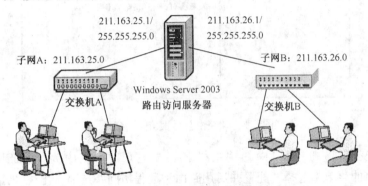

图 8.1　规划路由服务器连接两个网段

局域网中两个子网的地址空间规划如下：子网 A 为 211.163.25.0/255.255.255.0；子网 B 为 211.163.26.0/255.255.255.0；路由服务器的两个网络适配器（网卡）的 IP 地址，连接 A 网段的网卡 IP 配置为 211.163.25.1/255.255.255.0，这一地址同时也为 A 网段内主机的默认网关地址；连接 B 网段的网卡 IP 配置为 211.163.26.1/255.255.255.0，这一地址同时也为 B 网段内主机的默认网关地址。

2. 配置路由服务器

安装 Windows Server 2003 路由服务器之前，需要安装所有硬件并使其正常工作。这里在服务器上安装两块网卡，分别连接两个网段，如图 8.1 所示。

首先设置网卡属性，选择"开始"→"设置"→"控制面板"→"网络和拨号连接"，右击"本地连接"→"属性"，在打开的属性设置对话框中选择"Internet 协议（TCP/IP）"，单击"属性"，在弹出的窗口中输入 IP 地址、子网掩码为 211.163.25.1/255.255.255.0，DNS 为 202.103.6.46，这里不必设置网关或将网关设置为本机 IP 地址。同上，对另一个网卡进行设置，其 IP 地址、子网掩码为 211.163.26.1/

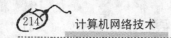
255.255.255.0，DNS 服务器为 202.103.6.46。

为了实现 Windows Server 2003 的路由功能，还需要配置 Windows Server 2003 路由服务器，这一功能是由路由和远程访问组件提供的，这一组件在 Windows Server 2003 安装时已默认安装到系统，可以直接使用。

配置路由服务器的具体操作步骤如下。

1）选择"开始"→"程序"→"管理工具"→"路由和远程访问"菜单命令，弹出"路由和远程访问"管理控制台窗口，如图 8.2 所示。

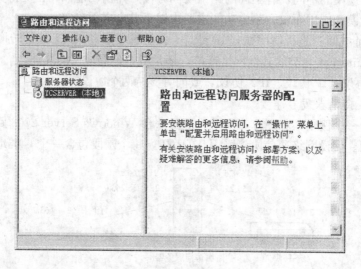

图 8.2　"路由与远程访问"窗口

2）右击该窗口左边窗口中的"主机名（本地）"，本例中为"YCSERVER（本地）"，在弹出的菜单中选择"配置并启用路由和远程访问"选项，出现"路由和远程访问服务器安装向导"窗口，单击"下一步"按钮。

3）弹出如图 8.3 所示的对话框，选择"自定义配置"，单击"下一步"按钮，在出现的对话框中选择在此服务器上启动的服务，如图 8.4 所示，即"LAN 路由"，然后单击"下一步"按钮，单击"完成"按钮，结束安装过程。

路由访问服务器安装完成后，选择左侧窗口内的目录树，展开"IP 路由选择"→"常规"选项，可以查看当前网络配置，如图 8.5 所示。要实现上例中 211.163.25.0 和 211.163.26.0 这两个 IP 地址段内计算机之间的互访，在安装并设置好 IP 路由服务器后，还必须对客户机进行相应的设置。子网 A 中的计算机，需将其默认网关设置为 211.163.25.1，子网 B 中的计算机，需将其默认网关设置为 211.163.26.1。此时，网段 A 与网段 B 计算机可以实现互访，使用 ping 命令可以测试两个网段的计算机的连通性。

3. 设置静态路由器

当网络中存在多个网段时，各个网段通过多个路由器互连。在各个路由器上需要配置路由协议，以实现各个数据的路由（在各个网段中转发）。路由方式分为两类：一类是静态路由，在路由器上人工配置路由表，实现路径选择；另一类是动态路由，通过动

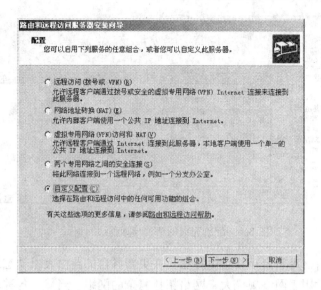

图 8.3 "路由和远程访问服务器安装向导"对话框

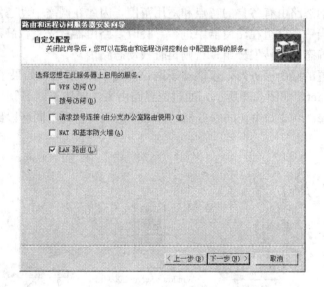

图 8.4 自定义配置

态路由协议在路由器之间交换路由表，确定路由选择。常见动态路由协议有 RIP、OS-PF 等，一般在中小型网络中建议选择 RIP 协议，在大型网络中则选择 OSPF 协议。

　　静态路由是在路由器中设置的固定的路由表。除非网络管理员干预，否则静态路由不会发生变化。由于静态路由不能对网络的改变作出反应，一般用于网络规模不大、拓扑结构固定的网络中。静态路由的优点是简单、高效、可靠，在所有的路由中，静态路由优先级最高。当动态路由与静态路由发生冲突时，以静态路由为准。

　　动态路由是网络中的路由器之间相互通信，传递路由信息，利用收到的路由信息更新路由表的过程。它能实时地适应网络结构的变化。如果路由更新信息表明发生了网络变化，路由选择软件就会重新计算路由，并发出新的路由更新信息。这些信息通过各个

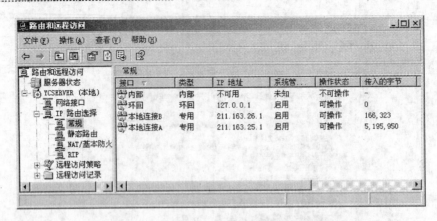

图 8.5　配置完成的路由与远程访问窗口

网络，引起各路由器重新启动其路由算法，并更新各自的路由表以动态地反映网络拓扑变化。动态路由适用于网络规模大、网络拓扑复杂的网络。当然，各种动态路由协议会不同程度地占用网络带宽和 CPU 资源。

静态路由和动态路由有各自的特点和适用范围，因此在网络中动态路由通常作为静态路由的补充。当一个分组在路由器中进行寻径时，路由器首先查找静态路由，如果查到则根据相应的静态路由转发分组；否则再查找动态路由。

在上节中设置的路由服务器，仅能使子网 A 和子网 B 互访，如果子网 A 通过另一路由器连接 Internet，如图 8.6 所示，通过配置路由表才能使子网 B 访问外网。下面设置 Windows Server 2003 路由访问服务器的静态路由表，实现不同网段路由访问，具体的操作步骤如下。

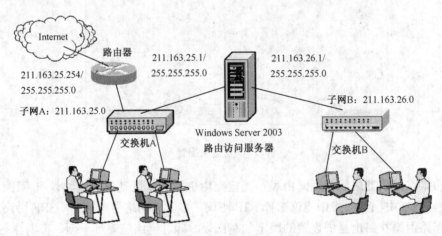

图 8.6　规划静态路由

1）选择"开始"→"程序"→"管理工具"→"路由和远程访问服务"菜单命令，启动管理窗口，选择左侧窗口内的目录树，展开"IP 路由选择"，右击"静态路由"，选择"静态路由"菜单命令。

2）弹出如图 8.7 所示的对话框，在"目标"和"网络掩码"文本框中输入

"0.0.0.0"，在"网关"文本框中输入 IP 地址，如 211.163.25.254（此为图 8.6 中路由器连接 211.163.25 网段端口的 IP 地址），单击"确定"按钮，这一设置表示，到达本路由器的数据包，若不是子网 A、子网 B 的地址，均路由到路由器的 211.163.25.254 端口上。

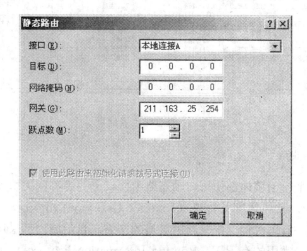

图 8.7　设置静态路由

3）同样，在连接 Internet 的路由器上，也需加入路由访问服务器的路由记录，设定将目标地址段为 211.163.26.0 的数据包，转发至路由器（路由访问服务器）211.163.25.1 上，跃点为 1。这样子网 B 中的计算机与 Internet 可以实现互访。

4）配置好静态路由表后，在"静态路由"项目中将增加一个静态路由记录，如图 8.8 所示。若网络中存在多条路径，可重复上述操作，添加多条静态路由记录。

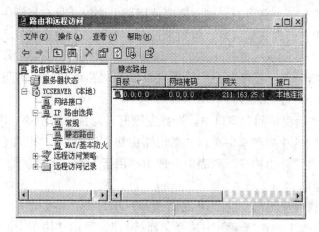

图 8.8　静态路由表

5）右击"静态路由"，选择"显示 IP 路由选择表"菜单命令，打开如图 8.9 所示窗口，在此可以查看本机路由表。

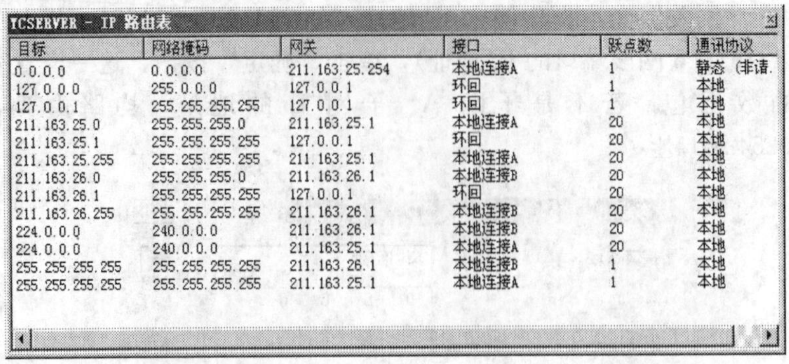

目标	网络掩码	网关	接口	跃点数	通讯协议
0.0.0.0	0.0.0.0	211.163.25.254	本地连接A	1	静态（非请.
127.0.0.0	255.0.0.0	127.0.0.1	环回	1	本地
127.0.0.1	255.255.255.255	127.0.0.1	环回	1	本地
211.163.25.0	255.255.255.0	211.163.25.1	本地连接A	20	本地
211.163.25.1	255.255.255.255	127.0.0.1	环回	20	本地
211.163.25.255	255.255.255.255	211.163.25.1	本地连接A	20	本地
211.163.26.0	255.255.255.0	211.163.26.1	本地连接B	20	本地
211.163.26.1	255.255.255.255	127.0.0.1	环回	20	本地
211.163.26.255	255.255.255.255	211.163.26.1	本地连接B	20	本地
224.0.0.0	240.0.0.0	211.163.26.1	本地连接B	20	本地
224.0.0.0	240.0.0.0	211.163.25.1	本地连接A	20	本地
255.255.255.255	255.255.255.255	211.163.26.1	本地连接B	1	本地
255.255.255.255	255.255.255.255	211.163.25.1	本地连接A	1	本地

图 8.9　查看路由表信息

4. 设置 RIP 路由

根据是否在一个自治域内部使用，动态路由协议分为内部网关协议（Interior Gateway Protocol，IGP）和外部网关协议（Exterior Gateway Protocol，EGP）。这里的自治域指一个具有统一管理机构、统一路由策略的网络。自治域内部采用的路由选择协议称为内部网关协议，常用的有 RIP（Routing Information Protocol）、OSPF；外部网关协议主要用于多个自治域之间的路由选择，常用的是 BGP 和 BGP-4。

当网络启用了路由协议，网络便具有了能够自动更新路由表的强大功能，但是使用像 RIP/RIP2、OSPF 或 IGRP/EIGRP 等一些主要的 IGP 都有一定的规定：内部网关协议，适合于在那些只有单个管理员负责网络操作和运行的地方；否则，将会出现配置错误，导致网络性能降低，或是导致网络运行不稳定的情况。对于由许多管理员共同分担责任的网络，如 Internet，则考虑使用 EGP，如 BGP-4。

如果网络中只有一个路由器，则不需要使用路由协议；只有当网络中具有多个路由器时，才有必要让它们去共享信息。但如果仅有小型网络，完全可以通过静态路由手动地更新路由表。在 Windows Server 2003 中设置 RIP 软路由的具体的操作步骤如下。

1）选择“开始”→“程序”→“管理工具”→“路由和远程访问”菜单命令，打开“路由和远程访问”窗口。

2）在“路由和远程访问”窗口中，选择左侧窗口内目录树中的“IP 路由选择”，右击“常规”，在弹出的快捷菜单中选择“新增路由协议”，显示“新路由协议”对话框，如图 8.10 所示。在“路由协议”列表中，选中“用于 Internet 协议的 RIP 版本 2”，单击“确定”按钮返回。

3）在管理控制台左侧窗口的“IP 路由选择”项目中，将会增加一个子项“RIP”，右击该项目，并在弹出的快捷菜单中选择“新接口”，显示“用于 Internet 协议的 RIP 版本 2 的新接口”对话框，如图 8.11 所示。在“接口”列表框中选择第一个网络接口，如“本地连接 A”，单击“确定”按钮，显示“RIP 属性”对话框，如图 8.12 所示。RIP 的属性取系统默认值即可。单击“确定”按钮返回。

4）重复步骤 3），为 RIP 添加第二个网络接口，即“本地连接 B”。

配置了动态路由协议后，子网 A、子网 B 和外网 Internet 可以实现自由互访。RIP

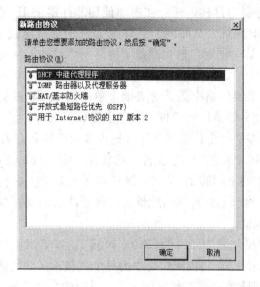

图 8.10　"新路由协议"对话框

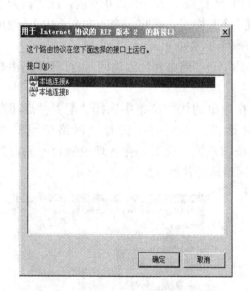

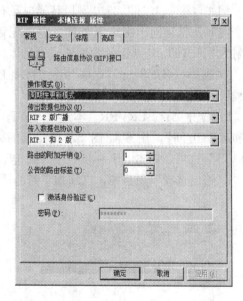

图 8.11　"用于 Internet 协议的 RIP
版本 2 的新接口"对话框

图 8.12　"RIP 属性"对话框

协议实现了路由设备之间路由表的动态交换与更新。

5. 配置 NAT

网络地址转换（Network Address Translation，NAT）是在 IPv4 地址日渐枯竭的情况下出现的一种技术，就是将在内部专用网络中使用的内部地址（不可路由）在路由器处替换成合法地址（可路由），从而使内网可以访问外部公共网上的资源。当内部网络客户端发送要连接 Internet 的请求时，NAT 协议驱动程序会截取该请求，并将其转发到目标 Internet 服务器。这样，通过在内部使用非注册的 IP 地址，并将它们转换为一小部分外部注册的 IP 地址，从而减少了 IP 地址注册的费用以及节省了目前越来越缺乏的地址空间（即 IPv4）。同时，这也隐藏了内部网络结构，从而降低了内部网络受到攻击的风险。

NAT 功能通常被集成到路由器、防火墙、单独的 NAT 设备中，现在比较流行的操作系统或其他软件（主要是代理软件，如 WINROUTE），大多也有着 NAT 的功能。NAT 设备（或软件）维护一个状态表，用来把内部网络的私有 IP 地址映射到外部网络的合法 IP 地址上去。每个包在 NAT 设备（或软件）中，都被翻译成正确的 IP 地址发往下一级。与普通路由器不同的是，NAT 设备实际上对包头进行修改，将内部网络的源地址变为 NAT 设备自己的外部网络地址，而普通路由器仅在将数据包转发到目的地前读取源地址和目的地址。

NAT 分为三种类型：静态 NAT（Static NAT）、NAT 池（Pooled NAT）和端口 NAT（PAT）。其中静态 NAT 将内部网络中的每个主机永久映射成外部网络中的某个合法的地址，而 NAT 池则是在外部网络中定义了一系列的合法地址，采用动态分配的方法映射到内部网络，端口 NAT 则是把内部地址映射到外部网络的一个 IP 地址的不同端口。

例如，将 211.163.26.0 网段替换成私有 IP 地址段 192.168.2.0 网段，此时，为了使子网 B 正常访问子网 A 及外网，需要配置 NAT 协议，即将 192.168.2.0 内 IP 地址映射为 211.163.26.0 上的合法地址。具体的操作步骤如下。

1）选择"开始"→"程序"→"管理工具"→"路由和远程访问"，打开"路由和远程访问"窗口。

2）右击"YCSERVER（本地）"选项，在弹出的快捷菜单中选择"配置并启用路由和远程访问"，出现如图 8.13 所示的对话框。在列表中选择"网络地址转换（NAT）"选项，单击"下一步"→"确定"按钮返回，此时，在管理控制台左侧窗口的"IP 路由选择"项目中，已增加了新的"网络地址转换（NAT）"子项。

图 8.13 "网络地址转换（NAT）的新接口"对话框

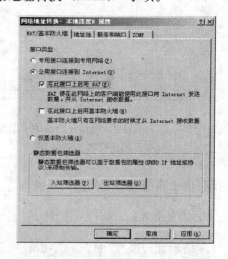

图 8.14 设置网络地址转换

3）在管理控制台左侧窗口目录树中，右击"网络地址转换（NAT）"子项，并在弹出快的捷菜单中选择"新接口"，显示"网络地址转换（NAT）的新接口"对话框，如图 8.13 所示，在"接口"列表框中选择合法 IP 地址对应的网络接口，即"本地连接 B"，单击"确定"按钮。

4）将弹出"网络地址转换属性"对话框，如图 8.14 所示。在"NAT/基本防火墙"选项卡下，选择网络连接方式，如"公用接口连接到 Internet"和"在此接口上启用 NAT"。

5）选择"地址池"选项卡，如图 8.15 所示，单击"添加"按钮，在弹出的对话框中输入映射合法 IP 地址的范围，如图 8.15 所示，预留从 211.163.26.1 到 211.163.26.100 的 IP 地址空间，配置后的路由器将把内部专用 IP 地址映射到上述地址池中的合法 IP 地址上。

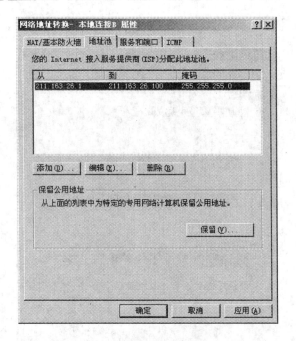

图 8.15　设置 NAT 地址池

6）在如图 8.15 所示的对话框中，单击"保留"按钮，出现如图 8.16 所示对话框。在此可以设置合法 IP 地址与私有 IP 地址的一一对应关系，即保留特定公用 IP 地址供特定专用网用户使用。

7）在管理控制台左侧窗口目录树中，右击"网络地址转换（NAT）"子项，并在弹出的快捷菜单中选择"新接口"，显示"网络地址转换 NAT 的新接口"对话框，如图 8.13 所示，在"接口"列表框中选择接口"内部"（此接口为连接私有 IP 地址网段的网络适配器），弹出"网络地址转换-内部属性"对话框，选择"专用接口连接到专用网络"即可，如图 8.17 所示。

在配置拨号远程访问服务器时，可以配置拨号服务器的 DHCP 功能，为拨号用户提供动态 IP 地址分配。同时，为了保证足够的 IP 地址分配和拨号用户的安全性，可以

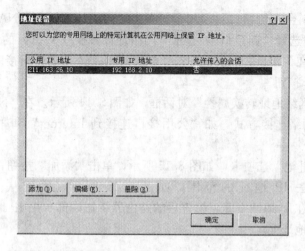

图 8.16　设置保留 IP 地址范围

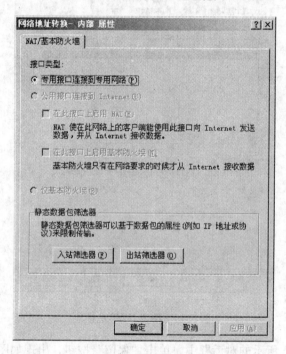

图 8.17　"网络地址转换-内部属性"对话框

分配私有 IP 地址空间供拨号用户使用，即同时启动 NAT 功能，此时需要启用路由功能，实现地址转发。

 注　意

　　NAT 和我们前面所学的 DHCP 之间有区别，DHCP 是动态地将 IP 地址分配给连网用户，若可用于 DHCP 分配的 IP 地址有 10 个，则只能连接 10 个用户；而 NAT 是将内部私有 IP 地址转换成公网 IP 地址，映射关系可以是多对一的。

6. 设置 OSPF 路由器

20 世纪 80 年代中期，RIP 已不能适应大规模异构网络的互连，OSPF 随之产生。它是网间工程任务组织（1ETF）的内部网关协议工作组，为 IP 网络而开发的一种路由协议。OSPF2 是类似 RIP 协议的 Internet 标准，可以弥补 RIP 协议的缺点。1991年在 RFC1247 中它被第一次标准化，最新的版本是在 RFC2328 中。与 RIP 相对，OSPF 是链路状态路由协议，而 RIP 是距离向量路由协议，这意味着路由选择的变化基于网络中路由器物理连接的状态与速度，并且变化被立即广播到网络中的每一个路由器。

OSPF 是一种基于链路状态的路由协议，需要每个路由器向其同一管理域的所有其他路由器发送链路状态广播信息。在 OSPF 的链路状态广播中包括所有接口信息、所有的量度和其他一些变量。利用 OSPF 的路由器首先必须收集有关的链路状态信息，并根据一定的算法计算出到每个节点的最短路径。而基于距离向量的路由协议仅向其邻接路由器发送有关路由更新信息。

与 RIP 不同，OSPF 将一个自治域再划分为区，相应地即有两种类型的路由选择方式：当源和目的地在同一区时，采用区内路由选择；当源和目的地在不同区时，则采用区间路由选择。这就大大减少了网络开销，并增加了网络的稳定性。当一个区内的路由器出了故障时并不影响自治域内其他区路由器的正常工作，这也给网络的管理、维护带来方便。

虽然 OSPF 协议是 RIP 协议强大的替代品，但是它执行时需要更多的路由器资源。如果网络中正在运转的是 RIP 协议，并且没有发生任何问题，仍然可以继续使用。但是如果想在网络中利用基于标准协议的多余链路，OSPF 协议是更好的选择。在 Windows Server 2003 中设置 OSPF 路由的具体的操作步骤如下。

1）选择"开始"→"程序"→"管理工具"→"路由和远程访问"，打开"路由和远程访问"管理控制台窗口。

2）在"路由和远程访问"管理控制台窗口中，选择左侧窗口目录树中的"IP 路由选择"，右击"常规"选项，在弹出的快捷菜单中选择"新路由选择协议"，显示如图 8.10 所示的"新路由协议"对话框，在"路由协议"列表中选中"开放式最短路径优先（OSPF）"，并单击"确定"按钮，完成新协议安装。"路由和远程访问"管理窗口中"IP 路由选择"项目下，将增加"OSPF"子选项。

3）在控制台目录树中右击"OSPF"选项，然后单击"属性"快捷菜单项，显示如图 8.18 所示的对话框，在"常规"选项卡中，若要启用边界路由器，选中"启用自治系统边界路由器"复选框，配置外部路由源。

4）在"区域"选项卡上（如图 8.19 所示），记录 0.0.0.0 表示主干区域，单击"添加"按钮，添加区域，在弹出的"添加区域"对话框中，包含"常规"和"范围"两个选项卡，如图 8.20 和图 8.21 所示。

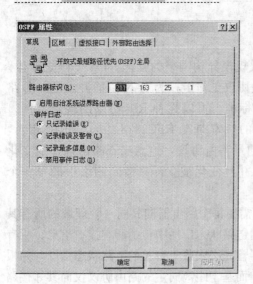

图 8.18 "常规"选项卡

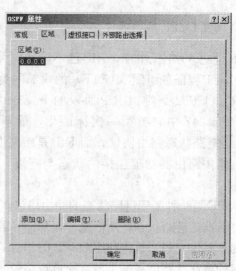

图 8.19 "区域"选项卡

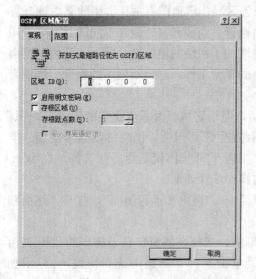

图 8.20 OSPF 区域配置"常规"选项卡

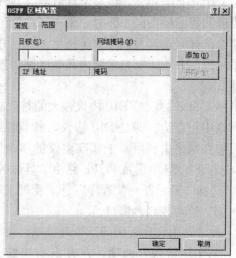

图 8.21 OSPF 区域配置"范围"选项卡

5）如图 8.20 所示，在"常规"选项卡的"区域 ID"中，键入标识区域的圆点分隔的十进制数；如图 8.21 所示，在"范围"选项卡的"目标"文本框中，键入范围的 IP 网络 ID，在"网络掩码"文本框中键入范围的相关掩码，然后单击"添加"按钮。

 注 意

以图 8.6 介绍的网络为例，在该图所示的路由器连接的 Internet 中参数为：0.0.0.3 记录表示图 8.6 中的 Windows Server 2003 访问路由器和连接 Internet 路由器之间的子网 A 网段区域，0.0.0.36 记录表示 Windows Server 2003 访问路由跳接的子网 B 网段区域，A、B 两个区域 ID 命名为用户自行定义。

6）在如图 8.22 所示的"OSPF 属性"对话框中的"虚拟接口"选项卡上，单击"添加"按钮，出现如图 8.23 所示对话框。在"中转区域 ID"下拉列表中选择设置的地区，如图所示设置为 0.0.0.3，在"虚拟邻居路由器 ID"文本框中设置虚拟邻居路由器，如图所示设置为 211.163.25.254，单击"确定"按钮返回，再次单击"确定"按钮，结束 OSPF 属性设置。

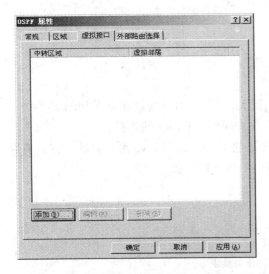

图 8.22　OSPF 区域配置"虚拟接口"选项卡

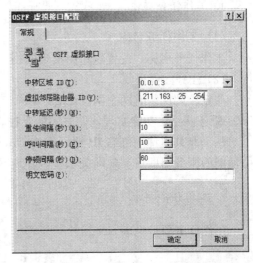

图 8.23　"OSPF 虚拟接口配置"对话框

7）新建并配置接口，在管理控制台左侧窗口中右击"OSPF"选项，然后单击"新增接口"快捷菜单项。在"接口"中，单击要添加的接口，然后单击"确定"按钮。

8）在详细信息窗口中，右击要配置的接口，然后单击"属性"选项，弹出如图 8.24 所示对话框，选择"常规"选项卡，选中"为此地址启用 OSPF"复选框，在"区域 ID"下拉列表中选择接口所属区域的 ID，如 0.0.0.3。

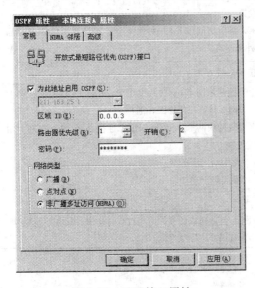

图 8.24　配置接口属性

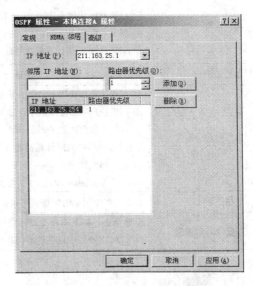

图 8.25　配置接口 NBMA 属性

9）选择"NBMA 邻居"选项卡，如图 8.25 所示，在"邻居 IP 地址"文本框中键入路由器（该路由器连接到非广播网络）的 IP 接口地址（非路由器 ID），单击"添加"按钮即可。

8.1.2 配置软路由实现网络互连的工作性任务

1. 工作任务描述

（1）工作任务名称

工作任务名称：配置软路由实现网络互连。

（2）任务内容提要

假定校园网络有两个网段 192.168.1.1 和 192.168.2.1，通过配置 Windows Server 2003 服务器路由功能实现他们之间的互连，并实现到 Internet 的连接。

从 ISP 处申请的静态 IP 地址作为 Internet 接入的总出口，因此，架设一台具有路由功能的服务器即可实现网关功能，实现网络中所有计算机上网。

2. 工作任务要求

工作任务要求见表 8.1。

表 8.1　工作任务要求

栏目	要求
任务目标	配置 Windows Server 2003 路由实现网络互连
工作活动内容	使用实训室真实的网络环境（或虚拟机），实现两个子网互相通信或者内部网络计算机能够访问外部网络，并测试其有效性
学习情境与工具	网络实训室，制作好 RJ-45 水晶头的 UTP 五类双绞线、至少一台安装 Windows Server 2003 的服务器和两台安装 Windows XP 的客户机
工作任务	1）安装 Windows Server 2003 的计算机安装两块网卡 2）分别对两块网卡进行 TCP/IP 设置 3）安装和配置 Windows Server 2003 路由访问服务器，实现两个子网计算机能够互相通信，或者内部网络计算机能够访问外部网络
相关知识点	Windows Server 2003 实现路由功能的多种方案
工作过程分解	1）在作为软路由服务器的计算机上安装两块网卡，一块网卡用于连接子网 1，另一块网卡用于连接子网 2，使子网 1 计算机与子网 2 计算机能够互相通信 2）在作为软路由服务器的计算机上安装两块网卡，一块网卡用于连接外网，另一块网卡用于连接内网，使内网计算机能够访问外网 3）安装和配置 Windows Server 2003 路由访问服务器 4）启动 Windows Server 2003 路由功能实现上述功能
工作记录	工作过程中记录的数据和所收集的资料
完成任务的成果	配置 Windows Server 2003 路由的报告，包括完成任务的工作过程和结果、出现的问题和解决方法，以及完成任务的心得和对实际工作的指导意义

3. 完成任务的工作环境和操作参考

（1）完成工作任务的网络环境

为软路由服务器（安装 Windows Server 2003 的计算机）配备两块网卡，一块用于连接 ISP、绑定 ISP 提供的静态合法 IP 地址；另一块用于连接内部网络。使用一个 Internet 上合法的 IP 地址，一条可以接入 Internet 的网线。电信（ISP）的 DNS 服务器 IP 地址为 61.153.177.196。

（2）完成工作任务的参考步骤

1）右击"网上邻居"，在弹出的菜单中选择"属性"，进入"网络和拨号连接"窗口。选中"本地连接"，右击，选择"重命名"，改为需要的名字即可。将连接内部网络的网卡改名为"内网连接"，连接 Internet 的网卡改名为"外网连接"。

2）确认两块网卡的网线连接正确之后，对两块网卡进行 TCP/IP 设置。

右击"网上邻居"，在弹出的菜单中选择"属性"，打开"网络和拨号连接"窗口；右击"本地连接"，在弹出的菜单中选择"属性"，选中"Internet 协议（TCP/IP）"，单击"属性"，出现"Internet 协议（TCP/IP）属性"配置对话框，在此设置网卡的 IP 地址为 192.168.1.1，子网掩码为 255.255.255.0，默认网关为 192.168.1.1。同样，设置另一块网卡的 IP 地址为 192.168.2.1，子网掩码为 255.255.255.0，默认网关为 192.168.2.1。

3）设置软路由服务器

以系统管理员的身份登录 Windows Server 2003 服务器，在"控制面板"中选择"管理工具"→"路由和远程访问"，打开"路由和远程访问"窗口；选中"本地"提示的计算机，右击，在弹出的菜单中选择"配置并启用路由和远程访问"；进入"路由和远程访问服务器安装向导"，单击"下一步"按钮，进入"配置"对话框，在此对话框中共有 5 个选项，用来决定服务器的配置类型。在此，选择"自定义配置"选项；单击"下一步"按钮，进入"自定义配置"对话框。在"选择您想在此服务器上启用的服务"中列出了当前服务器所能启用的服务。选择"LAN 路由"，单击"下一步"按钮，进入"选择摘要"对话框，安装向导提示将完成路由和远程访问服务器的安装。如果需要重新选择，可以在此处选择"上一步"，如果单击"完成"按钮，弹出"路由和远程访问服务现在已被安装。要开始服务吗？"对话框，单击"是"按钮，出现"正在开始路由和远程访问服务，请稍候"提示。

4）"路由和远程访问"服务是一个全功能的软件路由器，也是用于路由选择和网络互连工作的开放平台。安装完成后，系统自动启动路由和远程访问服务器，并返回"路由和远程访问"窗口。

4. 任务测试与验收

在安装 Windows 2000 Professional 或 Windows XP 操作系统的客户机中，右击"网上邻居"，在弹出的菜单中选择"属性"，或者从"控制面板"中双击"网络和拨号连接"图标，进入"网络和拨号连接"窗口。右击"本地连接"，在出现的快捷菜单中选择"属性"，进入"本地连接属性"对话框，选择"Internet 协议（TCP/IP）"，单击

"属性"，进入"Internet 协议（TCP/IP）属性"对话框，输入 IP 地址、子网掩码、默认网关的值。

在子网 1 计算机 A 上，使用"ping 192.168.2.2"命令测试是否能够连通子网 2。

在子网 2 计算机 B 上，使用"ping 192.168.1.2"命令测试是否能够连通子网 1。

5. 超越与提高

网络地址转换（NAT）能够在转发数据包时转换内部的 IP 地址和 TCP/UDP 端口号。对于由内网传出的数据包，源 IP 地址和 TCP/UDP 端口号被映射到一个公共源 IP 地址和一个可能被改变的 TCP/IP 端口号上。而对从外网传入的数据包，也必须经过网络地址转换（NAT），在 NAT 转换表中存在一种特定的映射，使目标 IP 地址和 TCP/UDP 端口号被映射到专用 IP 地址和默认的 TCP/IP 端口号上，从而把来自 Internet 的数据转发到特定网络或特定的计算机上。例如，在校园网络上安装了一个 Web 服务器，该网络以一个 NAT 服务器作为边界，假定已在一个 ISP 供应商中创建了一个域名（DNS）记录，将所申请到的公网域名（如 www.gdqy.com）映射到 ISP 供应商处申请的公共 IP 地址 202.121.20.1 上。当外部某个 Internet 客户端访问校园网络上的 Web 服务器时，将按照以下步骤完成。

1）Internet 上的一个 Web 客户端计算机（使用公共 IP 地址 121.117.0.1）上的用户在他们的 Web 浏览器中键入 http://www.gdqy.com。

2）Internet Web 客户端使用 DNS 将名称 www.gdqy.com 解析为地址 202.121.20.1。

3）Internet Web 客户端从 121.117.0.1/TCP 端口 2000 向 202.121.20.1/TCP 端口 80 发送一个传输控制协议（TCP）同步（SYN）段。

4）当 NAT 服务器接收到该 TCP SYN 段时，检查自己的 NAT 转换表。

5）如果在 NAT 转换表中不存在针对目标 202.121.20.1/TCP 80 的条目，该 TCP SYN 段将自动被丢弃。

6）Internet Web 客户端一直重试，直至最终显示一条出错消息为止。

NAT 服务器为解决此问题，必须进行手动静态配置。通常有两种静态配置，一种是将某个特定公共 IP 地址的所有流量映射到某个特定的专用地址上（地址映射，不分端口）。其特点是内网中特定的专用地址的计算机对外开放，配置容易，但易受攻击，不能对外开放多种资源服务（如 Web 服务、FTP 服务和邮件服务等），若需要这些服务都对外开放，需多个公共外网 IP 地址。另一种是将一个特定的公共 IP 地址/端口号映射到一个特定的专用 IP 地址/端口号（地址/端口映射）。其特点是要额外配置，不易受到攻击，但对不同的资源服务（如 Web 服务、FTP 服务和邮件服务等）可使用一个公共 IP 地址。我们这里将介绍第二种静态配置。

（1）配置 NAT 服务器所需的环境

将 Windows Server 2003 作为 NAT 服务器，其上的两个网卡设置如下。

1）外网网卡，与校园网或 Internet 连接。

IP 地址：219.220.237.1。

子网掩码：255.255.255.0。

默认网关：219.220.237.254。

首选 DNS：202.121.241.8。

备用 DNS：202.96.209.5。

2）内网网卡，与内部网络的工作站连接。

IP 地址：192.168.1.1。

子网掩码：255.255.255.0。

默认网关：

首选 DNS：202.121.241.8。

备用 DNS：202.96.209.5。

（2）安装 NAT 服务器

在"管理工具"菜单中，选择"路由和远程访问"菜单命令，出现"路由和远程访问"控制台窗口，展开服务器名称（此时服务器的左边有一个大的红点，表明这台服务器目前还没有作为路由使用），右击此服务器，从快捷菜单中选择"配置并启用路由和远程访问"菜单命令，Windows 将启动"路由和远程访问服务器安装向导"。

单击"下一步"按钮，选中"网络地址转换（NAT）"，单击"下一步"按钮，出现两行以上的连接说明，显示各网卡所对应的连接名及 IP 地址，其中一个是连接到外网（这里是校园网）的网络接口的选项（IP 地址是 219.220.237.1），并选中"通过设置基本防火墙来对选择的接口保护"，单击"下一步"按钮；询问要不要开启并配置DNS 和 DHCP 服务，因内部网络采用静态 IP，且 Windows Server 2003 系统中已启用了 DNS 服务，这里选"我将稍后设置名称和地址服务"。单击"下一步"按钮，开始启动路由和远程访问，从而完成 NAT 服务器的基本设置。

（3）在 NAT 服务器中启动 DHCP 服务的配置（这里可省略，因为客户端采用的是静态 IP 地址）

配置路由和远程访问 NAT 服务器使其为客户端分配 IP 地址。当客户端需要自动获得 IP 地址时，NAT 服务器可以自动为内部网络客户端分配 IP 地址。如果没有DHCP服务器（虽安装了但没有使用），可使用此功能。

NAT 服务器分配 IP 地址的操作步骤是：在"路由和远程访问"控制台窗口中，右击"IP 路由选择"的"NAT/基本防火墙"，然后单击"属性"。单击"地址分配"选项卡，选中"使用 DHCP 自动分配 IP 地址"复选框，在"IP 地址"框中键入网络 ID，在掩码框中键入子网掩码。这些都是将自动分配给客户端的网络号和子网掩码。

（4）在 NAT 服务器中启动 DNS 服务的配置（这里可省略，因为 Windows Server 2003 上已启动了 DNS 服务）

NAT 服务器还可以代表 NAT 客户端执行域名系统（DNS）查询。"路由和远程访问"NAT 服务器对包括在客户请求中的 Internet 主机名进行解析，然后将该 IP 地址转发给该客户端。由于此 Windows Server 2003 系统中已安装并使用了 DNS 服务，因而这里不需要在 NAT 服务器中执行域名系统（DNS）查询。

如果需要 DNS 解析，则在"路由和远程访问"控制台窗口中，右击"IP 路由选择"的"NAT/基本防火墙"，然后单击"属性"。切换到"名称解析"选项卡，选中"使用域名系统（DNS）的客户"复选框，并选中"当名称需要解析时连接到公共网络"复选框，然后在网络接口中，选中连接外网的连接名称。

（5）配置内部网络客户端使用 NAT 服务器

在客户端的"Internet 协议（TCP/IP）"配置中，键入以下数据。

IP 地址：192.168.1.10。

子网掩码：255.255.255.0。

默认网关：192.168.1.1，为 NAT 服务器的内部 IP 地址。

首选 DNS：192.168.1.1。

备用 DNS：202.121.241.8。

如果客户端从"动态主机配置协议"（DHCP）服务器接收它的 IP 地址，在"常规"的"Internet 协议（TCP/IP）"配置中，选中"自动获得 IP 地址"单选按钮，并在"高级"选项卡中，单击"IP 设置"选项，单击"网关"下的"添加"按钮，键入 NAT 服务器的内部 IP 地址，单击"添加"按钮，完成相关设置，客户端即可通过 NAT 服务器访问外网。

任务 8.2　将网络接入 Internet

8.2.1 网络接入 Internet 的学习性任务

1. xDSL 技术

DSL 是数字用户环路（Digital Subscriber Line）的简称，是以铜质电话双绞线为传输介质的点对点传输技术。DSL 利用软件和电子技术结合，使用在电话系统中没有被利用的高频信号传输数据以弥补铜线传输的一些缺陷。

（1）xDSL 的特点

1）xDSL 支持工业标准。xDSL 支持任意数据格式或字节流数据业务，如电话、视频、图像和多媒体等。

2）xDSL 是一种 Modem。xDSL 的调制技术有三种方式，即 2B1Q、无载波幅相调制 CAP 和离散多音频调制 DMT。该技术把频率分割成三部分，分别用于 POTS（普通电话服务）、上行和下行高速宽带信号。

3）有对称与非对称之分。xDSL 分别用于满足不同用户需求。应用于两个局域网之间的互连应用，应选择使用对称 xDSL；用户连接 ISP 可以使用非对称。

（2）xDSL 的种类

1）对称的 DSL。对称的 DSL 有三种：HDSL、SDSL 和 IDSL。

① HDSL 是高速对称四线 DSL。这种技术可在两对铜线上提供 1.544Mbps（全双工方式）的传输速率，在三对铜线上提供 2.048Mbps（全双工方式）的传输速率。

② SDSL 是 HDSL 的单对线版本，也被称为 S-HDSL。S-HDSL 是高速对称二线 DSL，它可以提供双向高速可变比特率连接，速率范围从 160kbps 到 2.048Mbps。

③通过在用户端使用 ISDN 终端适配器及 ISDN 接口卡，可以提供 128kbps 上下行速率的服务。

2）非对称的 DSL。非对称的 DSL 也有三种：ADSL、RADSL 和 VDSL。

① ADSL 为非对称数字用户环路，在两个传输方向上的速率是不一样的。它使用

单对电话线，为网络用户提供很高的传输速率，下行速率为 32kbps～8.192Mbps，上行速率为 32kbps～1.088Mbps，同时在同一根线上可以提供语音电话服务，支持同时传输数据和语音。ADSL 的调制技术主要有离散多音频调制技术 DMT 和无载波调幅调相技术 CAP 两种。

图 8.26 所示为 ADSL 的典型连接结构。由图可以看到，ADSL 直接连接到电信宽带网的机房，用户独享带宽。ADSL 利用电话网络深入千家万户，骨干网采用遍布全国的光纤传输，各节点采用 ATM 宽带交换机处理交换信息，独享带宽，信息传递快速、可靠、安全。ADSL 数据信号和电话音频信号以频分复用原理调制于各自频段互不干扰。用户在上网的同时可使用电话，避免了拨号上网的烦恼。而且，由于数据传输不通过电话交换机，因此使用 ADSL 上网不需要缴纳拨号上网的电话费用，节省了通信费用。在现有电话线上安装 ADSL，只需在用户端安装一台 ADSL Modem 和一只电话分离器，用户线路不用做任何改动，极其方便。

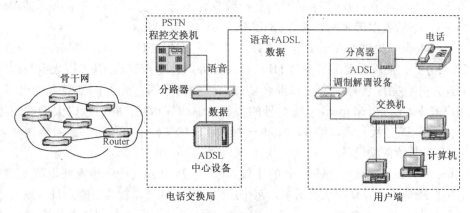

图 8.26　ADSL 的典型连接结构

② RADSL 为速率自适应数字用户环路，是 ADSL 的一种扩充，允许服务提供者调整 xDSL 连接的带宽以适应实际需要并且解决线长和质量问题。它利用一对双绞线传输，支持同步和非同步传输方式，速率自适应，下行速率为 640kbps～12Mbps，上行速率为 128kbps～1Mbps，支持同时传输数据和语音。

③VDSL 甚高速数字用户环路，是一种极高速非对称数据传输技术。它是在 ADSL 的基础上发展起来的 xDSL 技术，可以将传输速率提高到 25～52Mbps，应用前景更广。

2. 使用 ADSL Modem 接入 Internet

目前，接入 Internet 的方式有电话拨号（Modem）、ADSL Modem、Cable Modem 和宽带专线等。

对于个人用户而言，通过调制解调器上网比较普遍。这种方式所提供的下行（从网络到用户）速率最大为 56kbps，上行（从用户到网络）速率最大为 33.6kbps。Modem 实际上是一种数/模转换设备，它将计算机的数字信息转换成可以在普通电话线路上传输的音频信号，然后传给远程计算机所连接的 Modem。远程计算机所连接的Modem再将收到的音频信号转换为数字信息交给远程计算机。这一过程使网速较慢。

ADSL（asymmetrical digital Subscriber loop，非对称数字用户环路）技术是运行在原有普通电话线上的一种新的高速宽带技术。它利用现有的一对电话铜线，为用户提供上、下行非对称速率的传输。非对称主要体现在上行速率（最高1Mbps）和下行速率（最高8Mbps）的非对称上。对于只需要下载数据的单位来说，它是一种很理想的Internet接入方式。ADSL使用频分复用技术将话音与数据分开，话音和数据分别在不同的通路上运行。即使边打电话边上网，也不会发生上网速率下降或通话质量下降的情况。其设备价格低廉，通常由电信局租借给用户。

3. 使用 Cable Modem 接入 Internet

Cable Modem（线缆调制解调器）利用有线电视网，提供优质的 Internet 服务。无须拨号上网，不占用电话线，可建立永久连接。Cable Modem传输数据时，利用同轴电缆中的某个频道，整个电缆分为三个宽带，分别用于Cable Modem 数字信号上传、数字信号下传及电视节目模拟号下传。上行数据传输速率为 320～5120kbps 或 640～10240kbps。下行数据传输速率为 30.342Mbps 或 42.884Mbps。

Cable Modem 提供 Internet 接入业务，可以采用"HFC＋Cable Modem＋以太网/ATM"的方式。局端需要配备一台 HFC 前端设备，通过 ATM 或快速以太网与因特网进行互连，并且完成信号的调制和混合功能。数据信号通过光纤同轴混合网（HFC）传至用户家中，Cable Modem 完成信号的解码、解调等功能，并通过以太网端口将数字信号传送到 PC。反过来，Cable Modem 接收 PC 传来的上行信号，经过编码、调制后通过 HFC 传给前端设备。

Cable Modem 与 ADSL Modem 的比较：Cable Modem（所代表有线电视宽带网）结构上是总线型的，一旦用户数增多，每个用户所分配的带宽就会下降；且单点故障易造成整个节点上用户服务的中断；所有用户的信号都是在同一根同轴电缆上进行传送的，有被搭线窃听的危险。ADSL Modem 采用的是星形拓扑结构，为每个用户提供了固定、独占的带宽，保证用户发送数据的安全性。且一台 ADSL Modem 设备的故障只会影响到一个用户。Cable Modem 的前期用户可以享受非常优质的服务，因为在用户数量很少的情况下，线路的带宽以及频带都非常充裕。但是，每一个 Cable Modem 用户的加入都会增加噪声、占用频道、减少可靠性以及影响线路上已有的用户服务质量。ADSL Modem 不会受接入网中用户数以及流量的影响。

4. 使用路由器接入 Internet

对于大中型网络接入 Internet，必须用专线、正式 IP 地址接入，这样做的好处有二，一是拥有正式 IP 地址，可建立自己的 Web 站点，全天候接通 Internet，对外发布网站信息；二是从拥有正式 IP 地址的计算机上发布的信息，便于 Internet 的行业管理。专线上网方式一般采用 128kbps～2Mbps 的 DDN 专线，或 2～10Mbps 的 ADSL 专线，也有以 100Mbps 光纤构成较大规模的网络来接入 Internet。专线上网所用设备如下。

专线 Modem：DDN 专线用 DDN 的 Modem，根据租用线路速率选择相应容量的 Modem；ADSL 专线选择相应容量的 ADSL 所用的 Modem。如果是光纤，前端还有一个光缆转换接线盒，将光信号转换为电信号。

从 Modem 出来的信号接入路由器，再用双绞线从路由器接入交换机，使用路由器接入 Internet 的一般配置如图 8.27 所示。

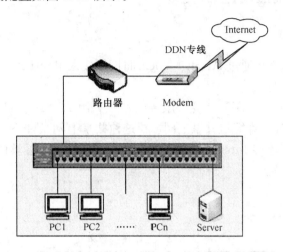

图 8.27　DDN 专线接入 Internet 的连接示意图

其中：数字数据网（Digital Data Network，DDN）是利用数字信道传输数据信号的数据传输网，为用户提供一个高质量、高带宽的数字传输通道，它由数字通道、DDN 节点、网管控制和用户环路组成，由 DDN 提供的业务又称数字数据业务（DDS）。它的主要作用是向用户提供永久性和半永久性连接的数字数据传输信道，既可用于计算机之间的通信，也可用于传送数字化传真，数字话音，数字图像信号或其他数字化信号。永久性连接的数字数据传输信道是指用户间建立固定连接，传输速率不变的独占带宽电路。半永久性连接的数字数据传输信道对用户来说是非交换性的。但用户可提出申请，由网络管理人员对其提出的传输速率、传输数据的目的地和传输路由进行修改。网络经营者向广大用户提供了灵活方便的数字电路承租业务，供各行业构成自己的专用网。DDN 专线的主要特点是：

（1）传输质量高，信道利用率高

DDN 支持任何规程，不受约束，只要通信双方自行约定了通信协议就能在 DDN上进行数据通信。

（2）传输速率高，网络时延小

DDN 是利用数字信道提供永久性连接电路，用来传输数据信号的数字传输网络。它可提供速率为 N×64kbps（N＝1，2，3…31）和 N×2Mbps 的国际、国内高速数据专线业务。

（3）数据信息传输透明度高

DDN 可以支持任何类型的用户设备入网，例如计算机、PC 机、终端，也可以是图像设备、语音设备或 LAN 等，可支持语音、数据、传真、图像等多种业务。

（4）适用于数据信息流量大的场合

DDN 的租用专线业务包括点对点专线，一点对多点轮询，广播，多点会议。DDN的一点对多点业务适用金融，证券等集团系统客户组建总部与其分支机构的业务网。利用多点会议功能可以组建会议电视系统。

（5）网络运行管理简便，对数据终端的数据传输速率没有特殊要求。

8.2.2　网络接入 Internet 的工作性任务

1．工作任务描述

（1）工作任务名称：通过 ADSL Modem 将网络接入 Internet。

（2）任务内容提要

假设学校已经申请了 ADSL 接入服务，希望利用 ADSL Modem 将学校网络接入 Internet，实现所有办公计算机共享上网。在这种共享上网条件下，学校网络中的每台计算机都能够顺利地连接 Internet，访问和利用外部信息，改善教育和教学环境。

2．工作任务要求

工作任务要求见表 8.2。

表 8.2　工作任务要求

栏目	要求
任务目标	通过 ADSL Modem 将网络接入 Internet
工作活动内容	运用接入技术，使用 ADSL Modem 将网络实训室或学生宿舍的计算机接入到 Internet，并测试其有效性
学习情境与工具	网络实训室或学生宿舍，制作好 RJ-45 水晶头的 UTP 五类双绞线、安装 Windows Server 2003 的服务器和安装 Windows XP 的客户机
工作任务	要将网络连接到 Internet，首先是搭建网络环境，然后是配置宽带路由器，最后是为每个客户端设置好 IP 地址、默认网关地址、首选 DNS 服务器地址。这里，默认网关设置为宽带路由器的 IP 地址；DNS 设置为当地 ISP 提供的值
相关知识点	使用 ADSL Modem、Cable Modem、路由器接入 Internet 的方法
工作过程分解	1）使用网线正确连接 ADSL Modem、宽带路由器、交换机、计算机 2）配置宽带路由器中相关的参数 3）为每一台主机设置正确的 TCP/IP 协议参数，通过 ADSL Modem、宽带路由器接入 Internet
工作记录	工作过程中记录的数据和所收集的资料
完成任务的成果	将网络连接到 Internet 的实训报告，包括完成任务的工作过程和结果、出现的问题和解决方法，以及完成任务的心得和对实际工作的指导意义

3．完成任务条件和参考步骤

（1）完成任务的工作环境

如图 8.28 所示，一个 ADSL Modem，一条已准许 ADSL 接入 ISP 的电话线，一台交换机。

将电话线连上分离器 LINE 口，分离器 Modem 口与 ADSL Modem 之间用一条两芯电话线连上，ADSL Modem 与交换机之间用一条交叉网线连接。如果要接电话机，可从分离器的 PHONE 口接一条电话线到电话机。

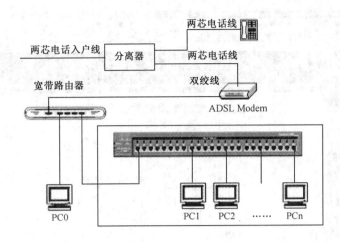

图 8.28　ADSL 线路连接示意图

（2）完成任务的参考步骤

1）按照网络拓扑图搭建网络，即用网线把 ADSL Modem、宽带路由器、交换机、计算机网卡连接起来；计算机与路由器的以太网口相连。

2）配置宽带路由器（以 TP-LINK 品牌的 TL-R402M 型号为例）。

通过与宽带路由器的 LAN 口相连接的计算机 PC0 来配置宽带路由器。设置 PC0 的 IP 地址为 192.168.7.68/24，在 IE 地址栏中输入 192.168.7.1，输入用户名 admin，密码为 admin，进入宽带路由器的配置界面。可以根据自己使用的宽带线路进行具体的选择，目前，使用比较多的接入线路有 ADSL Modem、CABLE Modem 和小区宽带三种，这里我们使用的是 ADSL Modem 线路；因为电信运营商一般使用的 PPPoE 拨号的方式来对用户进行管理，所以我们选择"PPPoE 拨号方式"，PPPoE 拨号都会有一个用户的验证过程，需要我们将电信运营商提供的信息（ADSL Modem 拨号上网时的用户名密码）输入到对话框内，在填充完必要的信息后，宽带路由器会让我们选择 IP 地址类型，大部分用户都是使用电信运营商自动分配的 IP 地址。图 8.29 所示为"网络参数-WAN 口设置"，选择 WAN 口连接类型为动态 IP 地址。宽带路由器中还有很多更高级的功能选项，如 DHCP、安全等，我们可以通过宽带路由器说明书了解这些选项的具体应用方法，根据自己的实际需求进行适当的配置。

一般宽带路由器的设置界面及功能都大同小异，所以上述设置同样适用于其他的宽带路由器产品。

3）在各计算机上设置 IP 地址。

通过对宽带路由器的设置，宽带路由器已经能够为计算机提供 NAT 转换功能了，但这时计算机还不能接入 Internet，因为还需要在计算机上进行一些 TCP/IP 选项的设置以后才能实现接入 Internet。

宽带路由器的出厂 IP 地址一般是固定的，所以我们在配置时，需要将计算机设置和宽带路由器在同一个网段当中。这里，我们将计算机 PC0 的 IP 地址设置为 192.168.7.68，子网掩码 255.255.255.0，默认网关为 192.168.7.1。

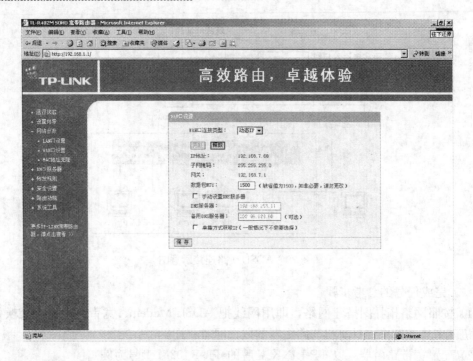

图 8.29　TL-R402M 宽带路由器设置界面

表 8.3

计算机	IP 地址	子网掩码	默认网关
PC0	192.168.7.68	255.255.255.0	192.168.7.1
PC1	192.168.7.71	255.255.255.0	192.168.7.1
PC2	192.168.7.72	255.255.255.0	192.168.7.1
PC3	192.168.7.73	255.255.255.0	192.168.7.1
PC4	192.168.7.74	255.255.255.0	192.168.7.1

 注 意

　　TL-R402M 宽带路由器 IP 地址一般被设置为 192.168.7.1，所以客户机就不能使用这个 IP 地址了，否则会因为 IP 地址冲突而造成所有的机器都不能接入 Internet。

　　采用宽带路由器连接方式进行共享上网，网络中的每台工作站要想能够顺利地访问到 Internet 中的内容，就必须依次在每个客户端设置好网关地址；如果用户还希望通过域名方式访问的话，还需要在每个客户端设置好 DNS 服务器地址。这里，默认网关设置为宽带路由器的 IP 地址 192.168.7.1；DNS 设置为当地 ISP 提供的值。

4. 任务测试与验收

在各计算机上的用户使用 ping 命令测试网络连通性，并设置 Internet Explorer 浏览器的 Internet 选项。具体操作步骤是：打开 Internet Explorer，选择"工具"→"Internet 选项"→"连接"→"局域网设置"，在局域网设置窗口中选中"自动检测设置"复选框。这样，网络用户就可以使用 Internet Explorer 访问 Internet 上的网站。

5. 超越与提高

尽管用手工方法设置工作站上网参数并不是一件难事，但是对于那些包含了许多工作站数量的网络来说，依次在每一台工作站中设置上网参数，网管人员的工作量显然是十分巨大的，而且这样操作也不利于提高网络的管理与维护效率。更让人难以接受的是，如果网络中的代理服务器或路由器地址发生变化的话，那么每一台工作站的网络参数都必须要跟着修改。

(1) 绑定需求

为了有效提高工作站的上网效率，我们有必要想办法让每一台工作站自动使用指定的网关地址，以及自动使用指定的 DNS 服务器，那样一来我们不但能够大大地减轻网络参数设置工作量，而且还能灵活地应对网关地址和 DNS 服务器地址发生变化的特殊情况。要做到这一点，我们可以借助 DHCP 服务特殊的绑定功能，将网关地址和 DNS 服务器地址绑定在 DHCP 服务器中，日后工作站向 DHCP 服务器申请 IP 地址时，也会一并获取网关地址和 DNS 服务器地址的，而且这些地址即使发生变化的话，我们只要在 DHCP 服务器中进行一次性修改就可以了，而不需要对工作站进行任何修改。下面就介绍如何通过 DHCP 的地址绑定功能，来让工作站自动获得网关地址和 DNS 服务器地址，从而有效提高网络管理与维护效率。

(2) 绑定步骤

假设在网络中有一台工作正常的 DHCP 服务器，该服务器的地址为 192.168.7.18，所有工作站都通过"自动获取 IP 地址"的方式来向 DHCP 服务器动态申请地址，同时内部网络运行很正常。现在每台工作站需要通过代理服务器进行 Internet 共享访问，假设代理服务器的 IP 地址为 192.168.7.19，同时内部用户在访问服务器时，也需要通过域名进行访问操作，DNS 服务器的 IP 地址假设与 DHCP 服务器地址一样的。要实现上述访问目的，我们可以按照如下步骤来将代理服务器地址与 DNS 服务器地址绑定在 DHCP 服务器上，以便让所有工作站都能自动获取这些地址，而不需要网络管理人员手工进行配置。

首先以超级管理员身份登录进 DHCP 服务器所在的计算机系统，并在系统桌面中依次单击"开始"→"设置"→"控制面板"命令，打开系统的控制面板窗口，用鼠标双击其中的"管理工具"，打开服务器系统的管理工具列表窗口，在该窗口中双击"DHCP"图标，打开 DHCP 控制台界面。

其次在该界面的左侧列表区域，找到我们事先已经架设好的并且运行正常的目标 DHCP 服务器，例如服务器域名称为"gdqy.com"，用鼠标展开目标服务器，然后右击其中的"服务器选项"，从弹出的快捷菜单中执行"配置选项"命令，在其后出现的选项设置窗口中单击"常规"标签，打开"常规"标签设置页面。在该页面中，我们会看到许多可用设置选项，其中的"路由器"选项和"DNS 服务器"选项就是我们需要设置的。

接着我们可以将"路由器"选项前面的方框打勾选中，然后在对应该选项下面的文本框中输入代理服务器的主机名称或者 IP 地址，在这里输入"192.168.7.19"，在确认代理服务器地址输入正确后，再单击"添加"，最后单击"确定"，这样一来我们就能将代理服务器的 IP 地址捆绑在 DHCP 服务器中了；日后工作站向 DHCP 服务器申请 IP 地址时，也会一并申请得到本地工作站的网关地址。

下面再将"DNS 域名"选项前面的方框勾选起来，在设置文本框中，输入 DNS 服务器的域名名称，假设我们输入的域名名称为"gdqy.com"；之后单击"高级"标签，并在对应标签页面中选中"DNS 服务器"选项，然后在对应该选项下面的文本框中输入 DNS 服务器的 IP 地址，这里输入的是"192.168.7.18"，输入完毕后，单击"确定"，这样一来我们就能将 DNS 域名解析服务与 DHCP 服务器绑定在一起了，日后工作站向 DHCP 服务器申请 IP 地址时，也会一并申请得到 DNS 服务器地址，到时工作站就能通过域名来访问服务器了。

完成上面的所有设置操作后，返回到 DHCP 控制台窗口，然后在左侧列表区域单击"服务器选项"，随后我们就能在右侧列表区域中看到前面的设置参数了，这个时候就表明我们已经将代理服务器的 IP 地址以及 DNS 服务器的 IP 地址捆绑在 DHCP 服务器中了。

(3) 上网设置

完成服务器各个地址的绑定操作后，工作站就不需要重复设置代理服务器地址和 DNS 服务器地址了，我们只要在工作站中进行如下设置，就能让工作站快速上网访问。

首先在工作站系统桌面中依次单击"开始"→"设置"→"网络连接"，在弹出的网络连接列表窗口中，右击"本地连接"，从弹出的快捷菜单中执行"属性"，打开本地连接属性设置窗口；其次选中设置窗口"常规"标签页面中的"Internet 协议（TCP/IP）"选项，并单击"属性"，打开 TCP/IP 属性设置界面，将该界面中的"自动获得 IP 地址"以及"自动获得 DNS 服务器地址"项目全部选中，最后单击"确定"，这样一来工作站日后就能通过 DHCP 服务器顺利获得共享上网的代理服务器地址，从而进行 Internet 访问操作了，而且工作站还能通过绑定在 DHCP 服务器中的 DNS 服务，来使用 DNS 服务器进行域名访问了。

任务 8.3　配置代理服务器接入 Internet

8.3.1　配置代理服务器接入 Internet 的学习性任务

1. 代理服务器的功能

代理服务器在内部网与外部网的连接中发挥着极其重要的作用。代理服务器可用于多个目的，但最基本的功能是连接，此外还包括安全性、缓存、内存过滤、访问控制管理等功能。

（1）节省公有 IP 地址

因为代理服务器内部的用户通过代理服务器连入 Internet 时，代理应用程序会把数据包中的 IP 地址转化一下。例如：学校中的一个用户（IP 地址为：172.16.1.1）要访问 Internet，那么经过代理服务器（内部地址为：172.16.250.250，外部地址为：202.102.240.69）时，代理服务器把地址进行一个转换（数据包中的 172.16.1.1 地址转化成了 202.102.240.69）。这样就实现了所有的内部用户都用共享这一个公用地址和外部应用进程进行通信，从而就可以节省了许多公有的 IP 地址。

（2）充当防火墙，保护内部机器的安全。

代理服务器对内部网的安全起到了屏障的作用，在外部看来只有一个代理服务器可见（因为，只有公有地址才有可能被公共访问，而私有地址只能被内部用户访问）。还有，代理服务器还可以实现一些应用程序的通过，比如：咱们学校就把以 SOCKS 等协议为基础的应用程序给禁止了，只开通了 HTTP 服务。所以我们有时要用特定的工具把其他的协议转化成 HTTP 协议才能用一些应用程序。例如：进行 QQ 聊天时就需要用 SOCKSXP 做一个协议转换。

（3）减少网络流量，提高用户上网速度。

一般的代理服务器都有缓存，用于存放近期用户所访问过的数据，那么被频繁访问的数据就可以从代理服务器的缓存中提取而不用每次都从 Internet 上下载了。这样做一是减少了网络的流量，二是提高了访问的速度。

2. 代理服务器的工作原理

每个代理服务器都由一些软件组成，其中应用代理程序是整个代理服务器软件的核心，其工作过程如图 8.30 所示。

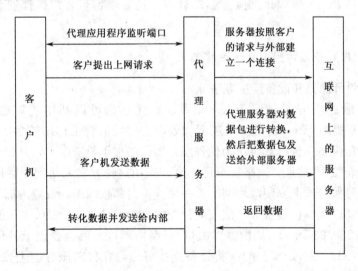

图 8.30 代理服务器的工作过程

从图 8.30 可见，应用代理程序在工作过程中起着客户机和外部服务器之间的一个"桥梁"，可以让内部的数据都通过这个"桥梁"送到外面，同时也可以接受外部服务器

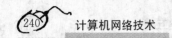

进来的数据，并把数据送到内部相应的客户。

3. 代理服务器的组成结构

1) 代理服务器是一台装有两个或多个网卡的机器。一般都是集成了两个网卡，一个网卡面向内部，一个面向外部。代理服务器必须和 Internet 相连接。这种连接方式可以通过拨号方式，也可以通过 ADSL、DDN 等方式。

2) 代理服务器必须安装支持 TCP/IP 协议的操作系统，因为 Internet 是基于 TCP/IP 协议的一种网络。

3) 代理服务器必须有一种或几种代理应用程序。常用的代理应用程序有 WinGate、SyGate、MS Proxy Server 等。

WinGate 是一个代理服务器及防火墙软件包，它可以让多个用户仅通过一个连接同时访问 Internet。从小型网络共享一个 ADSL 连接，到一个大型网络共享一条专线，WinGate 几乎在任意环境下都能极好地工作。WinGate 软件由服务器端和客户端软件两部分组成，服务器软件安装在有 ADSL Modem 或者有其他连接的机器上；客户端软件安装在网络上的其他机器上。WinGate 4.01 是共享软件，下载网址为 http//www.wingate.com，文件大小为 3.7MB。

SyGate 安装在网络中直接接入 Internet 的那台计算机上，SyGate 基于 NAT（网络地址转换），电子邮件和浏览并不需要特别设置，SyGate 自动分配所需参数给每一台计算机，包括 TCP/IP 地址、子网掩码、网关和 DNS 服务器，只需要安装一次，所有网络内的计算机都能上网。

MS Proxy Server 2.0 是微软公司提供的一种代理服务器解决方案，大型的局域网可以用它作为局域网的代理服务器软件。MS Proxy Server 的 Winsock 代理要求不仅服务器要安装 MS Proxy Server 的服务器端软件，还要求每台客户机都安装它的客户端软件。

4. 通过代理服务器访问 Internet 的配置

(1) 总体设计思路和设备连接方法

利用代理服务器方式访问 Internet 资源，优点是可以利用代理服务器提供的 CACHE 服务来提高 Internet 的访问速度和效率。比较适合工作站较多的校园网使用；缺点是需要专门配备一台计算机作为代理服务器，增加了投资成本，且较第一种方法还需多占用两个合法 IP 地址，网络安全性不高。采用这种方案来访问互联网，设备连接方法如下：代理服务器上安装两块网卡，一块连接内部校园网，设置内部私有地址，另一块连接路由器以太口，设置 ISP 供应商分配的合法地址（219.220.236.101），并设置其网关为 219.220.236.100（路由器以太口）。路由器以太口也设置 ISP 供应商分配的合法 IP 地址（219.220.236.100）。将设备连接好后，在代理服务器上安装代理软件，并在工作站上设置代理即可访问 Internet。

(2) 路由器的配置

图 8.31 所示为通过代理服务器接入 Internet 的网络连接示意图。

说明：在图 8.31 中，校园网内的所有计算机通过交换机直接与代理服务器上的内

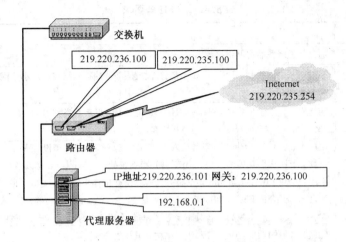

图 8.31 通过代理服务器接入 Internet 的网络连接示意图

部网网卡（192.168.0.1）通信，然后在代理服务软件的控制之下经过路由器访问 In-ternet。

（3）代理服务器的设置

代理服务器必须安装两块网卡，一块用于连接内部网络，设 IP 地址为内部私有地址（如 192.168.0.1，子网掩码 255.255.255.0）无需设置网关；另一块用于连接路由器，设置 ISP 分配的合法地址（如 219.220.236.101，子网掩码 255.255.255.252），并设置其网关为 219.220.236.100（路由器以太口）。

按照上面的方法设置好网卡后，安装代理软件（如 WinGate、SyGate、MS Proxy Server）。

（4）工作站的设置

Internet Explorer 的设置，单击菜单栏"工具"→"Internet 选项"→"连接"→"局域网设置"→"使用代理服务器"→"地址"：192.168.0.1"端口"：80→"确定"。

8.3.2 配置代理服务器接入 Internet 的工作性任务

1. 工作任务描述

（1）工作任务名称：通过代理服务器接入 Internet。

（2）任务内容提要

学校网络实训室通常是通过校园网来接入 Internet。这里，为了实现通过代理服务器接入 Internet，也是为了尽量降低成本，我们没有选用硬件路由器，而是使用电话线，以及 ADSL Modem 和交换机等网络硬件，在一台计算机上安装 WinGate 代理服务器软件来实现网络接入 Internet 的功能。

2. 工作任务要求

工作任务要求见表 8.4。

表 8.4　工作任务要求

栏目	要求
任务目标	通过代理服务器将网络接入 Internet
工作活动内容	通过一条电话线和 ADSL Modem，配置代理服务器使得网络实训室小型网络内每台计算机都能上网
学习情境与工具	网络实训室或学生宿舍，制作好 RJ-45 水晶头的 UTP 五类双绞线、安装 Windows Server 2003 的服务器和安装 Windows XP 的客户机
工作任务	使用 WinGate 作为代理服务器接入 Internet。这里，关键在于设置 WinGate。WinGate 是一款具有防火墙功能的多协议代理服务器系统软件。WinGate 可以通过一台计算机为网络用户提供 Internet 访问的共享服务。多协议意味着 WinGate 支持几乎所有的 Internet 协议，比如 HTTP、FTP、POP3 以及 VDO（视频）、RealAudio（音频）等，用户浏览主页、收发邮件、传输文件、欣赏视频和音频不受限制，与每个用户单独使用一个入网账户毫无区别
相关知识点	代理服务器的功能、工作原理、组成结构及其配置方法
工作过程分解	1）设置代理服务器的 IP 地址、子网掩码等 2）在作为代理服务器的计算机上安装 WinGate 代理应用程序 3）设置 WinGate 相关参数 4）设置客户机的 IP 地址、子网掩码等 5）在客户机上安装 WinGate 客户程序
工作记录	工作过程中记录的数据和所收集的资料
完成任务的成果	配置代理服务器将网络接入 Internet 的实训报告，包括完成任务的工作过程和结果、出现的问题和解决方法，以及完成任务的心得和对实际工作的指导意义

3. 完成任务的条件和参考步骤

（1）完成工作任务的环境

作为代理服务器的计算机（已经安装 Windows Server 2003），能够通过电话线和 ADSL Modem 接入 Internet。在此计算机上安装了两块网卡，一块连接 Internet，一块连接内部网络（IP 地址为 192.168.1.1），也可以采用一块网卡，两个 IP 地址（一个 IP 地址为外连 IP 地址，另一个为内连 IP 地址）。

其中客户机已经安装 Windows 2000 Professional 或 Windows XP，并且相互之间已经连通（IP 地址分别为 192.168.1.2，192.168.1.3，…）。

（2）完成工作任务的参考步骤

1）为代理服务器设置 IP 地址、子网掩码等。

在安装 WinGate 之前，首先要检查计算机中是否已经正确安装了 TCP/IP 协议，并且要保证网络能够顺利连通，然后检查 Windows Server 2003 计算机是否能够成功连入 Internet，并安装了两块网卡，一块外连 Internet，一块内连局域网。禁用 WINS 服务，启用 DNS 服务。

2）在作为代理服务器的计算机上安装 WinGate 服务器端软件。

在 Windows Server 2003 计算机上，运行 WinGate 的安装程序 WgSetup. exe→单击"I Agree"，接受许可协议→选择"Configure this Computer as the WinGate Server"，指定在当前计算机上安装 WinGate 服务器。单击"Continue"按钮。选择安装方式，

对于已经注册了的用户，选择第一个单选按钮"Licensed version［Enter your WinGate key below.］"，并在文本框内输入注册名和注册码，如果是试用用户，选择第二个单选按钮"Evaluation version［WinGate Pro Free 30 day trial］"，单击"Next"按钮。通常选第一个。设置应用程序所存放的路径，默认为"C:\ Program Files \ WinGate"，单击"Next"按钮→选择安装方式为"Express setup"，单击"Next"→选中"Use NT for User Authentication［GateKeeper and Client］"，以使 Windows Server 2003 服务器中的管理员和账户能访问 GateKeeper 及客户端。单击"Next"→"Next"按钮，跳过"Use WinGate mail server"。选中"Install ENS"，以支持"网络地址转换"技术，单击"Next"按钮。选中"Install VPN"，以便安装 VPN，单击"Next"按钮。选中"Enable Auto Update"，使得总能保持 WinGate 的最近版更新，单击"Next"按钮。单击"Begin"，开始安装 WinGate 到指定的目录→单击"Finish"按钮，完成安装→提示系统要重新启动，单击"OK"按钮启动计算机。

3）设置 WinGate 代理服务器。

WinGate 完成之后重新启动计算机，在任务栏右下方显示一个工作监视器图标。

要设置 WinGate 服务器，可双击该图标启动 GateKeeper，输入用户名 Administrator 及口令，单击"OK"按钮；启动 GateKeeper，打开"System"标签（注意：左窗口下方有三个标签，"System"，"Services"，"Users"），单击"Winsock Redirector Service properties"行，以设置属性；在"Winsock Redirector Service properties"对话框的"Bingdings（绑定）"选项卡中，将选择与此 WinGate 服务器绑定的所有有关的 IP 地址；在"General（常规）"选项卡中，可在"启动选项"文本框中更改启动类型和端口号。

注意

　　启动 GateKeeper 后，可单击"Users"标签，设置一个账户、密码。但在安装 WinGate 服务器时选择"Use NT for User Authentication［GateKeeper and Client］"，将无法创建普通用户账户来使用 GateKeeper。

4）为网络中的客户机设置 IP 地址、子网掩码等。

在安装客户端应用程序前，首先为客户端计算机（Windows 2000 Professional 或 Windows XP），指定一个 IP 地址（如 192.168.1.20，该地址在局域网上是唯一的）、子网掩码（如 255.255.255.0）；禁用 WINS 服务；启用 DNS 服务，并设置 DNS 服务器地址与 WinGate 服务器的 IP 地址相同，网关也设置为 WinGate 服务器的 IP 地址（如 192.168.1.1）。

注意

　　在 Windows XP 计算机上安装 WinGate 客户程序，除了进行正确的网络设置之外，还必须运行"网络安装向导"，使之能与网络上的其他计算机通信。

5）在客户机上安装 WinGate 客户程序。运行 WinGate 的安装程序 WgSetup.exe→

单击"I Agree",接受许可协议→选择"Configure this Computer as a WinGate Internet Client",指定当前计算机作为 WinGate 客户端→单击"Continue"按钮→单击"Start"按钮→单击"Finish"。

4. 任务测试与验收

在 WinGate 客户端(Windows 2000 Professional 或 Windows XP)上,启动"开始"→"程序"→"WinGate Internet Client"→"WinGate Internet Client Applet"服务→设置 Wingate 服务器名称、IP 地址、端口号。

当对客户机设置好后,在客户机上,每次启动 IE 浏览器,WinGate 客户端服务程序将自动启动。通过 WinGate 代理服务,连接 Internet。

在 WinGate 服务端(Windows Server 2003)上,运行 GateKeeper,可查看客户机的联网过程。

5. 超越与提高

下面将介绍安装和设置代理服务器 SyGate,使内部网络的每台计算机都能够接入 Internet。

1)启动 SyGate 的安装→单击"是"按钮,选择软件所存放的文件夹位置(取默认值)→单击"下一步"按钮,给出应用程序的执行名称,如"SyGate",或取默认值,单击"下一步"按钮,指定当前计算机服务模式为"服务器模式",即此计算机作为 SyGate 的代理服务器来安装,如图 8.32 所示。单击"确定"按钮。

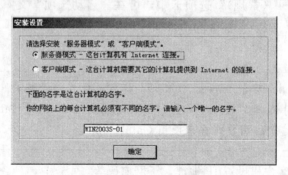

图 8.32　SyGate 安装和设置

2)进行 SyGate 网络诊断,如没有问题,则弹出如图 8.33 所示的对话框,表示网络诊断无误,单击"确定"按钮。

3)提示 SyGate 只能限制有三个用户试用 30 天,需要注册才能永久使用,单击"购买/注册",在弹出的对话框中单击"现在注册",弹出用户注册的信息对话框,要求输入 SyGate 软件的注册号和序列号,并给出 E-mail 地址,正确无误后单击"确定"按钮。

4)SyGate 服务器安装好以后,要求重新启动 Windows Server 2003,使配置生效,重启后,将自动启动 SyGate 服务,出现如图 8.34 所示的窗口,表明 SyGate 已启动,以及"Internet 共享:Online"等信息,任务栏右下方出现"SyGate 服务管理器"图标 。

图 8.33 SyGate 网络诊断   图 8.34 "SyGate 服务器管理"窗口

5) 当 SyGate 服务启动正常后,无论是 SyGate 服务器端(Windows Server 2003),还是客户端,都能通过 IE 上网浏览。如果要中止 SyGate 代理服务,在图 8.34 中,单击工具栏中的"停止"即可。

6) 通常情况下,用户不需要在 SyGate 客户端安装任何软件,因为在安装过程中,SyGate Server 能够自动完成 TCP/IP 的设置。但如果安装,其安装方法与服务器相同,只是在选择模式时,选择"客户端模式"。

课 后 活 动

1. 项目讨论

1) 接入 Internet 的方式主要有哪几种? 各有何特点?

2) 如何配置 Internet 连接共享?

3) 比较 SyGate 和 WinGate 的相同和不同点。

4) 在局域网和 Internet 中使用的 IP 地址是否一样? 如果不一样,请说明理由。

2. 技能训练

1) 配置 Windows Server 2003 路由实现网络互连。

① 在两个私有网段 192.168.0.0 和 192.168.1.0,通过配置 Windows Server 2003 服务器路由功能实现他们之间的互连。

② 设置三个私有网段 192.168.0.0、192.168.1.0 和 192.168.2.0,通过配置三台 Windows Server 2003 服务器路由功能,实现它们之间的互连。

③ 设置三个私有网段 192.168.0.0、192.168.1.0 和 192.168.2.0,通过配置三台 Windows Server 2003 服务器路由功能,实现它们之间的两两互连,并实现到 Internet 的连接。

2) 使用 ADSL 方式,将所在宿舍的几台计算机接入 Internet。

3) 使用 SyGate 或 WinGate 作为代理服务器,将几台计算机所构建的网络接入 Internet。

项目 9

管理与维护网络

 项目教学目标

- 了解有效的维护与管理网络的过程。
- 掌握网络测试与监控的方法。
- 掌握网络故障诊断与排除的基本技术。

 职业技能训练目标

- 能够使用命令或工具测试与监视网络。
- 能够利用 Windows Server 2003 安全策略加固服务器安全。
- 能够预防网络故障，以及诊断和排除常见网络故障。

【项目背景说明】 管理与维护网络是构建安全、稳定、高效的校园网的需要，网络管理与维护工作的主要内容有：硬件测试、软件测试、系统测试、可靠性（含安全）测试；网络性能监测、分析、预测，网络故障预防、诊断和排除，制定灾难恢复预案等。因此，项目实施就是提供足够的简便使用特性，以支持网络管理员轻松高效地实现管理与维护的要求。

【项目任务分解】 项目分解为三个基本任务，一是测试与监视网络；二是检测和加固服务器安全；三是诊断与排除网络故障。

【项目实施结果】 通过常规和专项检测、定期和不定期维护、事前和事后管理，确保校园网的正常运行，给学校提供更好的教育与教学业务支撑。

任务 9.1　测试与监视网络

9.1.1　测试与监视网络的学习性任务

1. 常用的几个网络测试命令

（1）ping 命令

ping 是网络中使用最频繁的命令，它主要用于确定网络的连通性问题。ping 命令使用 ICMP 协议来简单地发送数据包并请求应答，接收请求的目的主机再次使用 ICMP 协议回发它所接收的数据，于是 ping 便可对每个包的发送和接收报告往返时间，并报告无丢失的包的百分比。这在确定网络是否正确连接，以及网络连接的状况（包丢失率）十分有用。ping 命令是 Windows 操作系统集成的 TCP/IP 应用程序之一，可以在MS-DOS 中或在"运行"对话框中直接运行。

1）ping 命令格式和参数说明。

ping 命令的格式为：

ping[-t][-a][-n count][-l length][-f][-I ttl][-v tos][-r count][-s count][-j computer-list][-k computer-list][-w timeout]destination-list

主要参数说明见表 9.1。

表 9.1　ping 命令的主要参数及其说明

参　数	说　明
-t	ping 指定的计算机直到中断
-a	将地址解析为计算机名
-n count	发送 count 指定的 ECHO 数据包。默认为 4
-l length	发送包含由 length 指定的数据量的 ECHO 数据包。默认为 32 字节；最大值是 65527
-f	在数据包中发送"不要分段"标志。数据包就不会被路由器上的网关分段。
-I ttl	将"生存时间"字段设置为 ttl 指定的值

续表

参　数	说　明
-v tos	将"服务类型"字段设置为 tos 指定的值
-r count	在"记录路刷"字段中记录传出和返回数据包的路由。Count 可以指定最少 1 台,最多 9 台计算机
-s count	指定 count 指定的跃点数的时间戳
-j computer-list	利用 computer-list 指定的计算机列表路由数据包。连续计算机可以被中间网关分隔(路由稀疏源),IP 允许的最大数量为 9
-k computer-list	利用 computer-list 指定的计算机列表路由数据包。连续计算机不能被中间网关分隔(路由严格源),IP 允许的最大数量为 9
-w timeout	指定超时间隔,单位为 μs
destination-list	指定要 ping 的远程计算机

2) 用 ping 命令测试本机上 TCP/IP 协议的工作情况。

使用 ping 命令测试一下在本机上 TCP/IP 协议的配置和工作情况,方法是 ping 本机的 IP 地址,如 ping 10.0.0.1,如果本机的 TCP/IP 协议工作正常,则会弹出如图 9.1 所示的结果。

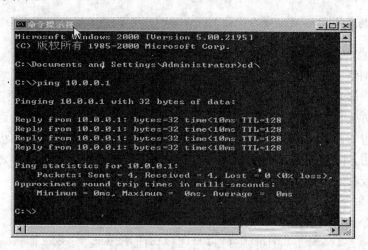

图 9.1　ping 本机 IP 所返回的测试信息

结果表明,此次测试返回了 4 个测试数据包(Reply from…)。其中,bytes＝32 表示测试中发送的数据大小是 32 字节;time＜10ms 表示数据在本机与对方主机之间往返一次所需的时间小于 10ms;TTL＝128 表示当前测试使用的 TTL(Time to Live)值为 128(系统默认值)。

若 TCP/IP 协议设置错误,则返回如图 9.2 所示的信息。

如果用 ping 命令测试的返回信息如图 9.2 所示,那么就说明此时测试主机的 TCP/IP 协议设置有问题,主要是看有没有分配 IP 地址,有没有将 TCP/IP 协议与网卡之间进行绑定,另外还必须检查网卡的安装。

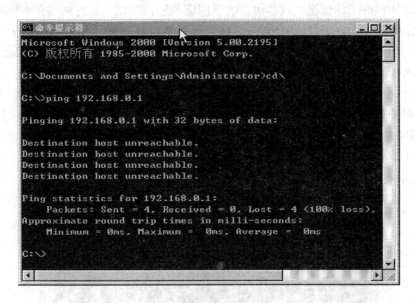

图 9.2 失败的测试返回信息

3）常见的出错信息。

ping 命令的出错信息通常有以下 4 种情况。

① Unknown host（不知名主机），这种出错信息的意思是，该远程主机的名字不能被名字服务器转换成 IP 地址。故障原因可能是名字服务有故障，或者名字不正确，又或者网络管理员的系统与远程主机之间的通信线路有故障。如图 9.3 所示情况就是不知名主机故障。

图 9.3 不知名主机故障

② Network unreachable（网络不可达），这是本地系统没有到达远程系统的路由，可用 netstat-rn 检查路由表来确定路由配置情况。

③ No answer（无响应），远程系统没有响应。这种故障说明本地系统有一条到达远程主机的路由，但却接收不到它发给该远程主机的任何分组报文。故障原因可能是过程主机没有工作，本地或远程主机网络配置不正确，本地或远程的路由器没有工作、通信线路有故障，远程主机存在路由选择问题等。

④ Timed out（超时），与远程主机的链接超时，数据包全部丢失。故障原因可能是路由器的连接问题、路由器不能通过，也可能是远程主机已经关机。

在确保本机网卡和网络连接正常的情况下，可以使用 ping 命令测试其他计算机上的 TCP/IP 协议的工作情况，这样可以实现网络的远程测试。其方法是在本机操作系统的 DOS 提示符下 ping 对方的 IP 地址，如果远程主机名已被域名服务器解析过，那么我们还可以通过 ping 对方的主机名来测试对方主机的 TCP/IP 协议的工作状态。

（2）ipconfig 命令

利用 ipconfig 命令可以查看本地计算机的 TCP/IP 协议的有关配置，如 IP 地址、网关、子网掩码等，以及网卡的 MAC 地址和 DHCP 配置的值。在命令提示符下运行 ipconfig 命令，可显示本地计算机所有网卡和 IP 地址配置信息，从而便于校验 IP 地址设置是否正确。如图 9.4 所示，从中我们可以看到主机名（Host Name）、DNS 服务器地址、默认网关等信息。

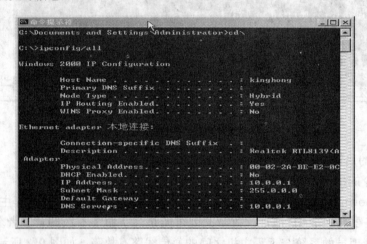

图 9.4　运行 ipconfig /all 命令的显示信息

ipconfig 命令的格式如下：

    ipconfig[/all→/renew→/release]

参数说明见表 9.2。

表 9.2　ipconfig 命令的参数说明

参数	说明
/all	完整显示。在没有该开关的情况下 ipconfig 只显示 IP 地址、子网掩码和每个网卡的默认网关值
/renew	更新 DHCP 配置参数，包括重新获取 IP 地址、字网掩码以及网关等。该选项只在运行 DHCP 客户端服务的系统上可用。要指定适配器名称，可键入使用不带参数的 ipconfig 命令显示的网卡名称
/release	发布当前的 DHCP 配置。该选项禁用本地系统上的 TCP/IP 配置值，包括 IP 地址和子网掩码。该应用程序在运行 DHCP 的系统上特别有用，允许用户决定由 DHCP 配置的值
ipconfig	是一个非常有用的工具，尤其当网络的 IP 属性设置为自动获取时特别有用。利用 ipconfig 可以让用户很方便地了解到 IP 地址的实际配置情况

（3）网络路由跟踪 tracert 命令

网络路由跟踪命令 tracert 是一个基于 TCP/IP 协议的网络测试命令。利用该命令可以查看从本地主机到目标主机所经过的全部路由。无论在局域网中、广域网还是在 Internet 中，通过 tracert 所显示的信息，既可以掌握一个数据包信息从本地计算机到达目标计算机所经过的路由，还可以了解网络堵塞发生在哪一个环节，为网络管理和系统性能分析及优化提供有价值的依据。

1）跟踪路由。

如果要跟踪本机到 21cn 网站之间所经过的路由，可以直接在操作系统的 DOS 命令提示符下输入"tracert www.21cn.com"，将会显示如图 9.5 所示。

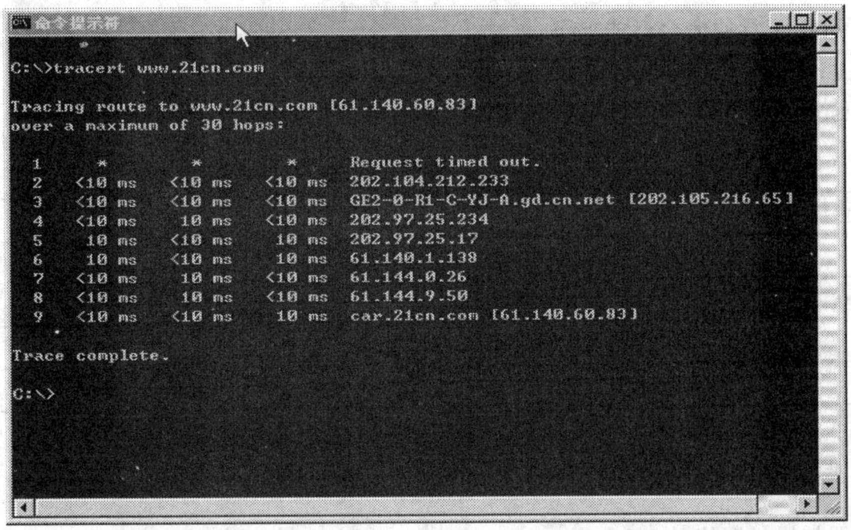

图 9.5　本地主机到 www.21cn.com 服务的路由跟踪

从以上信息可以看出，这条线路中一共经过了 9 个路由器。通过查看每个路由的延时长短，可以判断每一段网络连接的质量好坏。如果显示包到达一路由器后响应超时，则说明下一路由器故障。

2）命令详解。

tracert 的命令格式如下：

tracert [-d][-h maximum_hops][-j compute-list][-w timeout] target_name

它的主要参数及说明见表 9.3。

表 9.3　tracert 命令的主要参数及其说明

参数	说明
/d	指定不将地址解析为计算机名
-h maximum_hops	指定搜索目标的最大跃点数
-j compute-list	指定沿 compute-list 的稀疏源路由
-w timeout	每次应答等待 timeout 指定的微秒数
Target_name	目标计算机的名称

3）tracert 命令的应用。

当在同一个局域网中发生故障时，可通过前面所讲到的 ping 命令来检测，但在跨网段或由多个局域网互连的网络中，要定位故障点，ping 就显得无能为力了。而使用 tracert 命令，在由多个网段组成的 Intranet 内，很容易就可以检测出故障所在点是在哪个网段。

（4）网络协议统计命令 netstat

netstat 同样是运行于命令提示符下，利用 netstat 命令可以显示与协议、端口有关的统计信息和当前 TCP/IP 网络连接的情况，用户或网管人员可以得到详尽的统计结果，当网络中没有安装网管软件，但又要对网络的整体使用情况做详细了解时，这个工具特别有用。

netstat 工具的命令格式如下：

netstat [-a][-e][-n][-s][-p protol][-r][interval]

netstat 命令的几个主要参数及说明见表 9.4。

表 9.4　netstat 命令的主要参数及其说明

参数	说明
-a	显示所有与该主机建立连接的端口信息
-e	显示以太网的统计信息，该参数一般与 s 参数共同使用
-n	以数字格式显示地址和端口信息
-s	显示每个协议的统计情况，这些协议主要有 TCP、UDP、ICMP 和 IP 协议

2. 监测网络的 Windows Server 2003 内置工具

管理与维护网络的 Windows Server 2003 内置工具有事件查看器、任务管理器、网络监视器和性能监视器。

（1）事件查看器

Windows Server 2003 的事件查看器可将一些事件记录下来，如某项服务的错误或成功启动，这些事件可用"事件查看器"来查看。我们利用事件查看器还可以监视"系统"、"安全"及"应用程序"事件日志。也就是说，可以了解某些事件的顺序或类型所造成的性能问题。

事件查看器位于"开始"→"程序"→"管理工具"→"事件查看器"窗口中，如图 9.6 所示。

（2）任务管理器

"任务管理器"可用来监视持续进行的工作及执行进程，也可以用来变更处理程序原先被指派的优先等级。不过，一旦处理程序结束，新的设定就会丢失。利用这个工具可以即时监视 CPU 和存储器的使用状况，但资料不会随时间保存。

对 Windows Server 2003 系统，同时按下 Ctrl-Alt-Del 键，就可以弹出"任务管理器"窗口。

（3）网络监视器

网络监视器可以监视往来计算机的流量信息，提供有关接收与传送数据帧（frames）的详细内容。这个工具能协助网管分析网络流量的复杂模式，监视网络的整体情况；也能跟踪各个数据包的详细信息。例如，查看 HTTP 向 Web 服务器发出请求或者 Web 服务器作出响应的包头信息，如查看源和目标 IP 地址、MAC 地址、使用的协议、端口号等。

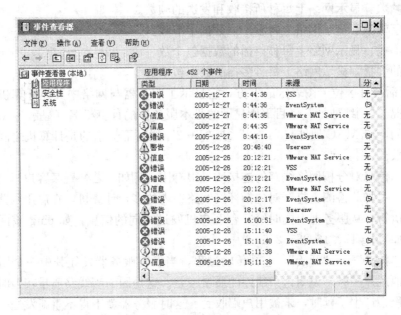

图 9.6　"事件查看器"窗口

1）安装网络监视器。

Windows Server 2003 系统默认不安装网络监视器。该组件的安装步骤是：单击
"开始"→"设置"→"控制面板"命令，在"控制面板"窗口中单击"添加/删除
Windows 组件"图标，弹出"Windows 组件向导"对话框，勾选对话框中的"管理和
监视工具"复选框，单击"下一步"按钮，系统就会自动安装好管理和监视工具组件，
安装完毕后会出现完成安装的提示信息，单击"完成"按钮，重启计算机。

2）网络监视器功能介绍。

单击"开始"→"程序"→"管理工具"→"网络监视器"菜单命令，启动网络监
视器，弹出如图 9.7 所示的窗口。该窗口由四个窗格构成。这四个窗格是图表区、会话
统计区、机器统计区和综合统计区。

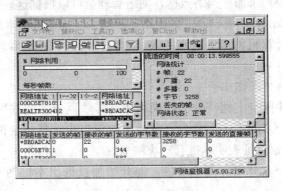

图 9.7　"网络监视器"窗口

① 图表区位于窗口中的左上部分，它用一组条形图反映网络的工作情况。

网络利用：显示网络带宽的利用百分比。

每秒帧数：显示网络上每秒所接收和发送的帧数。

每秒字节数：显示网络上每秒广播数据字节数。

每秒广播：显示网络上每秒广播的数据包个数。

每秒的多播：显示网络上每秒多播的数据包个数。

② 会话统计区位于图表区的下方，它显示了服务器与网络中其他计算机之间通信的详细情况。"网络地址"栏目下所显示的是本服务器的计算机名（显示为 local）或其他计算机的网卡 MAC 地址，"1→2"或"1←2"栏目下显示的是计算机之间收发的数据帧的个数。

该提示信息对分析网络线路的连接质量很有用。例如，若怀疑某客户机与服务器线路有故障，可如此检测：打开对包括怀疑线路在内的多台计算机，在启用网路监视器的服务器上执行；从服务器上同时给每台客户机发送相同的信息，如 ping 该网络的广播地址（比如 ping 172.16.255.255）。

单击"捕获"→"开始"，监视传输过程，当发现服务器发往其中一个用户的帧数明显比其他用户多时，说明这条线路的质量较差。这是因为当线路质量较差时，许多帧在传输过程中产生了延时，未被用户端收到。这时服务器就不得不重新发送一次，如果线路不好，此过程就要重复多次，乃至会不停地重发。所以从会话统计区中将会反映出从服务器发往该用户的帧明显比其他用户多；如果不停地重发，就导致所谓的广播风暴。

③ 机器统计区位于窗口的下半部分，显示的是网络中计算机之间点对点发送和接收的帧数和字节数，以及广播帧（broadcast frame）和多播帧（multicast frame）的情况。机器统计区所显示的内容与会话统计区基本相同，不过机器统计区中反映得更为详细。

④ 综合统计区位于窗口中的右半部分，是对所监视到的通信量进行综合汇总统计，包括了其他三个工作区中的相关数据。

在网络监视器的"窗口"菜单中勾选上面所述的四个窗格区域，可以对其隐藏或者显示，根据需要查看所有或者其中部分窗格的内容。

3）捕获与分析网络数据。

网络监视器主要用来捕获网络数据，网络管理员可以根据这些数据分析网络的工作情况。集成于 Windows Server 2003 的网络监视器只能捕获进出本机网卡的数据帧。若要捕获网络中其他计算机网卡上进出的帧，则需使用微软系统管理服务器中的网络监视器。

捕获数据帧的具体操作如下。

选择在本机哪块网卡上捕获帧。如果本机有多块网卡，则在网络监视器的菜单栏上，单击"捕获"→"网络…"命令，在弹出的窗口中选择一块网卡，如图 9.8 所示（图中的三个十六进制地址表明本机有三块网卡）。

单击"捕获"→"开始"菜单命令，即开始捕获进出本机网卡的数据，如图 9.9 所示。

分析数据帧的具体操作如下。

在网络监视器的菜单栏单击"捕获"→"停止并查看"命令，弹出所捕获的所有帧的列表窗口。若欲查看某帧的详细情况，单击某帧，则出现如图 9.10 所示的窗口。

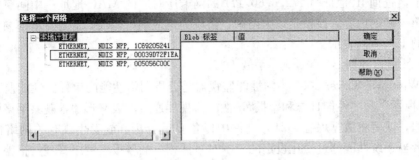

图 9.8 选定在哪块网卡上捕获帧

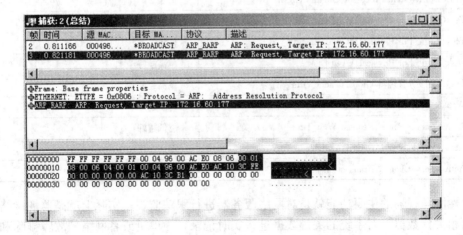

图 9.9 捕获数据帧

图 9.10 帧的详细信息

该窗口有三个窗格。上一窗格中摘要显示了捕获到的所有帧，从图 9.10 中能看到的是第 2 帧和第 3 帧，都是广播帧，是从 MAC 地址为"000496…"的网卡发出的地址解析请求，查询 IP 地址为 172.6.60.177 的网卡所对应的 MAC 地址；中间窗格则详细解释了第 3 帧的内容，该帧是以太网帧，协议为地址解析协议，等等。下面窗格则是该数据帧的十六进制表示。

(4) 性能监视器

在 Windows Server 2003 中的性能监视器是分析网络性能的组件。性能监视器包含"系统监视器"和"性能日志和警报"，性能监视器通过图表来形象地观察网络服务器的性能数据，或者将数据保存在日志文件中以备日后分析，或者生成有关网络性能的报表，或者当系统性能超过变化设定的范围时激活相应的警报向网络管理员报警。

性能监视器要用到两个概念，一个是"对象"；另一个是"计数器"。对象是指被监视的设备或某个特定的接口及服务，如处理器（Processor）、内存（Memory）、FTP 协议、Netware 网关服务（Gateway Service for Netware）等；计数器是某对象中某一性能的具体反映和表示，常用"百分号（%）"或"每秒（/s）"来表示，如在处理器对象下就有处理器时间（%Processor Time）、用户时间（User Time）、中断时间（%Interrupt Time）等多个计数器。每个计数器分别反映了某一对象的某个细节。系统监视器的计数器如表 9.5 所示。

表 9.5　系统监视器的计数器

对象\计数器	理想值
Memory\Pages/sec	0～20(大于 80 表示有问题)
Memory\Available Bytes	至少 4MB
Memory\Committed Bytes	不得超过实体内存大小的 75%
Memory\Pool Nongpaged Bytes	稳定(上升缓慢表示有内存流)
Processor\% Processor Time	小于 75%
Processor\Interrupts/sec	越低越好
Processor\System Processor Queue Length	低于 2
Disk(Logical or Physical)\% Disk Time	越低越好
Disk(Logical or Physical)\Queue Length	低于 2
Disk(Logical or Physical)\Avg Disk	越高越好
Internet 服务管理器 Global\Cache Hits %	越高越好
Web Service\Bytes Total/sec	越高越好
Active Server Pages\Request Wait Time	越低越好
Active Server Pages\Requests Queued	零
Active Server Pages\Transactions/sec	越高越好

性能监视器的主要功能就是对网络服务器进行跟踪监视，实际上就是监视网络中对象的相关计数器，对系统的关键数据进行实时记录，为单机或者网络的故障排除和性能优化提供原始数据。它用即时图表或报告来显示性能资料，并将资料收集到文档中，以便在警报事件发生时，发出警示提醒注意。系统监视器会观察某些特定对象活动的"计数器"，查看其输出。例如，观察 Web Service 对象，会看到计数器监视每秒所接收的比特数，或每秒尝试连接的次数。

性能监视器的主要监视以下几个对象，每个对象内部又各含有若干个子对象。

1）CPU。服务器 CPU 都是整个网络系统的核心，它主要负责程序指令的执行和为各类硬件请求提供服务。一个 CPU 一次只能处理一条指令，其性能的优劣主要取决于单位时间内所完成的指令数。利用性能监视器，可以很方便地对 CPU 的工作状况进行实时监视。

2）内存。在 Windows Server 2003 中最有可能出现的瓶颈就是服务器内存，系统内存不足可能是引起系统性能下降的主要原因。对内存资源与内存需求的协调管理是维护系统运行在最佳状态的关键。那么服务器中的内存该有多大才合适，网络中主要有哪些应用程序等就需要通过性能监视器来监视内存的相关数据。

3）磁盘系统。磁盘系统是服务器中主要的 I/O 设备，磁盘系统的性能好坏也决定了服务器输入输出能力的强弱。在磁盘系统中，除安装有操作系统外，还有大量的应用程序和数据文件，它们都要进行频繁的读写操作，磁盘的读写速度越快，系统的整体性能就越好。更为重要的是，在网络环境中，在磁盘性能直接影响本机内部性能的同时，还将关系到用户的访问速度，以及网络的稳定性和数据的安全性。通过性能监视器可以充分了解磁盘的性能和磁盘与其他设备之间的协调工作情况，为磁盘系统的合理配置提供依据。

4）Internet 网络。Internet 可以提供各种各样的服务，在这个对象中主要监视的是因特网上的各种服务。

如表 9.5，Web 与 FTP 服务计数器以及 Active Server Pages 应用程序计数器主要用来监视网络连接活动，而 Internet 服务管理器全局计数器则监视所有和 IIS 有关的服务，如带宽的使用和缓存的运行等。

使用系统监视器可以进行系统瓶颈的分析、系统故障的排查以及系统能力的评价。尤其是通过对系统能力的评价，可让管理员根据系统的现状，对整个系统的增长进行预测，并对用户的新需求作出判断或提供决策。

9.1.2　测试与监视网络的工作性任务

1. 工作任务描述

（1）工作任务名称

工作任务名称：使用性能监视器进行警报。

（2）任务内容提要

性能测试与调整首先从评估目前的性能情况入手。因为性能会随着时间产生极大改变，所以监视时间的长度务必足够，才能掌握服务器运行的真正状况。其次，为了改善性能，必须检查系统的所有部分，以便找出潜在障碍。产生这些障碍的原因，可能是因为硬件设定不正确或不恰当，也可能是 Windows Server 2003 的软件设置有问题。一个完善的监视计划，就是要检查所有部分的性能。

一旦对服务器的性能了解之后，就可开始作修正以改善性能。修正工作应逐项一一进行，否则将很难判断修正所可能造成的影响。在每项修正过后，还是必须继续监视，以便观察改变是否会造成直接影响，或产生不良的副作用。因为一方资源的变动可能会对另一方区域造成障碍，因此每修正一次，就要对所有资源进行性能检查，这是非常重要的。

2. 工作任务要求

工作任务要求见表 9.6。

表 9.6　工作任务要求

栏目	要求
任务目标	使用性能监视器进行报警
工作活动内容	通过网络性能的测试，调整系统进行修正以改善性能
学习情境与工具	能够接入 Internet 的网络，能够作为网段测试、安装 Windows Server 2003、具有 Web 功能的服务器
工作任务	1) 使用 Windows Server 2003 的性能监视器来监视网络服务器以及站点的性能 2) 设置 CPU 利用的监视报警、服务器磁盘空间数据的监视报警、匿名访问 Web 站点人数的监视报警 3) 使用性能监视器，如果检测发现服务器的性能减缓，就要求调整各种设置来增加整体性能
相关知识点	网络测试命令、监测网络的 Windows Server 2003 内置工具(事件查看器、任务管理器、网络监视器、性能监视器。
工作过程分解	1) 启用性能监视器监视网络服务器和客户机的性能 2) 设定监视器的信息查看方式 3) 设置性能日志和警报 在"性能日志和警报"中设置 CPU 利用的监视报警、服务器磁盘空间数据的监视报警、匿名访问 Web 站点人数的监视报警。警报即跟踪系统的工作情况，当运行中超出设置的报警阈限值时，就自动报警 4) 针对报警信息进行系统调整改善其性能
工作记录	记录工作过程中的数据和所收集的资料
完成任务的成果	使用性能监视器的实训报告

3. 完成任务的工作环境和操作参考

(1) 完成工作任务的环境

使用的网络能够接入学校的校园网；使用的服务器能够作为网段测试用服务器。在性能监视器所在的服务器上建立一个 Web 站点，可以从联网的其他计算机浏览器匿名访问之。

(2) 完成工作任务的操作参考

1) 启用。性能监视器 Windows Server 2003 系统是默认安装的，启用时单击"开始"→"程序"→"管理工具"→"性能"命令，则弹出如图 9.11 所示的"性能"窗口。其控制台根节点下包含"系统监视器"和"性能日志和警报"两个工具。

如果安装了网络监视器，从其"工具"菜单里也可打开"性能监视器"。

2) 设定系统监视器的信息查看方式。在图 9.11 中右边的子窗格中，单击相应的按钮可切换系统监视器的四种信息查看方式：图表、直方图、报表和日志数据。

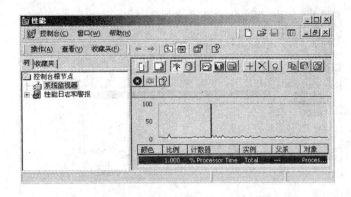

图 9.11 "性能" 窗口

启动"系统监视器"后，系统默认为图表方式。在该方式下，需要对某一对象或多个对象进行监视时，可先添加需要监视的对象及其计数器，再进行实时监视，而且还可将所完成的设置以文件形式保存起来，以便于下次使用，减少重新设置的麻烦。在图表方式中可以对多个计数器进行同时监视，每个计数器可以选择不同的颜色和宽度，以示区别。在显示器上，不同的对象用不同颜色的曲线来表示，图像的下方显示相关的数据。

直方图是把图表的连续曲线变为直方图显示，更加直观一些。

报表方式与图表方式很接近，只不过图表方式是以曲线或直方图来显示监视过程或结果，而报表方式是以数字形式对监视对象进行准确的显示。

日志方式主要用于对所关心的数据进行详细的数据收集，并将结果记录在文件中，以便以后分析整理。在对系统进行综合分析时，日志方式是非常有用的。

3）性能日志和警报。在"性能日志和警报"中设置"警报"后，警报即跟踪系统的工作情况，当运行中超出设置的报警阈限值时，就会自动报警。例如，网络服务器的硬盘空间小于一定的数值时将可能造成服务器的崩溃，致使网络瘫痪。这时就可以设置警报检测服务器硬盘的使用空间，当它小于某一数值时便报警通知管理员，网络管理员接收报警信息后，便可采用相应的防范措施。

报警的方式有四种：将结果记录记入应用程序事件日志；发送网络信息（报警信息）到（某计算机）；启动性能数据日志（记录报警信息）；执行应用程序（如执行某个声音程序的播放，以通知网管）。

4）新建警报设置。在"性能"窗口中，右击"警报"后选择"新建警报设置"，在弹出的对话框中输入名称（"CPU 警报"），单击"确定"按钮。弹出"CPU 警报"对话框，如图 9.12 所示。

单击"添加"按钮添加计数器，在出现的对话框中选择"％ Processor Time"计数器，单击"添加"→"关闭"；在"将触发警报，如果值是"后面的下拉列表框中选择"超过"，在"限制"文本框中输入欲报警的数值，如 60，则 CPU 的使用超过 60％后就会触发报警。

单击"操作"菜单，弹出如图 9.13 所示的对话框，选择对警报的响应方式，选择"发送网络信息到"复选框，在其文本框中输入要发送到的计算机地址 172.15.91.8，

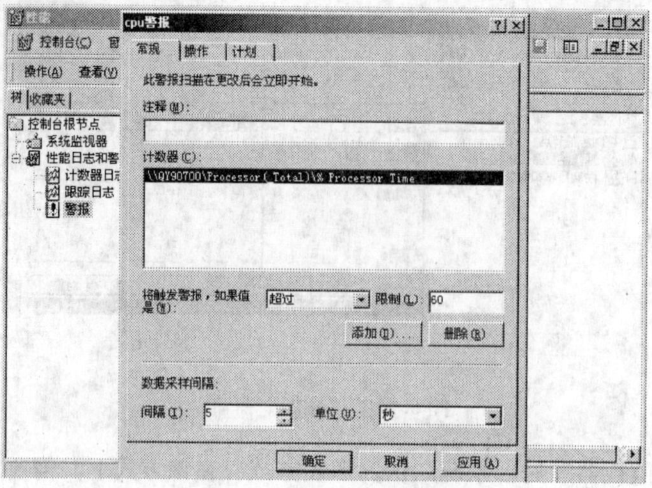

图 9.12 添加 "% Processor Time" 计数器并设置 CPU 警报

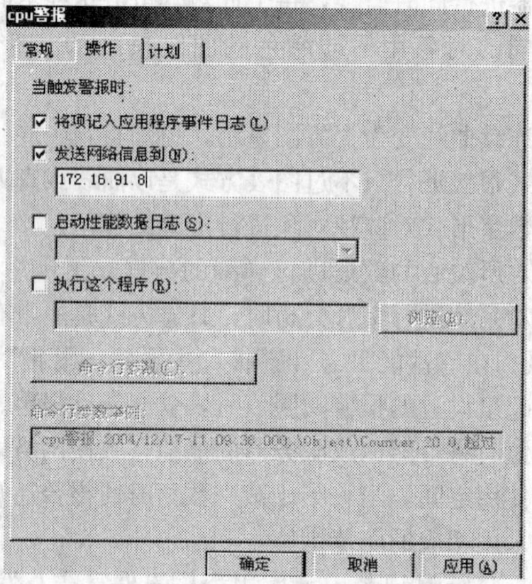

图 9.13 设置对警报的响应方式

若触发警报，信使服务就立即将报警信息通知该计算机。

4. 任务测试与验收

1) 制造服务器 CPU 的使用超过 60％的机会，让其触发报警，测试能否发送相关信息到 IP 地址为 172.15.91.8 的计算机。

2) 设置当服务器磁盘空间小于 500MB 时触发警报，报警通过反复播放一段"磁盘空间告急"的录音。我们可以根据需要改变服务器磁盘空间数据，测试能否报警。

用"附件"→"娱乐"→"录音机"录下"磁盘空间告急"的声音文件，把警报的响应方式设置为"执行这个程序"，打开此声音文件，添加如图9.14所示的计数器。

　　3）在系统监视器上添加如图9.15所示的计数器，选中的实例"sss-web"是欲监视的Web站点，用系统监视器监视匿名访问Web站点的总人数。

　　我们设置匿名访问Web站点的人数为1，测试能否报警。

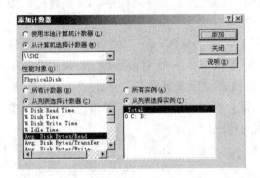

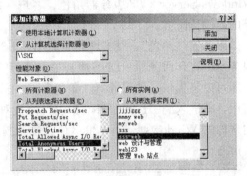

图9.14　添加磁盘可读空间计数器　　　　图9.15　添加Web匿名访问用户总数计数器

5. 超越与提高

　　Windows Server 2003虽然提供了强大的网络服务功能，并且简单易用，但它的安全性一直困扰着众多网络管理员。例如，如何在充分利用Windows Server 2003提供的各种服务的同时，保证服务器的安全稳定运行，最大限度地抵御病毒和黑客的入侵。Windows Server 2003 SP1中文版补丁包的发布，恰好解决了这个问题，它不但提供了对系统漏洞的修复，还新增了很多易用的安全功能，如安全配置向导（SCW）功能。

　　进入"控制面板"后，运行"添加或删除程序"，然后切换到"添加/删除Windows组件"页。在"Windows组件向导"对话框中选中"安全配置向导"选项，单击"下一步"按钮，就能完成"SCW"组件的安装。接下来根据我们的需要，利用"SCW"配置安全策略，增强Windows Server 2003服务器安全。

　　在Windows Server 2003服务器中，单击"开始→运行"后，在"运行"对话框中执行"SCW.exe"命令，就会弹出"安全配置向导"对话框，开始配置安全策略。当然，也可以进入"控制面板→管理工具"窗口后，执行"安全配置向导"快捷方式来启用"SCW"。

　　（1）新建第一个"安全策略"

　　如果是第一次使用"SCW"功能，首先要为Windows Server 2003服务器新建一个安全策略，安全策略信息是被保存在格式为XML的文件中的，并且它的默认存储位置是"c:\windows\security\msscw\policies"。因此一个Windows Server 2003系统可以根据不同需要，创建多个"安全策略"文件，并且还可以对安全策略文件进行修改，

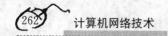

但一次只能应用其中一个安全策略。

在"欢迎使用安全配置向导"对话框中单击"下一步"按钮，进入到"配置操作"对话框。因为是第一次使用"SCW"，这里要选择"创建新的安全策略"单选项，单击"下一步"按钮，就开始配置安全策略。

（2）轻松配置"角色"

首先进入"选择服务器"对话框，在"服务器"栏中输入要进行安全配置的 Windows Server 2003 服务器的机器名或 IP 地址，单击"下一步"按钮后，"安全配置向导"会处理安全配置数据库。

接着就进入到"基于角色的服务配置"对话框。在基于角色的服务配置中，可以对 Windows Server 2003 服务器角色、客户端角色、系统服务、应用程序，以及管理选项等内容进行配置。

服务器"角色"，其实就是提供各种服务的 Windows Server 2003 服务器，如文件服务器、打印服务器、DNS 服务器和 DHCP 服务器等。一个 Windows Server 2003 服务器可以只提供一种服务器"角色"，也可以扮演多种服务器角色。单击"下一步"按钮后，就进入到"选择服务器角色"配置对话框，这时需要在"服务器角色列表框"中勾选你的 Windows Server 2003 服务器所扮演的角色。

注 意

为了保证服务器的安全，只勾选你所需要的服务器角色即可，选择多余的服务器角色选项，会增加 Windows Server 2003 系统的安全隐患。如 Windows Server 2003 服务器只是作为文件服务器使用，这时只要选择"文件服务器"选项即可。

进入"选择客户端功能"选项卡，配置 Windows Server 2003 服务器支持的"客户端功能"。其实 Windows Server 2003 服务器的客户端功能也很好理解，服务器在提供各种网络服务的同时，也需要一些客户端功能的支持才行，如 Microsoft 网络客户端、DHCP 客户端和 FTP 客户端等。根据需要，在列表框中勾选你所需的客户端功能即可。同样，对于不需要的客户端功能选项，建议一定要取消对它的选择。

接下来进入到"选择管理和其他选项"对话框，在这里选择需要的一些 Windows Server 2003 系统提供的管理和服务功能，只要在列表框中勾选需要的管理选项即可。单击"下一步"按钮后，还要配置一些 Windows Server 2003 系统的额外服务，这些额外服务一般都是第三方软件提供的服务。

然后进入到"处理未指定的服务"对话框，这里"未指定服务"是指，如果此安全策略文件被应用到其他 Windows Server 2003 服务器中，而这个服务器中提供的一些服务没有在安全配置数据库中列出。那么，这些没被列出的服务该在什么状态下运行呢？在这里就可以指定它们的运行状态，建议选中"不更改此服务的启用模式"单选按钮。最后进入到"确认服务更改"对话框，对你的配置进行最终确认后，就完成了基于角色的服务配置。

（3）配置网络安全

以上完成了基于角色的服务配置。但 Windows Server 2003 服务器包含的各种服务，都是通过某个或某些端口来提供服务内容的。为了保证服务器的安全，Windows 防火墙默认是不会开放这些服务端口的。下面就可以通过"网络安全"配置向导开放各项服务所需的端口，这种向导化配置过程与手工配置 Windows 防火墙相比，更加简单、方便和安全。

在"网络安全"对话框中，要开放选中的服务器角色，Windows Server 2003 系统提供的管理功能以及第三方软件提供的服务所使用的端口。单击"下一步"按钮后，在"打开端口并允许应用程序"对话框中开放所需的端口，如 FTP 服务器所需的"20 和21"端口，IIS 服务所需的"80"端口等。这里要切记"最小化"原则，只要在列表框中选择必须要开放的端口选项即可，最后确认端口配置。这里要注意：其他不需要使用的端口，建议不要开放，以免给 Windows Server 2003 服务器造成安全隐患。

（4）注册表设置

Windows Server 2003 服务器在网络中为用户提供各种服务，但用户与服务器的通信中很有可能包含"不怀好意"的访问，如黑客和病毒攻击。如何保证服务器的安全，最大限度地限制非法用户访问，通过"注册表设置"向导就能轻松实现。

利用注册表设置向导，修改 Windows Server 2003 服务器注册表中某些特殊的键值，可严格限制用户的访问权限。用户只要根据设置向导提示，以及服务器的服务需要，分别对"要求 SMB 安全签名"、"出站身份验证方法"、"入站身份验证方法"进行严格设置，就能最大限度地保证 Windows Server 2003 服务器的安全运行，并且免去手工修改注册表的麻烦。

（5）启用"审核策略"

聪明的网络管理员会利用日志功能来分析服务器的运行状况，因此适当地启用审核策略是非常重要的。SCW 功能也充分地考虑到了这些，利用向导化的操作就能轻松启用审核策略。

在"系统审核策略"配置对话框中要合理选择审核目标，毕竟日志记录过多的事件会影响服务器的性能，因此建议用户选择"审核成功的操作"选项。当然如果有特殊需要，也可以选择其他选项，如"不审核"或"审核成功或不成功的操作"选项。

（6）增强 IIS 安全

IIS 服务器是网络中最为广泛应用的一种服务，也是 Windows 系统中最易受攻击的服务。如何来保证 IIS 服务器的安全运行，最大限度地免受黑客和病毒的攻击，这也是 SCW 功能要解决的一个问题。利用"安全配置向导"可以轻松地增强 IIS 服务器的安全，保证其稳定、安全运行。

在"Internet 信息服务"配置对话框中，通过配置向导来选择你要启用的 Web 服务扩展、要保持的虚拟目录，以及设置匿名用户对内容文件的写权限。这样，IIS 服务器的安全性就可大大增强。

 提 示

如果 Windows Server 2003 服务器没有安装、运行 IIS 服务，则在 SCW 配置过程中不会出现 IIS 安全配置部分。

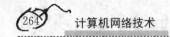

完成以上几步配置后，进入到保存安全策略对话框。首先，在"安全策略文件名"对话框中为所配置的安全策略起个名字；最后，在"应用安全策略"对话框中选择"现在应用"选项，使配置的安全策略立即生效。

任务9.2　检测和加固服务器安全

9.2.1　检测和加固服务器安全的学习性任务

1. 加强服务器安全

服务器是网络的数据重地，是受到攻击最多的网络节点。因此，服务器的安全是首要确保的。而服务器的安全应该是多层次的，主要包括以下几个方面。

（1）平台安全

首先要保证服务器系统平台的安全。在配置服务器时，尽量避免使用系统的默认配置。这些默认配置是为了方便普通用户使用的，但是很多黑客都熟悉默认配置的漏洞，能很方便地从这里侵入系统。所以，当系统安装完毕后第一步就是要升级最新的补丁，然后更改系统的默认配置。要为用户建立详细的属性和权限，方便确认用户身份以及能访问修改的资料。定期修改用户密码，这样可以让密码破解的威胁降到最低。总之，利用好服务器自身系统的各种安全策略，就可以占用最小的资源，挡住大部分黑客。

（2）服务器的独立

服务器最好能够做到专用，确保其独立性，尽量不要在一台服务器上部署多个服务，提供多个应用。不过，这样会造成服务器的浪费。有一个不错的方案是实施服务器的虚拟化，保证一台物理服务器上多个服务的独立。

（3）网络拓扑安全

从网络拓扑上保证服务器的安全特别重要。尽量不要为重要的服务器提供公网 IP，将其暴露在 Internet 中。如果必须要这么做，一定要做好软硬件防护。比如，在服务器的外围部署硬件防火墙或者类似 ISA 的软件防火墙，限制为授权的 IP 访问，等等。另外，内网中要实施网络分段。网络分段应该优先选择物理级别的分段，从物理层和数据链路层上将局域网分为若干网段，这样各网段相互之间无法进行直接通信。应该说，这样比较容易实现，因为许多交换机都有一定的访问控制能力，可实现对网络的物理分段。此外，可根据实际情况在某些节点上实施基于网络层的逻辑分段。把网络分成若干IP 子网，各子网间必须通过路由器、路由交换机、网关或防火墙等设备进行连接，利用这些中间设备的安全机制来控制子网间的访问。以上基于网络拓扑级别的安全措施，能够在很大程度上加强服务器的安全，将绝大多数的攻击行为拒之门外。

2. 搭建病毒防御平台

除了服务器攻击之外，病毒、木马也是网络的大敌。由于网络客户端节点众多，这往往成为病毒、木马泛滥的温床，因此搭建病毒防御平台势在必行。在网络中部署什么样的病毒监控平台，应该有一定的考量标准。一般来说，查杀是否彻底细致、界面是否友好方便、能否集中管理等是决定一个杀毒软件好坏的关键。所以建议使用企业版杀毒软件，并控制写入服务器的客户端，网络管理员可以随时杀毒，保证写入数据和服务器的安全性。

同时，在网络环境下，病毒传播扩散快，仅用单机防病毒产品已经很难彻底清除网络病毒，必须有适合于网络的全方位防病毒产品。内部局域网，就需要一个基于服务器操作系统平台的防病毒软件和针对各种桌面操作系统的防病毒软件。如果与互联网相连，就需要网关的防病毒软件，加强上网计算机的安全。如果在网络内部使用电子邮件进行信息交换，还需要一套基于邮件服务器平台的邮件防病毒软件，识别出隐藏在电子邮件和附件中的病毒。所以最好使用全方位的防病毒产品，针对网络中所有可能的病毒攻击点设置对应的防病毒软件，通过全方位、多层次的防病毒系统的配置和定期或不定期的自动升级，使网络免受病毒的侵袭。

3. 制定网络安全检测措施

为保证网络的安全，管理员有时候也要扮演攻击者的角色对网络进行安全检测。应该将其作为一种制度，并制定相应的网络安全检测措施予以贯彻执行。因为解决网络层安全问题，首先要清楚网络中存在哪些安全隐患、脆弱点。面对大型网络的复杂性和不断变化的情况，仅仅依靠网络管理员的技术和经验寻找安全漏洞、做出风险评估，显然是不现实的。

需要我们掌握必要的入侵检测技术，能够定期、主动地进行网络安全检测。这种检测不仅包括外部检测，而且包括内部检测。能够掌握一种或者几种能查找网络安全漏洞、评估并提出修改建议的网络安全扫描工具，利用优化系统配置和打补丁等各种方式最大可能地弥补最新的安全漏洞和消除安全隐患。在要求安全程度不高的情况下，可以利用各种黑客工具，对网络进行模拟攻击从而暴露出网络的漏洞。

4. 应对典型的网络攻击

在网络中，诸如嗅探、IP 盗用、DDoS 攻击、后门攻击等有一定的典型性。网络安全也要抓典型、抓重点，制定和采取防范类似攻击行为的措施。

以防范 IP 盗用为例，管理员可在路由器上捆绑 IP 和 MAC 地址，当某个口通过路由器访问 Internet 时，路由器要检查发出这个 IP 广播包的工作站的 MAC 是否与路由器上的 MAC 地址表相符，如果相符就放行；否则，不允许通过路由器，同时经发现这个 IP 广播包的工作站返回一个警告信息。再如，防范来自内部的网络攻击，我们可采用对各个子网做一个具有一定功能的审计文件，为管理人员分析自己的网络运作状态提供依据。此外，数据备份工作要做好，对于数据库这样的实时更新、动态变化的数据，要制定密集性的备份策略。这是在遭到网络攻击后，快速恢复的前提。

5. 与用户相关的安全措施

许多单位内发生的网络安全危机，有多半来自用户本身没有具备基本的网络安全常识，导致黑客有机会侵入计算机，达到破坏的目的。因此有必要加强单位或个人的网络保护知识，建立相应的安装制度。比如，作为客户端用户要保护好自己的口令、密码，严禁账号、密码外借，密码设置过于简单等。安装在线杀毒软件，随时监视病毒的侵入，保护硬盘及系统不受侵害，还要及时给病毒库升级。在浏览 Web 时不要轻易打开

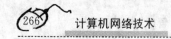

来历不明的电子邮件，不要随便借计算机给别人使用等。

9.2.2　检测和加固服务器安全的工作性任务

1. 工作任务描述

（1）工作任务名称

工作任务名称：服务器安全检测和加固。

（2）任务内容提要

学校某部门网站管理员发现，部门网站经常出现问题，主要现象是：每天在特定时段访问量不正常，网站访问速度不稳定；网站上常被挂马，打开网站后杀毒软件报警；网站有时会被攻击，被攻击后网站主页面被替换；网站后台管理员列表中发现非法用户。现在，部门网站管理员向学校网络管理中心技术人员求助，中心主管要求你对该部门网站安全情况进行检测，并提出网站后期运行维护的建议和保障服务器安全的措施，如备份服务器的数据。

数据备份是一切安全措施中最彻底、最有效，也是最后一项保护措施。因为它可以防范其他安全措施失效时而造成的数据损坏或丢失。只要及时做好备份，再大的损失也只是局部的；而一旦服务器数据损坏或丢失，则损失将是全面、彻底的，基本上无法挽回。

2. 工作任务要求

工作任务要求见表 9.7。

表 9.7　工作任务要求

栏目	要求
任务目标	服务器安全检测和加固
工作活动内容	针对网络安全情况进行检测，并提出运行维护的建议和保障服务器安全的措施，如对服务器进行数据备份
学习情境与工具	校内、校外实训基地，Windows Server 2003、病毒实时检测和漏洞扫描软件等
工作任务	1）在服务器上安装病毒实时检测和漏洞扫描软件 2）对服务器进行检测，寻找安全问题和漏洞原因 3）利用计算机安全防护和 Windows Server 2003 安全策略加固服务器安全
相关知识点	服务器安全、病毒防御、网络安全检测、典型的网络攻击、与用户相关的安全措施
工作过程分解	1）使用病毒实时检测和漏洞扫描软件，对服务器进行一次安全检测，找出产生安全问题和漏洞的原因 2）利用计算机自身安全防护和 Windows Server 2003 自身安全策略加固服务器安全 3）对所有数据（包括服务器的系统状态数据）进行每周普通备份。普通备份将复制选择的所有文件，并将每个文件标记为已备份。同时，也进行每周差异备份。差异备份复制自上次普通备份以来创建和更改的文件
工作记录	记录工作过程中的数据和所收集的资料
完成任务的成果	检测和加固服务器之后的实训报告

3. 完成任务的工作环境和操作参考

(1) 完成任务的工作环境

使用的网络能够接入学校的校园网；使用的服务器能够作为网站测试用服务器。

在进行安全检测的服务器上安装病毒实时检测和漏洞扫描软件，可以从联网的其他计算机浏览器匿名访问之。

(2) 完成任务的操作参考

1) 使用病毒实时检测和漏洞扫描软件，对服务器进行一次安全检测，找出产生安全问题和漏洞的原因。

2) 利用 Windows Server 2003 自身安全策略（包括 IIS 网站用户身份认证与识别的手段）来加固服务器安全。

3) 利用 ASP、PHP、JSP、Access、SQL Server、MySQL 和 Oracle 进行安全防护。

4) 进行每周普通备份。

单击"开始"→"运行"，输入"ntbackup"，然后单击"确定"按钮。此时会出现"备份或还原向导"，单击"下一步"按钮，在"备份或还原"向导页面中，确保已选择"备份文件和设置"，然后单击"下一步"按钮。在"要备份的内容"页面中，单击"让我选择要备份的内容"，然后单击"下一步"按钮。如果要备份计算机上的所有数据，单击"这台计算机上的所有信息"。

在如图 9.16 所示的"要备份的项目"页面上，单击项目以展开其内容。选择包含应该定期备份的数据的所有设备或文件夹的复选框，然后单击"下一步"按钮。

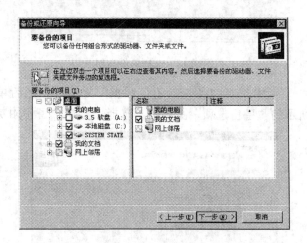

图 9.16　选择要备份的项目

在如图 9.17 所示的"备份类型、目标和名称"页面中，单击"选择保存备份的位置"下拉列表框的下拉按钮或单击"浏览"按钮，选择保存备份的位置。在"键入这个备份的名称"文本框中，为该备份输入一个描述性名称，然后单击"下一步"按钮。

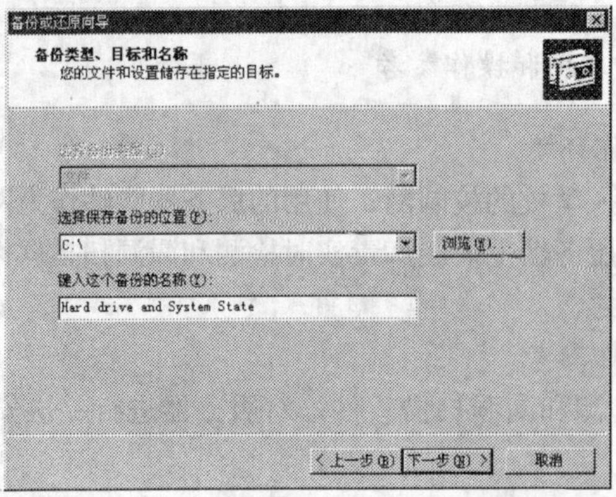

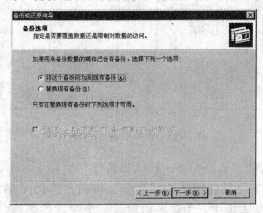

图 9.17 确定备份类型、目标和名称

在"完成备份或还原向导"页面中，单击"高级"按钮。在如图 9.18 所示的"备份类型"页面的"选择要备份的类型"下拉列表框中选择"正常"，然后单击"下一步"按钮。

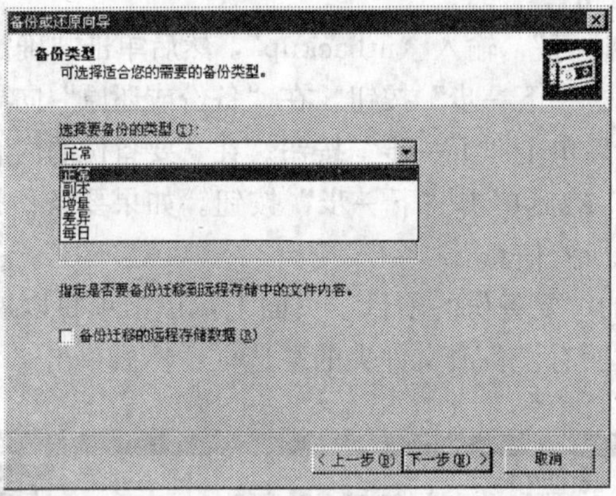

图 9.18 选择备份类型

在"如何备份"页面中选择"备份后验证数据"复选框，然后单击"下一步"按钮。在如图 9.19 所示的"备份选项"页面中，选择"将这个备份附加到现有备份"单

图 9.19 选择备份选项

选按钮，然后单击"下一步"按钮。

在如图 9.20 所示的"备份时间"页面中的"什么时候执行备份"选项组中选择"以后"单选按钮，在"计划项"的"作业名"文本框中输入描述性名称，在"起始日期"文本框中输入起始日期，然后单击"设定备份计划"按钮。

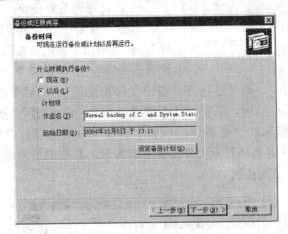

图 9.20　确定备份时间

在如图 9.21 所示的"计划作业"对话框的"计划任务"下拉列表框中选择"每周"，在"开始时间"列表框中，使用向上或向下箭头选择开始备份的适当时间。单击"高级"按钮以指定计划任务的开始日期和结束日期，或指定计划任务是否按照特定的时间间隔重复运行。在"每周计划任务"中，根据需要选择每几周（此处选择 1 周）和在星期几（此处选择"星期六"）创建备份，然后单击"确定"按钮。

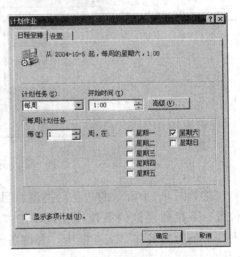

图 9.21　"计划作业"对话框

在如图 9.22 所示的"设置账户信息"对话框的"运行方式"文本框中，输入域、工作组和已授权执行备份和还原操作的账户的用户名，使用 DOMAIN \ username 或 workgroup \ username 格式。在"密码"文本框中输入用户账户的密码，在"确认密码"文本框中再次输入密码，然后单击"确定"按钮。

需要在账户密码更改或到期时更新在计划任务中指定的密码，以确保备份作业正常进行。

在"完成备份或还原向导"页面中，确认设置，然后单击"完成"按钮。

 注意

建议创建一个摘要备份日志，以便可以定期检查是否已成功完成备份。为此，请单击"工具"→"选项"。在"备份日志"选项卡中，选择"摘要"。

图 9.22　设置账户信息

如果确定没有进行备份，检查计划任务的状态，以找出可能的原因。要检查计划任务，单击"启动"，再单击"控制面板"，然后双击"计划任务"。

5）进行每周差异备份。

单击"开始"→"运行"，输入"ntback-up"，然后单击"确定"按钮。此时会出现"备份或还原向导"。单击"下一步"按钮，在"备份或还原"向导页面中，确保已选择"备份文件和设置"，然后单击"下一步"按钮，在"要备份的内容"页面中，单击"让我们选择要备份的内容"，然后单击"下一步"按钮，在如图 9.23 所示的"要备份的项目"页面中，单击项目以展开其内容。选择"系统状态"复选框，并选择其他包含需要定期备份的数据的所有驱动器或文件夹复选框，然后单击"下一步"按钮。

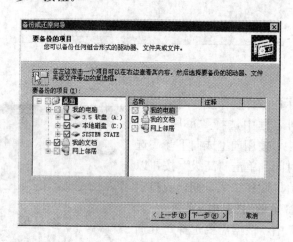

图 9.23　选择要备份的项目

在如图 9.24 所示的"备份类型、目标和名称"页面中，单击"选择保存备份的位置"下拉列表框的下拉按钮或单击"浏览"按钮，选择保存备份的位置。在"键入这个备份的名称"文本框中，为该备份输入一个描述性名称，然后单击"下一步"按钮。

在"完成备份或还原向导"页面中，单击"高级"按钮，在"备份类型"页面的"选择要备份的类型"下拉列表框中，选择"差异"，然后单击"下一步"按钮。

在"如何备份"页面中选择"备份后验证数据"复选框，然后单击"下一步"按钮，在"备份选项"页面中，选择"将这个备份附加到现有备份"单选按钮，然后单击"下一步"按钮。

在"备份时间"页面中的"什么时候执行备份"选项组中选择"以后"单选按钮，在"计划项"的"作业名"文本框中输入描述性名称，在"起始日期"文本框中输入起始日期，然后单击"设定备份计划"按钮。

在"计划作业"对话框的"计划任务"下拉列表框中选择"每周"，在"开始时间"

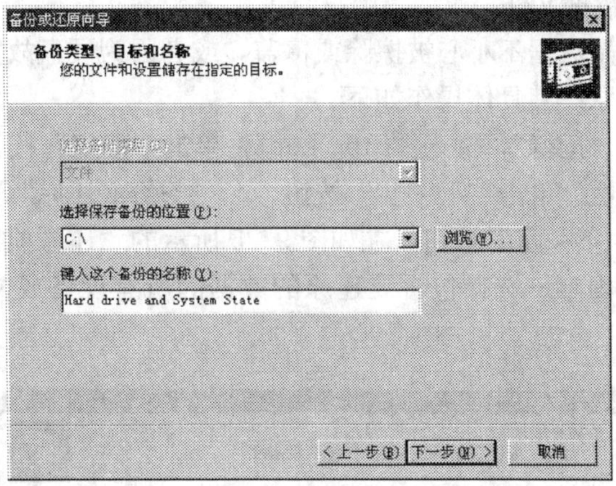

图 9.24　确定备份类型、目标和名称

列表框中，使用向上或向下箭头选择开始备份的适当时间。然后，选择每几周在星期几进行差异备份。建议在不运行普通备份的日期进行差异备份。单击"高级"按钮以指定计划任务的开始日期和结束日期，或指定计划任务是否按照特定时间间隔重复运行。完成后单击"确定"按钮。

在"设置账户信息"对话框的"运行方式"文本框中，输入域、工作组和已授权执行备份和还原操作的账户的用户名，使用 DOMAIN \ username 或 workgroup \ user-name 格式。在"密码"文本框中输入用户账户的密码，在"确认密码"文本框中再次输入相同的密码，然后单击"确定"按钮。

我们需要在账户密码更改或到期时更新在计划任务中指定的密码，以确保备份作业正常进行。在"完成备份或还原向导"页面中，确认设置，然后单击"完成"按钮。

4. 任务测试与验收

(1) 完成备份后验证数据

我们针对仍存储在备份中的校验和来验证已备份的数据。如果已备份数据，会为每个已备份文件计算校验和。备份用文件本身存储校验和。当验证数据时，会从备份中读取文件，重新计算校验和，然后与备份中存储的值相比较。由于不断对系统文件做了大量的更改，系统备份很难验证，所以我们只需要验证数据文件的备份。备份时正在使用的某些数据文件可能会导致验证错误，但一般可以忽略这些错误。如果发生了大量的验证错误，则可能是用来备份数据的介质或文件出现了问题。如果发生这种情况，使用其他介质或指定其他文件再次运行备份操作。

要在备份后验证数据，在"备份或还原向导"的"如何备份"页面中选择"备份后验证数据"复选框。

 注意

选择此选项可能会显著增加执行备份的时间。

（2）从备份还原数据文件

假设硬盘中的原始数据不小心被擦除或覆盖，或者因为硬盘故障而无法访问，可以从备份副本中进行还原。其具体操作如下。

单击"开始"→"运行"，输入"ntbackup"，单击"确定"按钮，此时会出现"备份或还原向导"对话框。单击"下一步"按钮，在"备份或还原"页面中，单击"还原文件和设置"，单击"下一步"按钮，在如图 9.25 所示的"还原项目"页面上，单击要还原的项目以展开其内容。选择包含要还原的数据的所有设备或文件夹，单击"下一步"按钮。

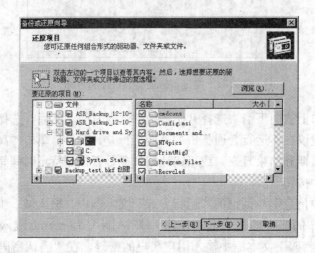

图 9.25 选择要还原的项目

在"完成备份或还原向导"页面中，如果要更改任何高级还原选项，如还原安全设置和交接点数据，单击"高级"按钮，完成设置高级还原选项后，单击"确定"按钮。验证是否所有设置都正确，单击"完成"按钮。

5. 超越与提高

为了保障网络正常工作与服务器数据安全，我们除了使用 Windows Server 2003 安全策略设置（如密码策略、账户锁定策略、审核策略、删除不需要的协议、禁用不需要的端口、删除不需要的服务等）加固服务器安全之外，还可以利用日志查看系统信息，为解决问题提供依据；通过下载安全补丁堵住系统漏洞；利用 Windows 注册表来加强操作系统的安全性；利用手工方式或软件方式查杀服务器中的木马程序；使用病毒实时检测和漏洞扫描软件，对网络进行安全检测。下面简要地介绍综合运用病毒防火墙、网络防火墙、封闭端口三种措施，来部署网络防病毒系统。

（1）病毒防火墙

病毒防火墙，确切地说应该称为"病毒实时检测和清除系统"。当它们运行的时候，会把病毒特征监控的程序驻留在内存中，随时查看网络系统在运行中是否有病毒的迹象；一旦发现有携带病毒的文件，它们就会马上激活杀毒处理的模块，先禁止带毒文件的运行或打开，再马上查杀带毒的文件。

（2）网络防火墙

网络防火墙是一种控制用户计算机网络访问的软件。通过对它的各种规则设置，使得合法的链路得以建立；而非法的连接将被禁止，同时通过各种手段屏蔽掉用户的隐私信息，以保障用户对网络访问的安全。

（3）封闭端口

出于对网络的全权控制，网络防火墙可以切断病毒对网络的访问，而且不管它是如何的变形、变种，只要病毒的危害还是必须通过网络才能实现，就无法逃离网络防火墙的控制。与此同时，一些网络入侵特有的后门软件（像木马）也被列入"病毒"之列，可以被"病毒防火墙"所监控到并清除。当然这些还不够，我们将采取封闭端口的方式，对软件产品进行防病毒、防黑客。所以只保留需要的端口，如 Web 网站服务端口80，FTP 服务端口 21，E-mail SMTP 服务端口 25，Email POP3 服务端口 110，SQL Server 端口 1433 等，其他的端口全部封闭。

病毒应急处理包括在病毒爆发前的预防性处理和病毒爆发后的紧急处理流程。具体内容如图 9.26 所示。

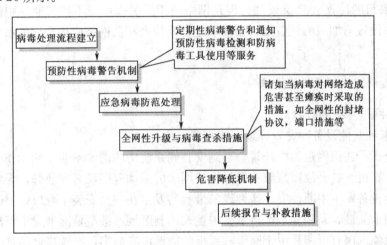

图 9.26　病毒应急处理流程图

任务9.3　诊断与排除网络故障

9.3.1　诊断与排除网络故障的学习性任务

1. 诊断与排除网络故障的技术路线

具体诊断与排除网络故障的技术路线是：先询问、观察故障时间和原因，然后动手检查硬件和软件设置。动手（观察和检查）则要遵循先外（网间连线）后内（单机内部），先硬（硬件）后软（软件）的原则。具体来说，排除网络故障时应该按照以下顺序进行。

（1）询问

应该询问用户最后一次网络正常的时间，从上次正常到这次故障之间机器的硬件和软件都有过什么变化与进行过哪些操作，是否是由于用户的操作不当引起网络故障。根据这些信息快速地判断故障的可能所在。因为有很多的网络问题实际上和网络硬件本身没有什么关系，大多数是由于网络用户对计算机进行误操作造成的。用户极有可能安装了会引起问题的软件、误删除了重要文件或改动了计算机的设置。这些都很有可能引起网络故障。对于这些故障只需进行一些简单的设置或者恢复工作即可解决。如果网络中有硬件设备被动过，就需要检查被动过的硬件设备。例如，若网线被换过，就需要检查网线类型是否正确。

（2）检查

上述询问工作完成后，就需要进行相关事项的检查，检查验证网络的物理设备是否工作正常。

1）首先要检查共同的通道。

2）如果检查了网络的物理层后没有发现问题，接下来就要进行网络的数据链路层的检查。

3）如果检查了网络的数据链路层后没有发现问题，接下来就需要检查网络层和传输层。

4）如果目的计算机能 ping 通，但是网络应用层的程序却不能连通，则需要检查防火墙的参数设置与加载的设置是否正确，还需要检查相关网络应用程序的参数设置是否正确。

2. 网络故障实例及排除方法

（1）组网过程中的故障

1）网卡和其他设备冲突，导致不能正常工作。

故障分析：在组网过程中经常会遇到安装到系统中的网卡不能正常工作，有时甚至不能启动计算机。这种故障现象一般是由于网卡的驱动程序没有安装好，导致网卡和系统中的其他设备发生中断冲突。这种现象最容易发生在一台安装了两块以上网卡的计算机上，而网卡又最容易和显卡、声卡、内置式调制解调器甚至是网卡发生资源冲突。当然，这种现象也很有可能是由于网卡和主板的插槽没有插牢，导致接触不良，从而使得网卡无法正常工作。还有一种可能就是网卡的驱动程序或者网卡坏了，这种情况不大可能发生，但也不是没有，所以别的故障原因都排除了再考虑这一因素。

解决方法：首先将计算机中的其他板卡，如声卡、内置调制解调器等设备拔掉，只保留显卡和网卡，然后重新启动计算机。进入操作系统以后，首先安装网卡的驱动程序，然后再安装显卡的驱动程序，如果一切正常则说明网卡和显卡之间的冲突已经解决。一般情况下，先安装网卡驱动后安装其他板卡的驱动就能够解决网卡和其他板卡的冲突问题。

如果解决不了，还有一个办法就是在 CMOS 中的 PnP/PCI Configrations 页面中将 Resources Controlled By 选项的值由 Manual 改为 Auto，同时将系统中不存在的设备的设置值改为 Disabled（禁用）即可。此后重新安装网卡驱动程序，一般都能够解决设备冲突问题。

如果以上办法都不行，最后只剩下一种可能情况，就是网卡的驱动程序不良或者网卡本身有问题，此时建议更换网卡。验证办法是将此网卡安装到网络中的另外一台计算机中查看能否正常工作，如果不行则证明网卡确实有问题，可以毫不犹豫地将其换掉。

2）网络不通，看不到网上邻居，或者查看网络邻居时提示"无法访问网络"。

故障分析：一般出现这种故障现象的原因有以下几种情况：网线不良或者没有插好；网卡安装不正确；网络属性没有设置好。

解决方法：首先检查网线是否良好，接头是否安插到位。先检查网线的接触状况，主要指的是网线和网卡的接触情况以及网线和交换机接口的接触状况。

首先检查网线和网卡的接触情况，然后检查网线和交换机接口的接触状况。如果接插部位接触良好，将网线拆下来检查网线的类型对不对，如果是双机跳接线，请将其更换为直连线；接下来具体检查网线的物理状况；随后，进入操作系统检查网卡的安装状况，如图 9.27 所示。

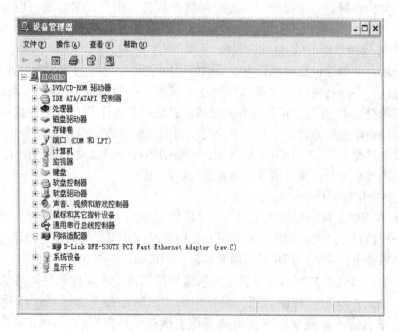

图 9.27　检查"网络适配器"选项前面是否有黄色的惊叹号

如果网卡安装正确，接下来检查网络属性的设置情况，一般在局域网中需要给每台计算机一个确定的且各不相同的网络 IP 地址和网络标识。如果没有给计算机设置明确的 IP 地址和网络标识，也会导致看不到网上邻居。具体检查步骤如下。

检查网络标识。在桌面上右击"我的电脑"，在弹出的快捷菜单中单击"属性"菜单命令，打开"系统属性"对话框，单击打开"计算机名"选项卡，在"计算机名"选项卡中单击"更改"按钮，打开"计算机名称更改"对话框，在对话框中查看计算机的网络标识，如果指定的"域"或者"工作组"名称正确，则完成确认工作。

检查网络 IP 地址的设置状况。在桌面上右击"网上邻居"，在弹出的快捷菜单中单击"属性"菜单命令，打开"网络连接"窗口。右击"本地连接"选项，在弹出的菜单上单击"属性"菜单命令，弹出"本地连接属性"对话框。在对话框中单击"Internet 协议（TCP/IP）"选项，单击"属性"按钮，打开"Internet 协议（TCP/IP）属性"

对话框，在其中确认 IP 地址是否被正确设置，如果没有，请正确设置。经过以上检查步骤，故障一般都能够排除。

3）用户无法登录到 Windows 域中。

故障分析：这种现象一般在新手组建局域网时经常出现，造成这种故障现象的原因有多种。例如，用户在服务器中没有创建相应客户机的登录账户和密码，客户机没有加入到域环境中，网络连接不正常，服务器工作状况不良等。

解决方法：一般情况下，在局域网中创建域服务器后一般都会给客户机创建相应的登录账户，也会将客户机一端加入到域环境中。所以出现此类故障时，前两种原因的可能性比较小，除非有人将客户机一端从"域"改动到"工作组"，或者将客户机的登录账号删除了；否则，不会由于前两种原因导致此故障的发生。但是为了保险起见，最好检查一下服务器和客户机的设置情况。

通常，先检查网络的连接状况，查看网络连接是否正常，然后检查服务器的工作状况。

4）用户登录时发生 IP 地址冲突现象。

故障分析：一般这种故障都是由于手动为用户分配 IP 地址时发生重复而导致的。

解决方法：一般有两种方法可以解决这个问题。一种是将 IP 地址重新进行规划，为所有的资源分配 IP 地址。但是这种方法的缺点是静态划分 IP 地址，不能够适应动态变化，当网络中增加设备时，还会引发冲突。另一种解决方法是动态划分 IP 地址，即在域控制器上架设 DHCP。DHCP 服务器为网络中的各种设备动态地分配 IP 地址，并对已经分配的地址进行保留，可有效地避免资源冲突。

（2）网络使用过程中的常见故障

1）用户在网络上可以看到其他用户，但是却无法访问它们的共享资源。

故障分析：导致这种故障通常有以下几方面的原因：用户的网络连接属性中的文件和打印共享服务没有安装；用户的资源共享设置不正确；网络连接有问题。

解决方法：首先检查用户计算机中的网络连接属性中的文件和打印共享服务有没有安装。方法是：双击"控制面板"窗口中的"网络连接"图标，在打开的"网络连接"窗口中右击本地连接，在弹出的菜单中选择"属性"选项，打开"本地连接属性"对话框，在"本地连接属性"对话框中查看有没有"Microsoft 网络的文件和打印机共享"选项，如果没有，说明此项服务没有安装，将它安装上去。其方法是单击对话框中的"安装"，在弹出的"选择网络组件类型"对话框中选择"服务"选项，单击"添加"按钮，在弹出的"选择网络服务"对话框中选择"Microsoft 网络的文件和打印机共享服务"选项，单击"确定"按钮即可完成添加 Microsoft 文件和打印机共享服务。

如果 Microsoft 文件和打印机共享服务已经安装好了，接下来查看是否所有的协议都绑定了 Microsoft 文件和打印机共享服务，方法是：双击"控制面板"窗口中的"网络连接"图标，在打开的"网络连接"窗口中，单击"高级"菜单中的"高级设置"选项。

在打开的"高级设置"对话框中，查看网络连接，如"本地连接"。在"高级设置"对话框中"本地连接 的绑定"列表中，列出了与本地连接绑定的客户端程序、服务以及与客户端程序和服务绑定的各种通信协议，查看这些绑定项目的复选框有没有被选定，如果没有被选定，将绑定项目前面的复选框选中。

最后检查网络连接有没有问题，可以按照上面所讨论的方法检查。

2）不能共享网络打印机。

故障分析：不能共享网络打印机大致有以下几方面的原因：网络连接有问题；没有正确安装及设置文件和打印机共享服务；没有正确安装网络打印机驱动程序；网络管理权限的因素。

解决方法：首先检查用户端是否安装了网络打印机的驱动程序，方法是双击桌面上的"网上邻居"图标，在打开的"网上邻居"窗口中，单击左侧的"打印机和传真"选项，然后在打开的"打印机和传真"窗口中检查有没有安装好的网络打印机。如果没有就安装网络打印机；如果安装好了，还要激活它，将它设置为"默认首选打印机"，方法是右击网络打印机，在弹出的菜单中选择"设为默认打印机"选项即可。

如果打印机驱动程序安装及设置正常，接下来要检查有没有正确安装和配置文件和打印机共享服务。

如果以上都没有查出问题，接下来要检查网络连接状况，查看网络打印机是否打开，是否连接在网络上，打印服务器是否打开，工作是否正常。

这些情况都检查后，一般都可以将故障排除。如果故障还得不到解决，还可以检查用户使用网络打印机的权限，如使用网络打印机的时段、能否访问及使用打印机的用户等情况。因为，如果用户在非工作时间或者非使用权限时间来使用网络打印机也会造成无法共享网络打印机的"假故障"现象发生。

3）无法连接到 Internet。

故障分析：导致这种故障的原因有以下几方面：网络配置的问题；代理服务器的问题；Internet 连接的问题。

解决方法：首先检查网络是否连通，如果网络没有连通，就根本无法进行 Internet 连接共享。网络是否连通，主要检查网线、网卡、交换机的连接状况，用户的 TCP/IP 协议配置状况，用户是否登录到域，等等。如果是由于网络不通导致的无法上网，在解决了网络的连通问题后即可实现上网。

如果网络工作正常，各台计算机相互连通正常，接下来检查网络中的代理服务器是否正确配置，是否工作正常。同时还要检查网络中的用户身份是否已经被代理服务器正确识别，如果用户身份没有被正确识别，用户也就无法通过代理服务器来共享 Internet。这些主要是通过针对 Active Directory 和 DHCP 服务器的设置进行解决。

如果代理服务器设置无误，工作正常，接下来要检查网络的 Internet 连接，如 ADSL Modem 等设备的连接状况。如果这些连接出现问题，整个网络的用户都无法连接到 Internet，一般只需检查是不是连接设置方面出了问题。如果是连接设置方面出了问题，就将 Internet 连接进行正确设置。一般经过以上几步检查大致可以将故障排除。

4）在使用过程中网络速度突然变慢。

故障分析：以下几方面原因可以导致网络速度突然变慢：网络中的设备出现故障；网络通信量突然加大；网络中存在病毒。

解决方法：首先检查是否是因为网络通信量的激增导致了网络阻塞，是否同时有很多用户在发送传输量大的数据，或者是网络中用户的某些程序在用户不经意的情况下发送了大量的广播数据到网络上。对于这种现象，只能尽量避免局域网中的用户同时或长时间地发送和接收大批量的数据，否则就会造成网络中的广播风暴，导致网络出现阻塞。

如果上述现象没有发生，接下来需要检查网络中是否存在设备故障。设备故障造成网络速度变慢主要有两种情况，一种是设备不能够正常工作，导致访问中断；另一种是设备出现故障后由于得不到响应而不断向网络中发送大量的请求数据，从而造成网络阻塞，甚至网络瘫痪。遇到这种情况，只有及时对故障设备进行维修或者更换，才能彻底解决故障根源。

如果网络设备工作正常，那么极有可能是病毒造成的网络速度下降，严重时甚至造成网络阻塞和瘫痪。例如，计算机中的蠕虫病毒，会使受感染的计算机通过网络发送大量数据，从而导致网络瘫痪。如果网络中存在病毒，就使用专门的杀毒软件对网络中的计算机进行彻底杀毒。

9.3.2 诊断与排除网络故障的工作性任务

1. 工作任务描述

（1）工作任务名称

工作任务名称：诊断与排除网络故障。

（2）任务内容提要

组网基本完成之后，及时诊断与排除故障是网络运行管理的重要技术工作。故障诊断与排除要求我们注意以下几方面的问题：清楚网络结构，包括网络拓扑、设备连接、系统参数设置及软件使用；了解网络正常运行状况，注意收集网络正常运行时的各种状态和报告输出参数；熟悉常用的诊断工具，准确地描述故障现象。从故障现象出发，以诊断工具为手段获取诊断信息，确定故障点，查找问题的根源，排除故障，恢复网络正常运行。

2. 工作任务要求

工作任务要求见表 9.8。

表 9.8 工作任务要求

栏目	要求
任务目标	诊断与排除常见的网络故障
工作活动内容	针对网络中所设置的故障，诊断与排除之
学习情境与工具	校内、校外实训基地，防病毒软件、防火墙、入侵检测工具等
工作任务	1）收集网络正常运行时各种状态的参数 2）学习使用网络故障的诊断工具 3）确定故障点，查找故障源，排除其故障，恢复网络正常运行
相关知识点	网络拓扑、互连设备、系统软件配置及使用，网络故障诊断与排除的方法

续表

栏目	要求
工作过程分解	1）记录并分析故障现象，考虑最近的网络变更可能导致故障 2）重现故障，在故障不会继续扩展的情形下，尝试重新产生故障现象 3）检测物理连接（如网络连线、网卡的插槽、供电电源），对怀疑重点替换故障设备 4）验证配置参数或用户权限，检测逻辑连接（如 IP 地址、协议绑定、软件安装） 5）确定故障范围。故障是全局性的，网上的所有用户碰到的是同一个故障？故障是属于局域性的，只发生在网络上某一区域？还是时间相关的故障，某一特定的时间段？ 6）当确定了导致故障产生的最有可能的原因后，要制定一个详细的故障排除操作计划。在确定操作步骤时，应尽量做到详细，计划越详细，按照计划执行的可能性就越大 7）按照计划分步骤实施排除故障的计划 8）检测执行排除故障之后的网络状态
工作记录	记录工作过程中的数据和所收集的资料
完成任务的成果	诊断与排除网络故障之后的实训报告

3. 完成任务的工作环境和操作参考

（1）完成工作任务的环境

至少由两台主机构成的局域网，其中一台使用 Windows Server 2003 的计算机。

设置故障：在使用 Windows Server 2003 的计算机上安装有防火墙软件，如瑞星防火墙。或者启用 TCP/IP 筛选，并将使用 Windows Server 2003 的计算机的端口封闭，即 TCP 端口、UDP 端口和 IP 端口属性都设置为"只允许"，而又不设置可用的端口。

故障现象：可以访问其他计算机上的资源，但是其他计算机不可以访问该计算机上的共享资源。

（2）完成工作任务的操作参考

1）诊断故障。

使用 Windows Server 2003 的计算机可以单向访问，说明网络物理线路是通的，问题出在软件上。可能的原因有如下两个。

① 防火墙设置不当引起的网络访问故障。

防火墙在阻止外部非法连接的同时也有可能阻碍正常的连接。如果在访问对方计算机时出现无法访问的情况，则很可能就是由于防火墙的干扰了。目前很多的防火墙都提供了信任区域访问功能，只需进行相应的设置即可解决这个故障。

② IP 地址筛选引起的网络访问故障。

如果不是防火墙软件造成的访问故障，则问题很可能是出现在 IP 地址筛选上了，也许是用户为了安全起见将本机的网络端口封闭了。

2）排除故障。

① 排除因防火墙设置不当引起的网络访问故障的操作步骤如下。

在瑞星防火墙主窗口中选中"详细设置"一项，并且单击"可信区"项激活可信区设置窗口，如图 9.28 所示。

在"规则设置"下选中"可信区"。单击"添加"按钮，弹出"可信区设置"对话

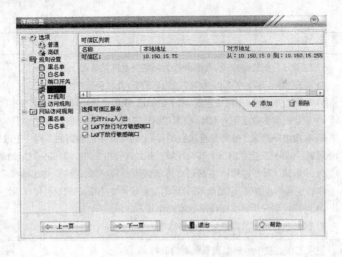

图 9.28 详细设置"可信区"

框。在"可信区名称"文本框中输入可信区名称，在"本地地址"列表框中，可以选择单个 IP 地址、一个 IP 地址范围段。本例中可以单击"浏览"按钮，在弹出的"选择地址"对话框中选择本机 IP 地址，如图 9.29 所示。

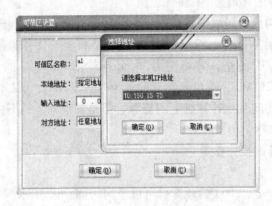

图 9.29 设置 IP 地址

在"可信区设置"对话框的"对方地址"文本框中，输入网络中不能访问该 Windows Server 2003 系统的另一台主机的 IP 地址，或输入一个包含该主机 IP 的一个地址范围。确认之后即可出现一个带有"可信区列表"的界面，如图 9.30 所示。只有在授权列表中的计算机才能正常连接到该 Windows Server 2003 主机和访问共享资源。

② 排除因 IP 地址筛选引起的网络访问故障，操作步骤如下。

依次执行"开始"→"设置"→"控制面板"，打开"控制面板"管理窗口，找到并打开"网络与 Internet 连接"窗口，右击"本地连接"，打开"本地连接"属性对话框，找到并打开"Internet 协议（TCP/IP）属性"对话框，单击"高级"按钮，打开"高级 TCP/IP 设置"对话框，将"可选的设置"设置为"TCP/IP 筛选"，如图 9.31 所示。单击"确定"按钮，进入"TCP/IP 筛选"对话框，如图 9.32 所示。

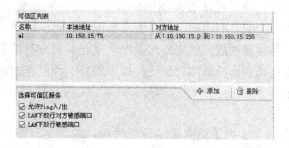

图 9.30 授权列表

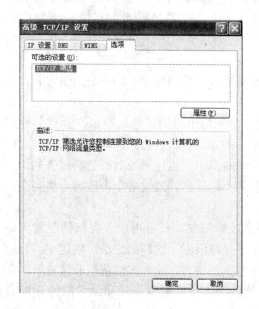

图 9.31 "高级 TCP/IP 设置"对话框

图 9.32 "TCP/IP 筛选"对话框

如图 9.32 所示,此处 TCP 端口、UDP 端口和 IP 端口属性都设置为"只允许",而在下面又没有任何可用的端口。可以将 TCP 端口、UDP 端口和 IP 端口的属性,分别都设置为"全部允许",并单击"确定"按钮,即可排除因 IP 地址筛选引起的网络访问故障。

4. 任务测试与验收

测试执行排除故障之后的网络状态,看看其他计算机可不可以访问计算机上的共享资源。

故障排除后,测试是否实现了预期目的。当排错行动没有产生预期的效果时,我们首先应该撤销在试图解决问题过程中对系统做过的修改,如果保留了这些修改,则可能会导致出现另外一些人为故障。

5. 超越与提高

(1)寻求技术支持

网络设备生产商一般提供了设备操作的说明文档,只是我们不应该错过说明文档的任何东西，如网卡上的跳线、交换机和路由器的配置命令和参数，解决网络故障提示等。除了和网络部件一起配备的说明文档，大多数网络软件、网络设备供应商还提供了在线帮助，他们将一些常见的故障整理成知识库，放在其官方网站上供我们查询。使用这种知识库，可以迅速找到诊断故障的路线。知识库是一种可查询式的数据库，它包括了对故障情况的描述以及相应的解决方案。不过，在拨打热线之前，应该做好以下工作。

1）收集相关设备信息。为了更有效地诊断故障，应该尽可能提供与故障相关的信息。这些信息包括软件的版本号、操作系统的版本、设备的型号以及设备的序列号等。

2）排除与设备无关的因素。为了更快地分析故障的原因，找到排除故障的有效途径，需要从各种情况中排除与设备无关的因素，突出局域网设备可能产生故障的东西。

（2）充分利用以前的经验

总结过去的经验、吸取别人的高招是诊断故障最有效的途径，而不断地学习和积累是获得经验的保证。

1）不要忽略过去已经排除的故障。在同一个网络中，同样的问题也许会重复地出现。如果能够在解决每一次的故障后做一个小小的总结，日后遇到同样问题的时候，就可以节省大量的时间和精力。例如，当遇到大的故障时，也应该及时回想起过去的诊断故障经历。其实，大的故障往往包含了许许多多小的问题，通过各个击破的方法完全可能对付其他的网络故障。

2）创建工作日志。有些人认为解决了一个故障问题，日后再出现类似情况就可以马上想起当初的诊断方案。然而，人的记忆水平往往限制了这样的想法。创建工作日志是一种有效的工作方法。哪怕是对网络已经非常熟悉的人，这种方法依然非常有效。作为一名网络管理员，每天都要进行许多不同的维护工作，坚持记录和学习故障诊断方案，对日后的工作一定会有很大帮助。

课 后 活 动

1. 项目讨论

1）总结归纳网络管理与维护的方法。

2）组网中的常见故障有哪些？如何解决？

3）排除故障的常用工具和命令有哪些？

4）总结归纳网络故障诊断与排除技术路线，基本步骤。

5）采用硬件替换法进行故障诊断与排除时应该遵守的相关原则有哪些？

2. 技能训练

分析故障现象，寻找故障原因，提出排除故障方案。

1）故障现象：物理连接正常，TCP/IP 配置正确，服务已启用，ping 不通，文件和打印机不能共享。

提 示

由于网络共享是不安全的，所以各种防火墙，包括Windows操作系统内置防火墙，也包括安装的第三方防火墙，默认设置都可能是拒绝共享。为此，必须修改防火墙设置，在例外选项中添加网络共享服务。具体操作：单击"本地连接"属性→"高级"标签→"Internet防火墙"设置→若启用防火墙，则在"例外"选项卡中选中"文件和打印机共享"。

2) 故障现象：对某一文件夹设置共享后，网内其他计算机访问时，出现"你没有访问资源的权限"的提示。

 提 示

出于安全的需要，服务器要求客户机提交用户名与密码，从而对网络访问用户进行身份验证。可以启用Guest用户试试，系统默认情况下并未启用此账户，启用Guest账户最大的好处就是访问时不需要输入用户名和密码；再者，关闭本地连接上的防火墙，内置的Internet连接防火墙（ICF），其漏洞就是在本地连接上启用这个防火墙后，会造成工作组之间无法互访，出现诸如："×××无法访问"，"你没有访问资源的权限"，"找不到网络路径"等类似的提示。另外，检查Windows系统中是否存在安全策略限制，线路方面是否有故障，交换机工作是否正常等。

3) 故障现象：客户机在正常安装了网络打印机后，在"网上邻居"中找不到此设备，而共享打印机列表中只出现"Microsoft Windows Network"的信息。

 提 示

在网络属性中为网卡安装"NWLink IPX/SPX/NetBIOS Compatible Transport Protocol"协议，来提升网络的适应性；在"网上邻居"中进入网络主机，右击共享打印机图标，在弹出的快捷菜单中选择"连接"菜单命令，接着在弹出的提示框中单击"是"按钮，重新安装一次共享打印机；检查主机中"本地连接"是否启用了"Internet连接防火墙"功能，如果开启了就关闭它。

附录 "计算机网络技术"课程教学标准参考方案

1. 课程学习定位

"计算机网络技术"是一门实践性较强的核心课程,承担着培养计算机网络技术领域核心职业能力的重要任务。它的任务是以提高学生全面素质为基础,使学生能够掌握计算机网络的组建、配置与管理等相关技术和职业技能,达到高素质劳动者和高等技术专门人才所必须具备的网络基本知识和基本应用技能,使学生理解计算机网络技术的内涵,及时了解计算机网络技术新的发展趋势,为就业和继续学习打下良好的基础。

2. 课程的学习目标

(1) 能力目标

该课程主要任务是使学生能够理解计算机网络的主要技术,掌握计算机网络配置与管理所需要的各种技能;理解计算机网络中各种主要设备的功能、原理及相互间的联系和作用;重点掌握计算机网络配置与管理的解决方案,如 IP 地址的规划,各种应用服务器的搭建及配置方法、网络的安全维护等技能。完成该课程的学习,学生应具备如下的基本能力:

1) 能够根据用户需求制定出计算机网络组网方案、绘出网络的物理拓扑结构,并列出相应设备采购清单;

2) 能够根据组网方案,正确地进行网络的物理连接;

3) 能够进行网络 IP 地址的规划,正确配置网络中所有主机和网络设备的 IP 地址以及网络协议,并进行连通性调试;

4) 能够正确分配和管理网络中的资源;

5) 能够正确配置 DNS 服务器进行域名解析;

6) 能够正确配置并发布 WWW 服务器,并可以通过客户端访问之;

7) 能够正确配置并发布 FTP 服务器,客户端可以进行文件的上传和下载;

8) 能够正确配置邮件服务器,并进行邮件的收发;

9) 能够构建单域或多域模式的网络环境;

10) 能够规划网络用户及权限,利用 Windows Server 2003 为用户设置访问权限;

11) 能够安装配置 Windows Server 2003 路由访问服务器;

12) 能够运用接入技术将网络连接到 Internet;

13) 能够配置代理服务器将网络接入 Internet;

14) 能够使用监测命令或工具测试与监视网络;

15) 能够利用 Windows Server 2003 安全策略加固服务器安全;

16) 能够预防网络故障,以及诊断和排除常见网络故障。

（2）知识目标

1）了解网络规划的方法与内容；

2）理解网络设备选型、物理连接网络、逻辑连通网络的方法和步骤，理解相关原则及应注意的问题，理解其中的基本概念及相关规范；

3）掌握域模式的网络环境、管理网络资源、配置与管理应用服务器、互连网络与接入 Internet、管理与维护网络的基本内容及注意问题，掌握组建网络项目的方法与内容。

（3）素质目标

1）通过网络规划和组建实践，提高学生的网络工程规范意识；

2）扩展学生的知识面，提高沟通技巧；

3）培养学生严谨的工作作风。

3. 课程学习设计理念和思路

课程采用项目导向、任务驱动，项目来自组建网络、管理网络、使用网络的实际案例，可以解决实际问题。学生在教师的指导下动手完成一个个项目，让学生有成就感，同时可掌握计算机网络技术的相关知识。例如，通过一个学生宿舍的建网项目，让学生完成从需求分析、网络设计、设备选型、安装、配置、测试等组网工作过程，以自底向上的方式学习组建网络的一般流程、网络技术的基本知识、故障诊断与异常处理的方法与基本的网络管理方法。又如，通过校园网建设项目，可以训练学生与项目组其他成员、不同部门的同事协调、合作的能力。

课程根据校园网构建的典型工作任务和工作过程，由相关的 9 个项目组成，9 个项目中安排有 26 个工作任务，工作任务（完成项目的阶段）之间相互独立，又相互关联。其中，前一个项目的实现引出下一个项目，不同的项目设计不同的学习情境，所有项目覆盖构建中小型计算机网络的主要内容。每个项目中的任务驱动，可使学生经历"画拓扑、做网线、组网络、装系统、配协议、懂使用、排故障"的工作过程。

学生以小组的形式参与课程学习，共同承担计算机网络组建与管理的设计与实施，如根据实际情况制定建网方案、绘制拓扑图、选择传输介质和网络设备、制作网线、进行网络综合布线、安装 Windows Server 2003、设置相应的网络环境、规划 IP 地址和划分子网、安装和配置应用服务器，让网络真正运作起来。同时，还能对建好的网络实施有效地维护，对常见故障进行诊断和排除。最后，通过一个功能全面、综合性较强的中型网络组建项目的设计与实施，使学生具备中小型计算机网络组建与管理的能力。

课程以工学结合为切入点，通过学生实地考查、企业调研、企业实践、校内实训、课堂讲授、学生活动等多种教学情景的设计来实现以能力为本位，以实训为核心，融"教、学、做、考"于一体，实施"项目导向、任务驱动、讲解＋演示＋实训、分组讨论、现场观摩"的教学模式。

4. 课程学习内容与学时安排（见附表1）

附表1　课程学习内容与学时安排

序号	学习单元名称	能力训练项目	学时
1	制定网络规划	项目1：编制网络规划	5
2	网络设备选型	项目2：选择网络的设备	7
3	物理连接网络	项目3：物理连接网络	5
4	逻辑连通网络	项目4：逻辑连通网络	7
5	域模式的网络环境	项目5：配置域模式的网络	9
6	网络资源的管理	项目6：管理网络的资源	9
7	配置与管理网络应用服务器	项目7：配置与管理网络应用服务器	7
8	网络互连与接入Internet	项目8：网络互连与接入Internet	7
9	管理与维护网络	项目9：管理与维护网络	5
合计			60

5. 课程学习能力训练项目设计（见附表2）

附表2　课程学习能力训练项目设计

编号	能力训练项目名称	能力训练任务名称	拟实现的能力目标	相关支撑知识	素质要求	教学方法与建议
1	项目1	任务1-1：对组建网络进行需求分析	能够收集、整理和分析网络应用需求；能够简单地书写需求分析报告	计算机网络的概念、分类、组成，用户需求的表述	认真细致，思考全面，良好的沟通技巧，具有调查研究、组织管理能力	由企业导师与学校老师带领学生做成功案例观摩与分析；然后提出项目任务，并指导学生分组进行需求分析，小组间进行互评，指导教师点评
		任务1-2：为组建网络制定规划	能够初步地完成一个网络规划方案	网络规划设计的内容、基本原则、方法和步骤		让学生通过Internet获取中小型网络组建的规划方案，归纳总结出一般网络方案所涉及的内容，教师细化讲解如何规划设计相关内容
2	项目2	任务2-1：网络服务器选型与选配	能够根据需要选择服务器类型；能够评价服务器性能；能够比较服务器的技术参数	网络设备种类、功能、原理，服务器性能指标	遵守工作活动过程的纪律，积极参与教学安排的工作活动，按时按要求完成工作任务	各小组成员通过Internet搜索资料，收集相关信息，然后深入市场了解服务器行情与相关性能，根据需求选择几款性价比合理的服务器，最后进行小组讨论，确定服务器的品牌型号
		任务2-2：交换机选型与选配	能够根据需要选择交换机类型；能够评价交换机性能；能够比较交换机的技术参数	网络设备种类、功能、作用，交换机性能指标		各小组成员通过Internet搜索资料，收集相关信息，然后深入市场了解交换机行情与相关性能，根据需求选择几款性价比合理的交换机，最后进行小组讨论，确定交换机的品牌型号
		任务2-3：路由器选型与选配	能够根据需要选择路由器类型；能够评价路由器性能；能够比较路由器的技术参数	网络设备种类、功能、作用，路由器性能指标		各小组成员通过Internet搜索资料，收集相关信息，然后深入市场了解路由器行情与相关性能，根据需求选择几款性价比合理的路由器，最后进行小组讨论，确定路由器的品牌型号

续表

编号	能力训练项目名称	能力训练任务名称	拟实现的能力目标	相关支撑知识	素质要求	教学方法与建议
3	项目3	任务3-1:绘制网络拓扑结构图	能够根据需求确定网络拓扑结构,并能够利用绘图软件绘制相应拓扑图	网络拓扑结构的种类及适用场合	耐心、认真、细致、良好的沟通技巧,具有调查研究、组织管理能力、较强的分析能力、信息处理和创新能力	现场教学,边讲解网络拓扑,边绘制出网络拓扑结构图
		任务3-2:制作网线,测试其连通	能够正确制作各种网络连接线缆,使用相应工具检测线路连通性	传输介质的种类及特点		分组实训教师先讲解网络连接线缆种类及适用的场合,指导学生制作所需连接线缆,并进行网络设备的物理连接
		任务3-3:按照综合布线标准制定布线方案	能够根据国家综合布线系统的设计原则,确定网络布线工程施工步骤及布线、配线的操作规程	综合布线6大子系统、综合布线系统工程施工、综合布线系统测试		现场教学,边讲解综合布线标准,边编制网络布线方案
		任务3-4:建立网络的物理连接	能够识别各类网络接口,正确地连接网络	以太网原理、网络设备物理连通特征		现场根据网络拓扑图,物理连接各种网络设备,并加电测试设备的物理连通性
4	项目4	任务4-1:构建网络服务环境	能够正确安装主机操作系统、网卡,并配置网络属性	OSI的7层结构、TCP/IP层次结构、Windows Server 2003操作系统安装和配置	认真、细致、耐性好、良好的沟通能力,严谨、勤奋、求实创新,具有良好的团队协作精神	任务驱动、讲解+演示+实训,网络操作系统安装配置演示与讲解,学生讨论和实训
		任务4-2:规划和设置IP地址	能够根据具体环境要求规划IP地址,并正确设置网络中所有主机的网络设备的IP地址和各种网络协议	IP地址和子网掩码的概念、子网划分的步骤		项目引导、任务驱动;教师先讲解网络IP地址的分类及子网的划分方法,通过实例指导学生设计规划现有网络,进行相应地址、协议的配置,并测试连通性
		任务4-3:使用DHCP为网络中计算机分配IP	能够配置DHCP服务器,并使用命令测试动态分配IP地址的有效性	动态和静态地址、DHCP服务器的功能及配置		DHCP服务器案例分析,学生讨论和实训,教师操作演示与讲解
5	项目5	任务5-1:配置DNS服务器	能够正确配置DNS服务器进行域名解析	DNS服务的基本原理及功能特点	工作认真负责,质量意识好,具有良好的沟通、学习能力和团队合作意识	DNS服务器案例分析,学生讨论和实训,教师操作演示与讲解
		任务5-2:创建单域环境的网络	能够从FAT系统转换为NTFS系统;能够构建单域模式的网络环境	C/S模式和对等网、活动目录概念及基本规则;Windows Server 2003的活动目录安装,以及域控制器创建和删除的方法		单域环境的网络案例分析,学生讨论和实训,教师操作演示与讲解

编号	能力训练项目名称	能力训练任务名称	拟实现的能力目标	相关支撑知识	素质要求	教学方法与建议
		任务 5-3：创建多域环境的网络	能够构建多域模式的网络环境	活动目录中的逻辑结构：组织单元（OU）、域（Domain）、域树（Tree）和域林（Forest）		多域环境的网络案例分析，学生讨论和实训，教师操作演示与讲解
6	项目 6	任务 6-1：建立与管理用户与组账户	能够通过网络操作系统中的用户和资源管理功能实现网络中的用户与资源的管理	用户及组的功能及建立	工作细致，具有良好的用户需求的分析能力和沟通能力，考虑问题全面	项目引导、任务驱动；教师先讲解用户资源管理的内容，通过实例分析指导学生规划现有网络的用户，实际进行相应配置，并验证配置的正确性
		任务 6-2：分配与设置用户权限	能够规划网络用户及权限，利用 Windows Server 2003 为用户设置访问权限	磁盘配额、共享设备的访问权限配置、用户访问权限及配置		用户访问权限及配置案例分析，教师动画演示与讲解、学生实训
7	项目 7	任务 7-1：配置 Web 服务器，对外发布信息	能够正确配置并发布 Web 服务器，并通过网络访问该 Web 服务器	简单的网页制作知识、DNS 的工作原理、浏览器的工作原理	认真仔细考虑问题全面周到耐性好，沟通能力强，具有较强的自习能力；乐于请教和帮助同学，小组活动协调和谐；思维活跃，视野开阔，富有想像力和创新精神，富有网络工程规范意识	项目引导、任务驱动；教师先讲解 Web 服务器的工作原理，通过演示操作讲授安装配置 IIS 服务、DNS 服务器以及客户端通过浏览器域名访问所建 Web 服务器；引导学生完成 Web 服务器配置和测试访问
		任务 7-2：配置 FTP 服务器，实施文件传输	能够配置 FTP 服务器，客户可以实现文件的上传和下载	DNS 服务器的安装配置、FTP 协议功能、用户访问权限		项目引导、任务驱动；教师先讲解 FTP 协议的功能，FTP 服务器的工作原理，通过演示操作讲授：使用 IIS 和第三方软件安装配置 FTP 服务器，使用域名访问 FTP 服务器，实现上传和下载文件，且不同用户拥有不同的使用权限。引导学生完成自己的 FTP 服务器的配置和测试访问。（可指导学生做演示讲解，老师总结）
		任务 7-3：配置 E-mail 服务器，提供邮件服务	能够正确配置邮件服务器，并实现客户的管理	DNS 服务器的安装配置、SMTP 及 POP3 协议功能、邮件服务的功能		项目引导、任务驱动；教师先讲解 SMTP 及 POP3 协议的功能，邮件服务器的功能及原理，通过演示操作讲授安装配置第三方邮件服务器软件，创建并管理用户账户；演示用户使用浏览器申请创建账户，以及使用 Outlook 收发邮件。引导学生完成自己的邮件服务器的配置和测试访问

续表

编号	能力训练项目名称	能力训练任务名称	拟实现的能力目标	相关支撑知识	素质要求	教学方法与建议
8	项目8	任务8-1：配置软路由实现网络互连	能够安装配置Windows Server 2003路由访问服务器	Windows Server 2003实现路由功能的多种方案	具有较强的观察、分析和判断问题的能力，以及分析、解决网络互连与接入的实际问题能力	网络互连案例分析，图片展示与讲解、学生实训
		任务8-2：将网络接入Internet	能够运用接入技术将网络连接到Internet	ADSL、宽带专线接入Internet方法		网络接入案例分析，图片展示与讲解、学生实训
		任务8-3：配置代理服务器接入Internet	能够配置代理服务器将网络接入Internet	代理服务器的工作原理、类型及其配置方法		代理服务器案例分析，动画演示与讲解、学生实训
9	项目9	任务9-1：测试与监视网络	能够使用网络操作系统的监测命令或工具测试与监视网络	网络测试与监控的方法	乐于请教和帮助同学，小组活动协调和谐，责任心强，易与人沟通，认真完成实训；具有Internet信息收集能力，跟踪新技术能力	项目引导、任务驱动；教师讲解网络维护所包括的内容，危害网络安全的因素，然后演示常用的网络系统监测命令的功能及使用方法，指导学生操作使用网络系统监测命令
		任务9-2：检测和加固服务器安全	能够利用Windows Server 2003安全策略加固服务器安全；能够安装配置网络防火墙和防病毒软件	网络安全的威胁因素、病毒概念及危害、防火墙知识		项目引导、任务驱动；教师在带领学生安装配置安全卫士360防火墙软件、卡巴斯基防病毒软件的过程中，讲解网络防火墙和病毒的不同，以及防火墙和病毒软件的使用方法
		任务9-3：诊断与排除网络故障	能够预防网络故障，以及诊断和排除常见网络故障	网络管理的基本内容，有效的网络管理与维护的过程，网络故障诊断与排除的基本技术		项目引导、任务驱动；教师讲解典型的网络故障的检测与故障排除案例，然后通过演示操作讲解网络故障的检测与简单的故障排除方法

6．考核方式

（1）考核形式

过程考核＋实践考核（总评＝过程考核成绩×60％＋期末综合实训成绩×40％）；

过程考核成绩：包括出勤情况、听课情况、各个项目的完成情况；

综合实训成绩：包括期末综合实训报告，实训成果的演示和答辩。

（2）考核评价表（见附表3）

附表3　考核评价表

序号	考核主要内容	考核要求	评分标准	分数分配
1	考勤表	上课不迟到、不早退	出勤一次3分，共3分/次＊35次＝105分	5%
2	课堂表现记录	认真听讲、积极回答老师提问	主动回答老师提问奖励2分	2.5%

序号	考核主要内容	考核要求	评分标准	分数分配
3	课堂笔记	笔记记录完整、规范	一次课堂笔记计 3 分,共 3 分/次＊35 次＝105 分	2.5%
4	课堂练习	练习答案正确、书写规范	一次课堂练习满分 100 分,学期末将所有课堂练习得分相加	5%
5	项目 1: 网络应用需求收集、整理和分析情况; 需求分析报告和网络规划方案	学习态度好、回答问题正确、动手能力强、实训报告规范	考核方式:答辩 证据材料:局域网规划建设方案报告 满分 100 分	5%
6	项目 2: 网络设备选取情况,采购清单	学习态度好、回答问题正确、动手能力强、实训报告规范	考核方式:答辩 证据材料:操作记录及实训报告 满分 100 分	5%
7	项目 3: 网络拓扑图与实际网络需求吻合情况; 制作各种网络连接线缆; 网络设备物理连通情况	学习态度好、回答问题正确、动手能力强、实训报告规范	考核方式:实训结果演示＋答辩 证据材料: 满分 100 分	5%
8	项目 4: 网络操作系统安装与配置情况; IP 地址规划和子网划分的情况; 网络系统连通性测试情况	学习态度好、回答问题正确、动手能力强、实训报告规范	考核方式:实训结果测试 证据材料:操作记录及项目实训报告 满分 100 分	5%
9	项目 5: DNS 服务器配置; 单域模式的网络环境; 多域模式的网络环境	学习态度好、回答问题正确、动手能力强、实训报告规范	考核方式:实训结果演示＋答辩 证据材料:操作记录及实训报告 满分 100 分	5%
10	项目 6: 用户和组情况; 用户权限测试合理,用户能正确使用给定的配额	学习态度好、回答问题正确、动手能力强、实训报告规范	考核方式:实训结果演示＋答辩 证据材料:操作记录及实训报告 满分 100 分	5%
11	项目 7: 网站发布正确,客户端用域名正确浏览到网页; 使用第三方 FTP 客户端软件域名访问 FTP 服务器,实现上传和下载文件,不同用户拥有不同的访问权限; 通过 Internet 创建用户账户、客户端能正确收发邮件、服务器端实现客户邮件附近件大小的管理、服务器端实现客户邮箱空间大小的管理	学习态度好、回答问题正确、动手能力强、实训报告规范	考核方式:实训结果测试＋答辩 证据材料:操作记录及实训报告 满分 100 分	5%

续表

序号	考核主要内容	考核要求	评分标准	分数分配
12	项目8： Windows Server 2003 路由访问服务器的安装与配置情况； 网络接入 Internet 的情况； 网络配置代理服务器接入 Internet 的情况	学习态度好、回答问题正确、动手能力强、实训报告规范	考核方式：实训结果测试＋答辩 证据材料：操作记录及实训报告 满分100分	5%
13	项目9： 使用监测命令或工具的情况； 网络防火墙和防病毒软件安装与配置的情况； 利用 Windows Server 2003 安全策略的情况； 诊断和排除常见网络故障的情况	学习态度好、回答问题正确、动手能力强、实训报告规范	考核方式：实训结果测试＋答辩 证据材料：操作记录及实训报告 满分100分	5%
14	期末综合项目训练（期末实践考核）	利用所掌握的知识和技能正确完成教师规定的规划设计项目	考核方式：项目结果演示＋答辩 证据材料：操作记录及实训报告 满分100分	40%
	合计			100%

7. 教材选用

（1）教材

张蒲生. 计算机网络技术（第二版）. 2009. 北京：科学出版社.

（2）主要参考书及参考资料

1）参考书。

蔡学军. 网络互联技术. 北京：高等教育出版社.

诚君. 2005. 局域网组建管理与维护教程. 西安：电子科技大学出版社.

董吉文等. 2006. 计算机网络技术与应用. 北京：电子工业出版社.

杜煜等. 2006. 计算机网络基础. 北京：人民邮电出版社.

侯中俊，贾亚萍，徐秋菊. 2005. 局域网组技术. 北京：人民邮电出版社.

李畅，徐森林，杨岩. 2004. 计算机网络技术实用教程. 北京：高等教育出版社.

尚晓航. 2004. 计算机网络技术基础. 北京：高等教育出版社.

尚晓航编. 2005. 计算机网络技术教程. 北京：人民邮电出版社.

苏英如，韩红旗，敖冰峰. 2005. 局域网技术与组网工程. 北京：中国水利水电出版社.

王建玉，王继水，林雁. 2005. 实用组网技术教程与实训. 北京：清华大学出版社.

微软公司. 网络操作系统管理—Windows Server 2003 的管理. 北京：高等教育出版社

余明辉，安淑梅. 2005. 计算机网络构建技术. 北京：人民邮电出版社.

余明辉，安淑梅. 2005. 计算机网络构建技术. 北京：人民邮电出版社.

郑璐. 路由型与交换型互联网基础. 北京：神州数码网络有限公司.

郑璐. 路由型与交换型互联网基础实验指导. 北京：神州数码网络有限公司.

中小企业网络技术. 深圳：华为 3Com 技术有限公司.

周炎涛等. 2004. 计算机网络实用教程. 北京：电子工业出版社.

2）参考网站和论坛。

Windows 活动目录和域专题（http://www.chinaitlab.com/www/techspecial/AD/）

变名 IT 网（http://www.zengqianit.cn/default.aspx）

构建中型企业网络精品课程（http://116.252.173.100:16000/qyw1/index.asp）

计算机网络技术精品课程（http://www.cavtc.net/jpkc/site-network/index.html）

计算机网络技术与应用精品课程（http://218.13.33.148/jpk2008/cmpnet/）

配置 Windows Server 2003 环境中的域基础结构（http://winsystem.ctocio.com.cn/whitepaperssu/59/7139059.shtml）

企业网络需要谨慎规划（http://networking.ctocio.com.cn/tips/242/8351242.shtml）

探讨网络管理员的职业发展规划（http://winsystem.ctocio.com.cn/itcareer/441/7527441.shtml）

网络规划与实现（http://www.svtcc.net/jpkc/jpkc/wlgh/Default.htm）

中国网悠（http://www.cnbytes.cn/Article/Tech/wljs/ipaddress/IPV4/200807/4367.html）

8. 其他说明

（1）教材使用建议

计算机网络技术课程包含内容较多，教材内容难以涉及各个方面，教师可以为学生补充来自于校园网或企业网中的实际案例，实训部分的内容可以根据网络设备的实际情况印发相应的实训指导书。

本课程是基于工作过程（资讯、决策、计划、实施、检查、评估）设计，深入浅出地逐层剖析构建计算机网络的基础知识和操作技能。我们以组建计算机网络工作过程为线索来规划和组织内容，它不是冷冰冰的单向灌输，也不是无情趣的知识堆砌，而是既能传授知识又体现真实工作任务的学习载体。

（2）项目任务书、案例教学方案、实训指导书、课堂活动方案等教学文件的开发思路与建议

本课程采用项目教学，课堂教学与现场教学相结合，项目训练与综合项目设计训练相结合，任务驱动，教、学、练一体，理论与实践同步进行。不按理论知识体系组织教学，而是紧紧围绕能力目标与综合项目组织教学，通过项目分解和提炼，以项目练习实现能力目标和知识目标。其中：

1）项目任务书和实训指导书的内容要从实际网络工程项目中提炼、分解。

2）课堂活动方案设计要充分考虑学生的实际能力，不同班级可能方法都不一定相

同。可每个教学单元多设计几种活动方案。

　　3）案例教学方案设计中，涉及理论知识的讲解从案例分析入手，实践部分内容从功能实现入手。

　　（3）学习指南、学习包、课件等的开发思路与建议

　　本课程资源（包括教材、课件、教案、任务书、实训指导书、学习指南等）需要参考精品课程建设的规范来开发，如学习指南的内容要包括本课程的整体教学安排，按教学任务分别给出学习每个任务的方法、学习重点、考核标准、授课形式，使学生对课程有一个整体的了解，增强学习主动性。

　　（4）教学设施资源使用建议

　　学习性任务的内容可以通过多媒体教学系统，以教师的演讲演示来实施。

　　工作性任务的内容适合于在网络实训室或校内外实训基地，通过一体化"教、学、做、考"来实施。

　　（5）教学需要使用的硬件软件说明

　　硬件说明：

　　计算机配置：Intel 酷睿 2 双核/1GB DDR2/160G 硬盘/17″LCD/百兆网卡/DVD 光驱等，预装 Window XP（中文版）、VMWare 虚拟机软件、虚拟光驱软件和 Office 2003（中文版）等常用软件（详见软件清单）。

　　提供所有安装用的 ISO 镜像文件，事先保存在计算机 D 盘，供学生自行安装。

　　网络设备：三层交换机 2 台（如锐捷 RG-S3760-24）、路由器 2 台（如锐捷 RSR20-04）、UTP 配套线缆、RJ-45 水晶头、压线钳等。

　　软件清单：

　　Windows XP Pro SP2 中文版（主机缺省安装操作系统）

　　Windows Server 2003 R2 中文版 SP2（Vmware 虚拟机 Windows 服务器操作系统）

　　Microsoft Office 2003 中文版

　　VMware Server 1.0.4（中文版）

　　DAEMON Tools 4.06 虚拟光驱软件、RAR 3.71（中文版）、HyperSnap v6.21.01（汉化版）抓屏工具、ACDSee 6（英文版）

　　客户端浏览器软件、第三方 FTP 服务器软件（Serv-U FTP Server v6.4.0.4（汉化版））、第三方 FTP 客户端软件（和 LeapFTP 2.7 FTP 客户端）、第三方邮件服务器软件（Winmail 或 WinWebmail）、Tftpd32 v3.23 网络服务器、卡巴斯基或其他防病毒软件、安全卫士 360 防火墙软件、天网防火墙个人版。

参 考 文 献

诚君. 2005. 局域网组建管理与维护教程. 西安：电子科技大学出版社

董吉文. 2006. 计算机网络技术与应用. 北京：电子工业出版社

杜煜. 计算机网络基础. 2006. 北京：人民邮电出版社

侯中俊，贾亚萍，徐秋菊. 2005. 局域网组网技术. 北京：人民邮电出版社

李畅，徐森林，杨岩. 2004. 计算机网络技术实用教程. 北京：高等教育出版社

尚晓航. 2004. 计算机网络技术基础. 北京：高等教育出版社

尚晓航. 2004. 计算机网络技术教程. 北京：人民邮电出版社

苏英如，韩红旗，敖冰峰. 2005. 局域网技术与组网工程. 北京：中国水利水电出版社

王建玉，王继水，林雁. 2005. 实用组网技术教程与实训. 北京：清华大学出版社

徐其兴. 2002. 计算机网络技术及应用. 北京：高等教育出版社

余明辉，安淑梅. 2005. 计算机网络构建技术. 北京：人民邮电出版社

周炎涛等. 2004. 计算机网络实用教程. 北京：电子工业出版社

朱乃立，杨尚森. 2003. 计算机网络实用技术. 北京：高等教育出版社